外国文学名著丛书

〔瑞典〕斯特林堡/著

斯特林堡小说戏剧选

李之义/译

"外国文学名著丛书"编委会

人民文学出版社

August Strindberg
RÖDA RUMMET, FRÖKEN JULIE,
ETT DRÖMSPEL, SPÖKSONATEN
根据 Strindbergssällskapet, Denna nationalupplaga av August Strindbergs samlade verk(Stockholm,Almquist & Wiksell,1982)选译。

图书在版编目(CIP)数据

斯特林堡小说戏剧选/(瑞典)斯特林堡著;李之义译. — 北京:人民文学出版社,2020(2024.5重印)
(外国文学名著丛书)
ISBN 978-7-02-015844-7

Ⅰ.①斯… Ⅱ.①斯…②李… Ⅲ.①长篇小说—瑞典—近代②剧本—作品集—瑞典—近代 Ⅳ.①I532.14

中国版本图书馆 CIP 数据核字(2019)第 250262 号

责任编辑　李丹丹
装帧设计　刘　静
责任印制　王重艺

出版发行　人民文学出版社
社　　址　北京市朝内大街 166 号
邮政编码　100705

印　　刷　北京盛通印刷股份有限公司
经　　销　全国新华书店等

字　　数　366 千字
开　　本　850 毫米×1168 毫米　1/32
印　　张　17.5　插页 3
印　　数　10001—13000
版　　次　2020 年 4 月北京第 1 版
印　　次　2024 年 5 月第 4 次印刷

书　　号　978-7-02-015844-7
定　　价　59.00 元

如有印装质量问题,请与本社图书销售中心调换。电话:010-65233595

斯特林堡

出版说明

人民文学出版社自一九五一年成立起,就承担起向中国读者介绍优秀外国文学作品的重任。一九五八年,中宣部指示中国科学院文学研究所筹组编委会,组织朱光潜、冯至、戈宝权、叶水夫等三十余位外国文学权威专家,编选三套丛书——"马克思主义文艺理论丛书""外国古典文艺理论丛书""外国古典文学名著丛书"。

人民文学出版社与中国科学院文学研究所,根据"一流的原著、一流的译本、一流的译者"的原则进行翻译和出版工作。一九六四年,中国社会科学院外国文学研究所成立,是中国外国文学的最高研究机构。一九七八年,"外国古典文学名著丛书"更名为"外国文学名著丛书",至二〇〇〇年完成。这是新中国第一套系统介绍外国文学作品的大型丛书,是外国文学名著翻译的奠基性工程,其作品之多、质量之精、跨度之大,至今仍是中国外国文学出版史上之最,体现了中国外国文学研究界、翻译界和出版界的最高水平。

历经半个多世纪,"外国文学名著丛书"在中国读者中依然以系统性、权威性与普及性著称,但由于时代久远,许多图书在市场上已难见踪影,甚至成为收藏对象,稀缺品种更是一书难求。在中国读者阅读力持续增强的二十一世纪,在世界文明交流互鉴空前频繁的新时代,为满足人民日益增长的美好生活的需要,人民文学出版社决定再度与中国社会科学院外国文学研究所合作,以"网罗经典,格高意远,本色传承"为出发点,优中选优,推陈出新,出版新版"外国文学名著丛书"。

值此新版"外国文学名著丛书"面世之际,人民文学出版社与中国社会科学院外国文学研究所谨向为本丛书做出卓越贡献的翻译家们和热爱外国文学名著的广大读者致以崇高敬意!

"外国文学名著丛书"编委会

二〇一九年三月

编委会名单

（以姓氏笔画为序）

1958—1966

卞之琳	戈宝权	叶水夫	包文棣	冯 至	田德望
朱光潜	孙家晋	孙绳武	陈占元	杨季康	杨周翰
杨宪益	李健吾	罗大冈	金克木	郑效洵	季羡林
闻家驷	钱学熙	钱锺书	楼适夷	蒯斯曛	蔡 仪

1978—2001

卞之琳	巴 金	戈宝权	叶水夫	包文棣	卢永福
冯 至	田德望	叶麟鎏	朱光潜	朱 虹	孙家晋
孙绳武	陈占元	张 羽	陈冰夷	杨季康	杨周翰
杨宪益	李健吾	陈 燊	罗大冈	金克木	郑效洵
季羡林	姚 见	骆兆添	闻家驷	赵家璧	秦顺新
钱锺书	绿 原	蒋 路	董衡巽	楼适夷	蒯斯曛
蔡 仪					

2019—

王焕生	刘文飞	任吉生	刘 建	许金龙	李永平
陈众议	肖丽媛	吴岳添	陆建德	赵白生	高 兴
秦顺新	聂震宁	臧永清			

目　次

译本序 …………………………………………… *1*

小　说

红房间 …………………………………………… *3*

戏　剧

朱丽小姐 ………………………………………… *335*
一出梦的戏剧 …………………………………… *403*
鬼魂奏鸣曲 ……………………………………… *493*

译本序

斯特林堡(1849—1912)是瑞典现代文学奠基人,在北欧文学中也是最具影响的作家之一。他的代表作《红房间》是瑞典文学中的第一部长篇小说,其戏剧创作《朱丽小姐》把自然主义戏剧发展到一个完美的阶段。尤其是他第二次婚姻失败(通常称作"地狱危机")之后,他写出了一系列的优秀现代主义剧作,为欧洲戏剧的发展开辟了崭新的道路,产生了巨大而深远的影响。斯特林堡的创作在欧洲各国都不乏追随者,如法国的萨特,俄国的高尔基,美国的尤金·奥尼尔。时至今日,他的作品无论在瑞典本土还是在欧洲各国,都有广泛的读者,他的几部主要剧作在世界许多国家的舞台上久演不衰。

斯特林堡生于斯德哥尔摩一个来自诺尔兰省的资产阶级家庭。父亲经过商,也当过轮船经纪人。后来这个家庭逐渐衰落。斯特林堡的母亲曾是他父亲的女仆,有了两个孩子以后,他们才正式结婚。这桩婚事当时被认为是屈就婚姻,所以斯特林堡后来自称"一个混血的浪漫主义者"。但是,在他的作品里却很少有对下层阶级的同情,特别是在他成名后,其表现更像知识贵族。他一生结过三次婚,第一位妻子是芬兰伯爵家庭出身的希丽·冯·埃森,第二位是奥地利贵族出身的女记者弗丽达·乌尔,第三位是挪威著名女演员哈里叶特·鲍赛,最后都不欢而散。他的一生充满矛盾、痛苦和孤单。

斯特林堡在很多问题上的观点都是激进的,但是在妇女问题上却很保守。他曾著文嘲讽易卜生的"玩偶文学"。他指出,如果妇女都像娜拉那样不负责任地抛弃自己的丈夫和孩子,社会会出现什么样的后果?"地狱危机"以后,他的观点更走向极端,攻击上层阶级妇女与妓女没有什么区别,说她们是把自己"一次性"出卖给男人,而妓女是分几次;上层阶级妇女参加工作是以牺牲其他妇女作为代价,因为她们家里要雇用女佣。在他的部分作品中,女人成了通过婚姻利用男人的寄生虫,并且要千方百计打入作为家庭赡养者男人所需要的劳动力市场。斯特林堡在妇女问题上有很多观点都是不能接受的,但他提出的两性矛盾将困扰着现代社会,确实具有预见性。

一八九三年以后的四年,他侨居欧洲大陆,主要住在柏林和巴黎。在这期间他放弃了文学创作,想在自然科学方面有所建树。他反对基本物质的理论,企图把硫黄变成煤,把铁变成黄金。一八九四年八月,他从德国赴巴黎继续他的实验。同年十月他与刚刚结婚几个月的第二个妻子弗丽达·乌尔离了婚。由于孤独、贫困以及大量阅读宗教和神秘主义的书籍,他产生了一次精神危机。他觉得自己的邻居要用瓦斯和电杀死他。在恐慌中他从一个旅馆跑到另一个旅馆躲藏,最后回到瑞典的隆德。后来他写下了这次精神危机的经历,书名为《地狱》。人们称这次事件为斯特林堡的"地狱危机"。在有关斯特林堡的著作中都反复提到这件事,原因是在他神经恢复平衡以后创作出不少优秀的现代主义戏剧作品。在这些忏悔和自新的作品中,他在带有现实观点的梦境中刻画了自己忏悔以前和忏悔期间的形象。在《到大马士革去》三部曲中,他自己("陌生人")被迫——就像萨奥鲁斯曾去大马士革一样——向"无形者"屈服。第一部描写自己在"皈依"以前的非神圣状态,写得扣人心弦。瑞典评论家马丁·拉姆说:"戏剧史上从来没有一个人把灵魂的斗争写得这样具体。"评论家把《一出梦的戏剧》看作《到大马士革去》的续篇,作家本人也称这部作品为"我最满意的剧作、我最大的难产儿"。该剧场面变化万千,有如梦境一般,整个剧都笼罩着一种超然的气氛,是作家最杰出的现代主义作品,昔日的自然主义风格荡然无存。

斯特林堡因为《结婚》第一集中的《德行的酬报》有下列内容而被控违反出版法:

> 牧师用赫格斯切特商店六十五厄尔一壶的法国皮卡顿酒和列特斯特罗姆商店一克朗一盒的玉米薄饼进行恬不知耻的欺骗,装模作样地把他给的这些东西称为一千八百多年前就被处死的、蛊惑民众的拿撒勒人耶稣的血和肉……

为了应诉,他被迫短期回国。虽然陪审团判他无罪,但宗教界仍然把他视为仇恨上帝的人。斯特林堡在自己的作品中多次有"忏悔"的表示,特别在"地狱危机"以后的作品中似乎已经屈服于神了,实际上他只是说一说。他从来不是一个有神论者。

《红房间》是斯特林堡的成名作,在瑞典文学史上占有特殊地位——它是第一部用瑞典语创作的长篇小说,在此之前瑞典的作家们写的长篇小说都是模仿外国的作品。但是严格地说,这部作品没有对人物个性的突出描写,也没有长篇小说的严密结构,作家还没有掌握对环境和人物作细致刻画的自然主义的技巧。小说的真正意义在于,它有批判社会的特点。十九世纪七十年代是瑞典充满尔虞我诈的时代,特别是在商业领域。作者对一家海上保险股份有限公司的描写就反映了这种情况。追逐利润、投机倒把,腐化也扩展到新闻、出版、宗教和慈善事业,办事拖拉和官僚主义充斥政府机关和国会。小说第一章用印象主义的技巧描写从莫塞山俯瞰晨光中的斯德哥尔摩,是小说中最脍炙人口的章节,一直是瑞典中小学课本的范文。

从欧洲人的观点看,斯特林堡在戏剧领域里做出的贡献最大。十九世纪八十年代后半期,他创作了一系列优秀剧作,其中具有古典悲剧感染力和法国古典主义悲剧固定结构的《父亲》以及其最有代表性的自然主义杰作《朱丽小姐》。在后一部作品中,斯特林堡采用了"三一律"原则,按照左拉的观点,它是为达到自然主义真实性所必须的。在这个时期的作品中,人们可以看到他为了简化戏剧艺术所做的努力,比如,他认为现代人是复杂多变的,在舞台上要如实地表现这一点,因此要取消千人一面的特性描写;台词也应力求真实,要避免故意提一些尽人皆知的愚蠢问题。戏剧要求简短而无情节,重点应放在心理活动方面。公正地说,斯特林堡是欧洲现代戏剧的奠基人。这一点后世的戏剧大师们,如诺贝尔文学奖获得者尤金·奥尼尔等人都有肯定的论述。

在斯特林堡这个时期的戏剧作品中还有了一种心理学因素。一八八〇年前后,他对法国心理学家泰奥杜勒-阿芒·里博产生了浓厚的兴趣。里博认为,人的个性不是由唯一的、占主导地位的特征来决定的,而是由很多同时起作用或互相矛盾的特征来决定的。在健康和正常人身上,这些不同的特征紧密地连在一起,彼此协调。但是绝大多数人在神经的各个方面都遭受了某种破坏,达不到协调一致。这些人是弱者,生存能力较低,健康的人则是强者。强者可以通过"头脑的斗争"使弱者接受自己的意志,按强者的意志行事。斯特林堡把这种过程称之为"思想传导"。在《父亲》和《朱丽小姐》中都有这样的描写。

一九〇六年斯特林堡和年轻的演员兼导演奥古斯特·法尔克商定共同建立瑞典第一个室内剧场,第二年这项计划就实现了。在此之前,室内剧场已如雨后春笋般出现在欧洲大陆各国。创作室内剧的想法是受室内音乐启发而来的。按照斯特林堡的说法,室内剧的主要特征是"形式小巧,主题简单,描写细腻,人物少,观点要宏大,想象要自由,但是要建立在观察、经历和细心研究的基础上,简单,但是不能为了简单而简单,不要大型道具,不要过多的配角"。

在建造室内剧场计划的激励下,斯特林堡于一九〇七年连续创作了四部室内剧:《暴风雨》《被烧毁的宅基地》《鬼魂奏鸣曲》和《塘鹅》。这四部作品的一个共同特征是,用象征性手法描写现实中的一些日常琐事并带有梦境色彩。其中《鬼魂奏鸣曲》最为出色,首演式于一九〇八年一月二十日在室内剧场举行。当时瑞典的批评家们对斯特林堡的奇特技巧提出了疑问。不过瑞典文学院院士布·贝里曼对作品的独特之处有所感觉,他说:"这部剧作在作者的想象中有着自己独特的规律。这是一个有血有肉的梦,从演出来看,这个梦是极容易破灭的。不论是对白还是表演都带有想象,然而让人感到都不失去与现实的联系。"早在一九〇七年四月二日作者在致一位演员的信中就《鬼魂奏鸣曲》的背景写下了这样的话:"现在我请求您把我的新剧作像往常一样,只当作别人和我自己的生活拼凑起来的镶嵌画来看,但是请不要把它们看作自传或忏悔。不符合事实的地方是杜撰的,不是说谎。"这部用表现主义手法创作的室内剧有着现实、梦境和童话的特征,从通篇来看,批评社会的内容不占主导地位,占主导地位的是斯特林堡这个时期的中心思想过程:犯罪——惩罚——赎罪。作品中所有的人都犯了罪,因此都要受到惩罚,都要在罪恶面前赎罪。

斯特林堡与中国还有一段"缘分"。一八七四年斯特林堡得到了"皇家办公厅"图书馆馆员的职务。人们也许有意为难他,让他为皇家图书馆编写中国图书目录,这在当时的瑞典是不可想象的。然而斯特林堡经过刻苦钻研,奇迹般地完成了。在今天的瑞典汉学家眼中,他对瑞典语中"P"这个字母与汉字中偏旁"阝"所作的比较是"可笑和危险的",然而后世仍然公认他是该国第一位汉学家。

斯特林堡是一位疯狂的天才作家。在戏剧的结构和个性的描写上,他不具备易卜生那种严密的逻辑性和连贯性,然而他有更强烈的感情、更自由的想象、对人类的基本天性有更深刻的了解。这部选集收编的作品是斯特林堡各个时期具有各种不同风格的代表作。

斯特林堡是瑞典文学史上最有影响、也是最有争议的作家。既然金无足赤、人无完人,我们评论一百多年前的外国作家也应如此。吸收各国文化精华,丰富我国的民族文化,无疑是明智之举。

李之义

小　说

红 房 间

——记艺术家和作家们的生活

Stockholms universitet
Stockholm 1981
Formgivning av Karl-Erik Forsberg
Andra tryckningen
Printed in Sweden by Almqvist Wiksell Tryckeri, Uppsala 1981

第一章 斯德哥尔摩鸟瞰

五月初的一个傍晚。莫塞山的小公园还没有对公众开放，花圃里的泥土还没人松过；雪莲花穿过去年的枯枝败叶已经奋力地抬起头，它们将结束自己短暂的生命经历，让位给受到一棵不结果的梨树的庇护而得以生存的娇嫩的番红花；紫丁香苦等着南风的到来而开放，但是椴树肥硕的嫩芽已经给忙于在树杈上用地衣搭窝的金翅鸟提供了喜庆的美酒；去冬的雪融化以后还没有人踏过这里的沙石小路，因此动物和花木仍然过着无忧无虑的生活。灰色的麻雀正在收集它们藏在航海学校屋檐下的废弃物；它们在争抢去年秋季最后一次燃放烟花后留下的碎纸片，它们叼走捆在去年从玫瑰谷那所学校移栽过来的小树上的草秆——它们的眼真尖，什么都看得见！它们在凉棚里寻找破布条，能从椅子腿上拉出挂在那里的狗毛，那是去年的约瑟芬节狗在那里咬架时留下的。那里有生活，也有竞争。

但是太阳仍高悬在里尔叶岛上空，它把整束光射向东方；它们穿过贝里松德海峡烟云，掠过骑士海面，爬上骑士岛教堂上的十字架，扑向德国教堂的尖顶，戏弄着船桥附近各种船只上的旗帜，照耀着大海关建筑物上的玻璃，沐浴着里丁岛上的森林，最后消失在远方大海上空的玫瑰色的云团里。风从海上吹来,沿着这条老路往回走,穿过瓦克斯霍尔姆,经过城堡要塞,经过海关,沿希克拉岛而上,从背后进海斯特霍尔姆,窥视夏季游乐场;又冲出来,继续前进,进入丹维根海角,像突然受到惊吓,沿着南岸猛跑,闻着煤、煤焦油和各种鱼油的味道,冲向都市花园,攀上莫塞山,走进那个小花园,一头撞在墙上。在同一瞬间,厨娘打开了墙上的窗子,她刚刚撕掉糊在窗缝上的纸,一股难闻的油腥味儿、啤酒味儿、杉树枝和锯末味儿一拥而出,被风吹得很远很远,就在厨娘用鼻子使劲呼吸新鲜空气的时候,风借机卷走了窗子上的小饰物、牵牛花和蔷薇花叶子,开始沿着小路起舞,灰麻雀和金翅鸟也很快加入跳舞的行列,这时候它们看到,建造窝居之苦大部分已经消失。

然而厨娘仍然在收拾窗子,几分钟之内通向地下室酒馆前廊的门就被打开,一位年轻的绅士从里边走进花园,他衣着简朴而得体,面容没有什么特殊之处,但目光中有一种伤感和无奈,不过当他走出酒馆看到眼前广阔的视野时,伤感和无奈立即消失了。他迎风而立,敞开大衣,深深地吸了口气,这一切似乎大大减轻了他心中的郁闷。随后他沿着把公园和临海那边的峭壁隔开的围墙徘徊。

在他身下是那座新苏醒的喧闹城市,都市花园港口的蒸汽起重机旋转着,铁秤上哗啦哗啦地称着准备出口的生铁,看水闸的工人不停地吹着哨子,船桥附近的蒸汽船吐着蒸汽,国王山上的马拉公共汽车在高低不平的石子路上颠簸着,渔民路上卖鱼的叫卖声此起彼伏,激流河上白帆和旗帜随风飘扬,海鸥的鸣叫,船岛传来的号角声,南马尔姆广场传来"枪上肩"的口令,玻璃厂大街工人木鞋的响声,这一切构成一派生气勃勃的景象,似乎激起了这位年轻绅士的激情,因为现在他的面孔有了一种无畏、兴奋和坚强的表情,这时候他俯在围墙上,看着脚下这座城市,他好像在打量一位敌人;他的鼻孔扩大着,他的眼睛在燃烧,他举起拳头,好像向这座可怜的城市挑战,也像在发出威胁。

此时卡塔丽娜教堂的钟正打七点,接着马利亚教堂敲响了另外一种刺耳的钟声,大教堂和德国教堂的钟用低沉的声音凑着热闹,整个宇宙回荡着这座城市各种钟发出的七点报时声;当它们一个接一个停息以后,人们仍然能听到远方最后一个报时钟正在唱平静的晚祈祷;它有着比其他时钟更高的音调、更纯的音质和更快的节奏——因为它真有这些特征:他倾听着,竭力寻求这声音的源头,因为这声音引起了他的回忆。此时他的表情温和了,他的面孔流露出一个孩子被遗弃时才有的痛苦。他孤身一人,因为他的父母就安息在克拉拉教堂的陵墓里,钟声就是从那里发出的,他是一个孩子,因为他仍然相信一切——不管是真的,还是编造的故事。

克拉拉教堂的钟声停息了,石子路上的脚步声使他从沉思中醒来。从前廊出来的一个矮小的男人朝他走过来,此人留络腮胡,戴着眼镜,他的眼镜与其说是因为视力不好而戴,不如说是为了掩饰自己的目光,一张令人讨厌的嘴巴总是带着一种友善甚至谦恭的笑容,一顶破旧的帽子,考究的大衣扣子却钉错了位置,裤子有些下坠,就像下半旗,走起路来既自信又自卑。从他不伦不类的外表无法判断他的社会地位和年龄。他的样子既像一个手工艺工人,也像是一位公务员,年龄大约在二十九至四十五岁之间。然而他对眼前要会见的人表现出某种奉承,因为他高高地举起那顶被压得弯弯的帽子,脸上挂着一种谦恭的微笑。

"法院院长①已经等了很久了吧?"

"哪里哪里;刚刚报过七点。对于您的善意和您的到来,我表示非常感谢,因为我必须承认,我非常看重这次会面;差不多可以说它关系到我的前途,斯特鲁维先生。"

"啊,天啊!"

斯特鲁维先生眨了一下眼睛,原来他只想喝一喝甜酒应付一下,没有想谈什么正事,因为他也有自己的难言之隐。

"为了我们能谈得更好一些,"院长继续说,"我们坐在外边,喝一点儿甜酒,如果您不反对的话。"

斯特鲁维先生将了一下右边的络腮胡子,小心地按了一下帽子,说了声谢谢,但是显得局促不安。

"首先,我必须请您别再叫我法院院长,"年轻的绅士接着说,"因为我从来不是院长,只是一个在编法务助理,后者从今天起我也不是了,现在只是法尔克先生。"

"怎么回事?"

斯特鲁维先生的样子真像失去了一位挚友,但仍然很谦恭。

"您是一位有自由思想的人……"

斯特鲁维先生本来想插上几句,但法尔克继续说。

"您是具有自由思想倾向的《红帽报》的成员,由于您这个身份我才找您。"

"对不起,我是一个微不足道的成员……"

"我拜读过您很多激情洋溢的文章,关于工人问题和藏在我们心底里的其他所有问题。我们现在计划庆祝上下两院

---

① 指地方法院院长。

合并的国会成立Ⅲ周年,'三'字要用罗马数字Ⅲ,现在是这个新的民意机构成年第三年,我们很快就会看到我们的愿望会实现。我读过您发表在《农民之友报》上的介绍政治领导人的传记,文章切中时弊,这些人出身平民,最终提出了他们长期压在心头上的问题;您是一位有远见的人物,我很敬佩您!"

斯特鲁维,他没有因为火一样热烈的讲话而燃起激情,他的目光反而暗淡了,他没有心安理得地接受雷鸣闪电般的颂扬,也没有被激动的言词所感动。

"我必须说,得到一位年轻人,让我说像一位法院院长这样杰出人物的承认,我确实很高兴,但是另一方面,我们为什么一定要谈这么严肃的话题呢,为什么不谈无忧无虑的大自然,啊,我们现在就在它的怀抱里,现在是春季里的第一天,万物复苏,万象更新,太阳把温暖送给整个自然界;让我们快快乐乐、安安静静地喝一杯吧。对不起,不过我认为我是先通过大学文凭的老大学生,按习惯可以提议去掉头衔而称兄弟——冒昧啦……"

满怀激情的法尔克感到头上被浇了一盆凉水,他本来是想寻求钻木取火的铁杵。他冷淡地接受建议。此时两位新兄弟坐在那里,互相无话可谈,只有他们的面孔在告诉人们他们彼此之间的误会。

"我刚才跟老兄提到,"法尔克又捡起话茬,"我今天已经跟过去一刀两断,放弃了仕途之路;我现在只想补充一点儿,我想成为记者!"

"记者!啊,天啊,为什么!但是非常遗憾。"

"不遗憾;不过我现在想问一问,老兄知道不知道,我去什么地方可以找到工作!"

"啊!这实在难说。人们从四面八方拥来找工作。这一点你可能想象不到。辞掉工作确实很遗憾;当记者是一条困难之路!"

斯特鲁维的样子显得对此事很遗憾,但也可能掩盖着又得到一个不幸的同行而沾沾自喜。

"不过请你告诉我,"他继续说,"是什么原因促使你放弃可以给你带来荣誉和权力的仕途之路。"

"荣誉只给那些已经攫取了权力的人,而权力只给那些残酷无情的人。"

"啊,你怎么这么说话呀!再说也没那么严重吧?"

"没那么严重?好吧,让我们谈点儿别的吧。我只向你介绍六个大部门中的一个的内幕,我曾经去那里登记找工作。前五个我很快放弃了,自然的原因是那里没工作。每一次我去问有没有工作时,得到的回答都是:没有。而我也看到,确实没有人在工作。我到过的一些重要部门也是这样,如烧酒生产管理局、税务总局和公务员退休金管理总署。但是当我看到一大群公务员挤在一起的时候,脑子里马上想到,那个给这些人发放薪俸的部门肯定有事情做。我就在公务员薪俸发放总署登了记。"

"你到过那个部门?"斯特鲁维问,他开始对这个问题感到兴趣。

"对,我进门时,那个完美、组织健全的政府部门给我留下的伟大印象永生难忘。我是十一点钟到的,他们应该在这个时间开始办公。房门里有两个年轻的门卫趴在桌子上看《祖国报》。"

"是《祖国报》?"

在此之前一直给灰麻雀喂糖吃的斯特鲁维开始竖起耳朵听。

"对!我向他们问早安。两位先生的后背像蛇一样轻微动了动,表明我的问候还不特别令他们厌恶,其中一位甚至做了一个抬起右脚靴子后跟的动作,可能是示意握手。我问,两位先生哪一位有空,带我到办公室去。他们进行阻止,解释说,上边有令,不得离开门房。我问有没有其他门卫。有,还有好几位。但是——班长在休假,第一门卫请公假,第二门卫临时请假,第三门卫去邮局了,第四门卫生病了,第五位喝水去了,第六位上厕所了,他在那里一去就是一整天;此外没有一位公务员会在下午一点钟以前到。得到指点我才明白,我的过早来访是不合时宜的,我也想起来,门卫也是公职人员。

"然而在我宣称一定要到办公地点看看,从而了解一下这个权力大而广泛的机构的分工情况以后,两位中年轻一点儿的陪我去。这使我大开眼界,他把大门一打开,大小十六间房子出现在我的眼前。我想,这里一定有工作给我,我感到我想对了。十六座壁炉里桦木柴发出噼噼啪啪的响声,愉快地打破了那里的孤寂。"

斯特鲁维越听越有兴趣,他从背心的外层和里层中间掏出一支铅笔在自己的活动袖口①上写下十六。

"这是在编公务员办公室。"门卫告诉我。

"好啊,这个部门有很多在编公务员吗?"

"啊,的确够多的。"

---

① 当时人们常在活动袖口上做记录。

"那他们做什么呢?"

"'他们写呀,当然,写一点儿……',他还真实话实说,我觉得不应该再让他说下去。我们走过很多人的办公室,有抄写员的,法务助理的,办事员的,审计员的,审计处秘书的,督察员的,督察处秘书的,公诉员的,行政管理员的,档案员的,图书管理员的,财务督导的,会计的,法律顾问的,物资检验员的,纪要处秘书的,统计员的,登记员的,行政处秘书的,局长的和行政处长的,我们在一个门前停住脚步,门上挂着烫金的大字:署长。我想打开大门进去看看,但是被门卫礼貌地制止了,他紧紧地抓住我的手,小声说'别出声'——'他在睡觉?'脑子里想起一句老话,我不禁这么问。'上帝保佑,别说话,署长不按铃,谁也不许进。'——'署长经常按铃吗?'——'不,我从来没听见他按过铃,我在这儿工作一年了。'——看来我们又到了禁区,因此我没再说下去。

"快到十二点的时候,那些公职人员陆续到达,让我相当吃惊的是,他们当中有很多我过去的老朋友,他们都在公务员退休金管理总署和烧酒生产管理局供职。当时我看到税务局的那位官员大摇大摆地走来,一屁股坐在登记员办公室的皮沙发上,就像坐在自己的办公室一样自在。

"我抓住身边的一位年轻人,问他,我能不能进去拜见一下署长。'别出声'是他神秘的回答,他把我带到第八办公室!又是一个神秘的'别出声'。

"我们坐的那间办公室同样很暗,但比其他的办公室都脏。马鬃从裂开的皮家具里伸出来;写字台上积了很厚的尘土,上面摆了一个失效的吸墨板,一个未用过的封蜡,上面用英文字母写着昔日主人的名字,一把剪刀,它的双刃已经被锈死,一本台历,仍然停留在五年前的仲夏节,一本年鉴,已经有五年了,还有一摞发灰的纸,上面写满了'朱利尤斯·恺撒','朱利尤斯·恺撒','朱利尤斯·恺撒',反反复复至少写一百遍,上面还写了很多遍'挪亚老头儿','挪亚老头儿'。

"'这就是档案员办公室,我们可以安安静静地呆在这里。'我的陪同说。

"'啊,他已经有五年没到这里来了,所以他不好意思再来了!'

"'啊,那谁管他那摊儿工作呢?'

"'图书管理员管。'

"'像公职人员薪俸发放总署这样的机构主要职能是什么呢?'

"'主要是,由门卫按收文的日期和字母顺序进行分类,然后送到钉书人那里装订,图书管理员再把它们放到适当的书架上。'"

斯特鲁维越来越对谈话感兴趣,还不时地往自己的活动袖口记上一两个字,法尔克停下的时候,他认为应该说点儿重要的事情。

"啊,不过档案员怎么领薪金呢?"

"好办,寄到他家里去!这还不简单。然而我的年轻的同伴还是建议我进办公室拜见一下统计员,请他把我介绍给其他公务员,这些人现在已经上班了,正在捅壁炉里的火,以享受火堆里最后的火光。听我的朋友讲,统计员干练而心地善良,喜欢出头露面。

"我已经认出了这位统计员就是我看到的那位税务局的行政管理员,我对他有完全另外的看法,但是我相信了我的同伴,还是进去了。

"那位令人生畏的人坐在壁炉前面的一把宽大的扶手椅上,把双脚伸进一块鹿皮里。他正起劲地抽着有皮套的真正的海泡石烟嘴,为了解闷儿,他抓起前一天的《邮政与国内消息报》,想了解一下反映政府想法的必要的消息。

"我的到来使他很不耐烦,他把眼镜推到光秃秃的头顶上;右眼藏到报纸后边,用子弹头似的左眼死盯着我。我陈明来意。他把烟袋嘴拿到右手,看看有多远才能击中目标。这时候出现的可怕的沉默证实了我的所有担心。他用力咳,一大口痰吐进火堆里,发出嘶嘶的响声。随后他又想起报纸,继续阅读。我觉得应该用稍微变化的提法重复一下我的来意。这时候他再也忍不住了。'先生是他妈什么意思?先生在我的办公室里想干他妈什么!在我自己的办公室也不让我安宁吗?对不对!?滚,滚,先生!先生你他妈的看不出来我很忙!有事去找物资检验员去谈!别在我这儿烦人!'我只好去找物资检验员。

"那里正在开大型物资检验大会,已经开了三周。检验员任主席,三个办事员做记录。供货商送来的检验品摆在周围的桌子上,所有没事儿的办事员、抄写员和法务助理员都在桌子旁边就座。尽管有很大的意见分歧,人们还是决定买两箱莱赛布牌纸,经过反复裁剪试验,决定买四十八把格洛陶普牌获奖剪刀(统计员拥有这家工厂二十五股股票);钢笔试写了两个星期,记录用了两令纸;现在轮到折叠刀,检验大会决定当场在桌子上进行试验。

"'我建议买英国的雪菲尔德的第四号不带起瓶器的双叶刀。'物资检验员说,并从桌子上剌下一片,这片大得足以

用它纵火。'首席统计员,你看怎么样?'

"拿刀子试验的那位先生刺得太深,刀刃碰坏了埃希尔斯图那厂送来的二号产品一把三叶刀,他建议买这种三叶刀。

"然后大家各自陈述自己的理由,并附带实际试验,最后主席决定购买二十四把雪菲尔德刀子。

"对此首席统计员发表了长篇的保留意见,人们把这种保留意见记录在案,并复印两份,编号、分类(按字母顺序和时间)和装订,在图书管理员的监督下由门卫放到图书馆的适当架子上。这种保留完全出于热烈的爱国主义感情,主要目的是要表明,国家有必要鼓励本国的工厂。由于这种保留涉及对政府一位官员的指控,物资检验员有必要为政府辩解一番。他首先提到对小产品减税的历史(一提减税所有的公务员都把耳朵竖起来),回顾近二十年国家经济的发展,他刚要把这个题目展开了谈,骑士岛上的钟已经敲打了两点,在此之前他还没有接触正题。那该死的钟一响,所有的公务员立即从座位上站起来,好像火烧了屁股一样。这时候我问一位年轻的同伴,这是什么意思,听见我提问的那位年迈的法务助理回答说:'一位官员的首要任务,先生,是要准时准点,先生!'两分钟以后,所有的办公室空无一人!'明天将是热闹的一天。'一位同伴在楼梯上小声对我说。'天啊,为什么?'我不安地问。'讨论铅笔问题!'他回答。天天热闹非凡!封蜡、信封、裁纸刀、吸墨板和订书线。不过这样也不错,大家都可以有事做。没会的一天总算来了,这时候我鼓起勇气,要求他们给我点事情做。他们给了我七令纸,让我在家里抄写,以便我获得'认可'。我很快就把这工作做完了,但是我不但没有得到承认和鼓励,反而受到怀疑,因为他们不喜欢勤奋的人。后来我再也没有分到什么工作。我真不愿意跟你讲这一年我所受到的屈辱、刺激和无边的烦闷。在我看来是荒谬琐碎的事情却被奉若神明,在我看来伟大、神圣的事情却遭亵渎。人民被称作贱民,被认为只配在必要时充当卫队射击的靶子。他们公开辱骂新的国家政体,称农民为叛徒。① 这话我听了七个月;当我产生怀疑不再参加嘲笑时,他们向我提出挑战。当下一次他们攻击'反对党狗'时,我再也憋不住了,发表了态度鲜明的讲话,结果他们看清了我的立场,我变成了一个麻烦的人。而我现在做的,像很多海上遇险的人一样,只有跳海,投身新闻事业!"

斯特鲁维对于突然结束谈话似乎有些不满,他装好铅笔,喝了口甜酒,神情有些茫然。然而他还是觉得自己应该说点儿什么。

"我的老弟,你至今还没有掌握生活的诀窍;你将会看到,挣口饭吃有多么难,它将逐渐成为生活的主要问题。人们工作,是为了挣饭吃,人们吃饭,是为了挣更多的饭吃,以便能更好地工作!相信我吧,我有老婆、孩子,我知道该说什么。人们必须使自己适应环境,你看到了吧,必须让自己适应!而你不知道,记者的社会地位有多么低。记者置身于社会之外!

"当他想置身于社会之上的时候,大概要受到惩罚。另外,我讨厌这个社会,因为它不是建立在自由协商的基础之上,它是一个由欺骗织成的网——我巴不得离开它!"

"天冷了。"斯特鲁维说。

---

① 政府机关进行重大改组以后,这种说法已经与事实不符。——作者原注

"对,我们走吧?"

"我们大概该走了。"

谈话的激情熄灭了。

太阳已经落山,弦月爬上了远方的地平线,此时正高悬在拉都果德大草场上空,一两颗星星正在跟残留在宇宙上空的日光进行搏斗;路灯已经在脚下刚刚沉静下来的城市里点燃。

法尔克和斯特鲁维一起朝北走,共同谈论着商业、海运、经济和其他一切他们并不感兴趣的话题,随后彼此都像如释重负般地分手。

带着头脑里新扎根的思想,法尔克沿激流河大街走到船岛。他感到自己像飞起来以后撞到窗玻璃上的一只鸟儿,现在躺在地上,曾几何时,他满以为自己展开了双翅,朝着正确的方向飞向自由的天空。他坐在海边的一张靠背椅上,听着海浪的喧嚣;一阵微风从开了花的枫树林吹来,弦月将微弱的光洒在漆黑的海面上;码头上停靠二三十只船,它们拖着自己的缆绳用头彼此相撞,转眼间又把头沉下去;风和海浪似乎执意要把它们向前驱赶,它们一次次向那座桥进攻,就像一群发疯的狗,但缆绳把它们拉回来,这时候它们又咬又跺脚,好像拼命要挣脱逃走。

他一直在那里坐到午夜;这时候风睡着了,浪平静下来,被俘的船只也不再冲撞缆绳,枫树也不再沙沙作响,露珠降落下来。

此时他站起身来,迷梦般地朝自己偏僻的斗室小屋走去,它坐落在很远的拉都果德高地上。

这就是年轻的法尔克所做的,而那位老奸巨猾的斯特鲁维在同一天进了保守的《灰衣报》,在此之前他被《红帽报》辞退了,回家以后,给不得人心的《国民旗帜报》写了一篇"关于公务员薪俸发放总署"的报道,共四栏,每栏五国币①。

---

① 国币,瑞典旧币名称,相当于瑞典克朗。

第二章　兄弟之间

　　麻制品商卡尔·尼古劳斯·法尔克是已故的卡尔·约汉·法尔克之子，后者曾经是五十位高龄市民之一，市民步兵连长、教会参事和斯德哥尔摩市火灾保险公司的理事——还是我们前面提到的在编法务助理而现在是记者的阿尔维德·法尔克的哥哥。他有自己的商店，他的敌人称它是小铺子，位于东长街，有斜坡通向菲尔根的各胡同，坐在柜台里边偷偷看小说的伙计抬起头来，可以看到海上蒸汽船的一部分，轮机房、桅杆或其他东西，还可以看到船岛上的树顶和小片蓝天。这位伙计的名字很普通，叫安德松，他学得很乖巧，一大早就打开了门，挂出一捆亚麻，一张渔网，一个装鳝鱼的鱼篓，一捆鱼竿以及一箱鱼漂之类的东西；随后他打扫店铺，在地上铺一层锯末，然后他就在柜台后面坐下来，那里有他用一只装蜡烛的空箱子制作的像捕鼠器一样的东西，当主人或者他认识的人进来时，只要按一下机关的鱼钩，小说就会立即掉进箱子里，一般的顾客他并不在意，一方面是大清早，另一方面顾客本来就不多。商店创建于先王弗烈德里克时代——卡尔·尼古劳斯·法尔克从父亲那里不但继承了商店，还继承了父亲的音容笑貌，而他的父亲也是一脉相承地从他祖父那里继承的——商店有过辉煌的历史，赚过不少钱，直到几年之前，当时那个倒霉的"代议制民主建议"出台了,影响所有的商业,毁掉了所有的发展前景,窒息了所有的企业活动,并有把市民协会搞垮的危险。这是法尔克自己的看法,其他人则认为,是因为商店管理不善和一位难以对付的竞争者在水闸广场建立了自己的商店等因素造成的。然而法尔克说到这个问题的时候,并没过多地谈论商店的萧条,他有足够的智慧,能够做到在什么场合说什么话,见什么人说什么话。当他商业上的老朋友对他进货越来越少表示善意的担心时,他会这样说,他在首都以外的地区建立了分店,城里的这个商店只是个招牌,他们都相信了他说的话,因为他在自己的商店外面确实有一个很小的办公室,除了他到市中心和跑股票交易所,大部分时间都呆在那里,但是当他的老朋友——法务助理和老师——表示相同的善意的不安时——那就是另外一回事——他会说商店处于困难时期,是由招致一切停滞的代议制民主建议造成的。

然而安德松被门口的几个男孩子打扰,他们问一根钓鱼竿要多少钱,他无意间朝大街看了一眼,看到了年轻的阿尔维德·法尔克先生。书正是从他那里借的,所以还可以放在老地方,不必藏起来,他以一种信任和心照不宣的理解欢迎昔日的伙伴到店里来。

"他在楼上吗?"法尔克用不安的口气问。

"他正在喝咖啡。"安德松一边回答一边用手指了一下屋顶。就在同一瞬间他们头顶上传来椅子移动的声音。

"现在他离开桌子了,阿尔维德先生。"

他们两人似乎都很熟悉这声音和它的含义。随后传来沉重的在房间里穿来穿去的脚步声,一阵巨大的声响透过木地板传到两位年轻听客的耳朵里。

"昨天晚上他在家吗?"法尔克问。

"没有,他在外边。"

"跟生意上的朋友还是跟老熟人在一起?"

"老熟人。"

"很晚才回家吗?"

"相当晚。"

"安德松,你相信他很快会下来吗?因为我嫂子的原因,我不愿意上楼。"

"他很快就会下来,我从他的脚步声可以听出来。"

在同一瞬间楼上的一扇门关上了,楼下的两个人会意地交换了一下目光。阿尔维德做了一个想走的动作,但是他克制了自己。

过了几秒钟业务室里隐约有了声音。一阵讨厌的咳嗽声震动着那小小的房间,那熟悉的脚步声响着:啪哒,啪哒,啪哒!

阿尔维德走过柜台,敲打业务室的门。

"请进!"

阿尔维德站在哥哥面前。哥哥看起来有四十岁,他实际也差不多是这个年龄,因为他比弟弟大十五岁,所以他习惯上把他看作是一个男孩子,俨然是位父亲。他有着浅色的头发,浅色的胡子,浅色的眼睫毛和眉毛。他相当胖,因此走起路来肥大的身躯把靴子压得吱吱响。

"是你呀!"他以一种又善意又轻蔑的口气问,这两种感情在他身上并存,因为他对下属在某些方面不是特别厉害,但他藐视他们。然而好像出乎他的预料,因为他正想找个发脾气的对象,而弟弟却是一个生性谨小慎微,从不无端和人顶撞的人。

"我没有打扰你吧,卡尔哥哥?"阿尔维德站在门口说。这句客气的问话产生了效果,哥哥决定表示友好。他从那个绣花的皮烟盒里给自己拿出一支雪茄,然后又给弟弟从炉子旁边的一个盒子里拿一支"所谓朋友雪茄"——他公开这么叫,这是他公开的性格——这些雪茄是一只海上出事船上的,虽然味道不是特别好,但是很有意义,海岸拍卖会卖得很便宜。

"好啦,你有什么事?"卡尔·尼古劳斯一边问一边点自己的雪茄,随后把火柴盒装进口袋里——由于心不在焉,因为他不能一心二用,他的心胸本来就不宽,他的裁缝给他量腰围的时候,可以准确地说出有多少。

"我想谈一谈咱们的事。"阿尔维德一边回答一边用手捏没点燃的那支雪茄。

"请坐!"哥哥命令说。

当他与别人处事的时候,他有请人坐下的习惯,这样他们就可以比自己低一等,也比较容易收拾他们——如果必要的话。

"咱们的事!哈哈,咱们还有什么事吗?"他开始说,"我不知道有什么事!是你有什么事,是你吧?"

"我的意思仅仅是,我想知道我还有什么东西没有。"

"我倒要问问是什么东西。可能是钱吧?对吗?"卡尔·尼古劳斯一边开着玩笑,一边让他弟弟享受他抽的好雪茄的香味儿。他没有得到回答,他也不想得到回答,所以他必须自己说。

"拿钱？你该拿的，难道没有拿吗？你难道没有在交给监护人委员会的清单上签字吗？难道此后不是我给你吃、给你穿，也就是我给你预付吗？将来你一旦独立了，要如数还给我，这也是你答应的；这都有案可查，到你自己能挣饭吃的那天，你现在还不能。"

"这正是我现在想做的，因此我到这里来，想搞清楚我在这里还有没有钱，还是我欠这里什么东西。"

这位哥哥用锐利的目光扫了自己的猎物一眼，想探寻一下这个猎物心怀什么鬼胎。随后他开始在痰桶和伞架的对角线之间踏着吱吱响的靴子走来走去；表链上的坠子丁当响着，好像警告人们别挡道，一股股烟气升腾，在壁炉和门之间形成长长的乌云，好像预示着暴风雨的到来。他用力地走着，低着头，耸着肩，好像在练习戏剧里的一个角色的台词。当他觉得自己已经练会了的时候，他在弟弟面前停下来，他用深蓝色虚假目光看着他，那目光似乎既信任又痛苦，他用一种听起来就像刚从克拉拉教堂陵园中的自家坟墓里出来的人的声音说：

"你不诚实，阿尔维德！你不诚实！"

除了站在商店窗子外面听着的安德松以外，谁听了哥哥对弟弟讲的肺腑之言都会感动。阿尔维德自己，他从小就被教育成这样的信念，所有其他的人都很优秀，惟独自己差，有瞬间他确实在思考，他到底是诚实还是不诚实——而他的教养者以某种有效的办法给他塑造了一种极脆弱的灵魂，他似乎觉得自己真的有点儿不诚实，或者至少在他的哥哥是不是恶棍这个问题的表达方法上有些不够明确。

"我现在把话说清楚，"他说，"你骗走了一部分我的遗产；我已经算出来，你虚报了很多你给我的残羹剩饭和你给我的破衣服的价钱；我知道，我的钱并没有全部用于我这些年艰难的学习生活，我相信，你欠了我一笔数目可观的钱，我现在需要钱，我坚持要你——还钱！"

一丝微笑浮现在他哥哥发亮的脸上，他的表情平稳，动作准确，好像已经反复练习了很多年才登台表演一样，他把手伸进口袋，在掏出那串钥匙之前用力摇着，然后把钥匙扔到空中转一个圈儿，最后气喘吁吁地走到银柜前。他匆忙打开银柜，那东西比较神圣，本来应该斯文一点儿，拿出那张已经准备好，就等着开场道白用的纸。他把它递给弟弟。

"这是不是你写的？——回答！这是不是你写的？"

"是！"

阿尔维德站起来要走。

"不行，坐下！——坐下！坐下！"

如果在场的是一条狗，它会马上坐下。

"好吧，上边写的什么，念吧！——'我，阿尔维德·法尔克，兹证明——我——提议——我的哥哥卡尔·尼古劳斯·法尔克为监护人——已把遗产全部交给我——数目若干。'"

他不好意思说出数目。

"你已经签字画押的东西又不承认了！这诚实吗，如果我能问一句？不行，回答我的问题！这诚实吗？不诚实！不然你就是写了假证明。那你就是一个恶棍！对，你就是！我说的不对吗？"

这场戏演得太精彩、太成功了，可惜没有观众。无辜者必须要有证人；他打开商店的大门——

"安德松！"他喊着，"请你回答我一件事：仔细听！如果我做了一个假证明，我是恶棍呢，还是不是？"

"老板当然是恶棍!"安德松不假思索和满怀热情地说。

"你听到了吧,他说我是恶棍——如果我在一张假单据上签字。啊,我刚才说什么啦?你不诚实,阿尔维德;你不诚实!我过去一直这么说你。懦弱的人绝大多数是恶棍;你一向懦弱和顺从,但是我看出来了,你心怀鬼胎;你是一个恶棍!父亲也这样说你,他总是想什么说什么,他是一个很公正的人,而阿尔维德,你——可——不——是! 如果他还活着的话,他肯定会痛心疾首地说:你不诚实,阿尔维德! 你——不——诚实!"

他又重新走了几趟对角线,他的脚步声好像在为自己的演出鼓掌喝彩,他使劲摇着钥匙,好像在发出闭幕的信号——剧终的台词是那么圆满,添加任何东西都是画蛇添足,破坏整个演出效果。这顿痛骂他确实已经等了很多年,因为他一直认为,弟弟是一个伪君子,他感到高兴的是,这一切都过去了,真幸运,都过去了,过去得智慧巧妙,他几乎欣喜若狂,甚至有点儿庆幸。此外,他刚才在楼上与家里人吵了一架,正要找一次发泄的机会,这么多年他已经没有兴趣对安德松发泄——与家里人吵嘴——他也觉得没什么意思!

阿尔维德不说话了;由于他受到的教育,使他养成了胆小怕事的性格,他总是认为自己错了;他从童年起就听这些大话:公正、诚实、直率和真心,无时无刻不在听这样的说教,对他来说他们是法官,他们对他的态度总是说:有罪! 他也闪过这样的念头,他可能算错了账,哥哥是无辜的,他自己确实是一个恶棍;但转眼间他又看清了哥哥是一个拿令人不齿的证据掩他人耳目的骗子,他想回避冲突,把本来要告诉哥哥他决心改变生活道路的第二件事压下了,没再提就走了。

沉默的时间比预想的长了很多。这样卡尔·尼古劳斯有时间回顾自己刚才的胜利。那个坏词儿"恶棍"说出来以后舌头特舒服,就像踢了谁一脚一样;打开门,安德松的回答和证据的出现,这一切非常顺畅;那串钥匙没有忘在床头柜上,锁被顺利打开,证据无懈可击,结束语天衣无缝;他的心情非常好;他已经原谅弟弟,啊,他已经忘了,忘了一切,当他咚的一声把银柜关上的时候,他把那件不愉快的事永远关上了。但是他不想让弟弟离开;他需要跟他谈一些别的事情,他想在那个令人不悦的话题上加上一点儿冠冕堂皇的话,想关照一下他的日常生活,比如为什么不坐在餐桌旁边,吃吃饭,喝喝酒呢,人有吃有喝的时候,总会感到满意和高兴;他愿意看到他的脸平静,愿意听他的声音不再打颤,他决定请他吃早饭。困难的是要有一个台阶,要有一个渡过深渊的桥梁。但绞尽脑汁,还是找不到,他掏了一下口袋,找到了那盒火柴。

"真他妈的,你的雪茄还没点呢,小伙子!"他热情地说,这回是真心,不是假的。

但是小伙子已经在谈话当中把雪茄捏碎了,无法再点燃了。

"好吧,再拿一支!"

他掏出自己的很大的皮套烟盒:

"好吧!请!这是好雪茄!"

已经很不幸的弟弟不想伤害任何人,他没有拒绝,他伸出手去拿雪茄作为一种和解。

"好啦,小伙子,"卡尔·尼古劳斯接着说,并且使用很拿手的社交腔调,"走吧,我们去里加酒店吃点儿早饭!走吧!"

不会客套的阿尔维德很感动,立即握了一下哥哥的手,迅速走出来,离开商店时都没顾得跟安德松打招呼就走到大街上去了。

哥哥吃惊地站着;他不敢相信眼前发生的事;这是什么意思?请他吃饭,他却要跑掉;跑掉——他没有生气呀。跑掉!如果给一条狗投去一块肉的时候,它万万不会跑的!

"他确实有点儿古怪!"他小声嘟囔着,又吱吱地踩着地板。随后他走到自己的靠背椅前,把它升得高得不能再高,他爬上去,他经常从那个制高点俯视人,从更高的视角打量他们的情况,常常发现他们很渺小,但是他们还没有渺小到不能被他利用以达到自己目的的地步。

第三章　里尔-延斯*的拓荒者

那个美丽的五月早晨，时间大约在八九点钟之间，阿尔维德·法尔克在哥哥那里演出那幕剧以后，沿街向前走着，他对自己不满意，对哥哥不满意，对一切都不满意。他渴望着阴天下雨，渴望着不碰到任何人，一个人安静地往前走。关于他是不是恶棍，他不完全相信自己是，但是他对自己不满意，他习惯对自己提出高要求，他学会了把哥哥当某种义父的角色，他对他非常尊敬，几乎是言听计从。但是他脑子里突然出现了其他想法，使他不安起来。他没有钱，没有工作。后者可能更严重，无所事事是他的大敌，他有着永不枯竭的想像力的才华。

在痛苦的思考中，他已经走到小花园街；他沿着皇家话剧院左侧的林荫大路往前走，很快到了诺尔兰大街；他漫无目的向前走着，石板路很快不再平坦，木头房子代替了石头房子，衣衫褴褛的人对这位穿戴整齐的人一大早就来访问他们的住区投以怀疑的目光，饥肠辘辘的狗对这位陌生人狂吠着，他急匆匆地走在诺尔兰大街上的炮团士兵、一群群工人、长工、洗衣妇和上学的孩子中间，并很快到了大赫姆勒花园大街。他

------

*　里尔-延斯，长工屋的名字，最早为酒店。

走进赫姆勒花园。军需官的奶牛早已悠闲地在那里吃草,光秃的梨树伸着老枝梦想着返老还童重新开花结果,椴树枝叶苍翠欲滴,松鼠在树冠上玩耍。他走过意为旋转木马的卡鲁塞伦,来到通往话剧院的林荫大道;那里站着几个逃学的男孩正在玩抓扣子;远处的草地上躺着一个年轻的油漆工,他透过高高的枫树叶仰望着天空,无忧无虑地吹着口哨,早忘了师傅和师哥的等候,苍蝇和其他害虫飞来,掉进他的油漆桶里淹死。

法尔克走上昂克达门鸭池附近的一块高地,他停在那里研究蝌蚪的蜕变,观察七叶树并抓了一只水黾。随后他捡起一块石头扔到水里。此举使他顿时热血沸腾,他感到自己忽然年轻了,感到自己像一个逃学的孩子,自由、任性,而这种自由却是用很大的牺牲换来的。当想到这自由以及尔后的舒畅时,他觉得他与大自然的接触比与人的接触更容易,后者只是误解他,对他造成很大的伤害,此时他很兴奋,各种烦恼从心里都消失了,他站起来,继续朝离城更远的地方走。他走过十字架,来到北赫姆勒花园大街。他看到对面花园围栏上的几块木条已经没了,对面被人踩出一条小路。他钻过围栏,把一个正采荨麻花的老太太吓了一跳;他漫步走过昔日种烟草的大高坡,如今这里建起了维拉斯达德别墅区,此时他已站在里尔-延斯的入口处。

这里已是春意盎然,由三栋小房子组成的这个美丽的小区掩映在盛开的紫丁香花和梨树丛中,它们挡住公路对面杉树林里吹来的北风。如今一片田园美景。盛酒糟的木桶把上站着一只啼鸣的公鸡,一只锁在站边的狗在阳光下驱赶着苍蝇,一群密集得像乌云似的蜜蜂围着蜂箱嗡嗡叫,园艺师蹲在菜畦里间着小红萝卜苗,柳莺和红尾鸟在醋栗丛中欢唱,光着半个身子的孩子追打着一群想探寻刚刚种下的花籽是否发了芽的鸡。头上晴空万里,背后是幽暗的森林。

在围栏背后的菜畦里坐着两个人,一个人头戴黑色高帽,磨得发白的黑色衣服,苍白的瘦长脸,样子像个牧师。另一个像识文断字的农民,有些残疾,但身体肥胖,眼皮耷拉着,留着蒙古式的胡子;他衣着不整,看不出是干什么的——码头上的混混儿,手工艺工人或者是艺术家——他的样子很潦倒——行为举止奇特。

那个瘦人似乎很冷,尽管他头上太阳高照,他在为那个胖人高声念一本书,后者似乎可以承受地球上的各种气候,完全不在乎它们的所有变化。

当法尔克经过大门走上公路时,他清楚地听到从围栏里传出的读书声,他觉得应该停下来听一听,反正也不是窃听什么隐私。

那个瘦人以枯燥单调的声音念着,没有任何语调的变化。那个胖人不时地通过感叹、呼叫表示自己的满意,而当先哲的话超出了常人的理解时,最终变成了呸,一口吐沫。那个瘦人念:

"最高的原理[①]是,如前所述,是三个:一个是绝对无条件和两个相对无条件。第一:那个绝对第一位,纯粹无条件的原则将表示构成一切意识的基础的行动,也惟有它可以使这点成为可能。这个原则是同一性,$A = A$。当人们消解了一切意

---

① 最高的原理,引自德国哲学家费希特(1762—1814)的哲学理论,他从一个最高原则出发,推出一切其他知识,以此来证明实践(道德)的理论是一切知识和整个人类的绝对基础。

识的经验主义的结论时,这个原则仍然存在和无法从记忆中消失。它是意识的最初的无可辩驳的事实,因此绝对需要承认;此外,它也不像任何一个有某种条件的经验主义的事实,而是一个自由行动的结果和内容,是完全没有条件的。"

"你明白了吗,乌勒?"朗读的人停住问。

"啊,明白了,真是美极了!——'它不像任何经验主义的事实那样是有条件的'。——啊,多棒的汉子!再读,再读!"

"这时候人们特别强调,"朗读的人继续念,"这个结论当然不需要特别的论据——"

"听啊,一个多么狡猾的家伙——'当然不需要特别的论据'。"那个充满感激之情的听众抢着话说,他想打消任何怀疑他是否能听懂了"不需要特别的论据"这句话。

"我还念不念了,你这样三番五次地打断我?"那个没受到尊重的老师问。

"我不再打断你了,继续,继续!"

"因此,该得出结论了(真是妙不可言!)——人们应该有能力得出结论。"

乌勒长出了口气。

"人们由此得出的结论不是 A(大写 A),而仅仅是 A 是 A,假如有一个 A,无论如何 A 都是主要的。这不但是结论的内容问题,还有它的形式。结论 A=A 其内容是有条件的,而它的形式是无条件的。——你没有看到是一个大写的 A 吗?"

法尔克早听够了这些话;这分明是来自布拉克山[①]的可

---

① 布拉克山,位于乌普萨拉,此处指乌普萨拉大学。

怕的深奥哲学，它竟然传到这里来征服这个灰色的首都的本性；他看了看，当这深奥的哲学在里尔—延斯被朗读出来的时候，鸡听了以后是否从架子上掉下来，芹菜听了以后，是否停止发芽——他感到吃惊的是，天还在那里，没有塌下来，尽管它被召来，目睹了这场对人类灵魂有着巨大考验的表演，同时他的人类较低级的本能提出了自己的需要——他的喉咙干燥，为什么不进到小屋里要一杯水喝呢。

他转过身来，走进路右边的一栋小房子，人们从城里来就走这条路。对于这样一栋面包房子来说门显得太大了，它朝前廊开着，房间比一个旅行用的箱子大不了多少。屋里有一个折叠靠背椅，一把破烂椅子，一个画架和两个人；其中一个站在画架前面，只穿衬衣和裤子，腰间系一根带子。他的样子像一个壮工，但他是画家，因为他正在画一张圣坛画的草稿。另外一位是个英俊的年轻人，他的衣着跟这个地方的家具和房相比确实很讲究。他脱掉了外衣，露着衬衣，正挺着胸脯让画家画。他漂亮的圆脸还带着昨夜过分的夜生活留下的痕迹，不时地低头打瞌睡，因此招来大师严厉的责备，不过看起来还是出于爱护。法尔克走进前廊时，他正好听见这个训斥的最后几句话。

"你像一头猪，出去和那个冒失鬼塞伦喝酒。现在你站在这儿，正浪费着你的上午时间，而不能去商业学院上课——把右肩抬起一点儿——好，就这样！你真的把所有的房租钱都糟蹋光了而不敢回家吗？什么也没剩？分文没有？"

"啊呀，还有一点儿，不过用不了多长时间了。"

那个年轻人从裤兜里掏出一个纸团，把它舒展开，里边露出两张国币。

"把它们交给我,一定让我给你存着。"大师建议说,然后像父亲般拿过钱币。

法尔克想方设法使屋里人听见他的声音,但没有奏效,他认为最好还是不声不响地原路返回。他再一次经过那堆垃圾和那两位哲学家,向左一拐,走上克里斯蒂娜皇后路。他没走多远就看见一个年轻人把画架支在一小片长满桤木的沼泽前边,从那里再往前就是森林。那是一位身体修长、长着瓜子脸的男人;他意气风发,浑身充满活力,正站在那幅美丽的画前工作。他脱去了帽子和大衣,显示出健康的体魄和最佳的精神状态。他吹着口哨,有时候哼个歌,有时候说两句什么。

当法尔克走到能看见他的侧身时,向他转过头去:

"塞伦!你好啊,老朋友!"

"法尔克!老朋友到森林里来啦!我的上帝!这个时间你怎么不在机关上班呀?"

"没有。——你住在这儿吗?"

"对,我和几位朋友四月一日搬到这儿来的;住在城里太贵了——房东也非常事妈!"

他的嘴角上挂着一丝机灵的微笑,棕色的眼睛放着光。

"好啊,"法尔克接着说,"那你大概认识坐在菜畦旁边读哲学的人吧。"

"哲学家?认识,认识!那个高个儿的是拍卖行的法务助理,年薪八十国币,那个矮个儿的叫乌勒·蒙塔努斯,他本来应该坐在家里搞雕塑,但是自从他和伊格贝里搞起了哲学以后,他就不顾正业了,他的生活每况愈下。他发现艺术是非常情绪化的东西。"

"不过他靠什么活着?"

"没的可靠！他有时候给那个实用主义者伦德尔当模特儿，在他那儿挣一口饭吃，过一天算一天，冬天的时候，他就睡在他屋子里的地板上，'因为他睡在那儿总可以使屋子温一点儿'，伦德尔说，现在木柴太贵，而这里的四月天相当冷。"

"他丑得像伽西莫多①，怎么可以当模特儿呢？"

"还是能，场景是一个十字架底下，他是其中一个被打断腿的强盗，这个可怜的家伙屁股上本来就有毛病，趴在椅子上还真像。有时候他翻过身来，就变成了另一个强盗。"

"他为什么自己不搞雕塑？他没有能力？"

"乌勒·蒙塔努斯，亲爱的，他是一个天才，但是他不想工作，他是哲学家，只要他有机会学习，他就可以成为一位伟大的人物。听他和伊格贝里谈话确实非常有意思；伊格贝里确实书读得比较多，但是蒙塔努斯有一个聪明的脑袋，有时候会将他一军，这时候伊格贝里不得不去再读一点儿什么；但是蒙塔努斯从来不能从他那里借书看。"

"啊，您很喜欢伊格贝里的哲学？"法尔克问。

"啊，对，非常好！非常好！你喜欢费希特吧？啊呀，啊呀，啊呀，那可是个不简单的人物！"

"是么，"不喜欢费希特的法尔克打断他的话，"那边房子里的两个人是谁呀？"

"啊呀，他们你也看到了！啊，其中一个是实用主义者伦德尔，他是个人物——或者确切地说是教堂画家，另一位是我的朋友仁叶尔姆。"

后几个字他说得非常平和，以便让这个贵族的姓给人留

---

① 伽西莫多，雨果的长篇小说《巴黎圣母院》中的敲钟人。

下更强烈的印象。

"仁叶尔姆?"

"对,一个非常和气的小伙子。"

"他也在那儿当模特儿?"

"也当!啊,那个伦德尔,他真会利用人;他是一个十足的实用主义者。不过,走,我们到屋里去逗一逗他,这是我在这里最开心的事;那样的话你也有机会听一听蒙塔努斯的高论,确实非常有意思。"

听蒙塔努斯高谈阔论远不如要一杯水喝更有吸引力,他跟着塞伦,帮他拿画架和颜料箱。

当模特儿坐到那把破烂椅子上时,屋里的景象发生了很大变化,蒙塔努斯和伊格贝里坐在那张可折叠的靠背椅上。伦德尔坐在画架旁边,吧嗒吧嗒地吸着木烟斗,而那些穷伙伴只能眼巴巴地看着别人抽。

当法尔克被介绍为法院院长时,伦德尔马上邀请他谈对自己的画的看法。这幅画很像鲁本斯的画,如果说颜色和画法还有差别的话,起码题材是一样的,随后伦德尔一股脑儿地抱怨画家的日子难过,他贬低美术学院,批评政府在发展国内美术方面无所作为。他目前正在为特莱斯果拉教堂画一幅圣坛画的草稿,但是能不能被接受,他心里没谱,因为诡计和关系无所不在。因此他审视地看了一眼法尔克的衣服,想看一看他能不能替他拉些关系。

法尔克的到来对两位哲学家产生了另外一个作用。他们很快发现他是一位"有学问的人",他们仇恨他,因为他可能夺去他们在这个小社会里的威望。他们互相交换了一下有意义的目光,塞伦对此马上看在眼里,因此他有意识地把自己朋友的才华夸奖一番,并借机制造不和。他很快发现自己这个离间的苹果①投得恰如其分。

"伊格贝里,你认为伦德尔的画怎么样?"

伊格贝里没有料到马上请他讲话,所以他必须要考虑一会儿。在此期间乌勒抓了一下他的后背,让他挺直了腰板,随后伊格贝里用十分肯定的语调讲了下边的话。

"一件艺术作品,根据我的理解,可以分为两个范畴:内容和形式。就这部作品的内容而言,深刻而具有普遍的人类内容,主题丰富多彩,作品本身就是这样,这意味着它具有艺术作品应该有的观念的一切原则和力量,就形式而言,它本身就要表现概念,即绝对统一,绝对自我——我不能不说还不够充分。"

伦德尔由于这番评论而沾沾自喜,乌勒满意地笑了,好像他看见了天的主宰,模特儿已经睡着,而塞伦认为伊格贝里取得了完全的成功。现在大家把目光都集中在法尔克身上,认为他应该接受这个挑战,大家一致认为这是个挑战。法尔克觉得既可气又可笑,他竭力在陈年的垃圾堆里寻找哲学的玩具气枪,这时候他发现乌勒·蒙塔努斯脸上的表情一动,似乎要讲话。法尔克匆忙上阵,他以亚里士多德为武器,向着他的敌人开了火。

"法务助理说的充分是什么意思?我不记得亚里士多德在其形而上学中用过这个词。"

房间里变得一片沉默,人们感到这是关系到里尔-延斯

---

① 该典故出自希腊神话,讲在一次婚礼上,司纷争的女神抛出一个上面题有"送给最美丽女神"字样的金苹果,引起了三位美丽女神的争吵。

与古斯塔维亚诺姆①之间的战斗。沉默的时间超过了人们的预想,因为伊格贝里不知道亚里士多德,但是他死也不愿意承认这一点。由于他综合能力差,他无法发现法尔克谈话中的漏洞,但是乌勒能,他接过亚里士多德,把他抓在手里,又把他抛给自己的对手。

"尽管我是个大老粗,但我仍然想冒昧地问一问,院长怎么可以把对方的论点颠倒过来呢?我以为,充分可以作为一个逻辑结论的界定,以此类推,不管亚里士多德在他的形而上学中提到这个字没有。我说得对不对,可爱的先生们?我不知道!我是个粗人,院长是研究那玩艺儿的。"

他刚才讲话的时候,眼皮半耷拉着,此时已经完全耷拉下来,样子显得极为谦虚。

"乌勒说得对。"四周的人都这么嘟囔着。

法尔克感到,如果要挽救乌普萨拉大学的荣誉,此时只得重拳出击了;他在哲学的纸牌里翻了一圈,找出一张王牌。

"蒙塔努斯先生已经否认了首要原则,或者干脆就说"*nego majorem*"!② 好极了!我再重复一次,他要对一个"*posterius prius*"③负责任;当他应该做出结论的时候,他却迷失了方向,根据"*ferioque*"做出了三段论法,而不是"*barbara*";他忘记了这个黄金般原则:"Coesare Camestres festino barocco secundo",因此他的结论变成了"*Limitativ*"!我说的对吗,可爱的先生们?"

---

① 古斯塔维亚诺姆,乌普萨拉大学一建筑物,因该大学是古斯塔夫国王捐助建立的,所以它象征乌普萨拉大学。
② 意为"我否认首要原则"。
③ 意为"逻辑顺序"。下边的几句话是法尔克胡乱引用的逻辑推理理论的拉丁文术语,新版本也未注出具体意思。

"非常正确,非常正确。"大家异口同声地回答,只有那两位手中一直没有逻辑的哲学家例外。

伊格贝里好像碰了个钉子,乌勒好像把鼻烟塞进了眼睛里;他是个机灵的人,他也发现了自己的敌人的策略。他立即决定,改变主攻方向,谈些其他的东西。他搜肠刮肚,把过去读过的、听过的东西都拿出来,他首先重复法尔克在围栏边刚才听到的有关费希特的科学学说。这些话题占了整整一个上午。

在此期间伦德尔站在那里,一边画自己的画儿,一边用木头烟斗吸烟。模特儿在那把破椅子上已经睡着,他的头低得越来越深,十二点钟的时候,已经低到两个膝盖之间,数学家以此为依据,可以计算出到达地球中心要多长时间。

塞伦坐在开着的窗子旁边欣赏着这场辩论,而想尽快结束这场可怕的哲学讨论的可怜的法尔克不得不抓起大把大把的哲学鼻烟扬进敌人的眼睛里。如果不是模特儿的重心慢慢移到那把椅子的脆弱一边,把椅子咔吧一声压坏了,仁叶尔姆摔在地板上,这场折磨人的讨论可能还不会有结果,伦德尔借此机会把酗酒和由此给自己和别人带来的可怕后果骂了一顿,所谓别人,确切地说是指他自己。

为了帮助那位窘迫的年轻人摆脱尴尬的境地,法尔克提出了一个大家都会感兴趣的话题。

"今天先生们打算在哪儿吃午饭?"

屋子里静得连苍蝇嗡嗡飞的声音都听得见;法尔克,他呀不知道,他一脚就踏在五个人的痛处,伦德尔打破沉默。他和仁叶尔姆到他们经常吃饭的那家名为格吕丹(意为饭锅)的饭店去吃,那里他们可以赊账;塞伦不想在那里吃,他不满意那里的饭菜,他还没有决定究竟到什么地方去吃,在找借口的时候,他用询问的不安目光扫了模特儿一眼。伊格贝里和蒙塔努斯推说"太忙",不想"再换衣服进城"来浪费"自己的一天",他们想在这儿找点什么吃算了,究竟吃什么,他们没说。

随后开始梳洗,大部分活动都在这个古老的院子里的井边进行的。塞伦是个爱美的人,他有一个纸包藏在折叠靠背椅底下,他从那里取出衬领、套袖和绉边——一切都是纸做的;随后他花了很长时间跪在井口前,看着水里的影子系自己的棕绿色绸领带,那是一位姑娘送给他的,他把自己的头发也梳成一个特别的样子;随后他用牛蒡叶擦鞋,用大衣袖子擦帽子,在扣眼上插一朵风信子花,拿出自己肉桂木手杖,这才算好。他问仁叶尔姆能不能马上跟他一起去,伦德尔回答,他在几个小时内还不行,他要帮助他画画儿,伦德尔经常在十二点和两点之间作画。仁叶尔姆只得服从,尽管他很难与自己喜欢的朋友塞伦分开,他对伦德尔产生很大反感。

"无论如何我们今天晚上还是可以在红房间会面吧?"塞伦用同情的语调说,对这个问题大家意见一致,甚至那两个哲学家和道德家伦德尔也不例外。

在去城里的路上,塞伦向自己的朋友法尔克仔仔细细地介绍了里尔—延斯地区拓荒者们的情况,其中谈到自己因为艺术观点的不同已经与美术学院分道扬镳,他自信有天才,一定能成功,尽管在没有皇家奖章的情况下想要出名将会难上加难。在他的面前还有天然的障碍;他出生在哈兰德省无森林的海滨,从小就喜欢自然的宏伟和简洁,而时下的公众和评论家喜欢琐碎的东西,因此他的画卖不出去;他本来也可以像其他人那样媚俗,但是他不愿意。

伦德尔则相反，他是一个讲究实际的人——塞伦说到"实际"这个词带着一种轻蔑的口气——。伦德尔投公众所好；他没有不如意之苦；他实际上早就离开美术学院，但是由于实用主义的原因他没有公开说，与美术学院还是藕断丝连。他通过给杂志画插图，生活过得不错。他的天才是微不足道的，但总有一天会成功，他会通过关系，特别是通过从蒙塔努斯那里学来的手段，实际上他已经成功地实现了蒙塔努斯给他制定的几项计划——而蒙塔努斯——他是个天才，尽管他处理实际问题的能力差一些。

仁叶尔姆是昔日瑞典北部地区诺尔兰的一位富家子弟。这位父亲曾经拥有一大笔财产，但是这笔财产最终落入其管理人手中，如今这位老贵族已经很贫穷，他的愿望是，儿子将吸取他的教训，通过当一个管理人再为这个家挣得一份家产，因此儿子现在就读于商业学院农业会计学专业，但是他不喜欢这个专业。这是一位很老实的小伙子，但是有一点儿软弱，容易受伦德尔的摆布，后者由于道德的天性和自己的保护者角色不能不从中捞取好处。

不过伦德尔和仁叶尔姆还是真的工作了，仁叶尔姆画画儿，而伦德尔此时在折叠靠背椅上躺着监督，当然抽着烟。

"如果你用心画，你可以跟我到锡钮扣饭店去吃饭。"伦德尔许愿说，此时他因为挽回两个未受损失的国币而感到极为富有。

伊格贝里和乌勒已经走回森林坡睡午觉。乌勒对自己的胜利兴高采烈，而伊格贝里却有些沮丧；他被自己的学生超过了。此外，他的双脚发冷，肚子异常地饿，因为关于吃饭问题的讨论勾起他埋藏了整整一年未表露的感情。他们躺在一棵杉树下；伊格贝里藏起那本宝贵的书，这本书他一直不愿意借给乌勒看，用纸包好的这本书枕在头下，然后他伸直身体。他脸色苍白，像一具僵尸，完全失去了复活的希望。他看着头顶上的小鸟在吃杉树果，把皮扔在他身上，他看见一只肚子鼓鼓的奶牛在桤树林间吃草，他看到从园艺师家厨房的烟囱里冒出袅袅炊烟。

"你饿吗，乌勒？"他有气无力地问。

"不饿。"乌勒一边说一边用贪婪的目光看着那本美妙的书。

"我要是一头奶牛就好了！"伊格贝里叹息着，随后把两手放在胸前，让自己的灵魂飞渡到美好的梦境。

当他的呼吸变得足够有规律的时候，一直盯着他的朋友，慢慢从他头下抽出了那本书，熟睡者全然不知；随后他就趴在地上，狼吞虎咽般读起了书中宝贵的内容，把什么"锡钮扣"和"饭锅"忘得一干二净。

第四章　主人与狗

　　时间一晃就是好几天。卡尔·尼古劳斯·法尔克二十二岁的夫人刚刚在床上喝过咖啡,那是宽敞卧室里的一张巨大的红木床,时间刚十点钟。丈夫早在七点钟的时候就到码头去接货,这倒不是因为这位年轻的妻子相信自己的丈夫不会很快回家,她才由着性躺在床上不起,破坏家里的家规家法。更确切地说,她似乎有意打破这个家庭的一切根深蒂固的家规家法。她已经结婚两年,有了足够的时间对这个古老的资产阶级家庭进行彻底改革,这里的一切都是古老的,甚至包括仆人;当她的丈夫向她求婚并同意了她的要求以后,她就有了这个权利,也就是说她幸运地摆脱了那个可怕的家,每天六点钟起床和整日的劳作。她已经很快地利用了自己订婚的机会;她已经获得了过一种自由、独立的个人生活而不受丈夫方面干涉的所有的保证;但她是在完全清醒的情况下接受这些保证的,并深深地记在脑子里。相反,男人过了两年无儿无女的婚姻生活以后开始淡忘这些束缚,即妻子可以在床上想睡到什么时候,就睡到什么时候,可以在床上喝咖啡,等等;他甚至大言不惭地提醒她,是他把她拖出苦海,是他把她救出地狱,是他为此做出了巨大的牺牲,因为他缔结了一桩屈就婚姻——她的父亲只是海军里的一个小班长。这时她躺在床上,思考着如何回答这些话和类似的指责,在他们相处的过程中,她的优良理智从来没被什么感情的冲动所左右,她仍然清醒如初——她知道应该如何运用。所以当她听见自己的丈夫回家吃早饭的信号时,无比的高兴。即首先敲餐厅外边的门,随后听见他大喊大叫,对此妻子把头伸到被子里,免得被人看见笑脸。先是前厅的地毯上有脚步声,随后愤怒的丈夫出现在卧室的门口——头上戴着礼帽。妻子朝那里转过身子,嗲声嗲气地招呼丈夫:

"是我那位可爱的长工回来了吧?进来吧,进来吧!"

可爱的长工,这是一句爱称,而有这类最富创造性爱称的男人却没有被软化,他站在门口大喊大叫。

"为什么不准备早餐?呃!"

"去问女仆,我没有准备早餐的义务。进屋的时候,请你摘下帽子,可爱的先生!"

"我的便帽你给我弄到哪儿去啦?"

"我已经把它烧了!上边的油太多,我认为你戴着它太丢人。"

"你真的把它烧了!好吧,以后我们再说那件事!你为什么都大上午了还赖在床上,而不去看看女仆呢?"

"因为我喜欢!"

"你以为我喜欢娶一个油瓶倒了都不扶的老婆吗?呃!"

"对,你是喜欢!你认为我为什么嫁给你?这我已经说了一千遍了——因为我要摆脱劳苦,这是你答应我的!你难道没答应吗?你能够诚实地回答,你没有答应吗!瞧你这个男人的样子,跟其他的男人完全一样!"

"对,当时是答应了!"

"当时答应了！那现在呢！诺言不需要遵守啦？是不是像一年有四季变化那样，到时候就变？"

丈夫熟知这种惯用的逻辑，不管是妻子高兴的时候，还是痛哭流涕的时候，反正都是一样，他让步了。

"我今天晚上想请客人。"他解释说。

"是么，想请客人。是男客人？"

"当然！我可受不了那些女人！"

"好吧，那你就买你请客用的东西吧？"

"不，你去买！"

"我！不行，我可没有钱请客！我可不想用家里的生活费去买额外的东西。"

"啊，可是你用它们去买你的化妆品和其他没用的东西呀。"

"你把我辛辛苦苦为你买来的东西说成没用？抽烟时戴的帽子没用？拖鞋也没用？说！一定要回答，说真心话——"

她一贯明白应该提什么问题，谁要是回答，一定会惨遭失败——其实这一套是从她的丈夫那里学来的。因为他不想惨遭失败，所以他不停地改变话题。

"我确实有要紧事，"他有些激动地说，"今晚上要见一个人；我的老朋友弗利兹·列文在职位上干了十九年才转正——昨天晚上《邮报》上登了。但是，因为你可能不高兴，你知道，我一向什么都依着你，所以这件事就算了，我就在下边办公室里会一会他和尼斯特罗姆老师。"

"是么，那个毛手毛脚的列文现在转正了，真是太好了。这样你大概可以把他欠你的钱全要回来吧。"

"对,你说得对,我也正想这个事。"

"但是,你能不能告诉我,你怎么会跟像他这样毛手毛脚的人打交道,还有那个老师;他们是一些不三不四的人,甚至连裤子都穿不上。"

"好啦,我的心肝宝贝,我不管你的事儿,你也别管我的事吧。"

"因为你在下边有客人,我不知道我在上边请客人来妨碍不妨碍你。"

"一点儿不妨碍!"

"那好吧,请过来,我亲爱的长工,给我一点儿钱!"

那位对最后结果各方面都满意的长工欣然解囊。

"要多少钱!我今天身上钱不多!"

"啊,有五十国币我就心满意足了。"

"你疯了?"

"是疯了。请如数给我;当有人下馆子大吃大喝的时候,我不想饿死。"

和为贵,双方各得其所。他避免了在家吃一顿糟糕的早餐,他一定要在外边吃,避免了坐在楼上吃一顿不舒心的饭,避免了女人的麻烦,因为他打了很长时间光棍,让妻子一个人呆在家里,是他惟一感到受良心责备的地方,但是她现在有自己的客人,希望他不在场——这五十国币实在值得!

丈夫刚走,她就按铃叫女仆,就是因为她的原因,她今天才在床上躺了那么久,这个女仆宣称,这家子人每天都是七点钟起床。随后她让女仆拿来纸和笔,给住在对门的督察官霍曼夫人发了一封便函。

亲爱的艾维琳:

请今天晚上来我这里喝茶,以便我们谈一谈关于"妇女权利"协会章程的事。搞一次义卖或者安排一场话剧《丑闻》会有益处。我确实盼望协会能早日诞生,就像你经常说的,非常必要,我越想越觉得是这样。你觉得伯爵夫人会赏光吗?我应该先给她发个邀请。请你十二点钟来接我,我们去贝里根喝热巧克力。我的丈夫不在家。

          你的欧叶妮

又及:我丈夫不在家。

随后她起床,梳洗打扮,准备十二点钟出行。

  同一天的晚上。德国教堂的时钟报了七点,东长街已笼罩在暮色之中;只有从菲尔根斯·格林德发出的一束微弱的光还照进安德松刚关了门的法尔克的麻制品商店。商店前边的办公室的窗子已经关好,汽灯已经点燃。那里也被打扫得干干净净;门口摆着两个盛酒的篮子,红蜡、黄蜡、锡纸,粉色亮光纸封口的酒瓶从篮子向外伸着脖子。地板中间放着一个铺着白桌布的餐桌;上面摆着一个东印度大碗和一个沉重的多枝银烛台。卡尔·尼古劳斯在地板上踱着步。他已经换上了黑色燕尾服,一副得意洋洋的样子。他有资格度过一个快乐的夜晚;这是他自己出钱,自己安排的;他是在自己家里,而又不用与女人们纠缠,考虑到他的客人的天性,他有资格得到瞩目和尊敬,甚至会有些过分。客人实际上就有两位,因为他不喜欢人多;这两位都是他的朋友,像狗一样忠诚、可靠、顺从,一向阿谀奉承,从不敢说个不字。他当然可以花钱招来更多的客人,他过去每年搞两次,他爸爸的老朋友都被请来,但是说真话,他个性太强,无法与那些人相处。

时间已经到了七点零三分,客人还没有露面。法尔克开始不耐烦。他平时习惯对下人招之即来,一分钟也不得有误。考虑到这次不同寻常的安排和要给人留下至深的印象他还是忍住了,只过了一分钟邮政局的法务助理弗利兹·列文就进来了。

"晚上好,老朋友——啊呀!"他说了半截儿停住了,他一边脱大衣、摘眼镜,一边对这巨大的排场表示惊叹,好像差一点要晕过去。"七只手以色列烛台和神龛——我的上帝,我的上帝!"当他看见盛酒的篮子时,又这样惊叹。

这位大惊小怪和脱大衣的是一位中年人,很像二十年前时髦的王室秘书,嘴上的胡子和络腮胡连在一起,留着狂风式大背头。他脸色苍白,像一具死尸,骨瘦如柴,穿着时尚,但他的样子好像冻得每个关节都打哆嗦,并且与贫穷神秘相连。

法尔克以粗鲁和傲慢的形式欢迎他,一方面他不喜欢奉承,特别是来自他的奉承,另一方面请他来本身就是朋友之间的信任。他认为对提升的恰当祝贺是与他父亲被皇家任命为市民阶层全权民防连长相联系。

"有了皇家的全权任命感觉挺美吧!呃!家父也是皇家全权任命……"

"我亲爱的老兄,我只是有了提名证书。"

"不管是提名证书还是王室全权任命,完全一样;还要你指教我吗?家父也是王室全权任命……"

"我说的是真的,老兄!"

"真的!你这句话是什么意思!你以为我站在这儿骗人。说呀?你真以为我在骗人吗?"

"完全不是,你千万别发火!"

"这就是说,你承认我没骗人,这就等于说你有了王室的全权任命。那你还站在这儿说什么废话!家父……"

那位已经走进办公室的苍白脸好像有一大群鬼追着一样,他浑身打颤,这时候他开始向自己的恩人凑过去,尽管他在宴会前很短的时间内做出决定的,不然他不会有什么安宁。

"救救我吧。"他就像一个落水者在求救,同时从胸前的口袋里掏出一张借据。

法尔克在沙发上坐下,叫安德松,让他打开酒瓶,准备餐具。随后他这样回答苍白脸。

"救你?我没救过你吗?你没有多次从我这里借钱——而至今未还吗?呃?啊,我没有救过你吗?你这话是什么意思?"

"我亲爱的老兄,你一向对我很仁慈,这我知道——"

"好啦,现在你不是已经成了法务助理吗?对!不错!那会变得很不错!你欠的所有债务都要还,你将开始新的生活。这话我已经听了十八年!你现在挣多少薪水?"

"一千二百块国币,过去是八百,不过你听我跟你说。全权任命要花费一百二十五块,养老保险金五十,加起来一百七十五;我哪儿找这些钱去呀!但是更可怕的事情来了,我的债主已经支走了我一半的薪水,结果我只剩下六百块活命,而过去我有八百。我等了十九年就等了这么个结果。不过转为法务助理还是挺开心!"

"对,不过你为什么要举债呢。人一定不要举债;一定——不要——举——债!"

"很多年我就靠一百块奖金维持。"

"那是两码事;再说,这跟我没关系!跟——我——

没——关系!"

"请你最后在上面再签一次吧?"

"你知道我在这方面的原则,我从来不签。事情到此为止!"

列文对这种事情习以为常,他很平静。就在这时候尼斯特罗姆老师也来了,幸运地打断了这次谈话。他是一个干瘦的人,有着神秘的外表和神秘的年龄;他的职业同样神秘——他应该是南区某个学校的教员,但此事没有人细问过,他也不愿意谈及此事。他在法尔克社交圈里的使命,第一他被称为老师,为的是给别人听,第二听命和有礼,第三不时地提出借钱,但最多是五块,以便满足法尔克的有人来找他借钱的精神需要,当然不能太多,第四是在聚会时写一些诗,这在他的使命中最为重要。

此时卡尔·尼古劳斯·法尔克坐在那里,他自己坐在皮沙发的中央,因为人们不应该忘记,这是他的沙发,周围是他的谋士,或者可以说是他的走狗。在列文看来,这里的一切都很有魅力:大碗、玻璃杯、瓶盖和启子——一切。这位老师看来很满意,不用多说,其他人也是这样;他被召来的目的,就是需要他当证人。

法尔克举起第一杯酒,喝了下去——为谁,没人知道,但是老师认为,是为今天的主角,因此他立即拿出一首诗"祝弗利兹·列文高就"朗诵起来。

法尔克马上一阵大声咳嗽,结果破坏了朗读气氛,也破坏了诗中最佳句子的欣赏;但是尼斯特罗姆是一个聪明人,他早就预料到有这么一手,所以他在诗中也写了像说真话一样优美的句子:"如果没有卡尔·尼克劳斯·法尔克,弗利兹·列文还不知道何处漂泊。"

这种对法尔克慷慨借给自己朋友钱的绝妙暗示使咳嗽停止了,人们对诗中对列文很不客气的结尾有了更好的理解,尼斯特罗姆拙劣的一招重新破坏了宴会的和谐气氛。法尔克把酒一饮而尽,好像他在喝一杯忘恩负义的苦酒。

"你读的诗不像平时那么有意思,尼斯特罗姆!"他说。

"对,他在你三十八岁生日时写的诗更有意思。"列文附和着说,他知道此时应该说什么。

法尔克看了他一眼,想要探寻出他心灵最秘密的角落里是否隐藏着某种背叛——像他这样看事物过于高傲的人,是看不出什么的。但他不会就此罢休。

"对,我也这么认为!那天是我听到的最有意思的诗;是那么雅致,真应该有人把它印出来;你应该让人把你的东西印出来。喂,尼斯特罗姆,你肯定能把它背下来,你难道不能吗?"

说实在话,尼斯特罗姆的记性不怎么好,他认为他们没喝多少酒,还不至于粗鲁到不知道害羞和没有任何品位的地步,他婉言谢绝了,但法尔克被这软钉子激怒了,他说一不二,坚持自己的看法。他甚至相信,他自己抄了那首诗;他在笔记本上找,哈哈,还真有。他不好意思再自己朗读,因为他已经朗读过好几遍了,让别人朗读效果更好一些。那只可怜的狗要咬断脖子上的锁链,但不行。他是老师,有敏感的天性,但是为了维持自己宝贵的生命,他不得不献媚,他已经彻底献媚了。与生命有关的所有情况都说得明明白白,教堂洗礼、教育与养护等与生日有关的一切都在其中,如果这首祝寿诗是为其他人而作,法尔克肯定认为它极为荒唐,但是现在它被说得天花乱坠,因为通篇都是赞美他本人。朗诵完了以后,他们为法尔克欢呼干杯,一连喝了很多杯,因为他们觉得,不放开海量,无法控制自己心中的真实感情。

随后是丰盛的宴会,桌子上摆着牡蛎、鸡和其他佳肴。法尔克在餐桌周围走来走去,逐个闻着冷盘,不时地命令把一些冷盘端回去,认为英国黑啤酒太凉,而葡萄酒的温度要根据不同种类有所不同。现在该轮到他的狗效力了,他们用一种愉快的表演讨好他。当一切准备好了以后,他举起自己的金表,他手里一边拿着表,一边提出下边开玩笑的问题,他们已经非常习惯、非常习惯怎么回答!

"先生们的银表几点钟了?"

他们像尽义务似的用适度的笑声做出可爱的回答:他们的表还在钟表匠那里①呢。这回答使法尔克异常兴奋,他立即发话:

"畜牲们,八点钟开吃!"——随后他坐下,倒上三杯酒,自己拿一杯,请其他人也拿起来。

"我开头,我,因为你们不愿意开头!不要拘谨。敞开肚子吃,小伙子们!"

畜牲们喂料的时间就这样开始了。卡尔·尼古劳斯不是特别饿,所以他有时间欣赏其他人的好胃口,他大声地鼓励他们,让他们使劲吃。当他看到他们的激情时,他油光光的脸上挂着无限满意的微笑,很难说出这使他有多么高兴:他们吃的样子是那么可爱,或者说他们有多么饥饿。他像一个驭手那样坐在那里,吆喝着他们,用鞭子抽打着他们:"喂,尼斯特罗

---

① 意为他们的表送到当铺去了。

姆,下次什么时候有这样的机会就难说了!使劲儿吃吧,法务助理,看样子你这身子骨需要多吃肉。——你看不上这牡蛎——你大概吃不惯这类东西,对吗?对吧!再拿一点儿!你就拿吧!吃不下去啦?——这是什么话!好啦!我们现在喝另一杯!——喝啤酒,小伙子们!——你应该多吃点儿三文鱼!你吃吧,反正他妈的我拿钱!不吃白不吃!"

当鸡被切开时,卡尔·尼古劳斯郑重地倒上红葡萄酒,客人马上明白他要讲话了,停止了吃喝。主人举起酒杯,极为严肃地说出下列欢迎词:

"干杯,馋猪们!"

尼斯特罗姆举起酒杯把酒喝了下去以此表示感谢,而列文站着不动,那样子好像正从裤兜里摸刀。

酒喝完了,列文酒足饭饱以后感到胆子大了很多,酒气上升,他感到浑身有了某种独立的感觉,一种强烈的自由意志油然而生。他的声音变得更加清脆,话说得更加准确,行动也放荡起来。

"给我一支雪茄,"他命令说,"一支好雪茄!不要劣质的!"

卡尔·尼克劳斯把这句话当成玩笑,递给他一支好雪茄。

"今晚上没看到你弟弟!"列文漫不经心地说。

他的声音里有一种幸灾乐祸和威胁的口气,法尔克感觉到了,所以他有些不悦。

"没有!"他简单地回答,但有些支吾。

列文在发动第二次进攻之前,停了一会儿。打听人家的隐私,可以说是他的拿手好戏,他走东家串西家,挑拨离间,然后充当调解人角色,被别人感激不尽。由此他获得巨大的影响,他只要愿意,他就可以把别人操纵得像玩偶。法尔克也了解这种令人不悦的影响,也想摆脱,但做不到,因为列文精通用手段引起他的好奇,通过吹嘘自己无所不知,引诱人们说出自己的秘密。

然而现在列文拿起了鞭子,发誓要驱赶自己的压迫者。他只是在空中虚晃一鞭,法尔克就准备就范了。他试图改变话题。他鼓励他再喝酒!他又喝了!列文脸色变得越来越白,越来越觉得发冷,他喝醉了!他玩起了自己的猎物!

"你妻子晚上有客人。"他漫不经心地说。

"你怎么知道的?"法尔克狠狠地问。

"我无所不知。"列文回答,他原形毕露。他也差不多真是这样。由于广泛的业务关系,他必须拜访很多很多的公共场所,在那里他可以听到很多事情,既有他这个社交圈子的事,也有其他社交圈子的事。

法尔克确实有些害怕了,他不知道为什么。好汉不吃眼前亏。他变得彬彬有礼,甚至有点儿屈从,而列文越来越大胆。最后逼得主人只有发表讲话一条路,说明举行这次酒菜丰盛宴会的原因,一句话,承认列文是今天的主角。没有其他路可走——;他确实不是什么演说家,但是他必须得讲!他敲着碗,斟满酒,回忆起他父亲在他自立的时候对他的那次讲话,他站起来,开始讲话,讲得很慢。

"尊敬的先生们,我现在已经自立八年了;当时我不满三十岁。"

从坐着到站着的变化,使血液突然冲向他的脑袋,他感到一阵晕眩,列文讥讽的目光也起了推波助澜的作用。他变得那么糊涂,三十这个数字让他觉得大得出奇。

"我说的是三十吗？我的意思——不是这样！不过,我当时是给父亲打下手,有很多年,我记不起来——现在——准确的数字,很多年吧！说起来我在这些年当中的经历要花很长时间,不过这是人的命,你们可能认为我自私自利……"

"哎呀！"尼斯特罗姆叫了一声,就把头疲倦地躺在桌子上。

列文对着讲演者喷了一口烟,好像对他吐一口吐沫。

这时候已经完全醉了的法尔克继续讲话,他的目光漫无目的地搜索着。

"人类是自私的,这一点大家都知道。对吧！我刚才提到了,在我自立的时候,为我讲话的父亲——"

讲演者举起自己的金表,把它从表链上摘下来。两位听众睁大了眼睛。莫非他要把它作为礼物送给列文？

"——当场拿出了这块他从自己父亲那里得到的表,那年是……"

又遇到了可怕的数字,他省略了！

"我得到了这块金表,可爱的先生们,想到这一点——无比感动——我现在还想着那个时刻——真的。一说话就讲自己,是不怎么好,但是在这样一个近似的场合回顾一下——过去,还是对的。我只想讲这一件小事。"

他忘记了列文,忘记了今天的主题,他把这个场面当成了他在成为新郎之前男伴们为他举行的聚会。不过这时候他又突然转到早晨他与弟弟吵架的情景和他的胜利,但是他想不起来多少细节,只记得他证明弟弟是恶棍;整个前后经过都从记忆中消失,只剩下两个事实:弟弟和恶棍;他想把这两个东西连在一起,但是他们老分开——他的脑子想呀,想呀,新的情景滚滚而来。他需要讲一些他生活中体面的一面；他想起了早上给妻子钱的事，想起了允许妻子睡懒觉和在床上喝咖啡，不过在这种场合讲这类事不合适——他有些为难，但是沉默和那两双死死盯住他的眼睛使他清醒了。他发现自己手里拿着表站着。表？哪儿来的表！为什么他们在黑暗中坐着，而他却站着！啊，是这么回事，他在对他们讲表的事情，他们等待着他继续讲。

"这块表，可爱的先生们，并不是什么名表。它只是法国金——"

那两位银表的前所有者瞪大了眼睛。这对他们可是新鲜事！

"——我觉得它只有七块红宝石——根本不是什么名表——准确地说是一块破表！"

由于不可知的原因他的火气很大，但脑子想不出发火的东西，可是他又必须找什么东西发泄。他在桌子上敲着表高喊：

"这是一块混蛋表，可以这么说。我说的时候，你们听着！你们难道不相信我吗，弗利兹？回答！你坐在那里，一副虚伪的样子。你不相信我说的话！我看着你的眼睛，弗利兹，你不相信我说的话。我最了解人，你知道吧！我可以再一次为你蹲大狱！——不是你说谎，就是我说谎。你听着，现在我要证明，你是一个恶棍。一定！听着，尼斯特罗姆！如果—我—写一个假证明——那我是恶棍吗？"

"你当然是他妈的恶棍。"尼斯特罗姆立即回答。

"对！——一定！"

他竭力回忆，列文写过什么假证明或者根本没有写过，但什么也没想起来——只好作罢。列文已经很累,他担心他的猎物会失去知觉,没有力气再承受他的打击。他也采取法尔克自己的手法,用玩笑打断讲话。

"干杯,老恶棍!"

随后他抡起了藤条,即他拿出一份报纸,用冰冷的迷梦般腔调问法尔克。

"你读过《国民旗帜报》吗?"

法尔克瞪了一眼名声很坏的这家报纸,但没有说话。不可避免的事情来了——

"上边刊登了一篇关于公务员薪俸发放总署的文章。"

法尔克顿时脸色苍白。

"有人说是你弟弟写的!"

"这是谎言!我弟弟不是写造谣惑众文章的那类人!不会是我弟弟干的,你呀!"

"但是很遗憾,他要对此负责!他已经从这个机关被轰出来了。"

"你在撒谎!"

"没有!另外,我在那天吃晚饭的时候,看见他在锡钮扣饭店和一个不三不四的人在一起!这小伙子真是他妈的太可惜了!"

对卡尔·尼克劳斯来说,这确实是极大的打击。他丢尽了脸!他的名声、他父亲的名声——这个古老的市民家庭获得的一切荣耀都将付之东流——如果有人进来说,他的妻子死了——这种事还是有办法的,钱丢了,还可以再赚。如果有人说,他的朋友列文和尼斯特罗姆因做伪证被逮捕了,他可以断然否认与他们的关系,因为他从来不在公开场合与他们在一起。但是与弟弟的血缘关系,他是不能否定的。他因为弟弟而丢尽了脸,这是事实。

列文为捅出这件事而感到某种喜悦,因为从来不说弟弟一句好话的法尔克,却一反常态在自己的朋友面前大加赞扬他和他的业绩。"我弟弟,法院院长呢!是一个有头脑的人!他肯定会高升,你们看着好啦!"这种对别人旁敲侧击的责备总是惹列文生气,但是更让他生气的是,卡尔·尼古劳斯竟在法务助理和法院院长之间划了一条无法逾越的不等线,尽管他并不知道它的确切含义。

列文没费举手之劳就获得了丰厚的回报,他确信自己可以体面地当个和事佬。

"好啦,用不着生那么大的气。新闻记者也是人,这篇造谣惑众的东西没什么了不起。只要不是针对个人的,就不算什么造谣惑众;再说写得很有意思,非常明快,全城人都在争相阅读。"

最后这句安慰的话可把法尔克的火激起来了。

"他毁了我的好名声,我的好名声!我明天怎么在交易所露面。人家会怎么说!"

他说的人家,实际是指自己的妻子,这件事一定会使她十分高兴,所谓屈就的婚姻的程度会大大降低。他的妻子将和他平起平坐——这使他极为恼怒!他产生一种无法扑灭的怒火。他多么希望自己是那位败坏门风者的父亲,那样他就可以通过父亲的特权,宣布断绝父子关系,以此洗净自己的双手,但是一种兄弟关系,他从来没听说过可以断绝。

在某些方面可能他自己也有责任;他没有对弟弟选择生活道路施加较大的影响,他早晨的表现招来了这种事情,或者

57

是因为他经济困难才这样的。是他的原因？是他造成的？不！他从来不犯这种低级行为的错误；他是一个纯洁的人，他有着尊严和荣誉，他不是写造谣惑众文章的那类人，他没有被单位轰出来；他口袋里不是装着能证明的诗吗，证明他是有良心的最好的朋友，那位老师不是刚刚念过。对，确确实实！他坐下来喝酒——喝得很多——不是要麻痹自己的良心，他不需要麻痹，因为他没做什么伤天害理的事，喝酒为了压一压火。但是压不下去，火还在燃烧，而坐在身边的朋友却在干杯。

"使劲儿喝吧，坏蛋们！那个畜牲坐在那儿睡着了！那是朋友睡着了！那是朋友吗！把他叫醒，你，列文！你！你！"

"你冲谁喊叫呢？"受到污辱的列文用愤怒的声调问。

"当然是冲你！"

双方在桌子两边没好气地交换了一下目光。法尔克看到另一个人也发怒了，心情好了很多，他拿一满勺子酒浇到老师的头上，酒从衣领往下流。

"别这样。"列文用坚定而富有威胁的口气说。

"谁敢管我？"

"我。——对，是我！我不允许用这种粗野的方式毁坏他的衣服！"

"他的衣服！"法尔克冷笑着说，"他的衣服！难道不是我的大衣，是他从我这里要去的吗？"

"做得太过分了——"列文边说边站起来要走。

"是么，你现在要走！你饱了，再也吃不下去了，今天晚上你再也不需要我了；你不想借五国币了？呃！我能荣幸地再借给你点钱吗？还是改为签个借据。让我签字吧，你！"

说到"签字"，列文的耳朵竖起来。想想看，如果在他情绪激动的时候，来个突然袭击该多好啊。但仔细一想，还是软了下来。

"你不要蛮不讲理，我的兄弟，"他又重新提起话题，"我不是忘恩负义，我非常感激你的善心；我很穷，你从来没这么穷过，而且你永远也不会穷，——我遭受过很多你难以想象的苦难，但是我把你当成一位朋友，我说'朋友'这两个字时是出自真心的。你今天晚上喝多了，很不高兴，因此有些不讲理，但是我敢说，亲爱的先生们，没有比卡尔·尼古劳斯的良心更好的人！这话我不只说过一次了。我感谢你的赏光，让我冒昧地称你为我准备了这顿美酒和佳肴——谢谢你，兄弟，敬你一杯。为卡尔·尼古劳斯兄弟干杯。谢谢，十分感谢！你做的一切不会白费的！请记住吧！"

这种因动情声音显得有些颤抖的讲话产生了奇特的效果。法尔克感到很舒服。不是又有人说他有一副好心肠吗！他相信这一点。现在醉酒转入伤感阶段。他们越走越近，互相讲起了各自的美德，讲起了世界的罪恶，讲起他们多么热心和献身；他们拉起了手；法尔克讲到了自己的妻子，讲他对她是多么仁至义尽；他讲到他从事的工作多么不神圣，讲到他因受教育不多的遗憾，讲到他的生活是多么不如意，当他把第十杯甜酒喝下肚以后，他向列文敞开了心怀，他实际上想从事精神工作，即当牧师。人的精神应该越来越神圣。列文讲了自己去世的母亲，讲了她的死和葬礼，讲了他的一次失败的爱情，最后讲了对谁都保密的宗教观点；这时候他们又讲起了宗教。时间已经是夜里一两点钟，他们的谈话还在继续，在此期间,列文把头和手放在桌子上睡大觉。办公室笼罩在雪茄的浓烟之中,汽灯也显得很昏暗;七只手烛台的七支蜡烛已经快燃尽了,桌子上一片狼藉。几个酒杯摔掉了腿,烟灰撒在桌布上,火柴棍扔得遍地都是。阳光从窗子上的洞挤进来,用它长长的光束穿透雪茄烟云,在两个虔诚的教徒之间的桌布上形成奇奇怪怪的影像,他们正在激烈地讨论奥格斯堡信纲①,他们谈话的声音很高,他们的头脑迟钝,语句枯燥无味,内容浮浅,不管他们怎么样强打精神,仍然气喘吁吁,振作不起来,最后的火星还是很快灭了;他们麻木的头脑像被鞭子抽打的陀螺,越转越慢,最后无奈地倒下。现在惟一清楚的想法是——必须赶快去睡觉,或者说互相厌恶,最好还是分手!

尼斯特罗姆被叫醒。列文拥抱卡尔·尼古劳斯,并顺手往口袋里塞进三根雪茄。刚才还高谈阔论,现在一下子还转不过来,所以还在谈期票。彼此告别,主人送走客人——他孤身一人了。他打开天窗,阳光照射进来,他打开窗子,一股从船桥吹过来的清风穿过这条狭窄的小街,其中一侧的房子已经被初升的太阳照亮。时钟打了四点;这奇怪的叮当声只有因痛苦或因疾病而失眠躺在床上的人才能听到。东长街本身,一条重负、肮脏和经常有人打架斗殴的街此时躺在那里,寂静、孤单和纯洁!法尔克感到深深的不幸。他丢了脸,他很孤单!他关上窗子和天窗,当他转过身来,看到一片狼藉的时候,他开始打扫;他拾起所有的烟蒂,把它们扔到炉子里,收拾起桌布,打扫垃圾,掸掉灰尘,把每件东西放回原处。他洗脸,

---

① 奥格斯堡信纲,基督教路得宗的基本信仰,该信纲于一五九三年在瑞典通过。

洗手,梳头;警察看见他肯定要把他抓起来,因为他实在像一个杀人犯作案后在销赃灭迹。不过在他做这些事情的时候,他在思考问题——清楚、坚定、有条理。当他把房子整理好,把自己打扮好以后,做出了一个决定,这个决定他确实准备了很久,而现在要付诸实现。他要洗掉他的家族遭受到的耻辱,他要往上爬,他要成为一个声名显赫、有权有势的人;他要开始新生活;他要保住自己的名声,而且要发扬光大。他感到,今天晚上受到巨大打击以后,心里承受压力是必要的,它可以使他振作起来。对荣誉的追求已经在他心里沉睡很久了,人们已经唤醒它,他已经做好准备。

此时他已经完全清醒了,他点上一支雪茄,喝了一杯白兰地,走进自己的房间,轻手轻脚,免得惊醒自己的妻子。

第五章　求见出版商

　　阿尔维德·法尔克即将在出版界巨人史密斯那里开始新尝试——这位出版商的名字非常美国化,年轻时曾去过那个土地辽阔的国家,认为那里的什么都好——,此人神通广大,似乎有一千只手,他甚至可以在十二个月内将一个朽木式的人物雕琢成一个作家。他的办法尽人皆知,但是没有人敢用,担心搞得声名狼藉。凡是到他手里的作家肯定都能成名,因此无名之辈都拥向史密斯。人们经常举出下面的例子,说明他如何法力无边,说明他如何不顾公众的舆论和评论界的批评而推出新人。有一个小伙子,过去从来没写过什么东西,他凑合了一部长篇小说,举给史密斯。此人正好喜欢第一章——再多了没读,当即拍板,世界将有一位新作家。书出版了,封底上写着:"《血与剑》,古斯塔夫·舍霍尔姆的小说。写这部小说的年轻有为的作家早已闻名遐迩,社会各界给予很高评价……人物个性刻画得深刻……清晰……有力。隆重推荐给我们喜欢小说的读者。"书是四月三日出的。四月四日在读者最多的《灰衣报》登了一篇书评,此报史密斯有五十股股份。书评的结尾是这样写的:"古斯塔夫·舍霍尔姆早已成名,我们无需赘述;我们把这部作品不仅推荐给爱好小说的公众,也推荐给写小说的公众。"四月五日小说的广告出现在首都所有的报纸上,现将内容摘录如下:"古斯塔夫·舍霍尔姆早已成名,我们无需赘述。"(《灰衣报》)

同一天晚上读者很少的《廉洁报》上刊登了一篇书评,说这本书是文学作品的坏典型,骂古斯塔夫·舍布鲁姆(评论者有意把名字拼错)是无名小卒。其他首都大报不敢得罪有威望的《灰衣报》和史密斯本人,反应相当平和,但仅此而已。他们相信,古斯塔夫·舍霍尔姆通过自己的努力和工作将来一定会成名。

日子安安静静地过了几天,突然各家报纸,《廉洁报》除外,都用大字标题刊登广告并宣称:"古斯塔夫·舍霍尔姆早已成名。"但是在某小城市的《万有报》上冒出一封读者来信,指责首都各报对年轻作家太苛刻。这位火药味十足的作者最后说:"古斯塔夫·舍霍尔姆是不折不扣的天才,不管那些教条式的木头脑袋们怎么反对。"

第二天所有的报纸都登了广告,宣称:"古斯塔夫·舍霍尔姆早已成名"等等(《灰衣报》);"古斯塔夫·舍霍尔姆是一个天才!"(某小城市的《万有报》)。史密斯出版的《我们的国家》下一期封面也刊登了下面的广告:"十分高兴地敬告我们的读者,大名鼎鼎的作家古斯塔夫·舍霍尔姆答应我们在下一期发表他的短篇小说力作"等等。报纸上也都是这样的广告。到圣诞节了,年鉴《我们的人民》终于来了。在作家的栏目里提到如下一些人:奥瓦尔·乌德[1],塔

---

[1] 奥瓦尔·乌德,瑞典诗人 O. P. 斯图森—贝克尔(1811—1869)的笔名,斯堪的纳维亚主义运动的积极追随者,作品带有强烈的民族主义色彩。

利斯·恰里斯①,古斯塔夫·舍霍尔姆等等。事实是:古斯塔夫·舍霍尔姆出名才八个月。公众,啊,他们没什么办法,只能接受;他们只要走进书店,就会看到这本书,他们不得不读,他们随便拿起一张报纸,就能看到这样的广告,日常生活中处处都能看到纸上印着这个名字;夫人们星期六买食品的篮子里有,女仆从食品店买完东西回家时带着它,苦力们把它从街上扫起来,绅士们穿着睡袍上厕所时口袋里装着它。

年轻作家法尔克深知史密斯的巨大势力,他怀着忐忑不安的心情爬上通向大教堂高坡的幽暗的台阶。他坐了很长很长时间等待最尴尬的接见,直到门被打开,一位年轻人满脸茫然、胳膊下挟着一摞稿纸磕磕绊绊走出来。法尔克颤抖着走进房间,那位可怕的人物在那里接见他。此人坐在一个长沙发上,沉稳而和蔼,像个神仙,他有礼貌地向他点了点头,灰白胡子,头上戴着一顶蓝色的便帽,他平静地吸着烟斗,好像刚才根本没发生他毁掉一个人的希望和从身边赶走一个不幸的人一样。

"你好,你好!"

他用两只神仙似的眼睛打量着来人的衣着打扮,觉得还算得体,但他仍然没有请他坐下。

"我的名字叫……法尔克。"

"我过去没听说过这个名字——先生的父亲是干什么的?"

"我的父亲已经过世——"

---

① 塔利斯·恰里斯,瑞典诗人 C. V. A. 斯特朗德贝里(1818—1877)的拉丁文笔名,意为"我就是如此",带有自由主义的色彩。

"啊,他已经过世! 好! 我能帮先生什么忙?"

法尔克从上衣口袋里掏出一部手稿递给史密斯;主人立即把手稿放到屁股底下,并没有立即看。

"啊,这个要让我出版吗? 是诗歌吧? 啊啊,好! 先生知道印一个印张要花多少钱吗? 啊,这您不会知道!"

他用烟斗的把儿指了指那位无知者。

"先生有何名气? 啊,没有! 有什么突出的表现? 啊,没有。"

"我这些诗曾经受到文学院的奖励——"

"哪个文学院? 哲学、历史和考古研究院! 啊,对啦! 它出版了很多介绍破烂燧石头①的书。对吧!"

"燧石头!"

"啊,对。先生知道那个哲学、历史和考古研究院②! 就在急流河边博物馆里,对!"

"不对,史密斯先生,是瑞典文学院,在证券交易大厦……"

"啊,对了! 就是老点着蜡烛的那个! 一回事! 没人记得那么清楚! 啊,您看,可爱的先生,人一定要有名气;像泰格尼尔③,厄隆施列格尔④,还有——啊! 我们国家有很多伟大的诗人,我现在想不起来他们的名字;不过人一定要有名气。

---

① 燧石头,指石器时代人类用容易加工的燧石制作各种简单的工具。
② 史密斯搞混了这两个学术机构。
③ 史密斯没记清楚,应为 E. 泰格纳尔(1782—1864),瑞典诗人、作家,曾任隆德大学希腊语教授、哥特联盟主要成员、瑞典文学院院士和维克舍大主教。主要作品有《斯维亚》《弗里蒂奥夫萨迦》《文学院之歌》等。
④ 同上,应为 A. G. 欧伦施莱厄(1779—1850),丹麦作家、美学教授,丹麦文学中浪漫主义的主要代表人物。主要作品有《黄金号角》《诗集》等。

65

法尔克先生！哼！谁认识法尔克先生？起码我不认识,尽管我认识很多伟大的诗人。我前几天对我的朋友易卜生说:你听着,易卜生——我称他为'你'——你听着,易卜生,给我的杂志写点儿东西,要多少钱,我给多少钱！他写稿,我付钱——不过我也得到回报。好啦！"

当这位年轻人发现,站在他面前的人竟对易卜生称"你"的时候,吓得真想钻到地底下藏起来。他想收回手稿,赶紧走人,像刚才出去的那位年轻人那样,走得远远的,找一条大河,跳下去淹死算了。史密斯大概看出来了。

"好啦！先生能用瑞典文创作,这一点我相信！先生比我更了解我们的文学！对吧。不错！我有个想法！我听说很久以前,我们有很多伟大的宗教文学作家,是在古斯塔夫·埃里克松或者他的女儿克里斯婷时代,啊,两位都很好。我记得一个人,他的名字非常非常伟大,写过一部关于上帝创世的书,如果我没记错的话,他的名字叫霍根！"

"哈奎因·斯皮格尔,史密斯先生是指他吧,《上帝的工作与安息》！"

"对,是这样！好啊！我想出版这部著作！今天我们的人民热心宗教;我已经注意到这一点;一定要满足他们的要求。实际上我过去已经为他们出版过赫尔曼·弗朗哥和安特的著作,但是那个力量强大的教会卖得很便宜,现在我想出版一些物美价廉的书。先生想完成这件事吗？"

"我不知道我的具体任务是什么,仅仅是重印吧？"法尔克回答,他不敢拒绝。

"哎呀,哎呀,真窝囊！就搞一搞编辑和校对！我们说定了！你负责出！没问题！我们写个协议吧？一册一册地出。

对吧？一个简单的协议！请给我笔和墨水！好！——好啦！"

法尔克照办；他不敢违抗。史密斯写完了，法尔克在上面签字。

"好！这是一件事！现在该第二件了！把书架上那本小书给我！第三个书架上！请你看这个！一本小册子！书名是：《守护神》。啊，请看上面的插图！一位天使，一个锚和一只船——我想这是一只多桅斜帆船！你知道，海上保险业给公众的生活带来多大益处。所有的人都会用船从海上运送一些东西，或多或少。对不对？好！因此所有的人都需要海上保险。对不对？好！是不是所有的人都认识到这一点？没有！因此明白这一点的人有义务向不明白的人介绍。这本书就是介绍，每一个人在从海上运送东西的时候，都需要给自己的东西加保险！但是这本书写得很糟！啊！——因此我们需要写得好一些！对吧？请先生为我的杂志《我们的国家》写一部短篇小说，十页就够了，我要求先生在小说里使用'特利顿'这个名字，它是我的侄子在我的帮助下建立的一家新的保险公司，人一定要帮助晚辈，对吗？啊！'特利顿'这个名字一定要出现两次，不能多也不能少，免得被人发现！明白吗，先生？"

法尔克对这件差事感到有些为难，但是这些建议里也没有什么不体面的东西，他可以从这位有影响的人物那里得到工作，一切都是举手之劳，不用费太大的力气。他接受了提议，并表示感谢。

"先生可能了解开本吧！每页四瑞典寸，共四十寸，每页三十二行。我们可能得写一个简单的协议。"

史密斯写协议,法尔克签字。

"好,就这样!喂,先生一定了解瑞典历史吧?请看,还是那个书架!那里有一块印版,一块木头!靠右边!对!先生能告诉我,那位女士是谁吗?她是位皇后!"

法尔克猛一看就是一块黑木板,后来发现一些人物线条,就说好像是乌尔丽卡·埃烈乌努拉。

"我说的没错吧!嘿嘿嘿!这个头像曾经被当作英国女王伊丽莎白的头像出现在美国的通俗书籍上,我花了很低的价钱把它连同一堆其他的东西买了回来。现在我想让它在我的农民丛书里当乌尔丽卡·埃烈乌努拉的头像。我们有一个很好的农民群体;他们非常友好,买了很多书。好了,就这样!先生愿意写文字部分吗?"

受过良好教育的法尔克心地善良,但是他没有发现有什么不合理的地方,尽管他感到很不舒服。

"好吧!我们写一个简单的协议!十六页,每页三寸,二十四行。好!"

协议又签了!法尔克认为这次晋见可能该结束了,他露出了想要回手稿的表情,史密斯一直把它坐在屁股底下。但是他并不想放手,他还要读,他解释说,要拖一段时间。

"好,先生是一个明白人,知道时间是多么宝贵。刚才来过一个年轻人,也拿了一部诗稿,很长的一部诗作,我不能用。啊,我给了他和先生同样的条件;先生你知道他说什么吗!他提出的条件让我都无法开口。真的!他真的说了,然后就跑了。他活不了多久,这个人!再见!再见!先生肯定能找到霍根·斯皮格尔的书!好啦!——再见,再见。"

史密斯用烟斗把指了一下门,法尔克当即告辞。

68

法尔克走得一点儿也不轻松。口袋里木制印版很沉,一走路就往下坠,他不停地往上拖。他想着那个送来手稿的脸色苍白的年轻人,他敢当着史密斯的面直言不讳,这时他也有了自尊心。但是祖传的家训又出现在他的脑海里——"什么工作都值得尊重"的谎言警示着他,他又恢复了理智,赶紧回家去写四十八寸关于乌尔丽卡·埃烈乌努拉的书。法尔克在外边转了很长时间,当他回到家,坐在写字台旁边的时候,已经是九点钟了。他装了满满的一烟斗烟,撕下两张纸,擦干净钢笔,开始回忆他所了解的乌尔丽卡·埃烈乌努拉。他打开埃凯隆德①和弗利塞尔②的书去找材料。在乌尔丽卡·埃烈乌努拉的题目下有很多内容,但是关于她本人的材料几乎没有。九点半钟的时候,他已经使用完了自己的资料;他写了她什么时候出生,什么时候逝世,什么时候建立政府,什么时候解散政府,父母叫什么,跟谁结婚。这些都是从一本教会出的书里抄来的——加起来不满三页——还剩十三页。他抽了几袋烟。他不停地拿笔到墨水瓶里去蘸,好像钩住了米德果德蛇③,但一无所获。他必须要写她的个性,做简单的性格刻画;他感到一定要对她有一个评价。是赞扬,还是贬低她?因为他在这个问题上的观点是无所谓,所以直到十一点他也没决定该怎么写。他贬低她——写到第四页——还剩下十二页。他多么希望有人能给他提出宝贵建议。他应该讲她的政

① 埃凯隆德,瑞典历史教科书的编写人。
② A. 弗利塞尔(1795—1881),瑞典教育家、历史学家和诗人,他在学生时代写的歌词《啊,美丽的韦姆兰》最负盛名,主要作品有《瑞典历史故事》等。
③ 北欧神话故事,讲托尔神钓鱼时钩住了缠地球的海怪米德果德蛇。

府,但是她没有执政,当然不能讲。他写了枢密院——才一页——还剩十一页;他想为耶茨①打抱不平——一页——还剩十页!他还没完成一半!他非常恨这个女人!又抽了几袋烟,换上新钢笔!他往上追溯历史,无意中批判了他心中老的理想人物卡尔十二世,这页写得很顺利,但仅仅占了一页。还剩九页!他继续向上追溯,又打了弗利德里克一世一顿板子。半页!他低头看了看稿纸,看看完成一半到什么地方,但无法到一半。然而他已经完成了七页半,而埃凯隆德只不过写了一页半。他把木制印版扔在地上,把它踢到柜子底下,又爬进去把它找回来,掸掉灰尘,重新放到桌子上!真是活受罪!他感到自己的灵魂像枯木一样干燥,他绞尽脑汁,希望想出点什么,但是没有,他试图从那位已经去世的女王身上激发出一些灵感,但是她刻在木板上模糊不清的线条跟那块木制印版留下的印象完全一样。

  这时候他认识到自己的无能,他感到沮丧和自卑!这就是他换来的新道路!过一会儿他恢复了理智,又去看那个保护天使。这是由一家名为"尼列尤斯"的德国公司编写的,大意是这样:施罗斯夫妇早年移居美国,在那里攒了一大笔家产,他们很不会办事——不这样小说就写不成——把财产变成细软和珠宝首饰——只有这样才无可挽回——通过注册的一等货轮"华盛顿326"号运回国,船体包钢,货仓防水,以四十万塔勒在那家德国大型海上保险公司尼列尤斯保了险。好了!施罗斯夫妇和孩子乘豪华客轮"白星航线"上的"波利瓦

---

① G. H. 冯·耶茨(1668—1719),瑞典政治家,从一七一六年起任瑞典国王卡尔十二世首席顾问,主张通过扩大发行货币和举债筹集资金,继续扩大战争。卡尔十二世死后,耶茨被处死。

尔"号,此船在那家大的德国保险公司尼列尤斯以一千万美元保了险。船到达利物浦靠岸,然后继续航行,驶向斯卡根海岬。一路自然是阳光灿烂,万里无云,但是就在他们驶到危险的斯卡根海岬时,风浪骤起,船被吹翻,上了保险的夫妇死于海难,从而他们被救起的孩子可以得到一千五百英镑的保险金。孩子们对此自然很高兴,他们兴致勃勃地到汉堡去领人寿保险和父母的遗产。当他们被告知"华盛顿"号已于十四天前在道格尔沙洲触礁沉没、他们的东西全部沉入海底时,真如晴天霹雳。他们赶紧到人寿保险公司,但是,同样令他们震惊,他们被告知,他们的父母在保险到期的前一天晚上没有交最后一笔保险金——多么不幸!——就在同一天他们在海上遇难了!孩子们对此非常沮丧,他们为失去父母而伤心,父母曾经为了他们而辛苦工作。他们流着泪互相拥抱,发誓今后从海上运什么东西都要上保险,千万不能忽视交保险金。

把这个题材本土化,把环境改成瑞典,让读者读起来方便,短篇小说就大功告成,以此为敲门砖,进入文学界。这时自尊心又出来捣鬼,好像有人小声说,如果他听命做这些事,就是一个无耻之徒,但是这声音马上就被另一种发自丹田的声音压下去,随后他心如刀绞,难过异常。他喝了一杯水,吸了一袋烟,但内心觉得更加不适;他的思想变得越来越阴暗;他发现自己的房子很不舒服,时间过得缓慢而单调;他感到浑身软弱无力;他觉得一切都不如愿;他的思想乏味,心灰意冷,同时身体也越来越不舒服!他怀疑自己大概是饿了!时间刚一点,他一般都在三点吃饭!他不安地摸了摸自己的钱。共有三十五厄尔,不够吃一顿午饭!这是他一生中的第一次!他从来没有这样窘迫过!但是有三十五厄尔就不会挨饿。他可以去买点儿面包和啤酒。不行,他不能这样做,因为这样不行,这样不合适,他怎么能亲自到商店去买牛奶呢?不能!出去借点儿钱吧?不可能!他不想找人借钱!他坚定了信念以后,饥饿像猛兽一样跑来,又撕他,又咬他,逼得他满屋子跑。他一袋又一袋地吸烟,想以此制住饿鬼,但不起作用。这时候兵营里传来号声,士兵拿着自己的铜饭盒、排着整齐的队伍去吃午饭;他看见所有的烟囱都在冒烟,船响着午饭的钟声,他的邻居警察一家的厨房里吱吱地响着,炸油的香味儿从开着的前廊大门飘来,飘进他的鼻子里;他听见旁边房子里刀叉的响声和孩子们饭前的祈祷;街上吃饱了饭的石匠躺在空饭袋上睡午觉;他真的相信,除了他,全城人此时此刻都在吃午饭。他真的对上帝生气了!这时候他脑子里跑出一个明确的思想。他拿起乌尔丽卡·埃烈乌努拉和守护神,用纸包好,在上面写上史密斯的名字和地址,给了信差仅有的三十五厄尔。这时候他松了一口气,躺在沙发上,体味着高尚的精神。

第六章 红房间

　　那个目睹了阿尔维德·法尔克第一次与饥饿做斗争时死去活来的同一个太阳愉快地照进里尔—延斯的那个小房子里。塞伦穿着衬衣站在画架前赶第二天就要送展的那幅画,十点钟以前要画好,上漆,装框。乌勒·蒙塔努斯坐在折叠靠背椅上读那本美妙的书,只借给他一天,而且要把自己的围巾给人家用;他不时地看一看塞伦的画,并大加赞扬,因为他认为塞伦是一个伟大的天才。伦德尔则不慌不忙地画着从十字架上放下来的那个人;他已经有三张画参展,像很多其他人一样,他也以紧张的心情等着有人来购买。

　　"真不错!塞伦!"乌勒说,"你画得真出神!"
　　"让我看看你的颜色绿得像菠菜似的画。"从来不夸奖别人的伦德尔说。

　　画的题材简洁而伟大,哈兰德海滨的一片流沙,大海为背景;秋天的气氛,几缕阳光穿云而出;背景的一部分是沙滩,一些刚被海浪冲上岸的湿漉漉的海藻在阳光下闪闪发光;紧接着是很大的一片海伸进浓密的森林里,波浪翻滚的大海吐着白沫,但是远处的地平线上依然阳光普照,景色一望无边。点缀物是一群候鸟。画要表现的内容,每一个智商正常、有勇气了解寂寞的神秘而内涵丰富和看到过流沙吞没丰收在望的庄稼的人,都能理解。这幅作品是灵感和天才的杰作,气氛创造了色彩,而不是相反。

"画的前景应该有点儿什么东西,"伦德尔指出,"在那里加一头奶牛吧!"

"啊,看你说的。"塞伦回答。

"照我说的去做,疯子,不然你卖不出去。加上一个人物,一位姑娘,如果你画不好,我帮你,像这样……"

"算了算了!别画蛇添足!外边刮着大风,穿裙子算什么!"

"好吧,请君自便,"伦德尔回答,那句玩笑的话击中了他的弱点之一,"不过你可以用一只鹳鸟代替那堆灰乎乎的候鸟,因为谁也看不清它们到底属于哪一种鸟儿。你想一想,鹳鸟红色的腿衬着天上的白云,多么鲜明的反差!"

"好啦,这你不懂!"

塞伦不是题材高手,但是他很清楚自己做的事情,他的理性直感引导他准确地避免失败。

"不过你卖不出去。"伦德尔接着说,他对同伴的经济状况很担忧。

"没关系,怎么都能活下去!我什么时候卖过画?因为这个原因我就是坏画家吗?你难道不相信,如果我愿意像其他人那样画,也可以把画卖出去吗?你难道不相信,我也能跟那些人画得一样糟糕吗?当然,我的天啊!但是我不愿意!"

"但是你总得想一想怎么还债吧!你欠着格吕丹饭店老板伦德几百个国币呀。"

"唉,没这点儿钱他就穷死了!再说,他从我这里拿走一幅画,值双倍的钱!"

"你真是我听说过的最自作多情的人!那幅画连二十国币也不值。"

"按着一般的价格,我估计那幅画值五百国币!但是这个世界有不同的情趣和爱好,很遗憾,我认为你那幅十字架画画得很糟糕,你认为它很不错!没关系!无可非议!萝卜、白菜,各有所爱,对吧!"

"但是你破坏了我们在格吕丹饭店赊账的信誉。伦德老板昨天取消了我赊账的资格,我不知道我今天到哪儿吃午饭!"

"啊,你为什么非得吃午饭!不吃也能活着!我已经有两年不吃午饭了!"

"哎呀,你前几天敲了一下那个法院院长,你真够黑的。"

"对,此话不假!那是个很不错的小伙子!另外他很有才气,他的诗自然清纯;我前两天读了几首。但是我有些担心,要立足这个世界,他待人处世太软弱,还高度神经质,那小子!"

"如果让他进你这个社交圈子,大概就全完了。不过我觉得太损了,你在那么短的时间里就把那位年轻的仁叶尔姆毁了。你大概还让他去剧团当演员吧!"

"不,是他自己说的!对,他是个人物!如果他能生存,肯定会成才;但是情况不妙,现在连饭都吃不上!真该死!颜料用完了!你有白颜料吗?上帝保佑,别把所有的颜料都挤净,好——你一定要给我点儿颜料,伦德尔。"

"除了我自己用的,没有多余的,即使我真有,也不会给你用!"

"好啦,少说废话,你知道我有多急。"

"不开玩笑,我真的没有你要的颜料!如果你平时省一点儿用,也许还够用到……"

"好啦,这谁都知道!没有就拿点儿钱来吧!"

"钱,正要说这个事儿呢!"

"乌勒,你快起来,赶快出去当东西!"

听到当东西,乌勒露出一丝笑容,因为他知道,这下子又有饭吃了。塞伦开始在屋里四处找东西。

"你们哪里有什么东西?这是一双靴子!这个可以当二十五厄尔,但是最好把它卖掉。"

"这是仁叶尔姆的,你可不能拿,"伦德尔打断他的话说,因为下午进城时他还想穿呢,"你不能拿其他东西吗?"

"啊,这有什么。我们以后一定还给他钱!这箱子里是什么东西?一件天鹅绒背心!真漂亮!我自己穿啦,乌勒,你拿走我那件吧!衬领和套袖!唉,全是纸的!这儿有一双袜子!看呀,乌勒,这儿有二十五厄尔!快装进背心里!这些空瓶子,你一定要卖掉!我想,最好把这些东西都卖了吧!"

"你出去卖别人的东西,还有良知吗?"伦德尔插话说,他一直垂涎这包东西,原来以为十拿九稳了。

"啊,以后还给他钱就是了!但是,这换不了多少钱!我们还得从床上拿几个被罩!这有什么关系?我们不需要什么被罩!你看,好,乌勒!你尽管往里装!"

乌勒手脚麻利,在伦德尔不停的抗议声中用一个被罩把所有的东西都包起来。包打好了,乌勒用胳膊挟着,扣上破上衣的扣子,免得让人看见他里边没穿背心,然后朝城里走去。

"他的样子像个小偷,"塞伦说,他站在窗前,狡猾地朝大路看着,"他不让警察抓住就是好事!""快一点儿,乌勒!"他冲着已经走远的乌勒喊!"如果买完颜料还有钱的话,再买六个法式面包和两小瓶啤酒!"

乌勒回过头来,信心十足地挥动着帽子,好像饭钱已到了口袋里。

就剩下伦德尔和塞伦两个人。塞伦站在那里,欣赏自己新得到的天鹅绒背心,其实这件东西也是伦德尔觊觎很久的。伦德尔一边刮颜料板一边对失去的心爱之物投以嫉妒的目光。但这不是他现在要谈的,而且也难以启齿。

"你过来一下,看看我的画,"他说,"你觉得怎么样,严肃点儿!"

"你别在她身上涂涂抹抹没个完,你放开笔画!光从什么地方来?从衣服上,从裸露的部位!真有点儿荒谬!这些怎么出气呢!尽是颜色、亚麻油;看不见透气的地方!"

"不过,"伦德尔认真地说,"像你说的,情趣不一样!你觉得构图怎么样?"

"人物太多!"

"啊,你真够可怕的,我还想再加几个呢!"

"让我看看!这儿有个错误!"塞伦把头离画远远地看,只有生在海边和平原上的人才有这种目光。

"对,这是个错误!你真看出来啦?"伦德尔赞同地说。

"画上都是光棍儿汉!有点儿太枯燥!"

"对,正是这样!没错,你看出来了!"

"你是不是想画个女人?"

伦德尔想看看他是不是在开玩笑,但是很难看出来。因为这时候他吹起了口哨。

"对,我觉得差一个女人的形象。"他回答说。

然后一阵沉默,当两位老朋友之间出现这种局面的时候是很尴尬的。

"如果我能知道,怎么样能找到一位模特就好了。画院的我不要,因为全世界都知道她们的面孔,此外,画的题材是宗教性的。"

"你想要好一点儿的?好!我理解!如果不需要她裸体的话,我大概可以……"

"在那么多光棍儿汉中间,当然不需要她裸体,你疯了;再说这是一幅宗教内容的画儿……"

"对,对,我们都知道。她无论如何要穿衣报,有点儿东方色彩,弯着腰,我认为,做从地上拣东西状,露双肩、颈项和脊背的上部。我明白!但是要有点儿宗教色彩,对,就像抹大拉①一样!好!一副鸟瞰状,对吧!"

"你总是没完没了地开玩笑,玩世不恭!"

"书归正传!书归正传!你想要一个模特儿,因为你需要;你自己谁也不认识!好!你的宗教感情不准你找这种模特儿,那就只好由仁叶尔姆和我,我们两个匪类,给你找一个!"

"一定要一个正正经经的姑娘,我把话说在前头!"

"自然,对!我们一定注意,办好这件事,后天,我们就有钱花了。"

然后他们又开始画画儿,无声无息,一直到四点钟,一直到五点钟。塞伦首先打破了不安的沉默。

"乌勒怎么迟迟不回来!他肯定出什么事啦!"他说。

---

① 抹大拉,《圣经》中的人物,此处暗指卖淫女。

78

"是啊,有点儿不对劲儿,不过你为什么总是派这个可怜虫去呢?你完全可以自己去做这类事。"

"啊,他没有什么事情做,他愿意去做!"

"这种事你不明白,此外,我一定要告诉你,你不知道将来乌勒会怎么样。他很有大志,说不定哪天又重新站起来,不知道那时候还认我们这些朋友不认!"

"不会,你瞎说什么呀!他能做出什么伟大的业绩?我很相信,乌勒会成为一个伟大的人物,但不会成为雕塑家!不过他对我来说是一个混世魔王!你相信他会自己把钱花了吗?"

"会,会!他已经有很久没钱吃饭了,所以饭对他吸引力太大了。"伦德尔回答,他又把自己的皮带紧了两个眼儿;并不停地想,如果他处在乌勒的地位他会怎么办。

"啊,人就是人,谁都会先想到自己,"塞伦插话说,这时候他已经很清楚,他会怎么做!"不过我不敢再等了;即使去偷,我也得弄颜料。我出去找法尔克。"

"他又去敲那个可怜的人!你昨天为了画框已经敲了他一笔!那可是不小的一笔啊!"

"啊,亲爱的!我只能再一次去磨脸皮,没有办法呀。不低三下四怎么行!再说法尔克是一个非常大气的人,他知道是怎么回事。现在我得走了!乌勒回家的话,就说他是一个笨蛋!红房间见吧,如果上帝仁慈,在太阳落山之前能给我们一点儿吃的东西!你走的时候,关好门,把钥匙放在门槛底下!再见!"

他走了,没过多久,他就到了马格尼伯爵大街法尔克的门前。他用手敲门,但是没有人答话!这时候他推门进去了。

正在做噩梦的法尔克一下子从梦中醒来,直愣愣地瞪着塞伦,一时没认出来是谁。

"晚上好,老兄。"塞伦向他问好。

"啊,天呀,是你!我刚才肯定做了一个奇怪的梦!晚上好,请坐,抽一袋烟!已经到晚上了?"

塞伦已经感到情况不妙,他假装什么也没发现,继续说话。

"老兄今天大概没去锡钮扣饭店?"

"没有,"法尔克连忙说,"我没有去那里。我去伊都那了!"

他确实不知道,自己是做梦去了那里,还是真的去那里,不过他对自己能说出这句话还是很高兴,因为他对于自己的惨状感到很羞愧!

"好,你做得对,"塞伦肯定地说,"锡钮扣那里的饭不怎么好!"

"对,是不敢恭维!"法尔克说,"他们的肉汤特别糟糕!"

"对,还有,那个饭店老板总是站在那里数数三明治,真混蛋!"

说到三明治时,法尔克清醒了,但是他不再感到饿,尽管他双腿打软儿。但是这个话题太让人难堪了,必须先换个话题。

"啊,"他说,"你明天要用的画儿已经画好了吧!"

"没有,上帝保佑,情况不大好。"

"那是什么问题?"

"我来不及了。"

"来不及了?你为什么不坐在家里画呢?"

"唉,还不是那个老问题,老兄!没有颜料!颜料!"

"这个问题可以解决吧!你可能没有钱吧?"

"要有就好啦!"

"我也没有!我们怎么办呢?"

塞伦低下头,目光正好与法尔克背心的口袋一样高,那里挂着一个相当厚的金表链,塞伦不敢相信那是金的,纯金的,因为他不明白,人为什么那么疯,把那么贵重的东西放在背心的口袋里。然而他的思路渐渐明确了,他继续说:

"我如果有什么东西可以当就好了,我们这方面不在乎,只要到四月第一个出太阳的日子,就拿棉大衣去当。"

法尔克脸红了。他过去从来没有经历过这类事情。

"你们去当大衣?"他问,"你们能当这些东西?"

"什么东西都能当——有什么算什么,"塞伦强调说,"只要有东西。"

法尔克有些头晕脑涨,不得不坐下。随后拿起自己的金表。

"你觉得当这个怎么样,连同表链!"

塞伦手里拿着这些要典押的东西,用行家的表情打量着它们。

"是金的?"他小声问。

"是金的!"

"纯金?"

"纯金!"

"两件都当?"

"两件都当!"

"一百国币!"塞伦一边说一边掂着手中的东西,金闪闪

81

的表链哗哗地响。"不过真够可惜的！老兄不要为了我，把自己的东西都糟蹋了！"

"不是，我自己也需要，"法尔克说，他不愿意流露出丝毫的自我牺牲的精神，"我也需要钱。麻烦你，请你把它们当成钱吧！"

"好，就这样，"塞伦说，他不想再为难自己的朋友，"我去当它们！穿上衣服吧，老兄！你看到了，生活有时候是艰难的，但是我们还是可以挺过去！"

他深情地拍了拍法尔克的肩膀，这是难得一见的真情流露，因为他一般是用嘲笑进行自我保护，他们走出去。

事情办好以后已经是晚上七点钟了。随后他们去买颜料，然后去红房间。

十九世纪六十年代的一个时期，流行一种疯狂的咖啡厅音乐，先风行于斯德哥尔摩，然后扩展到全国，贝尔纳沙龙在此期间开始扮演一种文化历史角色，曾有效地阻止这种音乐的发展。每天晚上七点钟，这里聚集了一大批年轻人，他们刚刚离开父母的家，而自己又没有独立，因此处于一种非正常状态中；大批的年轻光棍汉离开自己偏僻的住所或斗室阁楼，来到这个明亮、温暖的地方，找人谈天说地。沙龙的老板也曾经用哑剧、杂耍、芭蕾和其他一切娱乐手段取悦大家，但是人们明确地告诉他，他们到这里来不是为了娱乐，而仅仅为了静一静心，为了寻找一个聊天的地方，一个聚会场所，人们知道，他们随时都可以找到一个知己；那里放的音乐也不妨碍交谈，恰恰相反，人们不但接受，还渐渐与饮酒、吸烟一样，成为斯德哥尔摩人夜生活的一部分。就这样贝尔纳沙龙成了全斯德哥尔摩的光棍汉俱乐部。各个阶层的年轻人都来这里挑选一个角落,而里尔—延斯的居住者则选中了南台前面的"棋房",因那里的外表都是红色的,所以简称红房间。大家白天像糠皮一样四处飞扬,但晚上肯定要在红房间相聚;他们从那里对沙龙进行认真侦察,一旦有了困难,或者需要找钱的时候,他们就以散兵的形式构成一个网,两个人去台子,两个人去长廊,每次都有收获,很少有一无所获的时候,因为晚上不停地涌进新客人。今天晚上不必做这种事,所以塞伦自豪而平静地坐在红沙发上,紧靠着法尔克。

在他们就喝什么酒彼此上演了一幕小小的喜剧之后,最后决定先吃饭。他们刚刚开始吃,法尔克感到有一个长长的影子罩在他们的饭菜上——是伊格贝里站在他们面前,像平常一样苍白、憔悴。那位正处于兴奋状态并一向彬彬有礼的塞伦,马上问他要不要一起用餐,法尔克也跟着问。伊格贝里不安地站在那里,眼睛打量着盘子里的饭菜够他吃饱,还是够他吃半饱。

"法院院长的笔杆子真硬。"他说,目的是要把众人的目光从自己狼吞虎咽的吃相中转移开。

"怎么回事?是说我!"法尔克回答,他有些激动,他不相信有人能认出他的写作风格。

"那篇文章写得真成功!"

"哪篇文章?我不明白!"

"啊,啊!就是以读者来信的形式写给《国民旗帜报》的关于公务员薪俸发放总署的文章!"

"那不是我写的!"

"是总署的人说的!我碰见一位老朋友,他是那里的在编公务员,他透露作者是您,他们气得真够呛!"

"您有什么看法?"

法尔克感到自己有一半责任,这时候他明白了,那天晚上他与斯特鲁维坐在莫塞山谈话,随后才有了那篇东西。但是斯特鲁维只是参考他的材料,话是他讲的,他认为他对讲话应该承担责任,尽管他有被视为丑闻制造者的危险!他感到挽回是不可能了,他清楚地认识到只有一个办法,那就是:直说!

"好啦,"他说,"我是那篇文章的炮制者!让我们现在换个话题吧!法务助理对乌尔丽卡·埃烈乌努拉有何高见?她是个有趣的人物吗?还有特里顿海上保险有限公司和那个哈奎因·斯皮格尔!"

"乌尔丽卡·埃烈乌努拉是整个瑞典历史上最有意思的人物,"伊格贝里认真地说,"我最近接到关于她的约稿——"

"是史密斯?"法尔克问。

"是啊,您是怎么知道的!"

"那您也知道《守护神》啦!"

"您是怎么知道这些事的?"

"是我今天上午把这些材料给他寄回去的。"

"不工作是不对的!您会对此感到后悔!相信我吧!"

法尔克激动得满脸通红,讲话的语调慷慨激昂。塞伦安静地坐在那里,抽着烟,他更多的是听音乐,而不是谈话,一方面是因为他对这种谈话不感兴趣,另一方面他也不明白谈话的内容。他坐在沙发的角落里能够通过开着的两个门——一个通向南台,另一个可以通向整个大厅——可以看到北台。两个台子之间总是布满浓重的烟云,但是他还是能认出坐在对面的人的脸。突然他的目光落到远处的一个点上。他拉了拉法尔克的胳膊。

"喂,你看,你看那个家伙!看那个坐在左边窗帘后边的!"

"伦德尔!"

"对,是他!他正在物色一个抹大拉式的女人!看,他开始跟她说话!是一位很甜的小女人!"

法尔克为塞伦观察得如此细微脸红了。

"他在这儿找模特儿吗?"他惊奇地问。

"对,不然他到哪儿去找!他不可能到黑灯瞎火的地方去找!"

随后伦德尔走了进来,塞伦点头示意,他心领神会,因此比平常更加客气地给法尔克鞠了个躬,并用某种污辱的方式对伊格贝里在场表示惊讶。伊格贝里把这一切都看在眼里,他抓住机会,主动问伦德尔想要吃什么——听到这话后者睁大了眼睛;他似乎觉得自己已处于大腕之中。他感到自己很庆幸,因此态度缓和了,也有人情味了,吃完一顿热乎乎的晚饭以后,他觉得应该有所表示。很明显,他要跟法尔克说点什么,但是他找不出词儿来。偏偏这时候乐队又奏起了"请听我们赞颂,斯维亚",一转眼又置身于"上帝是我们一座宏大的城堡"。

法尔克又要了一些酒水。

"法院院长跟我一样,喜欢古老的圣歌。"伦德尔开始说。

法尔克不知道自己到底喜欢还是不喜欢圣歌,他反而问伦德尔要不要再喝点儿瑞典甜酒。伦德尔犹豫起来;他不知道敢不敢再喝。他先吃点儿饭可能更好。当他喝完第三杯以后,急速咳嗽起来,以表示自己很不能喝酒。

"赎罪的火炬是一个好名字,"他继续说,"它同时表现赎

85

罪的深刻的宗教需要,因最伟大的死的发生而给世界带来的光明使圣贤们感到愤怒。"

他同时又往最后一个槽牙后边塞了一个肉丸子,他想看看对他讲话的反应——当他看到那三张傻乎乎的脸带着惊异的表情对着他时,他知道自己没有得到什么赞扬!他必须讲得再清楚些。

"斯皮格尔是一个伟大的名字,他的讲话不同于法利赛人的。我们大家还都记得,他写的那首美丽的圣诗《抱怨的声音现在停息了》,那是绝无仅有的!干杯,法院院长,我为您这样杰出代表人物而高兴!"

这时候伦德尔发现,他的杯子里已经空空如也。"我觉得我还可以来半杯。"

两个想法在法尔克的脑子里转:第一,这家伙能喝烧酒!第二,他怎么会知道斯皮格尔的事?随后他像闪电一般地产生了怀疑,但是他不想刨根问底,只是说:

"干杯,伦德尔先生!"

随后这场不愉快的谈话由于乌勒的出现而幸好结束。他确实来了,样子比通常更加狼狈,比通常更加肮脏,本来就有些残疾的臂部在大衣下鼓出来的样子就像斜桅,大衣还扣着扣子,但只有紧靠第一根肋条边的一个。不过他很高兴,当他看见桌子上摆着那么多饭菜和酒水时笑了,他开始介绍自己完成使命的情况,并掏出买来的东西,令塞伦惊慌不已。他确实被警察抓住了。

"这是给你的收据!"

他隔着桌子把两张绿色的当票递给塞伦,后者立即把当票揉成了纸球。

警察抓了他以后,把他送到拘留所。他让大家看,大衣的边领子不见了。他在那里报了姓名。自然被认为是假的!没有人姓蒙塔努斯!随后是出生地:西曼兰!自然被认为是假的,因为警长本人就是那里的人,他认识所有自己的同乡。随后是年龄:二十八岁。假话,"因为他至少有四十岁"。住址:里尔—延斯!假话,因为那里除了园艺师以外,没住别人。职业:艺术家!这也是假话,"因为他看起来像个码头苦力"。

"这是你要买的颜料,四管!请查收!"

他说,后来包袱被打开,其中一个被罩被撕坏。

"所以两样东西才当了一克朗二十五厄尔!请看收据,你看,钱数对不对!"

然后他被审问,东西是从哪儿偷来的。乌勒说,这些东西不是偷来的,随后警长提醒他,所问的问题不是他是不是偷了,而是他从哪儿偷的!哪儿?哪儿?哪儿?

"把剩下的钱还给你,二十五厄尔!我一个厄尔也没拿。"

随后对"赃物"进行登记,封好以后盖了三个印。乌勒无奈地争辩自己无罪,他无奈地呼吁他们应该公正和人道。最后的呼吁似乎产生了作用,那位警察建议在记录上加"犯人"——他已经被认为是犯人——当时喝了大量的烈性酒,后来改得轻一些,"烈性酒"几个字去掉了。然后警长反复请那位警察回忆,罪犯有没有拒捕行为,他说他不敢保证犯人是否有过(在那种情况下很可能有,当时此人的样子十分狼狈可怕),但是他认为"犯人"逃进一个小门里,试图拒捕,这一点可以加到记录里。

后来乌勒被命令在一个报告上签字。报告上说:下午四点三十分,发现一面目狰狞、凶残的男子沿北方省大街左侧进行偷盗,携一包袱可疑物品。被拘留的男子当时着粗花绿色呢子大衣(没穿背心),蓝色粗呢裤子,衬衣的领口上写着 P. 伦(这一点可以证明,这衬衣是偷来的,上面是失主的名字,抑或是偷盗者自己的名字),灰格子羊毛袜,毡帽上插着一根鸡翎。被拘留者谎报叫乌勒·蒙塔努斯,谎称出生西曼兰一农家,竭力使人相信他是艺术家,还谎称住在里尔—延斯,但已被证明是假的。曾逃进一小门内,试图拒捕。

随后列出包袱里赃物的清单。乌勒拒绝在报告上签字,警察便马上给监狱打电话,随后租了一辆马车,把犯人、赃物和一名押车的警察送往那里。当他们驶进硬币大街时,乌勒看见了救命恩人——特莱斯果拉的国会议员佩尔·伊尔松,他的一位同乡,他向同乡求救,后被证实,报告是虚假的,随后乌勒被释放,要回包袱。此时他到了这里,而——

"这是您要的法国面包!我吃了一个,只剩了五个。这是啤酒。"

他从屁股兜里掏出面包,放在桌子上,从裤子兜里掏出两瓶啤酒,随后他的体形恢复了原状。

"请法尔克老兄原谅乌勒,他不大懂规矩——快把面包装起来,乌勒,这样做多不雅观。"塞伦纠正说。

乌勒照办了。尽管伦德尔把盘子已经舔得干干净净,干净得简直让人看不出用过,但还是不让把餐盘拿走,烧酒瓶不时地靠近酒杯,随后他又心不在焉地给自己斟上半杯。他不时地站起来,或者在椅子上转过头来,"看看"他们在演奏什么;他这一切都被塞伦看在眼里。这时候仁叶尔姆来了。他醉醺醺地坐下,一边用茫然的双眼寻找一个能休息的地方,一边听伦德尔说教。他疲惫的眼睛最后落在塞伦的天鹅绒背心上,并且成了他整个后半个晚上默默打量的主要内容。他的脸闪过一丝笑容,就像见到了老朋友一样,但是当塞伦发现"有穿堂风"并立即扣上大衣扣子时,他的笑容又很快消失了。伊格贝里照顾乌勒吃晚饭,不停地鼓励他多吃,不停地给他斟酒。夜越来越深,音乐变得越来越活跃,谈话也跟着活跃起来。法尔克在这种吵闹的环境中感到很大的满足,这里温暖、明亮,吵吵闹闹、烟雾腾腾,这里坐着很多人,他把他们的生命延长了几个小时,因此他们感到幸福和愉快,像快冻死的苍蝇得到一点儿阳光又恢复了知觉。他感到自己与他们血脉相连,因为他们是整个社会中的不幸者,他们是卑贱者,他们理解他说的话,当他们表达自己的时候,他们像人一样说话,而不是像书一样,甚至他们的粗野都有某种可爱之处,因为其中包含着很多本能的内容,是天真无邪的,伦德尔的虚情假意本身也没有引起他的反感,因为他贴的伪装很不结实,随时可能被揭穿。这一个晚上就这样过去了,把他无可挽回地抛入记者荆棘丛生道路的这一天结束了。

第七章　耶稣的追随者

第二天早晨法尔克被打扫卫生的女工叫醒,送给他一封信,内容如下:

《提摩太书》第十章,第二十七、二十八、二十九节①。《哥林多前书》第六章,第三、四、五节。仁兄:

我们的主耶稣基督仁慈、平和,圣父的爱和圣灵与你同在。

阿门!

我昨天晚上看到《灰衣报》,说你打算发行《赎罪的火炬》。请于明天早上九点钟以前到办公室找我。

主的仆人拿汉拿尔·斯科列

他现在明白了伦德尔的谜,起码明白了一部分!他实际上并不认识那位伟大的神职人员斯科列本人,不知道《赎罪的火炬》的事,但是出于好奇,他决定前往探个究竟。

九点钟他就来到了政府街一座四层大楼前面,从底层到顶层的山墙上挂满了各种标牌。和平股份有限公司基督教印刷厂,二楼。《上帝遗产》编辑部,一楼与二楼之间。《最后的

---

① 《提摩太书》中没有第二十七、二十八、二十九节,此处为作者虚构。

审判》发行处,一楼。《和平号角》发行处,二楼。儿童报纸《请喂我的小羊羔》编辑部,一楼。基督教祈祷大楼股份有限公司至圣所不动产抵押贷款管理总局,三楼。《来就耶稣》杂志社,三楼。☞请注意:申请销售员职务的人由此向前,优秀者保证录用。传教会——股份有限公司"大鹏"办理凭息票付予一八七六年度利息,二楼。基督教传教会"祖鲁鲁"号轮船办公室,一楼与二楼之间。该船将于本月二十八日起航,上帝保佑。请持货单和商品原产地证明到办公室办理手续,轮船在船桥上货。

"蚂蚁窝"缝纫协会代收礼品,在底层。看门人家里办理牧师衣服的洗熨服务;看门人家里卖圣饼,一国币一斤半!请注意:那里还出租适合年轻人参加圣餐的黑色燕尾服。未发酵酒(《马太福音》第19章第32节①)每壶七十五厄尔,不包括酒壶。

在底层大门的左侧有一个基督教书店。法尔克站在外边看窗子上陈列书籍的名字!都是些老掉牙的东西:杂乱无章的问题,无中生有的传闻,言过其实的夸奖,一切都似曾相识。但是真正引起他注意的是那些有着很多插图的期刊,上面大幅的英国裸体木刻摆在那里招揽读者。特别是儿童报纸有一个感人的栏目,店员会告诉你,经常有老头和老太太站在窗前长时间驻足观看,看来打动了他们善良的情感,引起他们对流逝的青春——可能没意识到——的回忆。法尔克顿时产生了非神圣的想法,他很快就联想到彬彬有礼的英伦三岛上的岛民,他们吃带血的烤牛排,喝米谷酿制的啤酒,他对自己的想

---

① 《马太福音》中第十九章没有第三十二节,此处为作者虚构。

法感到很羞愧。

他沿着两边墙上画满庞贝式壁画的楼梯往上走,他走进的不是天堂,而是一间大屋子,布置得像银行大厅,里边摆满柜台,只是财务处长、收款员和记账员没坐在那里。屋子中央有一张写字台,大得像个圣坛,也像一个多音栓的风琴,但实际上是一个多开关的通话机,喇叭形话筒连接这座建筑里的所有地点。地上站着一个身材魁梧的男人,足踏马靴,牧师长袍只在脖子下边扣一个钮扣,看起来就像一件敞开的海军大衣,白领巾,他的样子很像化了装的船长,因为他的真面孔被写字台的折叠板和一个箱子遮住了。那大汉用马鞭子抽打着锃亮的皮靴,鞭子的把手像一个马蹄,抽着一支名牌雪茄,他用力吸着,好像有意不让嘴闲着。法尔克惊奇地打量着这位大汉。

原来只有这类人才穿这种最时髦的衣服,这也是他们的时髦!这就是那位无所不能的大人物,他能使有罪的、渴望赎罪的、坏蛋、赤贫者和灾难深重的人——一句话,形形色色的坏人,成为时尚。此人曾把救世当作时髦货!把主的恩赐变成竞技!他为大花园街发明一套福音!举行罪恶骑马持图赛跑,让罪恶最深的人获奖,他们不带狗去追逐那些希望赎罪的贫穷的灵魂,把他们当作自己试图赎罪的牺牲品,使他们成为最残忍的施舍对象。

"啊,这是法尔克先生!"假面说,"欢迎您,我的朋友!您可能想看一看我的工作!对不起!法尔克先生赎罪了吗?好!这里是印刷公司管理处——对不起,请稍候。"

他走到风琴前边,拉出几个音栓,随后听到沙哑的答话声。

"请您暂时在周围看一看!"

他把嘴对着喇叭高声说:"《七声号角八样灾祸》①!尼斯特罗姆!八磅字体,在仓库里,标题用黑体活字,名字的字母之间加大距离!"

同一个喇叭传来回答声:"没有原稿!"假面在风琴旁边坐下,拿起一支笔,一张纸,在纸上写下他抽着雪茄要讲的话。

"这种工作——很沉重——它很快就会——超出我的力量——我的身体将会变得——比现在还坏——如果我不注意的话。"

他跑过去拉开另一个音栓,对着另一个喇叭说:"要'你已经赎罪'的校样!"他拿张纸继续写。

"您可能要问——为什么——我要——穿马靴——这类东西。第一——我为了——骑马——锻炼身体——"

一个小伙子拿着校样进来。假面把校样递给法尔克,用鼻子说——因为嘴里有雪茄——"请读这个!"同时他用眼睛示意小伙子"等一等!"

"第二——(他用眼睛对法尔克自夸说:您看,我还记得我们刚才的谈话!)一个高尚的人——不应该在外表上——在他人面前招摇——在情操上被称作高傲和招来非议。"

一位记账员进来,假面动了动额头算是打招呼,这是他全身迄今为止惟一不曾动用过的地方。

法尔克宁愿念校样而不愿意闲着没事做。假面继续抽着雪茄写他要讲的话。

"其他所有的人——都穿马靴——我没有理由——在外

---

① 见《圣经·新约·启示录》第八、九章。

表上——与众不同——所以——我不是一个——爱出风头的人——也穿——马靴。"

随后他把手稿交给小伙子,高声说——用嘴:"四盘铅字,《七种号角》交给尼斯特罗姆!"然后对法尔克说:

"现在我有五分钟空闲时间!请您到库房去。"

对记账员说:

"'祖鲁鲁'号装货了吗?"

"装了烧酒。"记账员用沙哑的声音说。

"顺利吗?"假面问。

"还顺利!"记账员回答。

"啊,上帝保佑!走,法尔克先生!"

他们走进一间房子,四周的墙摆着书架,书架上放着一层一层的书。假面用马鞭子抽着书脊,以不加掩饰的高傲口气说:

"这些都是我写的!您看怎么样?还不够多吗?您也写作——一点点儿!如果您能坚持下去,也会写成这么多!"他用牙咬掉烟头,然后吐出来,火花就像牛虻一样四处乱飞,最后落在书脊上,那表情像是思考什么可鄙视的东西。

"《赎罪的火炬》?咳!我觉得这是一个愚蠢的名字!你不觉得吗?是您起的吧?"

这是法尔克第一次有机会回答他的问题,因为像所有的大人物一样,他们都是自问自答,不需要别人回答。假面没等他回答又讲了起来。

"我认为这是一个非常愚蠢的名字!好好!您认为这名字行吗?"

"我对此事一无所知,所以不明白您讲话的意思。"

他拿了一张报纸递过去。

法尔克吃惊地读着下列广告。

"征订通知:《赎罪的火炬》,该期刊面向广大基督徒,将很快由阿尔维德·法尔克(曾获哲学、历史和考古研究所奖励)编辑出版。创刊号将刊登霍根·斯皮格尔的《上帝创业》。这是一首公认的有宗教精神和深刻的基督教教义的杰出诗篇!"

法尔克忘记撤销有关斯皮格尔的合同,此时他无话可说!

"印数多大好?呃?我看两千吧!太少了不行!我的《最后的审判》印一万,我能装进腰包的——我怎么说好呢——我怎么说好呢——也就净剩十五张!"

"一千五百?"

"再加个'〇',小伙子!"

假面似乎忘记了自己的角色,无意中露出了马脚。

"好啦,"他继续说,"您知道,我是一个非常受人欢迎的宣教者,我可以毫不夸张地说,誉满全球!您知道,我是非常受欢迎的,没什么办法,事情就是这样!如果我说,我不知道我誉满全球,那就是在说谎!我非常想支持您办这件事!您看这个口袋!如果我说里边都是人们给我的信,女人们写给我的——好啦,好啦,请不要惊慌!我已经结婚了——,她们要我的照片,这可不是言过其实。"

这时候他确实在抽打一个口袋。

"为了承全她们和减少我的麻烦,同时也请您帮一个大忙,我想请您为我作传,并使用我的肖像,这样您的第一期就可以出一万册,这一期您就能有一千的纯利润!"

"但是牧师先生——(他本来想说船长)——这件事我一

无所知呀！……"

"那有什么关系！一点儿关系没有！出版商自己给我写信，索要我的肖像！是您为我作传记！为了减少麻烦，我已经请了一位友人把传记的主要内容都写好了，您只作个序就成了——简明、扼要，最多几盘字！现在您都知道了吧！"

法尔克被这么多预设的条件搞得束手无策，他惊奇地发现，照片根本不像本人，那位友人的写作风格很像假面本人的。

假面把照片和手稿交给他，并伸出手表示感谢。

"问候——出版商！"他差一点儿就说出史密斯，所以他长满胡须的脸羞得有点儿发红。

"不过牧师还不了解我的看法。"法尔克抗议说。

"看法？呃？我问过您的看法吗？我从来不听任何人的看法！上帝保佑！我？从来没有！"

他又用鞭子抽了一下自己写的书的书脊，打开门，让出自己传记的作者，回到他圣坛式的办公室。

像往常一样，法尔克事后才想出来适当的对答，这是他的不幸，当他想明白的时候，他已经走到大街上。一个地下室的天窗正好开着（上面没有覆盖广告），它接收了传记和肖像。

随后他走到附近一家报馆，对《赎罪的火炬》进行更正，然后迎接一次更大的饥饿。

第八章　可怜的祖国

骑士岛上的钟已经敲响了十点,几天以后法尔克为了帮助《红帽报》记者采访国会下院,准时来到了国会大厦。他步履匆匆,想着在这个高官厚禄的地方人们办事肯定都准时准点。他走上通向各委员会的路,按指定路线进了下院左侧的记者席。他诚惶诚恐地走进像悬挂在屋顶上的鸽子笼似的几个为数不多的包厢,"那些自由的喉舌将聆听国家最伟大的成员商讨国家最神圣的福祉"。这对法尔克来说是全新的,但是他完全没有被什么伟大而深刻的印象折服,因为当他从座位上往下看时,下边的大厅里空空如也,很像兰开斯学校①。时间已经是十点五分,但是除了他自己以外,仍然没有一个带气儿的进来。有几分钟时间寂静无声,使人想起了乡村教堂宣教之前的情形。后来大厅里传来阵阵窸窸窣窣的响声。"是只老鼠",他想。但是他从记者席发现正面有一个弯腰驼背的小人正靠在栏杆上削铅笔,削下的铅笔末儿像雪花一样飘落下去,落在大厅的桌子上。他四周环视,没有看到过多的东西,四周的墙壁空空的,但最后看到一个拿破仑一世时

---

① 兰开斯学校,英国平民教育家兰开斯为贫穷人家的孩子办的一种学校,各年级的学生都坐在一个教室里,高年级的学生教低年级的学生。

的古老的挂钟,虽然钟身上仍然保留着新镀过的法王标志,旧瓶子装上了新酒。不过那个指着十点过十分的时针也象征着某种讽刺,因为这时候后门打开了,有一个人进来。是一位老人,他的双肩似乎被国事的重担压弯了,他的脊背被地方的公务压得变了形,他的脖子因为长期呆在潮湿的办公室、委员会大厅、银行圆形会议室和类似的场所而走了样儿,当他步履蹒跚地走在通向主席台的棕毛地毯上时,人们觉得他确实该退休了。他走到法王钟前面时停了下来——看来他习惯走到半路停下来,看看周围,也看看身后。但是现在停下来,是为了跟墙上的挂钟对自己的老式怀表。他极为不满地摇着他那久经沧桑的头:太快了!太快了!同时他的脸流露出一种超凡的自信,自信他的表绝对不会走得太慢。他继续迈着相同的步伐往前走,好像是奔向自己的生活目标,现在有一个尖锐的问题,如果他没有达到主席台上那把极为荣耀的高靠背椅上的目标怎么办呢?

当他达到目标以后,他停住了,掏出手绢,站着擤鼻涕,随后他用目光扫了一下坐在椅子上和桌子旁的听众,说一些有意义的话,如"先生们,现在我擤鼻涕!"他坐下,沉浸在总统般的沉静中,如果不仔细看,还以为他在睡觉,他认为自己很孤单,在那间大房子里,只有上帝跟他在一起,他伸展一下身体,好像在吸取第二天劳累所需要的力量,这时候从房顶下面的左侧传来一阵窸窸窣窣的响声,他吓了一跳,转过头去好像要用可怕的目光杀死那只竟敢犯上作乱的老鼠。法尔克没有料到他对鸽子笼里的反应如此强烈,他不得不接受凶狠的白眼,但是那眼神从屋顶往下扫的时候逐渐软了下来,似乎在小声说:"是一个记者,我以为是一只老鼠",那声音不敢说得太高。那杀气腾腾的老头儿似乎因眼睛没有看准而表示歉意,他用手捂住脸——哭啦?——没有,他要把他看到的那个模糊目标的污点从他的视网膜上擦去。

门开始进进出出地响起来,议员们来了,墙上挂钟的时针向前爬着。主席用点头和握手奖励那些好人,同时用转过脸去来惩罚那些坏人,因为他作为"主宰"必须公正。

这时候《红帽报》的记者来了,相貌丑陋,醉醺醺的,好像没有睡醒的样子;尽管如此,他却能准确地回答新同事的各种问题。门又一次进进出出地响起来,大摇大摆地走进来一个人,随便得像在自己家里,税务总局的行政管理员兼公务员薪俸发放总署的统计员;他一直走到高靠背椅跟前,跟会议主席像老朋友一样打招呼,一把抓过来文件,好像是自己的东西一样。

"那人是谁?"法尔克问。

"首席记录员。"《红帽报》的那位朋友回答。

"什么?他们这个地方也记录?"

"也记录!你很快就会看到!那边整个一层楼的人都是记录员,所有的阁楼里都坐满了记录员,地下室也很快会坐满!"

这时候楼下挤满了人,像个蚂蚁窝,槌子一敲,大厅静下来。首席记录员宣读上一次会议的记录,无反对通过。接着由同一个人宣读列尔巴根来的尤恩·尤恩松的请假报告。

批准!

"他们在这儿也能请假?"新同事惊奇地问。

"当然可以!尤恩·尤恩松要回列尔巴根老家种土豆。"

这时候很多年轻人拿着笔和纸在旁边的台子上就座。很多是法尔克任在编公务员时的老朋友。他们在小桌子周围坐下,好像要打牌一样。

"那些人是记录员,"《红帽报》的朋友介绍说,"他们好像认出了你!"

他们确实认出他来了,因为他们戴上夹鼻眼镜,一齐往鸽子笼上看,就像坐在剧场包厢里的人鄙视地看着普通座位上的人一样。他们还不时地小声议论几句,似乎在说,从各种迹象判断,坐在那把椅子上的人是法尔克。法尔克让这种注视搞得很不自在,所以当斯特鲁维走进鸽子笼时,他连一声友好的招呼也没顾得打。此君闭塞、懒散、衣冠不整,思想保守。

首席记录员宣读一份申请或曰提案,要求购置衣帽间的麻质地毯和套鞋架子上的金属牌号。

通过!

"反对派坐在什么地方?"不知根底的法尔克问。

"啊,鬼才知道,反对派在什么地方。"

"他们对什么事都说'同意'。"

"再过一会儿,你就能听到了。"

"是不是他们还没有来呢?"

"他们想来就来,愿意走就走。"

"跟机关完全一样!"

保守主义的斯特鲁维听了这句没深没浅的话自认为应该代表政府讲几句。

"亲爱的法尔克你在说什么呀?你可不能发牢骚!"

法尔克要花很长时间才能找出恰当的回答,同时下边大厅里的辩论已经开始了。

"你不用理他,"《红帽报》的记者安慰他说,"他有钱吃饭的时候,他的观点总是保守的,他刚刚从我这里借走五克朗!"

首席记录员宣读:国家计划委员会提请审议第五十四号议案,关于乌拉·希普松提出的"取消林地围栏"。

从北方诺尔兰来的大森林主拉松毫不犹豫地要求取消这项议案:"我们的森林还怎么经营呢?"他愤怒地说,"我只想问一问,我们的森林怎么经营!"然后他气呼呼地坐在靠背椅上。这种充满火药味儿的辩词近二十年已经不时兴,所以这场表演受到冷落,随后诺尔兰席位上的人没有人再发言。

厄兰德岛代表建议用沙石墙代替;斯科纳代表建议栽黄杨树篱;诺尔伯顿人根据自己的情况说,没有耕地了,要围栏有何用处,斯德哥尔摩席位上的一个发言人称,应该把问题交给一个专家委员会去决定,他强调由专业人士去解决。结果招来一场风暴。死也不能交给专家委员会。人们要求由政府去解决。议案被否决,林地围栏得以保留,直到它自己倒下。

首席记录员宣读:国家计划委员会提请审议第六十六号议案,关于卡尔·雍松提出的取消对《圣经》出版委员会拨款的议案。对于这个有百年历史、名声显赫的机构,自然没有人敢讥笑,大厅里出现庄重的沉默。谁敢攻击宗教的基础,谁敢明目张胆地激怒公众!丁斯塔德来的主教要求发言。

"我要记录吗?"

"不要!他说什么跟我们没关系。"

但是保守主义的斯特鲁维做了如下的记录:

"祖国的——神圣——利益——以宗教的和人类的联合名义——公元八二九年①——公元一六三二年②——无信仰的人——新闻记者——上帝的话——人类的话——百年——安斯卡尔③——火一样的激情——荣誉——古斯塔夫一世——古斯塔夫二世——吕岑战役——欧洲的眼睛——后世——审判——悲伤——耻辱——绿色的草地——洗净双手④——不情愿。"

卡尔·雍松要求发言。

"我们现在记!"《红帽报》记者说。

"废话!大话——圣经出版委员会存在一百年——耗资十万国币——九个大主教——三十个教授——乌普萨拉大学前后相加五百年——受益者——秘书——助理——没事可做——草稿——工作粗枝大叶——钱——钱——钱!名符其实——欺骗——公务员剥削制度。"

没有一个人高声说话,但是在沉默中表决通过。

在此期间《红帽报》的记者理顺雍松磕磕巴巴的讲话,并在上面加了一个大标题,然后法尔克休息。这时候他无意间在旁听席上看见一个老面孔,头枕在栏杆上,头的主人是乌勒·蒙塔努斯。此刻他像一条狗躺在那里,等待主人给它一块骨头,他不会无缘无故这样做,但法尔克不知道原委,因为乌勒很神秘。

---

① 公元八二七年基督教传入瑞典。
② 三十年战争中的吕岑战役发生在一六三二年十一月十六日,瑞典国王古斯塔夫二世在这次战役中战死。
③ 安斯卡尔(810—865),德国圣贤、传教者、北欧使徒,八二九年在瑞典传教并在比尔卡建立第一个基督教教会。
④ 讲演者洗净双手并宣布对不可救药者的判决。

这时候在右旁听席下边的靠背椅旁边,即刚才那个体形弯曲的人往下扔铅笔末的地方,出现一个身着文官制服的绅士,胳膊挟着一顶三角帽,手拿一卷公文。

主席用木槌敲桌子,大厅里出现一阵具有讽刺和滑稽的沉默。

"写吧,"《红帽报》记者说,"你记数字,其他方面我管。"

"那是谁?"

"颁发御旨的。"

这时候开始念公文:"国王陛下恩准,提高青年贵族现代语言部经费,包括文具费和各种杂费,由五万国币提高到五万六千国币三十七厄尔。"

"什么是杂费?"法尔克问。

"水壶、伞架、痰盂、窗罩、哈塞尔巴根的午餐、奖金等等,闭嘴,下边还有!"

继续念公文:"国王陛下恩准,给西哥特骑兵团增加六十个新军官职数。"

"六十个?"对国事极为陌生的法尔克问。

"是六十个!你就照写吧!"

公文纸奉拉下来,变得越来越长。

"国王陛下恩准,给公务员薪俸发放总署增加正式官员职数五个。"

记录席一阵骚动,法尔克的椅子一阵骚动。

公文纸又被卷了起来,大会主席起身鞠躬表示谢意,并问是否还有"赐教?"公文的拥有者坐在靠背椅上,开始吹那位身体弯曲者撒下来的铅笔末,不过他绣着金线的衣领使他无法像那位大会主席早晨那样恶狠狠地转过头来朝上看。

辩论继续进行。托尔吕萨的斯文·斯文松要求就社会救济问题发言。就像一个信号一样，所有的记者都站起来，打哈欠，伸懒腰。

"我们现在可以下去吃早饭，"《红帽报》记者对自己的助手说，"我们有一小时十分钟时间。"

但是斯文·斯文松仍然在那里讲。

下院的议员们开始动，有几个走了出去。大会主席与几位议员交头接耳，以政府的名义对斯文·斯文松的发言表示不满。两位斯德哥尔摩议席上的老资格议员，指着讲话者对一位外表像新当选的年轻绅士说，那是一个奇怪的动物；他们打量他几眼，认为他很荒谬，对他转过身去。

《红帽报》记者出于礼貌，他向法尔克介绍一下说，讲话者是下院的"讨厌鬼"。他不冷不热，不受任何党派利用，不受任何利益收买，但就是讲起话来没完没了。他讲的到底是什么——没人能说出来，因为没有任何报纸刊登他的讲话，也没有人想去看讲话纪要，只有坐在桌子旁边的记录员发誓，一旦他们掌了权，冲着他就得修改宪法。

但法尔克有某种弱点，就是别人不注意的事，他偏要留下来，听一听他从来没听过的事情：一个有头有脸的人物奉公守法，为受压迫者和受不公正待遇的人鸣不平——却没人听他讲话。

斯特鲁维一看见这个农民就站起来，走到酒馆，其他人也跟到那里去，他们还在那里见到一半的议员。

当他们在那里吃饱喝足回到自己的座位时，他们还得听一会儿斯文·斯文松的讲话，确切地说是看他讲话，因为吃完早饭以后，别人说话的声音更大了，一个字也听不清讲话者说的是什么。

讲话总算结束了。没有人表示反对,讲话也没有导致任何措施,就像什么事也没发生一样。

首席记录员在此期间跑回自己的办公室,看一看《邮政与国内消息报》,捅一捅壁炉里的火,然后又回到自己的座位上,继续宣读:

"国家计划委员会呈报申请书七十二号,特莱斯果拉的佩尔·伊尔松提出的拨款一万国币,修复特莱斯果拉教堂里的古老雕塑议案。"

枕在旁听席栏杆上的那个脑袋露出了凶相,好像绝对不让别人把这块骨头拿走。

"你认识旁听席上那个弯腰驼背的人吗?"《红帽报》记者问。

"我想他是乌勒·蒙塔努斯。"

"你知道他是特莱斯果拉人?啊,他是一个很有心计的人!你看,特莱斯果拉的那个人要讲话了。"

佩尔·伊尔松要求发言。

斯特鲁维鄙视性地转过身去,剪掉一段雪茄,对讲话人看也不看,但是法尔克和《红帽报》记者拿出笔准备记录。

"你记词句,"《红帽报》记者说,"我记事实!"

一刻钟以后,法尔克的纸上记满了这样的话:

"祖国文明遗产的保护——经济利益——被骂成唯物主义——根据费希特唯物主义——祖国的文明不是唯物主义——也就是说责骂被驳回——受人尊敬的庙宇——朝阳的光辉——它的萌芽朝天长——石器时代——哲学不是梦——国家神圣的权力——神圣的利益——祖国的文明——哲

学——历史——考古——研究所。"

这个乱七八糟的讲话引起部分人的哄笑,特别是抬出死人费希特,然而也招来一个首席座位上的回答和乌普萨拉席位上的支持。

前者说:尽管他既不了解特莱斯果拉教堂或者费希特,也不知道耗资一万国币修葺那些古老的石膏像值不值得,但是他仍然认为,下院应该支持这项美好的事业,在大多数情况下都是要求拨款修路、林场围栏和学校之类的提案,所以这项申请应该予以通过。

乌普萨拉议席上的发言人认为(根据斯特鲁维的记录):提案当然是对的,他的前提是:祖国的文化遗产必须要保护,是对的,结论:一万国币必须拨款,是顺理成章的,目标、目的、用意等是美好的,值得称赞的,是爱国的,但是有一个错误,谁犯的?是祖国?是政府?是教会?都不是!是提案者本人!按理说提案人也是正确的,他又重复一遍,讲话人的目标、目的和用意都是值得称赞的,他以最热烈的同情关注这项申请议案的命运,他号召下院,以祖国的名义,以文化遗产的名义和艺术的名义投赞成票;而他本人,他认为该项议案在概念上虚假、理由不充分和有缺陷,只能投反对票。

旁听席上的那个脑袋,在表决过程中眼睛不断地转,双唇痉挛,但是当议案被通过拨款被批准时,立即冲出不满和推来推去的人群消失了。

法尔克似乎已经看出佩尔·伊尔松提案与乌勒的在场和消失之间的关系。早饭以后变得更加保守的斯特鲁维,更加毫无顾忌地说三道四。《红帽报》记者显得平静和无所谓;他已经不再惊奇。

在乌勒从黑压压的人群中冲出的那条道路里,冒出一张明朗的面孔,就像灿烂的太阳,而正好朝那个方向看的阿尔维德·法尔克不得不低下头,并转过身去——那是他的哥哥,一家之主,有朝一日将使家族的荣誉发扬光大。在尼古劳斯·法尔克的双肩后边露出半个黑脸,带着虚情假意的表情,他们似乎在小声地说秘密。法尔克对哥哥出现在这个房子里感到极为惊奇,因为据他所知,他的哥哥对新政府很不满意,这时候大会主席允许安德士·安德松提出议案,他就心安理得地利用这个机会宣读:"由于充分的理由,请允许我要求国会方面必须做出决定,国王陛下与已经通过章程的所有公司共同承担责任。"

旁听席上的太阳不再灿烂,大厅里响起了惊雷!

冯·斯普林特伯爵要求发言:

"你还准备滥用我们的耐心多久,卡蒂丽娜[①]!还要多久!人们如此胆大妄为,竟敢责难政府!你们听见我说的话吗,可爱的先生们!人们责怪政府,或者说,更为严重的是,他们把政府当作玩笑的对象,一个粗野的玩笑,因为除此以外,人们不可能对这个提案有其他解释。我要说,是一个玩笑,不,是一种攻击,一种背叛!啊,可怜的祖国!你不忠的儿子已经忘记他们对你的义务!但是当你失去骑士的警戒、你的护卫和你的屏障,还能有其他的下场吗!我要求,那个汉子,佩尔·安德松,或许叫其他名字,收回自己的提案,或者在上帝面前,他要认识到,国王和祖国仍然拥有忠诚的卫士,他们可以拿起石头,砸烂叛徒的多头蛇的脑袋!"

---

① 此句源自古罗马政治家、律师西塞罗(前106—前43年)的一篇演说。

旁听席对讲话赞成，大厅里对讲话不满。

"哈哈，你们以为我害怕了！"

讲话人做了个手势，好像在扔石头，但是多头蛇用自己几百张脸微笑着，讲话人又找到一个不笑的新多头蛇，他抓住了记者席。

"那边，那边！"他指着楼上的鸽子笼说，他看着那里，好像看到了无底深渊绝了口。"那边！有一个渡鸦窠！我听见他们在鼓噪，但是你们吓不倒我！瑞典的男子汉行动起来吧，砍倒树木，锯断房梁，砸碎包厢，踢断椅子，劈碎桌子，让它们像这样碎——"

他用小拇指比划着。

"然后用大火把多头蛇连人带老鼠一齐烧掉，你们将会看到，王国会在宁静中重新繁荣、昌盛。这就是一个瑞典贵族的宣言！请记住吧，农民们！"

这个讲话如果在三年前，肯定会在骑士大厦广场受到热烈欢呼，会一字不漏地记录在案，然后印成单行本，分发到各国立中学和其他慈善机构，如今人们只把它当作杂耍，挑挑拣拣地在记录上写几句，报纸也只应付几句，而反对派报纸根本就不提这类事。

随后乌普萨拉议席上的人要求发言。他完全赞成前一个发言者在这件事情上的观点，他灵敏的耳朵似乎还听见昔日战场上刀枪剑戟的拼杀声；现在他想讲一讲自己的公司思想，但是他请求让他说明白，公司不是金钱的聚合体，不是人的聚合体，公司是一种道德的人格化，它是无法用数字来统计的。

这时候大厅里一片喧哗，记者只听到讲话的结尾是，从概念上看，祖国的利益被戏弄了，如果此提案不被否决，祖国的利益将受到忽视,国家将处于危险之中。

后来又有六个人发言,一直讲到中午,他们引用瑞典国家统计局的资料,脑曼宪法、司法手册和《哥德堡商报》,结论都一样,如果国王陛下与通过章程的所有公司共同承担责任,祖国将处于危险之中,祖国的利益将被戏弄。个别发言者更大胆,说祖国的利益像被掷色子,还有的说像被赌博,有几个人甚至说祖国的利益危在旦夕,最后一个发言者称已经千钧一发了。

中午到了,人们拒绝再辩论这个提案;也就是说人们饶了祖国,使它免受会议的折磨、政府的白眼、舆论的拷问、议会主席槌子的敲打和报纸的打扰。祖国得救了!阿门,祖国!

第九章　向魔鬼出卖灵魂

卡尔·尼古劳斯·法尔克和他可爱的妻子在前一章出现那么多事情以后的一天早晨,坐在咖啡桌旁边。先生一反常态,没有穿睡袍和拖鞋,而夫人则穿着一件昂贵的睡袍。

"啊,你听着,昨天她们都来了,五位都表示遗憾。"夫人幸灾乐祸地说。

"真他妈的……"

"尼古劳斯!请你记住!你现在已经不是什么店铺老板!"

"我发怒的时候,能有好话吗?"

"你不应该发怒,应该说生一点儿气,这是第一!然后可以这么说:'这有点儿太奇怪了!'"

"好吧!这有点儿太奇怪了,你总是拿不愉快的事情刺激我。还是别谈这类惹我愤怒的事。"

"愤怒,我的老头儿!是么,我只得一个人承担我的烦恼,但是你总是往上添油加醋……"

"应该说火上加油!"

"偏说添油加醋,把你的愤怒加在我身上。喂!我们结婚时,你是怎么说的?"

"看,又来了!有一搭无一搭的都联上,什么逻辑!你继续说。她们五个都来了,妈妈和你的五个妹妹!"

"四个妹妹!你对你的亲戚一点儿爱心都没有!"

"你对你的亲戚呢,还不是一样!"

"对!我不喜欢她们!"

"对,她们在这儿,一致抱怨说,你的小叔子被从机关里赶出去,他们是从《祖国报》上知道的。有这么回事吗?"

"我说有!她们恬不知耻地对我说,这下子我没什么资格再神气了。"

"傲气,我的好老婆!"

"她们说神气;我永远也不会下流到说这种话的地步!"

"好。你回答什么?你大概好好教训了她们一顿。"

"对,这你放心好啦!随后老太太威胁说,以后再不登我们家门。"

"是么,她这么说?你相信,她会说到做到吗?"

"不相信,我不相信!但是老头儿有可能……"

"你别管你父亲叫老头儿,让别人听见多不好。"

"你真以为我会那样做?不过老头儿——咱们俩私下里说——可能永远不会再来了。"

法尔克陷入沉思。随后他又接话茬说。

"你母亲傲气吧!她很容易生气!你知道,我不愿意伤害任何人!你一定要告诉我她的弱点,她最忌讳的东西,我好不提那些事。"

"她傲气不傲气?这你是知道的,在某些方面是。比如说,如果她听说我们请过客人吃饭,而没有请她和我的妹妹参加,她会永远不到这儿来了。"

"真的?"

"对,这一点你放心吧!"

"像她这种地位的人做出这样反应,确实有点儿奇怪——"

"你胡说什么?"

"好啦好啦!我只是说女人们很敏感!喂,你的那个协会现在搞得怎么样了?你管它叫什么?"

"妇女权利协会!"

"是指什么权利?"

"啊,妇女拥有自己财产的权利。"

"啊,你难道没有?"

"没有,我没有!"

"你根本没有财产,你怎么个拥有法儿。"

"拥有你的一半,我的好老头儿!我的夫妻共有财产!"

"以耶稣的名义,谁教给你的这类蠢事?"

"这不是什么蠢事,你要明白,这是时代潮流。新的立法将会是这样:我们一结婚,我就拥有了你的一半财产,这一半财产,我想变卖就变卖。"

"你都变卖完了,我还得养活你吧?我会乖乖地这样做?"

"你必须这样做,不然就进劳改所!法律规定,不养活自己老婆的人,就得这样处理。"

"好啦,你听着,我们说得太远了!爱怎么着,就怎么着吧。你们开过会了,都谁参加了?说一说!"

"在预备会上,我们现在仅仅着手制定章程。"

"都谁参加了?"

"暂时有督察官霍曼夫人和仁叶尔姆伯爵夫人。"

"仁叶尔姆!这可是个名门望族!我过去好像听说过。你们不是还想组织一个缝纫协会之类的东西吗?"

"应该称创建!连斯科列牧师还要抽一个晚上来宣教,你想得到吗!"

"斯科列牧师可是一个优秀的布道者,足迹遍及全世界。这就对了,我的好老婆,这样你就可以避免和一些不三不四的人打交道。没有什么比跟不三不四的人打交道更危险了。我父亲在世时一直这么跟我说,它是我要遵守的最严格的原则之一。"

夫人把面包渣儿收起来,放进自己空的咖啡杯里;先生把手伸到背心口袋里去摸牙签,以便剔掉残留在牙缝儿里的咖啡。

夫妇双方都对呆在一起感到厌倦。他们了解彼此的思想,他们知道,谁先打破沉默,谁就会说一些使对方陷入窘境的蠢话。他们心里都暗暗地想找一些新话题试一试,但他们很笨,谁也找不到,因为所有的话题都交换过意见,或者跟交换过意见的问题有关系。法尔克想在准备咖啡方面挑一点儿毛病说一说,夫人眼睛从窗子往外看,想找一点儿天气变化的事说一说,但是都没找到。

这时候仆人进来了,送来了救命的报纸,同时禀报:法务助理列文求见。

"请他先等一等。"先生命令说。

随后他让皮靴踏在地板上,发出一阵嘎吱嘎吱的响声,以便让在衣帽间等候的人知道,他就要大驾光临了。

对于在衣帽间这种新发明的等待方式,列文留下了一种深刻印象,他最后战战兢兢地走进先生的房间,受到叫花子一样的待遇。

"那些表格你都带了吗?"法尔克问。

"我想我带来了。"列文惊恐地回答,并掏出一卷借据和各种颜色的单据,"兄弟喜欢到哪一家银行去办?除一家以外,哪一家银行的单据我都有。"

尽管气氛极为严肃,法尔克还是一副笑脸,这时候他看到了填了一半的借据,填好但没有承兑人的本单和被退回来的本单。

"我们选制绳银行吧。"法尔克说。

"就这一家不行,因为——那里的人认识我!"

"好吧,鞋匠银行和裁缝银行,哪一家都成,但是要快!"

他们最后选中木匠银行。

"现在,"法尔克说,他看了列文一眼,好像他已经买了他的灵魂,"现在你一定要去搞一套新衣服,但是要到做制服的那个裁缝那里,以便你以后可以从他那里赊制服穿。"

"制服? 一般不穿……"

"住嘴!我在讲话!这件事必须在下个星期四办好,我那天要大宴宾客。你已经知道,我把铺子和库存的东西都卖了,明天我就可以领到批发商的营业执照。"

"啊,我要祝贺……"

"住嘴!我在讲话!你现在到船岛去做一次拜访!凭着你的虚情假意和三寸不烂之舌,你一定能赢得我岳母的信任,好吧!你一定要问她,喜欢不喜欢上星期天我举行的宴会。"

"在这儿? 你举行过……"

"住嘴,听我说!——这时候她马上就会生气,问你是否被邀请了? 你当然没被邀请,因为根本就没举行什么宴会!

你们同病相怜,很快会成为好朋友,一起骂我,我知道你是行的;但是你可要夸奖我的妻子。明白吧!"

"不明白,不是特别明白!"

"你也不需要明白,照我说的去做就行了!还有一件事:你可以跟尼斯特罗姆说,我现在特神气,已经不想和他来往。照直说,也让你说一次真话!——不,打住!我们暂时——先等一等。你去找他,告诉他星期四这天的重大意义,让他相信这种转变对他会有巨大的好处,众多的举动、光明的前景等等。你明白吧。"

"我明白!"

"你还要去印书人那里,带着手稿,然后——"

"然后我们就一脚把他踢开!"

"好吧,如果你喜欢这样说的话,请君自便!"

"我在宴会上朗诵诗,还要把它们分发下去吗?"

"好好,对!还有一件事!想办法会一会我弟弟!打听一下他的情况,跟谁交往!偷偷地接近他,骗取他的信任——这很容易做到,成为他的朋友!告诉他,我曾经欺骗他,跟他说,我很高傲,问一问他,如果他更名改姓要多少钱!"

列文苍白的脸露出难色,看来他都觉得很难为情。

"最后一点有些难办。"他说。

"什么?你听着!还有一件事!我是个商人,什么事我都要办得井井有条!我借了那么一大笔钱,我会还的——这没问题!"

"好!好!"

"别这么说!万一我死了,我可没有保险。为我签上这张借据,我是借款人,要的时候,我会还的;这只是一种手续!"

　　提到债主时,列文的浑身关节都轻轻地打颤,他犹犹豫豫地拿着笔,尽管他知道已经无法挽回。他模模糊糊地看见一群衣冠不整的汉子排成一行,手里拿着手杖,眼睛戴着长柄眼镜,胸前的口袋里装着鼓鼓的盖着印章的字据;他听见有人敲门,有人在楼梯上跑,呼叫,威胁,下达死刑命令;他听见国会大厦的钟敲响时,那群汉子把藤条手杖挂在肩上,给他戴上脚镣拉到刑场,他的肉体被释放了,但是他的公民荣誉在众人的欢呼声中被斧头砍下以后掉在了地上。

　　在此期间他签完了字,晋见结束。

第十章 《灰衣报》报业有限股份公司

瑞典经过四十年的奋斗每个成年人才获得各种社会权利。人们曾经写过小册子,办过报纸,扔过石头,聚餐和讲演;人们集会和请愿,坐火车周游各地,握手联欢,组织志愿军,人们吵吵闹闹,搞得不亦乐乎。激情高涨,合情合理。歌剧院底层酒馆里的古老桦木桌子变成了政治讲坛,改革彭士酒的泡沫养育了很多政治家,随后他们到各处大喊大叫,改革雪茄的烟味唤醒了很多人追求荣誉的美梦,然后把梦变成现实;人们用改革的肥皂洗掉身上古老的尘埃,他们相信,一切都会好起来。经过多年的奔走呼号以后,开始躺倒睡大觉,等待光辉的成果自己送上门来。人们一睡就是几年,但是当他们醒来面对现实的时候,他们发现自己错了。各种不满之声不绝于耳。过去被他们捧上天的国务活动家现在要重新审查;甚至有一部分青年大学生,他们认为整个改革方案都是从与方案的制定者有密切联系的那个国家抄袭来的,这些玩艺儿在极普通的手册里都可以找到出处。大体情况是:这个时期有某种失望,并很快形成了广大公众的不满,或者称之为——反对派。但这是一种新的反对派,因为它不是像通常那样把矛头指向政府,而是指向国会。这是一种保守主义的反对派,所以自由主义者和保守主义者,青年和老年人,都加入到里边,结果成了国家一大灾难。

现在出现了这样的情况,在自由主义高潮中诞生和成长的《灰衣报》报业有限股份公司已经没有生机,但它必须维护自己的观点(也可以说是一种公司观点),而这种观点已不受欢迎。董事会这时候向股东大会提出一项建议,意在改变某些对企业的存在不能带来订户的观点。股东大会接受这项建议,《灰衣报》如今加入到保守主义的阵营。但是,这里还有一个问题,困扰着公司;为了不至于给人留下自嘲的印象,必须换主编;那无形的编辑部仍然不动,大家都同意。主编是个君子,自动辞职。长期遭受"赤色"责难的编辑部听到这个消息欣喜若狂,由此他们白白获得了"好公民"的头衔。剩下的烦恼就是要找一位新主编。按照公司的新计划,他要具备下列品德:他必须要有被人公认的好公民的声誉,属于官僚阶层,要有一个头衔,不管是骗来的还是买来的,以备必要时再提拔;此外他必须仪表堂堂,能出席各种宴会和应酬;他不能太固执,要有一点儿傻,因为公司很清楚,傻人在思考问题的时候都带有保守主义的倾向,但同时还要有一定程度随机应变,能对上司察言观色,永远不会忘记,公众利益就是个人利益,如果理解正确的话,他必须是中年,中年人好指挥,必须是已婚,公司是由商人组成的,他们看到,结了婚的长工其表现要比没结婚的好得多。

人找到了,他能充分满足上述各种条件。他是一位漂亮、举止文雅的男人,留着拳曲的胡须,从而掩盖了他脸上所有的弱点,否则他的灵魂就会暴露无遗。他虚伪的大眼睛可以抓住所有的观众,并获得他们的信任,然后他以不体面的方式滥用这种信任,他稍加掩饰的声音只讲博爱、自由、权利,特别大讲特讲爱国主义的词句,因此他成功地把很多不明真相的听众吸引到彭士酒桌的周围,此君就是用宣扬权利和热爱祖国度过自己的夜晚。听一听这位体面人物对周围素质不高的听众产生了怎么样的影响是很开心的,要看,不可能做到,但是可以听。整个这个阶层,多年来一直大肆攻击一切旧事物和尊贵,大骂政府和官员,甚至攻击宗教,如今异常平静和充满爱心,仅仅攻击昔日的老朋友;他们体面、尊严和正义,只是不真心。他们完全执行新主编上任时为应付政府而制定的新纲领,其核心是——简单地说——压制一切新的好的东西,鼓励一切旧的坏的东西,屈服权贵,抬高成功者,压倒上进者,崇拜成功,贬低失败,然而在他们的纲领里却把这些翻译成了:"只承认和赞成经过检验和被公认的好事物,严格抵制所有假新闻,但是公正地批评任何个人想通过不正当手段获取通过正常劳动所获得的成功。"最后一点的秘密存在于编辑部人的心里,不用费太多的力气就可以找出理由。他们当中的大多数人都经历过这样或者那样的失意,然而大部分是他们自己造成的,主要是因为懒散和酗酒;有几位是所谓学校精英,他们都有过歌手、演说家、诗人或者才子的大名,后来理所当然地被人遗忘,因此被他们称之为不公正。在随后的几年里,他们被迫促进和赞扬新人的事业,歌颂一切新东西,而如今他们抓住有利时机在冠冕堂皇的借口下,不分青红皂白地反对一切新生事物,也就不奇怪了。主编有一个特别聪明的脑袋,一下子就能看出谁是坏蛋和不公正。如果有一位国会议员起来反对一项损公肥私的议案,他马上就被主编称之为居心叵测的坏蛋,觊觎国务大臣的燕尾服,他不说国务大臣那把交椅,因为他更注重衣服!但政治不是他的强项,坦白地说是他的弱项,所以他选择了文学。他曾经在北欧联欢节上创作过一首歌颂妇女的献词,从而认为对诗歌这种艺术形式做了重要贡献,很多地方报纸转载过,作家自己认为是不朽之作。随后他作为诗人,在获得文凭之后买了二等火车票南下斯德哥尔摩,开始新的生活,接受作为诗人应该享有的荣誉。不幸的是,首都的居民不看省报。没有人知道这位年轻人,也不知道他的天赋。不过他是一个聪明的人,他小小的理智没有受到过天真幻想的伤害,他把这件事作为秘密藏在心底。由于他看到自认为是杰作的作品遭到冷落,因而产生了一种刻薄的心理,这使他很适合作文学审查员,但是他自己没有写评论,因为他的地位不准许他直接从事这项工作,因此他把这项任务交给一位职业评论员,此人在公正和严厉方面超过所有其他人。评论员自己写过十六年诗歌,但他的诗没有人读,他曾经用过一个笔名,但没人关心作者的真名实姓。然而每年过圣诞节的时候,他就把自己尘封的诗歌翻出来,自然是由一位公正的人物在《灰衣报》上自己炒作一番,文章的下面总是有作者签名,这样公众就不会相信是诗人自己在自吹自擂,因为他总是希望公众能了解他。到了第十七个年头,诗人认为在一本新书(一本旧书的新版)上印上自己的真名实姓是最明智之举。但是不幸的事情发生了,一向由青年人撰稿的《红帽报》从来不知道老笔名背后的真人是谁,把诗人当作一位新手,对于初露文坛就用真名且作品枯燥、古板表示惊讶。这是一个很大的打击,老的笔名火冒三丈,但很快消下去了,随后在《灰衣报》上发表一篇大作,连一口气也不喘地贬低公众,并称公众孤陋寡闻,不能正确评价一部诚实、体面且富有高尚情操的作品,即使把他的作品放到孩子手里也不会有什么害处。对于最后面一点儿，一家幽默报又开了他一个玩笑，弄得笔名很窘迫，随后他发誓，要把此后出现的国内所有文学作品都打入地狱，然而不是所有，一位目光敏锐的观察家发现，一些非常糟糕的文学作品在《灰衣报》上经常被大加赞扬，尽管态度温和、暧昧，同一位观察家也注意到，这些糟糕的文学作品是由某些出版商的出版社出版的，但不能因此就认为，笔名会让外部五香碎肉和发酵青鱼这些鸡毛蒜皮小事所左右，因为他，像所有编辑部里的人一样，是公正的，绝对不敢对谁妄加评论，如果他们自己不洁白无瑕的话。

现在轮到戏剧评论家。他受过教育，在某小城市的厕所前厅里获得了戏剧方面的知识，在此期间他碰巧爱上了一位大明星，其实她除了在那个小城市上过舞台以外，从来不是什么大明星。他因为没有见过世面，分不清个人的判断与公众的看法的区别，竟在《灰衣报》上放了一炮，全面诋毁全国首席女演员，说她塑造的形象是抄袭某位女明星。发生这种奇怪的事大概不需要多说，因为当时《灰衣报》还没改变方向。这件事使他出了名，不过是一个遭人憎恨和鄙视的名，但毕竟出了名，他引起的公愤对他有益无害，后来人们在评价这位戏剧评论家品德时，把他是个聋子也归结为他杰出的一面。有一天晚上歌剧院的灯灭了，由于他的评论在前厅里发生两个男人厮打，他的聋可能跟这次事件有某种关系，过了好几年人们才发现此事。如今他把矛头专指年轻人，了解情况的人一看他的评论就准确地知道，他艳遇不佳，因为这个富于幻想的小城市里来的人曾经在某个很坏的地方读到，斯德哥尔摩像巴黎，女人很容易上手，他就信以为真了。

美术评论家则属于另一类人，他是一个从来不动画笔的老秀才,是大名鼎鼎的米纳娃艺术家协会成员,从而使他有机会在作品问世以前就向公众介绍,免得公众自己还要劳神费力地做出判断。他一向很和善——对自己的好友,当他评论每次举办的展览时,他不会忘掉他们当中的任何一位,他有多年只写他们作品优点的习惯,他在半栏里曾经提到过二十位画家,不这样做有什么办法呢,因此他的评论使人想起那个著名的游戏"找对子"①。相反,他对年轻人从来不闻不问,因此公众十几年来除了那些老面孔不知道其他人,因此有人开始担心艺术的前途。但是他有一次破例,刚发生不久,很遗憾,时机不好,那天早晨此事在《灰衣报》内搞得沸沸扬扬。

事情的经过是:

塞伦,如果我们还记得前面一个不显眼的地方提到过的那个微不足道的名字,在最后一刻把自己的画送去展览。作品被摆放在最糟糕的位置,因为作者既没有得过皇家奖章,也不是美院的成员,正好"卡尔九世教授"到了。他所以有这个名字,是因为他除了卡尔九世的历史场面以外,其他一概不画。事情是这么来的:有一次他到拍卖行买了一个酒杯,一块桌布,一把椅子和卡尔九世时代的一个羊皮文稿,他把这些东西画了二十年,有时候把卡尔九世画上,有时候不画。如今他已经是教授和骑士,这有什么办法呢。他的社交圈子里都是受过良好教育的人,这时候他偶然把目光对准了这位默默无闻的反对派人士和他的画。

"好啊,先生又到这儿来啦?"他拿起夹鼻眼镜,"好啊,那

---

① 找对子,一种集体游戏,参加的人分为二组,一组看图找说明,一组看说明找图。

一定是新风格！呃！喂,先生！你听我这个老人的劝告,拿掉那张画吧！快拿掉它！不然我真要替你害羞死了！先生如果自己拿掉,那真是一大功德！兄弟对这个东西有何看法？"

被称为兄弟的评论家认为,这很不光彩,那还用得着说,他以一个朋友的身份建议先生去当油匠。

塞伦表示反对,他说得柔中带刺,他说已经有很多杰出的人挤在那条路上,所以他才选择艺术之路,此外也比较容易出道,事实已经证明了这一点。这种针锋相对的回答把教授气疯了,他带有威胁性地转过身去,而美术评论家则在文章中强调,教授会说到做到。

随后精明的采购委员会坐下来——关门开会。当门重新打开的时候,六幅画已经用公众捐款买下,公众捐款的目的是鼓励本国画家。这次会议的纪要已见报端,内容是:艺术联盟昨天购得下列作品,一号:《水边公牛》,风景画,作者:批发商K某。二号:《古斯塔夫·阿道尔夫在马格德堡废墟前》,历史画,作者:内衣商L某。三号:《擤鼻涕的孩子》,风情画,作者:中尉M某。四号:《码头上的蒸汽船波列号》,海景画,作者:货运代理商N某。五号:《树下的女人》,风景画,作者:皇家行政秘书O某。六号:《小鸡与蘑菇》,静物画,作者:演员P某。

这些作品平均售价一千国币,后来曾在《灰衣报》上以二又四分之三栏(每栏15国币)的版面进行炒作,这没有什么值得大惊小怪的,但是评论家,一方面为了凑栏目数赚钱,另一方面为了抑制日益增长的邪恶,还大肆攻击开始滋长的一种恶习,即一群年轻的无名之辈,不在美院好好学习,却跑出来沽名钓誉。塞伦首当其冲,他被揪耳朵,拧肉皮,连他的敌人都认为太不公正了,人们由此可见一斑!人们不仅否认他有任何天才,称他为混蛋,还攻击他个人的经济状况,说他到最低级的地方吃饭,穿最破烂的衣服,道德低下,游手好闲,最后以宗教和道德的名义预言,如果他不及时回头是岸,一意孤行,必然会遭劳教。

这是因为轻浮和自私造成的一种粗暴的伤害,《灰衣报》出来的那天晚上没有一个人内心感到内疚,真是个奇迹。

一天以后,《廉洁报》出来了。它对一个小团体管理公众捐款的问题做了仔细的报道,指出最近一次买的画没有一张是画家画的,全是出自官员和商人之手,他们不知羞耻地在艺术家惟一生存的市场上进行竞争,这些掠持者破坏了公众的艺术情趣,降低了艺术家的人格,迫使他们像卖画者一样去画那些低俗的东西,如果他们不想饿死的话,随后他们举出塞伦为例。他的这幅作品是十年来的第一件,意境出自灵魂深处;十年来国内的美术作品只是纸和笔的产品,而塞伦的画则是激情和灵感的杰作,充满本源色彩,只有面对面地看到大自然灵魂的人才能画出这样的作品。评论家提醒这位年轻人,不要跟着老画家亦步亦趋,因为他已经超过了他们,并鼓励他坚定和充满信心,因为他已经有了灵魂的召唤等等。

《灰衣报》这下子可炸了窝。

"你们看,这小子成功了!"主编大声疾呼,"他妈的,我们那么狠地打压他,还是不行!如果他真的成功了,怎么办!那我们可就丢人啦!"不过老秀才发誓说,他永远不会得逞,他怀着忐忑不安的心情回到家里,查找资料,写了一篇文章,想继续证明,塞伦是一个坏蛋,《廉洁报》不廉洁。

《灰衣报》喘了口气,但紧接着又遭受新的打击。

第二天的晨报披露,国王陛下已经买下"几天来把大批观众吸引到美展上来的杰出风景画"。

现在《灰衣报》已处于风雨飘摇之中,它像挂在围栏杆子上的一块破布飘来飘去。是改变态度,还是蛮干下去,它关系到报纸的生存和评论家的尊严。这时候主编决定(在执行主编的命令下)牺牲评论家,保住报纸。但是怎么做呢?人们想起了斯特鲁维,他非常了解整个出版界的旁门左道,他被召来。他马上明白了报纸的处境,他保证,不出几天就可以使报纸转危为安。为了搞清楚斯特鲁维的灵丹妙药,我们必须知道此人的几条重要履历。他生下来就注定是永远得不到大学文凭的人,因为各方面都比较差,最后投身新闻。他最早在具有社会民主党观点的《国民旗帜报》当编辑,后来又转到具有保守主义观点的《农民之敌》,但是这家报纸连同设备、印刷厂和编辑人员一齐搬到另一个城市并改名为《农民之友》,观点也随之变了。随后斯特鲁维被卖给《红帽报》,正是因为他了解保守主义的各种特征而被重用,就像他现在在《灰衣报》一样,把了解该报的死敌《红帽报》的各种秘密作为自己的强项,他可以随心所欲地加以利用。

斯特鲁维给《国民旗帜报》写了一篇通讯作为收拾残局工作的开始,然后抽出几行登在《灰衣报》上,大意是讲大批的人群去看美展。随后他为《灰衣报》写了一封"读者来信",攻击那位秀才评论家,后边有一段语气平和的编者按,内容是:"尽管我们从来没有同意我们尊贵的评论家关于塞伦先生的值得高度称赞的风景画的观点,然而另一方面,我们也不能完全赞成这位尊敬的读者的意见,但是作为我们一贯的基本原则,我们仍然让不同的观点出现在我们的报纸上,因此我们毫不迟疑地发表了上述文章。"

　　现在坚冰已经被打破。斯特鲁维按着自己的想法写了一切——除库法古币①以外——他拼凑了一篇关于塞伦这幅画的充满溢美之词的文章,并且使用了一个极富有个性的笔名"迪克西"②。《灰衣报》得救了,而塞伦也一举成名,但是后者并不重要。

～～～～～～～～～～

① 库法古币,古老的阿拉伯硬币,上面带有库法文字。
② 原文为拉丁文,意为"我说过了"。

第十一章 幸福的人们

晚上七点钟。贝尔纳酒店的乐队奏起了《仲夏节之梦》中的婚礼进行曲,在这充满节日气氛的音乐声中,乌勒·蒙塔努斯走进了红房间,交际圈里的人还没有一个人到来。乌勒今天很气派。他戴着高帽子,自他施坚信礼以来第一次戴。他穿着新衣服和新皮靴,洗过了澡,剃过了胡须,头发烧了尖,好像要去举行婚礼;胸前挂着一条沉重的金属表链,背心左边的口袋里明显地鼓出来一块。脸上浮现着灿烂的微笑,他慈善的样子真像要用一点儿钱去帮助整个世界一样。他敞开了平时扣得紧紧的大衣钮扣,一屁股坐在沙发中央,打开衬衣的领子,露出白色的衬衣胸襟,胸脯挺得像拱桥,当他一动的时候,新裤子和新背心的里子就发出哗哗的响声。这响声对他来说似乎是一种很大的享受,就像他用皮靴磕沙发腿发出的声音令他满意一样。他掏出表,他那块亲爱的老怀表在骑士岛塔楼的当铺里一呆就是一年,过了那个延缓月就算完了,他和那块怀表就像两个久别重逢的老朋友一样,为各自都获得了自由而欣喜若狂。什么事使这位可怜的人如此得意洋洋?我们知道,他没有中彩,没有继承财产,没有获得什么荣誉,没有得到无法用语言描述的温柔富贵,那到底发生了什么呢?很简单:他有了工作!

塞伦来了,天鹅绒大衣,黑漆皮鞋,披风,腰带上挂着旅行望远镜,藤条手杖,黄色丝绸围巾,粉红色手套,扣眼里插着花。像平时一样沉稳、得意,他消瘦、文质彬彬的脸上丝毫看不出最近几天他曾遭受过大起大落的折磨。跟他一起来的还有仁叶尔姆,显得比平时更沉默,因为他感到要与自己的朋友和保护人分手。

"啊,塞伦,"乌勒说,"你现在很幸福?对不对?"

"幸福?说到哪儿去啦!就因为我卖了一件作品?五年当中第一次!多吗?"

"不过你看过报纸了吧?你已经大名鼎鼎!"

"唉!我们别管那些玩艺儿!你以为我会看重这些小事。我知道,在我成点儿什么名之前,我还有很长的路要走!再过十年吧,乌勒老兄,那时候我们再说这件事。"

乌勒将信将疑,他扣上衬衣的钮扣,衣服里子哗哗地响,这引起了塞伦的注意,他好奇地问:

"天啊,兄弟的衣服怎么这样漂亮?"

"啊,你真觉得漂亮?不过你看起来像头雄狮。"

塞伦用藤条手杖抽打一下黑漆皮鞋,不好意思地闻了闻扣眼上插的花,一副潇洒的样子。

这时候乌勒拿起自己的怀表,看看伦德尔是不是快到了,而塞伦拿出望远镜朝台子上看了看,想知道他是否已经坐在那里。这时候乌勒用手摸了摸塞伦的天鹅绒大衣软不软,因为塞伦告诉他,这种不同寻常的高质量天鹅绒货真价实。这时候乌勒问要多少钱,塞伦做了回答,塞伦反过来非常欣赏乌勒套袖上贝壳制作的钮扣儿。

伦德尔露面了,他也要在这个大型宴会上捞块骨头吃,因为他没费什么力气就得了给特莱斯果拉教堂画圣坛画的工作,但是从他的外表上看不出来有什么变化,如果不知道他的肥胖面颊和容光焕发的表情里因为有了好饭菜的结果的话。跟他一块儿来的还有法尔克,严肃,但很高兴,他以全世界的名义对正义得到伸张感到由衷的高兴!

"祝贺你,塞伦,不过这是你应该得到的。"他说。塞伦也这样认为。

"这五年我画得都不错,人们嘲弄我,看吧,直到昨天还在嘲弄我,但是现在呢!他妈的,这群人!请看这封信,是那位卡尔九世白痴教授写来的。"

大家都睁大眼睛,竖起耳朵,因为大家都想看清这位霸道人物真实面孔,如今他在他们手里,至少可以折磨一下他签名的这张纸。

"'我最亲爱的塞伦先生!'听他说的多肉麻!'我欢迎您到我们中间来'——这个坏蛋,他害怕了!——'我一向看重您的天赋'——口是心非的家伙!撕掉它,让我们忘掉他的愚蠢!"

塞伦提议大家喝酒,他跟法尔克干杯,希望自己很快就能听到法尔克在创作方面的好消息,法尔克脸红了,他有些不好意思,但他保证,一旦时机到了,他一定来,但他的学习时间很长,他请他的朋友要有耐心等,他感谢与塞伦相处的日子,在此期间他学会了人在逆境中不应该气馁。塞伦则请他不要说这些废话,这不是什么诀窍,是因为被逼无奈,人在一无所有的时候做出牺牲,有什么大惊小怪的?

但是乌勒笑得很开心,胸脯高兴得一鼓一鼓的,连红腰带都露出来了,他向伦德尔敬酒,请他吸取塞伦的经验,不要因为埃及的肥牛火锅忘了自己富庶的祖国①,因为他有天赋。这一点乌勒已经看到,只有他保持个性,按自己的想法画才能体现出来,但是如果他装腔作势,模仿别人,永远赶不上别人,所以他要认真对待教堂画儿的工作,趁此机会用自己的头脑和心来画。

　　法尔克想趁此机会听一听乌勒对自身和自己艺术的想法,长期以来,这一点对他来说始终是个谜,恰巧这时候伊格贝里走进了红房间。大家紧接着招待他,因为在最近风风雨雨的几天里,他们已经把他忘了,大家想向他表明,没有自私的原因;但是乌勒赶紧掏右口袋,并做了一个非常隐蔽的动作,把一卷钱一样的东西塞到他大衣口袋里,对方显然明白了,因为他回敬了一个感激的目光。

　　他举起酒杯向塞伦祝贺,他认为,一方面可以说塞伦成功了,这一点他已经说过。另一方面,话又说回来,这是相对而言,反过来也可以说还没有成功。塞伦还没有发展到顶点,他需要很多年的努力,因为艺无止境,注定一事无成的伊格贝里自己知道这一点,因此用不着怀疑,他对已经获得公认的塞伦怀有某种嫉妒。

　　伊格贝里讲话中的嫉妒色彩给晴朗的天空带来一片乌云,但很快就消失了,因为大家都明白,长期失意的人有点儿嫉妒是可以原谅的。

　　他以更加愉快的心情把一本刚出版的小册子匆忙递给法尔克,他惊奇地接过来,看到封面上印着乌尔丽卡·埃烈乌努拉黑色的图像。伊格贝尔介绍说,他今天按期完成了任务。

---

　　① 见《圣经·出埃及记》。

史密斯以极为平静的心情接受了法尔克的拒聘和退稿,现在准备印法尔克的诗歌。

汽灯在法尔克的眼中变得模糊了,他陷入深深的思索之中,同时他的心跳得简直要破裂了。他的诗歌要出版了。而史密斯承担昂贵的费用。这里边一定有原因!今天晚上他要仔细想一想!

晚上的几个小时对于这些幸福的人们很快就过去了,音乐声停止了,汽灯开始熄灭,他们必须得走了,但是现在分手还太早,他们沿着码头散步,无尽的话题,哲学的讨论,直到他们累了渴了,这时候伦德尔决定把他们带到马丽亚那里去喝啤酒。这帮人沿着拉都果德高地往上走,然后又往下走进一条小街,小街的口对着一道围栏,围栏里边是烟草地,它是拉都果德高地的边界。他们站在一栋两层的旧石头房子外边,房子的一堵山墙对着这条小街。大门上面的墙镶着两个怪笑的沙石人头,他们的眼睛和下巴渐变成树叶和贝壳化石,两个头之间是一把利剑和一把板斧。这里是古老的刑场。伦德尔似乎很熟悉这个地方,他在底层的窗子下边发了个信号,随后窗子的卷帘升起,窗子被打开,一个女人的头伸出来,并问是不是阿尔贝特。这时候伦德尔用阿尔贝特这个假名回答是,女人打开门,放这帮人进来,并让他们保证要肃静,他们毫不困难地答应了,这里很快就成了一个新"红房间",并各自向马丽亚报了暂时的假名。

房间并不大,过去是厨房,现在还有炉子。屋里的陈设主要是一个女仆们经常使用的柜子;柜子上有一面镜子,上边罩一块白布;镜子上方是一块石印彩色救世主在十字架上的圣像;柜子上放着小型瓷器和香水瓶,《圣经》,一个烟盘,那面镜子和两边点燃的蜡烛看起来就像一个室内小圣坛。在被子还没有叠好的两用沙发上方挂着卡尔十五世骑马的画像,周围是从《祖国报》上剪下来的照片,大多数是警官的,他们本来应该是抹大拉式女人的死敌。窗台上放着倒挂金钟,天竺葵和爱神木——穷人房子旁边维纳斯自豪的树木!缝纫机上放着一本相册。第一页是国王,第二页和第三页是爸爸、妈妈,穷苦的农民,第四页上是个大学生——第一次勾引她的人,第五页是一个孩子,第六页是最后一位未婚夫——一位手工艺工人。这就是她的历史,和大多数人一样。炉子旁边的钉子上挂着一件有着富贵皱褶的华丽连衣裙,一件天鹅绒上衣,一顶插着羽翎的帽子——这就是她的全部行头,她穿戴这些东西去勾引青年上钩。而她本身,是一个身材高高的二十四岁女人,外貌平平。懒惰和夜生活使她的皮肤像五体不勤的阔妇一样白得透明,但是她的双手仍然留着年轻时操劳的痕迹。她华丽的睡衣和披散的头发很像一个抹大拉式的女人。她稍微有些腼腆,很乐观,行为举止礼貌、得体。

大家三一群俩一伙地继续无休止地交谈,不断找出新话题。法尔克现在是诗人,对什么都感兴趣,连最平凡的小事也不放过,他很动情地跟马丽亚交谈起来,而她高兴的是,自己被别人当人看待。他们像平常那样谈起身世以及为什么要选这条道路。她不想谈第一个勾引她的男人,"没什么好说的";她描述最多的是她做女仆时那黑暗的日子,她在那无所事事的女主人的无缘无故的叫骂声中过着奴隶生活。那种生活就是无尽头的劳作。啊呀,多么想过一种自由自在的生活!

"啊,但是您对现在这样的生活一次也没有厌烦过吗?"

"厌烦了我就跟维斯特格伦结婚!"

"他要您吗?"

"他巴不得那天到来,并永远下去,我自己在银行里也存了一点儿钱。这个问题很多人都问过我。你有雪茄吗?"

"啊,我有!在这儿!你能跟我谈一谈这个人吗?"

他拿起她的相册,翻到大学生那页——一般大学生的打扮,白围巾,膝盖上放着大学生帽,一副呆头呆脑的样子还真扮演了梅菲斯特。①

"他是谁?"

"啊,你听我说,他是一个很和善的小伙子!"

"勾引您的人? 对吗?"

"别这么说,也有我的错误,一半对一半吧,这种事总是这样,亲爱的,是双方的错误! 你看,这是我的孩子! 上帝带走了他,这大概还不错。不过让我们谈一些别的事情吧! 阿尔贝特,你今天晚上怎么弄来这么一个怪物,就是坐在炉子边上那个人,旁边是那个伸手能够着烟囱的大高个儿。"

她指的是乌勒,乌勒对有人注意他的尊容感到很不好意思,他理了理由于喝了很多酒而竖起来的烧了尖的头发。

"那是蒙松牧师。"伦德尔说。

"天啊,他是一位牧师! 看他那双狡猾的眼睛我能够相信。你们知道,上个星期我这里还来过一个牧师。请过来,小蒙松,让我好好看一看你!"

正坐在炉子旁边跟伊格贝里批判康德的绝对命令的乌勒爬起来。他很不喜欢被女人注意,他立即感到年轻了许多,他摇摇晃晃地朝他早已经偷偷看过并认为很妖艳的美人走过

---

① 梅菲斯特,歌德著《浮士德》中的魔鬼。

去。他尽力捋捋胡须,以显然没有在舞蹈学校受过形体训练的姿势大胆地鞠了个躬,然后用极为做作的语调问:

"小姐认为我像个牧师吗?"

"不像,我现在看清了,你有胡须。你穿的衣服太讲究了,像个手工艺工人——让我看看你的手——啊,你是个铁匠!"

乌勒深深地受到伤害。

"我真的那么丑,我的小姐?"乌勒用激动的语调说。

马丽亚看了他一眼。

"你确实很丑!不过你很和善!"

"啊,我的小姐,您知道,您是多么伤我的心啊。从来没有一个女人爱我;我看到过很多幸福的男人,他们长得都比我丑,不过女人是一个他妈的无法猜透的谜,因此我鄙视女人!"

"好样的乌勒,"这是从烟囱那边传来的声音,伊格贝里的脑袋在那里,"真不错!"

乌勒想退回炉子旁边,但是他触及马丽亚特别感兴趣的话题,她不想就此中断,他刚才一席话使她找到了知音。她坐在他旁边,他们很快就深入地谈起了一个极为严肃的话题——关于女人和爱情。

不过整个晚上都很沉默的仁叶尔姆比平时更加沉默,谁也不知道什么原因,这时候突然精神起来,来到法尔克坐的沙发角附近。他心里一直有什么不能说出的事情。他举起啤酒杯,敲了敲桌子,好像要讲话,当他使附近的人都安静下来以后,用颤抖和含混不清的语调说:"诸位先生!你们认为,我是一个畜牲,这我知道,法尔克,我知道,你认为我很愚蠢,但是你们等着瞧吧,小子们,你们一定……会……看到我……"

他提高声音,使劲用啤酒杯敲桌子,结果杯子碎了,随后他又倒在沙发上睡着了。

他的这个极为寻常的举动却引起了马丽亚的注意。她站起来,中断了她和乌勒刚开始讨论问题抽象的一面。

"啊,看呀,多么帅气的小伙子!你们从哪儿把他找来的!可怜的小家伙!看他困的!我怎么没发现他呀!"

她给他头下放了个枕头,把披肩盖在他身上。

"看,多漂亮的小手!你们这些粗汉哪儿配有这么漂亮的手!多可爱的脸蛋儿!多天真啊!喂,阿尔贝特,一定是你把他灌成这个样儿吧!"

是伦德尔还是其他人,现在已经不重要了,因为人已经醉了,但是有一点是肯定的,那就是并不需要别人灌他,他因为工作不如愿,一直有着以酒浇愁的强烈愿望。

然而伦德尔并没有因为自己漂亮的女朋友这席话而感到不安,越来越强烈的晕眩激发了他的宗教情感,不过由于酒足饭饱使这些情感迟钝了。因为大家都开始醉了,他认为有理由提醒大家今天晚上聚会的意义和惜别时的情感。他从座位上站起来,往杯子里斟满啤酒,他靠在柜子上,让大家静下来听他讲话。

"先生们,"他突然想起来抹大拉式女人在场,马上加一句,"女士们!今天晚上我们已经酒足饭饱,现在请允许我讲几句话,但是我们现在必须远离这些物质的东西,这些在我们一切存在当中只是低级的、情欲化和动物本能性部分,在我们现在这个时刻——即我们分别临近的时刻——我们在这里看到了一个典型的坏习惯,我们称它为酗酒!这确实有伤宗教的情感,当有这么多人一起度过这个夜晚的时候,我感到有责任提议大家为那个具有很高天赋的人——我是指塞伦——干杯,人们一定都相信,自重在某种程度上是必不可少的。我前边提到一个这样的例子在很大程度上已经显示出了这个含义,因此……我想起了总是萦绕在耳边的那些美丽的格言,我不会忘掉,我确信,我们大家都会记住;这个场合可能不是最合适;这个年轻人就是这种坏习惯的牺牲品,我们称它为酗酒,我认为,这种坏习惯,很遗憾,已经渗入到社会,长话短说,我觉得后果比人们想象的更悲惨。干杯,尊贵的朋友,塞伦,我祝愿你获得你诚实的灵魂应该获得的一切成功,也为乌勒·蒙塔努斯干杯。法尔克也是一位高尚的人,在很大程度上,他会永远如此,当他的宗教感情坚定以后,根据他的个性,我想不成问题。伊格贝里,我就不说了,因为他已经置身其中,我祝愿他在已经有很好开端的道路——哲学道路——上,继续获得成功;这是一条艰难的道路,就像《诗篇》上说的:谁说得定呢?不过,我们有一切理由预言,我们的前途无限美好,我相信,只要我们诚信而不贪图蝇头小利,我们一定会达到目的,因为,尊敬的先生们,一个人不信教,就是一个动物。因此我提议所有的先生,为我们追求的一切诚信、美好和愉快干杯!干杯吧,先生们!"

宗教感情完全占据了伦德尔的身心,大家觉得还是早一点儿散伙吧,窗帘已经被外边的阳光照亮了很长一段时间,上面有着骑士城堡和圣女的风景画被早上第一缕阳光照得闪闪发光。窗帘卷起来了,屋里洒满阳光,坐在窗前那部分人的脸在阳光下苍白得像死人一般。坐在炉子旁边睡觉的伊格贝里双手紧握着啤酒杯,脸上仍然被烛光映得红红的,样子很不错。正为妇女,为春天,为太阳和宇宙干杯的乌勒,此时打开窗子,为自己的感情透点儿新鲜空气。睡觉的人都爬了起来,互相道别,大家都往门外走。当他们走到小街上时,法尔克回过头来:那抹大拉式的女人躺在开着的窗子里,太阳照耀着她苍白的脸,被阳光染成深红色的长长的黑发沿着颈项飘散下来,就像倾泻到街上的条条小溪;而她头顶上悬挂着宝剑、板斧和两张怪笑的脸;不过在小街另一侧的一棵苹果树上站着一只黑白相间的食虫鸟,它正唱着自己音调沉闷的诗篇,好像抒发着对黑夜已经过去的愉悦心情。

第十二章　特利顿海运保险股份公司

列维是一位年轻人，生来就是一块商人的料，正当他准备在父亲帮助下大展宏图的时候，父亲去世了，除了一个没人养活的家庭以外，父亲身后没有留下任何财产。这大大出乎这位年轻人的预料，因为他正在这个年龄上，认为自己不应该工作，应该让别人替自己工作；他二十五岁，仪表堂堂，宽宽的肩膀和一点儿都不显的臀部使他的身材很适合穿他非常欣赏的外国外交官的双排扣大衣；他的胸脯天生就那么得体，即使他坐在经理室会议桌顶端的老板椅上，在会议桌两边就坐的理事们也能看见他四个扣子的衬衣的全仰角；剪得整齐的胡须使他年轻的面孔显得更加动人和可信；他的两只小脚生来就适合踏经理室铺的布鲁塞尔花圈地毯，他保养得十分好的双手非常适合从事轻闲的工作，如在正式文件上签字等等。在那个时代，被称作繁荣的时代，尽管对很多人来说相当艰难，人们有了本世纪最大的新发现，那就是：靠别人的钱使自己生活得更节省更舒服。有很多很多人已经这样做了，因为当时还没有专利法保护，自然也就没人会怀疑，列维能不能也这样做，特别是他现在没有钱，也没兴趣为一个不属于他的家庭工作。

有一天他穿上自己漂亮的衣服，去找自己的叔叔史密斯。

"好哇,你已经有了一个想法,好,说一说,让我听听!有想法就好。"

"我想办一个公司。"

"好极了!阿隆当财务员,西蒙当秘书,以撒当会计,其他那些小伙子当簿记员;真是个好主意!那就办吧!你想办什么样的公司呢?"

"一家海运保险公司,我想过了——"

"好,就照你说的!不错,所有的人从海上运东西时,都应该保险。但是你的打算呢?呃!"

"这就是我的打算。"

"这不叫什么打算。我们已经有了尼普登那家大公司!对吧!那是一家很好的公司!但是如果你想与它竞争,你的公司就必须办得比它好才行。你的公司有什么新招儿?"

"啊呀!我知道!我必须降低保险费,这样我就可以争取到尼普登的顾客!"

"好,是这样!好想法。发起书自然由我来印,要包括一个序言:长期以来,海运保险费需要降低,所以没有实现,原因是缺乏竞争,敬请登记认购本公司股票——公司名字?"

"特利顿!"

"特利顿?是一个什么人?"

"是一个海上保护神!"

"好!特利顿!要制作一个好标牌。你一定要交给柏林的劳施公司作,然后在《我们的国家》上打出广告。好吧!登记认股!对!我开个头!不过一定要有大人物签名认股啊!把年鉴递给我!好!"

史密斯翻了好一会儿。

139

"一家海运保险公司一定要有一位海军高级军官。啊,你们看!一个自称是将军的!"

"唉呀,他们没有钱呀!"

"哎呀,哎呀,哎呀!你一点儿都不懂事,小子!他们只要签名就行,不需要付钱;他们还可以分红利,作为他们出席会议和参加经理宴请的报酬!好!这里有两位将军!一个有北极星绶带勋章,另一个有俄国圣安娜女王勋章。我们怎么办?啊!——好吧!——我们要那个有俄国勋章的,因为俄国是一个海运保险业大国!好吧!"

"不过,叔叔相信他们愿意干吗?"

"啊,住嘴!我们还必须找一位国务大臣!——啊!好吧!这个人被称作阁下!啊!不错。啊呀,一位伯爵!伯爵就难对付了!他们都很有钱!我们还是找一位教授!他们没有多少钱!航海方面有教授吗?有一名教授在里边,生意会好做一些!在斯德哥尔摩南区剧场下面的酒馆附近不是有一所航海学校吗?对!好!好!现在我们的事办得差不多了!啊!我忘了最重要一件事。一位法学家!一位最高法院法官!好,就这样!我们在那儿能找到!"

"对,能找到了他;但是我们现在还没有钱呀?"

"钱?开公司要钱干什么!给自己货物保险的人自己不应该付钱吗?当然应该!难道还要我们付?不可能!这就是说他们要用自己的保险费付!对吧!"

"但是本金呢?"

"哎呀!我们写本金债券就行了。"

"对,但是也一定要付一部分现金呀!"

"对,可以拿本金债券当现金用,这不叫付款吗?呃?如果我给你一张上面有多少多少钱的本票,你不是到任何一个银行都可能兑换成钱吗?本票难道不是钱?呃?有什么法律规定,现金就是票子?那样的话私人银行发行的票子也就不是现金了!呃?"

"一般要多少本金?"

"很少一点儿!我们用不着投进太多的资本。一百万!其中三十万付现金,其余用本票顶!"

"但是,但是,但是!那三十万国币一定得是现金吧!"

"啊,上帝保佑,你真是发明家!现金?现金不就是钱吗!如果他们有现金,那当然好,他们没有,也行!对吧!因此人们对只能付现金的小股东感兴趣!"

"但是大股东呢?他们付什么呢?"

"自然付股票、债券和期票。对吧,对吧,对吧!这些事以后再说!先让他们登记,剩下的事我们处理!"

"难道三十万就够了,一艘大的蒸汽船不就值这么多吗?如果我们为上千只蒸汽船保险怎么办?"

"上千只?哎呀!尼普登去年为四万八千只保了险也没出问题!"

"越多越危险!但是,如果,如果有一只砸了锅……"

"那我们就清算!"

"清算?"

"对,宣布破产!行话这么说!公司破产有什么关系?跟你、跟我、跟他都没关系!不过通常人们都要再登记一次股票,也可以发行本票,在困难时期还可以向国家兑个好价钱。"

"难道没有任何风险?"

"没有！再说,你能有什么风险？你有一个厄尔吗？没有！对吧！我有什么风险？就五百国币！我只不过有五股,你看到了！而五百国币对我来说就是这么一点儿！"

他顺手拿了一点儿鼻烟吸到鼻孔里,事情就算成了。

这家公司就这样办起来,不管你相信还是不相信,在它经营的十年当中每年的红利分别为百分之六,十,十一,十二,二十,十一,五,十,三十六和二十。人们争先恐后地买它的股票,为了扩大业务,还进行了新一轮的股票登记,但随后就召开股东大会,法尔克作为《红帽报》正式记者采访这次会议。

当他在一个阳光灿烂的六月上午走进股票交易大厅时,那里已经人山人海。这真是一次盛会。有国务活动家、精英、才子、高级文武官员,穿制服的,穿博士服的,戴十字勋章的海军上校,他们都是为了惟一的一个伟大的公益事业聚集在这里,促进这个充满仁爱之心的机构的发展,人们称它为海运保险。这种伟大的爱心在遭遇事故时,投进去的钱要承受风险,所以才叫爱心;法尔克过去一下子从来没有看到过这么多爱心！他对此感到有些惊奇,尽管他还没有完全失去幻想;但是,当他看见前社会民主党人斯特鲁维像虫子一样在人群里钻来钻去时,更让他感到惊奇,不断有达官贵人跟他握手、拍肩膀、点头和答话。他特别注意到,当一个佩戴十字勋章的年龄大的人跟他打招呼时,斯特鲁维直脸红,赶紧躲到一个穿绣花衣服的人背后,碰巧法尔克就在附近,他一把抓住斯特鲁维,问跟他打招呼的人是谁。

斯特鲁维更加窘迫,他恬不知耻地回答:"你应该知道,他就是公务员薪俸发放总署的署长。"

他说完这句话就跑了,说是大厅那边有要紧事,而法尔克顿生怀疑,这个人是否羞于和自己打交道?难道一个鲜廉寡耻的人还羞于和一个体面的人打交道吗?

然而参加盛会的人开始就座。但主席的位子还空着。法尔克环顾四周寻找记者席,这时候他看到斯特鲁维和《保守主义者报》的记者坐在一张桌子旁边,他们的右边就是大会秘书,他鼓起勇气,通过喧闹的人群朝那边走去,但是当他快要走到桌子跟前时,被大会秘书截住了,并问:"你是谁?"

大厅里出现瞬间的沉静,法尔克用颤抖的声音回答:"《红帽报》的",因为他认出了这位大会秘书就是公务员薪俸发放总署的统计员。

与会者中一阵窃窃私语,随后大会秘书高声说:"先生的位子在那边儿。"他朝大门方向指了指,那里果然有一张小桌子。法尔克马上明白了,保守主义者的含义以及不是保守主义的记者的含义;他怀着愤怒的心情穿过嘲笑的人群,他用火一样的目光审视着他们,好像对他们在挑战,这时候他的眼睛遇到了远处墙壁附近的另外一种目光,很像如今已经熄灭了的那双眼睛,但是曾经带着慈爱看着他,这目光充满愤怒,好像针一样要刺穿他,他对自己的哥哥这样看着弟弟真想大哭一顿。

他尴尬地在门边就座,他所以不想一走了之,就是因为他不想逃避。他很快从沉思中被一个刚进来的人惊醒,此人脱大衣的时候碰了他后背一下,随后他把套鞋放到他的椅子底下。进来的人受到所有与会者的欢迎,他们一齐站起来,就像一个人那样。他就是特利顿海运保险股份公司董事会主席,但是他还有很多其他头衔:前国会中骑士与贵族等级发言人,男爵,瑞典文学院十八名院士之一,宫廷总管和曾经获得过国王陛下授予勋章的海军上校等。

槌子落下,主席在肃静中致词(刚刚在工艺品学校的煤炭股份公司致过词)。

"诸位先生！在所有的爱国主义和为了各种人道主义的目的而建立的慈善机构中,很少有像保险机构这样有真正的仁爱的性质。"

"乌啦,乌啦！"人群中一片欢呼声,但讲话人对此无动于衷。

"我们可以这样说,人类的生活就是一场斗争,一场生与死的斗争,跟自然力斗争,我们当中很少有人敢说,他永远也不会遇到与自然力的斗争。"

"乌啦！"

"长期以来,人类,特别是原始时期的人类,一直是自然界基本物质的牺牲品,他们像一个气球,一只手套,像一棵芦苇在风中被刮来刮去！但如今情况发生了变化！确实发生了变化！人类进行了革命,一场不流血的革命,不是有无耻的卖国贼多次把合法统治者推翻的那种革命,而是对大自然的革命,诸位先生们。它已经向自然力开战,并宣布:到此为止,你不能再为所欲为！"

"乌啦！乌啦！"(鼓掌)

"商人派出自己的货船、蒸汽船、双桅船、多桅船、四桅船、帆船,大概还有很多我不知道名字的船吧？风暴把他的船打碎了——啊！商人说:你打吧！商人不会有什么损失！这就是办保险公司的出发点或者称用意！多好啊,诸位先生,商人已经对风暴宣战,而商人胜利了。"

暴风雨般的欢呼声给这位伟大人物的嘴唇上带来一丝胜

利的微笑,对他来说风暴好像是一种享受。

"但是,诸位先生!我们不能称办保险机构是一种商业!它不是什么商业;我们也不是什么商人,世界上绝对没有这样的商人!我们把钱凑到一起,我们准备用它去冒险,你们说对不对,诸位先生?"

"对,对!"

"我说的是,我们把钱凑起来,一旦发生事故时使用;因为它给的回报很少,我看只有百分之一,不能称为投资,正确的称呼应该是奖金,不是我们通常意义上的回报,它是对我们小小贡献的奖励,按我个人的理解,我们惟一的目的是出于公益,纯粹是因为公益,我们在做这件事,我再重复一遍,我不相信有谁在这个问题上过于计较,所以我不相信诸位先生有谁看到自己的投资——我现在称它为股票——用于公益事业而心痛。"

"不会,不会!"

"最好让总经理宣读年度报告吧。"

经理站起来。他的脸色苍白,好像刚死里逃生一样,他巨大的套袖上的玛瑙钮扣无法掩盖他轻轻颤抖的手,他狡猾的双眼竭力想从史密斯长满胡须的脸上获得安慰和精神力量;他敞开大衣,让宽大的胸怀露出来,好像准备迎接乱箭齐发似的,他开始宣读报告。

"天意确实奇妙莫测……"

听到"天意"这个词时,很多与会者脸色变得苍白,但是会议主席眼睛看着天花板,他像准备迎接最沉重的打击(=损失200国币)。

"刚刚期满的保险年度账目表明,海上事故居高不下,完全破坏了最聪明的预测和准确的计算。"

大会主席双手捂住眼睛,好像在请求别人帮一下忙,但是斯特鲁维以为是那堵白色的隔火墙反光照的,他匆忙站起来想拉上窗帘,但是让大会秘书抢先了一步。

宣读者拿起一杯水。这引起了与会者的不耐烦。

"说正题!念数字!"

大会主席把手从眼睛上拿开,惊奇地发现眼前比刚才暗了很多。转瞬间山雨欲来风满楼。人们忘记了一切礼貌。

"说正题!继续念数字!"

那位经理只好跳过大堆托词,单刀直入念报告。

"好吧,诸位先生,我就长话短说了!"

"快念,少废话!"

槌子落下。"诸位先生!"骑士大厦里一片吵闹声,只这一句"诸位先生"立即使人想起自己有责任尊严。

"本公司过去一年要赔付的保险金大约一亿六千九百万!"

"啊哟,啊哟!"

"而收的保险费共一百五十万。"

"好啊!"

(法尔克这时候计算了一下,发现如果把整个保险费一百五十万除去,把整个本金一百万都除去,这家公司还亏空一亿六千六百万,他还找借口说是天意。)

"很遗憾,本公司还必须付一百七十二万八千六百七十国币零八厄尔。"

"真可耻!"

"像诸位先生听到的那样,这是天意……"

"别管什么天意啦！数字！数字！红利！"

"事情令人非常痛心和难过,我作为可怜的经理,在这种极其不利的情况下,只能建议,已付款的投资只能得百分之五红利。"

这时候全场起了风暴,世界上没有一个商人可以战胜它。

"真丢人！不知羞耻！骗子！百分之五！他妈的,这不是把钱白白送给人家了！"

但是也能听到富有人情味儿的声音:"那些可怜的小投资者,他们就靠这点儿钱活着呢,没有其他出路！他们怎么办呢？上帝保佑这些不幸的人们！政府必须赶快提供帮助。噢呀！噢呀！"

当会议得以继续的时候,经理宣读董事会致总经理和全体员工的颂词,感谢"你们不遗余力和全心全意地从事这项吃力不讨好的事业"等等。这个颂词在公开的嘲笑中被通过。

随后宣读审计员的报告。他们(除了天意之外又找了一些借口)认为公司经营得很好,甚至可以说细致周到,他们在审查过程中,看到所有保价证券正确无误(！),因此他们建议,董事会不承担任何责任,并承认他们对公司的忠诚和尽心尽力。

不承担责任自然也被通过！随后总经理宣布,他放弃应得的董事会成员奖金(100国币),把钱转交给储备基金。他的决定也在掌声和笑声中被通过。接着是一个晚祈祷,即祈求上帝让他们下一年的红利达到百分之二十,随后大会主席宣布散会。

第十三章 天　意

法尔克夫人在其丈夫去开特利顿股东大会的同一天下午，买回来了一件新的蓝色天鹅绒连衣裙，她已经想好，要用这件衣服气一气住在街对面的督察官霍曼夫人。这件事做起来既容易又简单，她只要在自家的窗子里露一露脸就行了，她有一千个理由这样做，她要查看屋子里的摆设。因为七点钟的时候要在这儿开一个会，她想借此"镇一镇"她的客人。伯利恒儿童福利院要开董事会，审查第一个月的财务报告，董事会是由下列人员组成：督察官霍曼夫人，按照法尔克夫人的观点，她很高傲，因为她的丈夫是官员，仁叶尔姆夫人很高傲，因为她是贵族，斯科列是牧师，经常到达官贵人家去宣教，因此也在"镇一镇"之列，要尽量使用最伟大、最可爱的办法。这场戏从接待就开始了，不是古董或有艺术品价值的家具摆设一律搬走，换上闪光发亮的新家具。那些大人物都由夫人亲自接待，直到会议结束，这时候有意安排法尔克闯进来打乱会议，他带回一位海军将领——他向自己的夫人保证至少有一个将领，穿军服、戴军衔——随后法尔克和那位将领申请作为捐款理事加入儿童福利院董事会，尔后法尔克将他不应该得的特利顿公司董事会成员奖金捐出来。

夫人收拾好窗台上的东西以后，又去整理镶珍珠母的花梨木桌子上的东西,月度报告将放在上面宣读。她掸掉玛瑙墨水瓶上的尘土,把银笔杆插进龟背笔架上,把带有绿玉把手的印章翻过来,免得让别人看见有产者的身份标记,小心摇了摇细钢丝编织的钱盒,让几张大面额钞票(她的零花钱)像俘虏一样站在显眼的地方,随后又给穿得像仪仗队似的仆人下了最后几道命令。她在大厅里坐下来,摆出一副无忧无虑的姿势,专等仆人通报她的女友督察官夫人到的时候装出大吃一惊的样子,估计她是第一个到——她还真的第一个到。法尔克夫人拥抱艾维琳,吻她的脸颊,霍曼夫人拥抱欧叶妮,后者把客人让到餐厅里,想问一问她对新摆设的看法。督察官夫人不想在那个像堡垒似的卡尔十二世时代的橡木柜子旁边久留,她感到那个上边放着日本高脚花瓶的柜子伤害了她的自尊心,她转身去看烛台,认为太时髦,与餐桌的风格不协调;另外她还认为,石印油画与古老的家庭肖像不搭界,她花了很长时间解释油画与石画之间的区别。法尔克夫人有意让自己的新连衣裙哗啦哗啦地碰家具的边儿,以便引起她的女友的注意,但是没有奏效。她问女友大厅里铺的新买的布鲁塞尔花圈地毯怎么样,后者认为它与窗帘反差太大,法尔克夫人听了非常生气,不再问什么。

她们在大厅的桌子旁边坐下,马上开始寻找一些救生圈似的话题——照片,没人阅读的诗集之类的东西。一张不大的纸落入督察官夫人手里,这是一张带金边的粉红色纸,上面印着"为批发商人尼古劳斯·法尔克四十华诞而作"。

"啊,看呀,这是宴会上念的那首诗。是谁写的?"

"啊,是一位天才,我丈夫的好朋友,他叫尼斯特罗姆。"

"真奇怪,怎么没听过这个名字!这样一位天才!为什么宴会上也没看见他?"

"他生病了,很遗憾,亲爱的,所以他不能来。"

"是么!亲爱的欧叶妮,跟你的小叔子打交道真别扭!他大概有什么毛病!"

"别提他;他是家族的耻辱和悲哀,很可怕!"

"对,你知道,那天宴会确实令人不悦,很多人都走过来,问我关于他的情况。啊,亲爱的欧叶妮,我真替你感到害羞。"

"这是为了报复卡尔十二世时代的柜子和日本花瓶。"督察官夫人想。

"替我?噢,对不起,你的意思是替我丈夫吧?"法尔克夫人插话说。

"啊,我想大概一样吧!"

"啊,不敢当!我可不想为我丈夫的亲戚们承担什么罪责!"

"最近开宴会的时候,真遗憾,你的父母也病了。你亲爱的爸爸现在怎么样了?"

"谢谢,他很好!你真客气,想得还挺周到,我听出来了。"

"哎呀,哎呀,人不能光想自己呀!他病得很厉害,那位老——我称呼他什么好呢?"

"船长,如果你愿意的话!"

"船长?我刚刚听我丈夫说,他只是……班长,不过可能都一样。那天晚上一个姑娘也没来。"

督察官夫人的用意,是要报复那块布鲁塞尔花圈地毯。

"没有!她们一会儿一个主意,她们说什么都不必当真。"

法尔克夫人胡乱翻了下相册,弄得相册哗哗直响。她被气得满脸通红。

"喂,亲爱的欧叶妮,"督察官夫人继续说,"那天晚上朗诵诗歌的那个讨厌的先生叫什么名字?"

"你指的是列文,皇家秘书列文,他是我丈夫最亲密的朋友……"

"啊,真的?呃!太奇怪了!我丈夫是那个单位的督察官,列文是法务助理,我不想使你伤心,或者说什么难听的话,我从来不对别人说这类事,我丈夫说,他做事很不得体,他跟你丈夫在一起很不合适。"

"他真的这么说?这事我一点儿也不了解,我也不想掺和进去,我一定要告诉你,亲爱的艾维琳,我从来不干预我丈夫的事,不过有的人可不是这样。"

"请原谅,亲爱的,我跟你说这件事完全是为了你好!"

这是报复多支烛台和餐桌!还剩下那件天鹅绒连衣裙!

"喂,"那位好心肠的督察官夫人接着说,"我听说你那位小叔子……"

"请你别拿一个堕落的人来烦我好不好!"

"他真的堕落?我听说他总是跟最坏的人在一起,人们可以看见……"

这时候仆人来禀报,说仁叶尔姆伯爵夫人到,法尔克夫人总算得救了。

噢,她是多么受欢迎!噢,她是多么可爱,她真给她们面子!

她确实是一位和颜悦色的老女士,只有以大无畏精神经

151

受过风暴考验的人才会如此。

"好,亲爱的法尔克夫人,"伯爵夫人落座后说,"让我转达你小叔子的问候!"

法尔克夫人不知道,她哪儿得罪了这位夫人,怎么刚一到就刺激她,因此她用非常不敬的语调回答:"是么!"

"啊,对,他是一位非常可爱的年轻人,他今天去过我那里,拜访了我的侄子,他们是好朋友!一位非常杰出的年轻人!"

"对,那还有错儿!"一贯会见风使舵的督察官夫人附和着,"我们刚才还在谈论他。"

"是么!我最佩服的是他的百折不挠的奋斗精神,在这方面我不必为他担心,因为他是一个有个性、守大节的人。可爱的法尔克夫人,您不这样认为吗?"

"对,我一向都这么说,不过我的丈夫有另外的想法。"

"啊,你的丈夫,"督察官夫人附和着说,"他一向有自己的想法。"

"是么,他经常和伯爵夫人的侄子在一起?"法尔克夫人也激动地接起话茬。

"对,他们有一个小圈子,其中有艺术家。你们大概读过年轻塞伦的故事,国王陛下买下了他的画儿。"

"当然,我们在美展上看到了那张画。他也属于那圈子里的?"

"对,有他。他们的生活状况相当窘迫,这帮年轻人,年轻人在世界上创业时总是这样。"

"他是记者吧,你的小叔子。"督察官夫人说。

"对,我想是这样;啊,他写得相当好,前两年还得了文学院的奖,他逐渐会成为一个大人物。"法尔克夫人信心十足地说。

"对,我不是一直这么说么。"督察官夫人肯定地说。

此时对阿尔维德·法尔克的评论自动升级,到仆人禀报斯科列牧师到来的时候,简直把他捧上了天。牧师大步进来,迅速向各位女士问好。

"请原谅,我来晚了,不过我还是没有多少时间呆在这里;因为我八点半钟还在冯·法贝尔克朗茨女伯爵那里有个会,我是刚刚从办公室来。"

"啊,牧师先生真够忙的!"

"对,繁忙的活动使我无法获得安宁。因此我们大概应该立即转入讨论。"

仆人送来茶点。

"我们开始讨论之前,牧师先生要不要先来一杯茶?"女主人问,她对自己的安排再一次受到干扰有些不悦。

牧师盯了一眼茶点盘。

"不,谢谢,因为有彭士酒,我就喝酒吧。我信守这样的教条,女士们,我从不在外表上有与众不同的地方。大家都喝彭士酒,我即使不愿意喝也得喝,因为我不想让世界说,我比别人好,虚伪是一种恶习,我讨厌!让我宣读报告吧!"

他在桌子旁边坐下,用笔蘸了一下墨水,然后开始读。

"五月份伯利恒儿童福利院收受捐赠物品清单,请董事会审核,经手人欧叶妮(签字)。"

"您的娘家,我能问一问……"

"唉呀,没必要。"法尔克夫人斩钉截铁地说。

"艾维琳·霍曼。"

"娘家,如果我能……"

"冯·拜尔,牧师先生!"

"安托聂特·仁叶尔姆。"

"娘家,我的伯爵夫人……"

"仁叶尔姆,牧师先生。"

"啊,对对,与表兄结婚,丈夫去世,无后嗣!我们继续!'兹收到……'"全体(差不多全体)诧异。

"但是,"督察官夫人反对说,"牧师先生为什么不署名?"

"我害怕别人说我爱虚荣,亲爱的女士们,但是,如果你们希望我署名的话,我可以署上。好好!"

"拿旦拿尔·斯科列。"

"干杯,牧师先生,在我们开始之前,可以再喝一点儿,如果您愿意的话。"脸上挂着灿烂微笑的女主人说,但是当她看见牧师的杯子已经空了的时候,笑容立即消失了,所以她又给他斟满。

"谢谢,尊敬的夫人,但是我们不能过量!那我们就开始吧!你们可以对照原稿!"

"收受赠品:皇后殿下:四十国币;冯·法贝尔克朗茨女伯爵:五国币和一双羊毛袜;批发商沙林:二国币,一叠信封,六支铅笔和一瓶墨水;阿曼达·里伯特小姐:一瓶科隆花露水;安娜·费福小姐:一双套袖;小卡莱:送来从储币罐中拿来的二十五厄尔;使女约汉娜·佩德尔松:半打手套;爱米丽叶·比约恩小姐:一部新《圣经》;食品商人佩尔松:一包麦片,一桶土豆和一瓶腌洋葱;商人史克:两条羊毛短裤……"

"女士们,先生们,"伯爵夫人打断他的话,"我能否问一问,是不是还想把这些东西印出来?"

"对,当然!"牧师回答。

"那我就要求退出董事会。"

"伯爵夫人真的相信,如果不印捐赠者的姓名,我们的福利院靠自由捐赠就能存在吗?不行啊!"

"这就是说办慈善事业就为了给那些不三不四的人脸上增光!"

"不行啊!不能这么说!不三不四是一种罪恶,就算是吧,我们就是要把罪恶变成一种善良,我们在做善事过程中改变它,这样做不是很好么!"

"话是这么说,但是我们不能挂羊头卖狗肉,这是虚伪!"

"伯爵夫人的话过重了!经上说,我们要宽容,宽容那些不三不四的人所做的不三不四的事情!"

"对,牧师先生,我原谅他们,但不能原谅我自己!那些无所事事的女人把做善事当作一种消遣,这可以原谅,这不错,但是把这种美好的行动仅仅称作消遣,这是可耻的,以公布名字为诱饵,变成更大的消遣,再把名字登在报上会变成最大的消遣,这是可耻的。"

"哎哟,"法尔克夫人使出自己歪理的全部力量接过话说,"伯爵夫人的意思是,做好事是可耻的?"

"不对,亲爱的朋友,但是送一双毛线袜子就让别人把名字印出来,我认为是可耻的。"

"就算是吧,但捐一双毛线袜子毕竟是好事,这就是说做好事是可耻的……"

"不,是让别人把名字印出来可耻,我的孩子,你们要听清楚我的意思,"伯爵夫人纠正这位固执的女主人,但是她仍不肯善罢甘休,"是么,印名字就可耻!《圣经》不是也印出来了,那印《圣经》不也变得可耻了吗……"

"还是让牧师先生继续读吧。"伯爵夫人打断她的话说,前者对于后者的粗俗做法感到有些不悦,但女主人坚持自己的愚蠢逻辑,进行无理纠缠。

"啊呀,伯爵夫人认为跟我这样的小人物交换意见有失身份……"

"不,我的孩子,你们可以保留你们的观点,我不想再和你们争论下去。"

"这能叫讨论吗,我倒要请教请教?大概善良的牧师先生可以告诉你们,这能叫讨论吗,如果一方拒绝回答另一方的问题的话!"

"我的大好人法尔克夫人,这实际上不能叫做讨论,"牧师用一种模棱两可的嘲笑口气回答,弄得法尔克夫人哭笑不得。"但是不要让分歧坏了我们的好事。我们的基金多的时候,再讨论公布名字的问题。我们看到,我们的新事业已经像种子一样开始发芽,我们已经看到,很多双善意的手已经伸出来,抚育这棵幼苗,但是我们必须有长远打算。福利院已经有了基金,这笔基金要管理好,换句话说,我们必须考虑找一位管理人员,一位有实际工作能力、能够妥善管理捐赠品的人,他要把这些捐赠品变成钱,换句话说,我们要选一位财务员。要找这样一个人,我看不花钱恐怕不行——不花钱能行吗?女士们有没有合适的人可以推荐?"

没有,女士们根本就没想过这个问题。

"好吧,那我就推荐一个年轻人,他的思想很成熟。我相信他很适合做这个工作。董事会对埃克隆德法务助理当福利院财务员有无反对意见——要付点儿钱的?"

没有,女士们没有反对意见,特别是牧师推荐的更没有,牧师没费什么力气就把事情办成了,因为这位法务助理是牧师的一位近亲。这样,福利院花了六百国币请了一位财务员。

"女士们,"牧师接着说,"今天我们在天国里的工作是不是已经圆满结束?"

沉默。法尔克夫人朝门看了一眼,想知道自己的丈夫按计划是不是回来了。

"我的时间很紧,我不能在此久留。谁还有补充意见?没有。在上帝的帮助下,我们的事业已经有了美好的开端,我想祝福大家,但是找不出比主教给我们的更好的话,他教我们向阿巴①祈祷,亲爱的父,我们的父……"

他突然停住了,好像害怕听见自己的声音,大家都用手捂住眼睛,好像不好意思看彼此的脸。沉默的时间很长,比人们想象的长得多,真是太长了,但是没有人敢打破沉默,他们只是从手指缝儿看,是不是有人开始动,这时候衣帽间的门铃响了起来,这才把大家吓回到人间。

牧师戴上帽子,喝干杯子里的酒,那样子很像一个人想偷偷溜走。法尔克夫人立即来了精神,因为"镇人"和报复挽回面子的机会来了,她的眼睛里闪着急切的目光。

但报复和"镇人"确实来了,因为仆人拿进来她丈夫写的一封信,信的内容是——客人们不得而知,但是他们看出来了,所以他们马上说,家里边还有人等着他们,不愿意再打扰了。

---

① 阿巴,阿拉米人的圣父,在犹太教和早期的基督教祈祷时对上帝的称呼。

伯爵夫人本来想多留一会儿,安慰一下这位年轻的夫人,因为她的表情高度不安和沮丧,然而女主人不领情,反而做了一个引人注目的帮她穿衣服的动作,看样子,她希望她尽快地走。

大家在窘迫中互相道别,台阶上传来脚步声,离开的人可以听见身后紧张的锁门声,那位可怜的女主人多么渴望一个人好好地发泄一下自己的感情。她真的发泄了,一个人在那间大屋子里嚎啕大哭,但是这些眼泪不像五月的春雨洒在干旱已久的心田里,而是像仇恨和愤怒的酸雨从灵魂里喷发出来,然后滴进并侵蚀身体和青春的玫瑰。

第十四章 艾　酒

　　一天炎热的下午,火辣辣的太阳把某个拥有采矿专利的小镇里的鹅卵石大路的路面晒得滚烫。那家地下室酒馆的餐厅里仍然静悄悄的;地上铺的柏树枝使人觉得好像在办丧事;被分成各种等级的里克尔甜酒站在架子上正睡午觉,在它们对面是脖子上系着绥带的烧酒瓶,它们在晚饭前放假休息;木拉①产的大座钟从来不允许睡午觉,它冲墙站着,足有一人高,一分一秒地计算着时间,在此期间它好像正在阅读钉在墙上的一张巨大的戏剧海报;餐厅又窄又长,桦木餐桌的头镶在两边的墙上,餐厅看起来像个马厩;四条腿的桌子,就像拴在墙上的马,马屁股朝外;但是现在马都在睡觉,有个别的马腿从地上抬起来,那是因为地面有些高低不平,人们能看出来它们在睡觉,因为苍蝇可以任意在它们背上爬;但是那位十六岁的小跑堂可没有睡,他靠在海报旁边的那个像木拉大汉似的座钟上,不断地用自己的白围裙抽打那些刚在厨房吃饱喝足而现在来这里玩耍的苍蝇,打完苍蝇以后他又靠在那位木拉汉子大肚皮上,好像戴着听诊器在听他午饭吃了什么。在他很快就能知道结果的时候,那大汉却打起嗝来,每过四分钟就

---

　　① 木拉,瑞典一城市,机械工业发达,以产优质钟表闻名。

打一次,还从肚子里发出咕噜咕噜的响声,小跑堂跳了起来,他听到在可怕的响声中那大钟一连敲了六下,然后恢复正常状态,默默地工作。

但是小跑堂该去工作了,他在马厩里转一圈儿,用围裙给马刷毛,准备好一切,等待迎接客人。他把火柴放在餐厅最里边的一张桌子上,从那里一眼就能看到整个长长的大厅。他在火柴旁边放了一瓶艾酒和两个杯子,一个里克尔甜酒杯,一个水杯。随后他走到井边,取了一大瓶子水,放在易着火的东西旁边,又在地上转了几圈,在转的过程中他做了几个意想不到的动作,好像在模仿谁。一会儿他站在那里,双手交叉放在胸前,头垂着,左脚向前,鹰一样的目光围着墙上裂开的壁纸转;一会儿他双腿交叉站着,右手抓着桌子边,左手拿着用英国黑啤酒瓶上的铅丝制作的单腿眼镜,神气地看着天花板上的饰物,这时候门开了,大摇大摆地走进了一位三十五岁左右的男人,好像走进自己的家一样。他没有胡子的脸线条鲜明,脸上的肌肉要经常训练才有这个效果,人们一般只能在演员和牧师的脸上看到;人们通过黑胡须茬掩盖的皮肤能够看到所有像键盘似的肌肉和青筋,但是看不到能使那些键盘动起来的灾难性的连线,因为它毕竟不是一般的风琴,不需要踏板。他的额头很高很窄,太阳穴深陷,样子很像真正的科林斯[①]式钟状柱顶,从上面分下来的蓬乱的黑发,其中有几缕像小蛇一样垂下来,似乎要钻到眼睛窝里,但是永远也进不去。他大而黑的眼睛平时显得和善、忧郁,但是他也可以让瞳孔像枪口一样射击。

---

① 科林斯,古希腊著名城邦,其建筑物带有叶形饰物的钟形柱顶。

他在收拾好的桌子旁边坐下,用愤怒的表情看着水瓶。

"你为什么总要放一瓶水,古斯塔夫?"

"因为怕火烧着法兰德先生。"

"我烧着了关你什么事!如果我想烧着了,难道不行吗?"

"法兰德先生今天可不能当虚无主义者!"

"虚无主义者!是谁教给你这个词的?你是从哪儿学来的?你疯了吗,孩子?说!"

他从桌子旁边站起来,用那双黑眼睛发射了几个子弹。

古斯塔夫吓呆了,他对演员的脸色感到非常吃惊。

"回答呀,孩子,你从哪儿学的这个词?"

"是蒙塔努斯先生前几天说的,当时他从特莱斯果拉来这里。"古斯塔夫战战兢兢地回答。

"是么,蒙塔努斯!"这个愤世嫉俗的人接着说,并立即坐下。"蒙塔努斯是我崇拜的人;他是能理解别人讲话意思的男人。你听着,古斯塔夫,你能告诉我,他们叫我什么吗?你知道,当然是绰号,就是那帮戏子给我起的。说吧,没关系!不要害怕!"

"不能说,太难听了,我不想说。"

"为什么不想说呢,说出来你会使我高兴一些,你不觉得我也需要找一点儿乐子吗?我的样子显得特别高兴吗?快说吧!他们问我是否到过这里的时候,是怎么说的?他们难道不是这样说:那个……"

"魔鬼……"

"啊!魔鬼?!这名字不错。啊,他们恨我,你相信吗?"

"对,很恨!"

"好极了！但是为什么呢！我又没有招他们惹他们？"

"对,他们不能这样说！"

"对,我也这么认为！"

"不过他们说法兰德先生害人！"

"害人？"

"对,他们说法兰德先生害了我,所以我才认为一切都很陈腐！"

"哎哟,哎哟！你是不是经常对他们说,他们那点儿雕虫小技太陈腐？"

"对,他们讲的一切都很陈腐,另外,他们老气横秋,所以他们讨厌我！"

"是么！你不觉得当个跑堂的也陈腐吗？"

"当然是,活着陈腐,死了陈腐,干什么都陈腐——不对——当演员就不陈腐！"

"不对,我的朋友,当演员是所有事情中最陈腐的,先停一停,我要喝点儿酒麻醉一下自己！"

他喝干了杯子里的艾酒,把头又靠到墙上,他坐在那个位子上已经有六年,他抽雪茄时冒出的烟,把墙熏出一条长长的褐色烟痕。窗子外边那棵大杨树上浓密的树叶在晚风中飘动,把从窗子照进来的阳光先筛了一遍,它投向墙壁的阴影构成了一张活动的蜘蛛网,网的下角是那位愤世嫉俗者蓬乱头发的阴影,看起来就像一只大蜘蛛。

古斯塔夫重新坐下来,继续靠在木拉大汉身上,继续听诊,在此期间他以一种"虚无主义"的平静,观察那些苍蝇怎么样围着屋顶上的油灯盘旋跳舞。

"古斯塔夫！"他听见蜘蛛网那边有人叫他。

"啊。"大钟肚子里回答!

"你父母还在世吗?"

"没有,法兰德先生知道。"

"你真幸福!"

一阵长时间沉默。

"古斯塔夫!"

"啊!"

"你晚上睡得着觉吗?"

"法兰德先生,什么意思?"古斯塔夫回答时脸红了起来。

"意思我已经说了!"

"啊,当然睡得着! 我为什么睡不着呢?"

"你为什么想当演员?"

"我说不出理由! 我相信,当演员会使我愉快!"

"你现在愉快吗?"

"我不知道! 可能不愉快!"

"仁叶尔姆来了以后,到过这里吗?"

"没有,没有来过,不过他会在这个时候到这儿来找法兰德先生。"

一阵长时间沉默;随后门开了,一个阴影把大蜘蛛网弄得摇晃起来,角上的蜘蛛迅速动了一下。

"是仁叶尔姆先生吗?"愤世嫉俗的人问。

"法兰德先生?"

"欢迎! 您今天找过我?"

"对,我中午到的,想立即见到您。您大概猜出了我的来意;我想在剧院里找个差事。"

"啊! 真的吗! 这可让我大吃一惊!"

"让您大吃一惊?"

"对,是这样!不过您为什么先找我呢?"

"因为您是最杰出的演员,因为我们一位共同的老朋友,雕塑家蒙塔努斯向我推荐说,您是一位杰出的人士。"

"啊,他这样说的,那我能为您做什么呢?"

"给我提个建议!"

"您愿意跟我坐在一起喝点什么吗?"

"谢谢,我能做东吗?"

"这可不行……"

"那我就自己付账,您不反对吧?"

"随意吧!——您希望我提个建议?好!您是要我说真话?啊,当然!不过您听了我的话,一定要认真,永远不要忘记我今天说的话,因为我对自己说的话是负责任的。"

"好,请您赐教,我有准备!"

"您订好了马车吗?肯定没有!那就订吧,赶快打道回府!"

"您的意思是我不配当演员?"

"不,绝对不是!正好相反!我认为谁都能当!所有的人,或多或少,都有表演的能力!"

"那为什么?"

"啊,事情跟您想象的完全不一样!您年轻,血气方刚,您感到有成千上万的幻想,美丽、光彩,就像童话中的一样,它们在您的头脑里爬来爬去,但是您不想埋没它们,想让它们见阳光,用手托着它们,把它们展示给世界,您从而得到快乐——对不对?"

"对,对!您说出了我的思想!"

"我用最好、最通常的方式进行解释,因为我不想对什么事都寻求坏的动机,尽管我对大部分事情都持消极的看法!好啦,您的决心很大,即使受苦受难、忍辱负重、被吸血剥削、名誉扫地和倒闭破产——也决不回头!对不对?"

"对!啊,您太了解我了!"

"我过去认识一位年轻人——现在我对他已经不是很了解,因为他全变了!他十五岁的时候,离开了每个教区都为孩子办的教养院,孩子们所以落入那里都是因为极普遍的罪——他们出生在这个世界,那些无辜的小孩子要在那里为他们的父母赎罪,不然他们干什么要到那里去……请你不时地提醒我,不然我说的离题太远了!随后他到乌普萨拉大学呆了五年,念了一大堆书;他的脑子被分成六格,里边分别放着六种不同东西的资料,数字资料,名称资料;整个仓库里存的都是些现成的判断、推论、原理、过时的思想和各种愚蠢的东西。存这些东西还行,因为人的脑子很大;但是他还必须接受其他人的思想,接受其他人嚼了一生现在吐出来的各种陈腐思想;这时候他受到伤害,就这样——他二十岁时进了剧院。看我的表;看表的秒针;走六十次是一分钟,六十秒乘六十是一小时,再乘二十四,才仅仅一昼夜,再乘三百六十五,才仅仅是一年。想想看十年啊!我的上帝!你们在门外边等过人吧,等一位爱慕的人!头一刻钟没什么,第二刻钟——也还可以,因为等自己喜欢的人;第三刻钟:她没来;第四刻钟:希望和担心;第五刻钟:他走了,但是又回来了;第六刻钟:上帝呀,我无谓地浪费了自己的时间;第七刻钟:既然我已等了这么长时间,就再等下去吧;第八刻钟:发怒、叫骂;第九刻钟:回家,躺在沙发上,感到像把死亡夺回来一样安宁。他等了十年,十年! 当我说十年的时候,我的头发没竖起来吧? 仔细看看! 不过头发还在! 等了十年,他才得到一个角色。他成功了——很快! 这时候他想到浪费掉的十年真要发疯了,他对十年以后才明白感到痛心疾首,他惊奇地发现,成功并没有使他快乐,他没有变得快乐。"

"您的意思是,他用不着花十年时间学习技巧?"

"他不演戏,也就谈不上学习;他变成海报上的一个笑柄和一个虚名;经理说他没有做任何有益的事,当他投奔另一个经理的时候,这个人嫌他没有演过什么角色!"

"但是当他成功的时候,他为什么不快乐呢?"

"您相信,一个不死的灵魂会满足于成功吗? 不过说这些干什么? 您的决定是不可更改的! 我的建议是多余的! 没有什么比经验更好的老师;它狡猾和难以琢磨,很像学校里的老师;一部分人总是受他表扬,而其他人总是挨批评;您生来就是受表扬的;您不要以为我说这话是因为您出身贵族;我很清楚,一部分人说贵族好,一部分人说贵族坏;其实这两种说法都没什么意思,因为人跟人都不一样! 我希望您尽快获得成功,尽快变得心明眼亮! 我相信您有条件成功!"

"不过您不珍惜您的艺术吗? 最伟大最优美的艺术?"

"它被人们估计过高了,就像书里写的那些东西一样。这是危险的,因为它可能有害! 一个表述完美的谎言可以留下长久的印象! 它就像一个议会一样,由绝大多数没有受过教育的议员在那里做出决定。越表面化的东西,越好;越好的东西,越糟糕! 我不是因此就说艺术无用!"

"您说的话,永远不是您的真实思想。"

"是我的真实思想,但不一定对。"

"不过您真的不珍惜自己的艺术吗？"

"珍惜我的？我为什么珍惜自己的而不珍惜其他人的呢？"

"您不是演过最具有悲剧性的角色？您不是演过莎士比亚的作品吗？您不是演过哈姆雷特吗？当您说出那句深刻的台词'生存还是毁灭，这是个问题'的时候，您的内心真的没有被震颤？"

"您说的深刻是什么意思？"

"感情深沉，思想深刻！"

"请您回答这个问题！这样说的时候算不算深刻：'我是自杀还是活下去？如果我能知道死后会出现什么，我很愿意自杀，其他人也会愿意，但是我们无法知道，所以我们不敢自杀。'这算深刻吗？"

"不算，不怎么……"

"好！您肯定想过自杀吧？对不对！"

"对，所有的人都想过！"

"好，为什么您不自杀呢？因为您跟哈姆雷特一样，不知道死后会出现什么情况，所以不敢。那您也算深刻吗？"

"不算，当然不算！"

"好，这就是说，这是一件极其简单而平淡的事。用一个词来形容——古斯塔夫，那个词叫什么？"

"叫陈腐！"从那个座钟肚子里传来回答，他好像正等着这句台词。

"好，叫陈腐！如果作家能写一部未来生活状况的作品，那可能会新鲜！"

"一切新东西都好吗？"仁叶尔姆听了很多新事以后不耐

167

烦地问。

"新的东西起码有一个优点——即它是新的！请您试着用自己的脑子想问题,您总会发现一个新的自己。您相信在您进门之前,我就知道了您要跟我谈什么？我们一提到莎士比亚,我就能知道您会问我什么吗？"

"您是一位非常奇特的人；我不得不承认,您说的都有道理,不管我喜欢还是不喜欢。"

"好,那您对安东尼在恺撒坟前的讲话①有何看法？难道不是杰作吗？"

"这正是我想问您的！这种情况非常像您能读懂我的思想！"

"我不是刚才跟您说过了么。真奇怪,所有人想的,确切地说是所有人说的,都一样,好啦,您发现他的讲话有什么深刻的东西吗？"

"我说不出所以然……"

"难道您不认为,这是一种相当普通的幽默的表达形式吗？人们经常说反话,当他突然单刀直入时,无人能幸免。不过您读过比朱丽叶和罗密欧在新婚之夜以后那段对话更优美的台词吗？"

"啊,是那个地方吧,他说他相信'这是夜莺叫,不是云雀'。"

"我指的不是那个地方,还能是哪儿呢,全世界都知道。好啦,这是为数不多的例子之一,即用诗一样的形象语言达到

---

① 安东尼(约前83—前30),恺撒的亲密助手,古罗马卓越的军事家和政治家。

极好效果,您相信莎士比亚的伟大是建立在诗一样的形象语言上吗?"

"您为什么要把我所有的东西都碾碎,为什么您要拿掉我所有的支柱呢?"

"我扔掉您所有的拐棍,目的是让您学会走路——自己走!此外,我也没请您按我说的走进去吧?"

"您没有请,而是强迫我这样做!"

"那您就得避免和我接触。您的父母对您迈出这步很伤心吧?"

"对,很自然!您怎么会知道的?"

"所有的父母都是这样。您为什么一定要过高地估计我的判断能力呢?一般不要过高地估计人的能力。"

"您相信,这样做会变得更快乐吗?"

"更快乐?哎哟,哎哟!你认识的人有快乐的吗?用你自己的话回答,别拾人牙慧!"

"没有!"

"好啦,当您不相信有人是快乐的时候,您怎么还问我是不是会更快乐呢?——啊呀,您还有父母?有父母真是太愚蠢了!"

"怎么回事?您是什么意思?"

"您不认为老一代生育并用过时的思想教育他们是不合时宜吗?您的父母还要求您孝顺,对不对?"

"不过人应该对父母尽孝心吧?"

"孝敬他们?因为他们自己有权利把人生到这个充满灾难的世界上,让他们不得温饱,抽打他们,压迫他们,污辱他们,违背他们的愿望,对吧?您不相信需要一次革命吗?不,要两次！您为什么不喝艾酒呢？您害怕这种酒？啊！请看,酒瓶上有日内瓦红十字！它能医治战场上的伤兵,不管是自己人还是敌人;它能止痛,能麻醉思想,去掉记忆,它能窒息所有诱人发疯的高尚感情和窒息理智的光辉。您知道什么是理智的光辉？它首先是一个词,其次它是一种磷,一种发光的东西,您大概知道,埋着死鱼的地方经常有这种光,它们是磷质生成的,理智之光也是磷光、鬼火,它们是大脑灰质岩生成的。真奇怪,地球上所有好的东西都要灭绝。我在十几岁的时候无所事事,到处游荡,把小城市里所有教区图书馆的书都浏览一遍;书中越毫无价值的东西越被摘抄和反复印刷,好的东西却无人问津——我想说——请提醒我,别离题太远——"

那座木拉大钟又开始发出噪声,沉闷地打了七下——门开了,吵吵嚷嚷地撞进来一个人。此人五十岁左右,肥头大耳,身体臃肿笨拙,两个肥胖肩上扛的脑袋就像与地面成四十五度角的一门大炮,随时准备对天上的星星开火。那样子很像罪恶累累、诡计多端的人,但此人胆小怕事,从无此等劣迹。他对这位愤世嫉俗者马上投以凶狠的目光,如同投出的手榴弹,并吆喝着那位小跑堂的赶紧拿来罗马甜酒,语调的生硬、粗俗,就像军队里的一位班长。

"那就是掌握您命运的人,"愤世嫉俗者小声对仁叶尔姆说,"他是我的死敌,身兼悲剧作家、剧场经理和剧团团长。"

当仁叶尔姆看到这位可怕的人物与法兰德交换了一下充满深仇大恨的目光时,吓了一大跳,此时他坐在那里,雨点儿般地往地板上吐痰。

随后门又开了,溜进来一位油头粉面的中年人,胡子上还抹了蜡。他大模大样地坐在经理身边,后者伸出戴着肉红玉髓戒指的中指与他握手。

"这位是本市《保守主义者报》的编辑,王位与祭坛的辩护者。此君可以自由出入剧院,专门勾引经理看不上眼的姑娘。他过去是政府官员,但是后来辞了职,其理由我难以启齿,"法兰德介绍说,"但是我羞于和这些先生坐在同一间房子里,另外我今天晚上在这里与我的朋友有一个小小的应酬,理由是我昨天晚上得了笔演出费。如果您有雅兴,欢迎您到我们这群乌合之众中来,一群最糟糕的演员,两位名声很坏的女士,一位不修边幅的先生,欢迎八点钟您来!"

仁叶尔姆毫不迟疑地接受了邀请。

墙上的蜘蛛又在网上爬起来,好像在寻找上面的落网者,随后它消失了。那只苍蝇又在那里等了一会儿。太阳已经躲到大教堂后边去了,网上的丝消失了,没有留下任何痕迹,那棵大杨树还在窗外摇动。这时候那位大汉、剧院经理又喊叫起来,因为他已经不会心平气和地讲话;他问:

"喂!你看到那家周报又出来攻击我了吗?"

"唉呀,对于那些话,老兄不必在意!"

"我不必在意!你他妈的是什么意思?满城的人不是都在读么!啊,我当然在意!我要去他家,抓住他,把他臭揍一顿!他竟下流地说,我故意夸张,装腔作势。"

"那就收买他吧!但别闹出什么丑闻来!"

"收买?你以为我没尝试过?这群自由报记者特孙子。如果你是朋友和熟人,他们对你还客气,但是收买他们,不行,尽管他们很穷!"

"唉呀,你太不在行!你不能直接说,你要送一些能抵押或能卖成现金的礼品,装得就像根本没么回事一样!"

"就像人们对待你那样？不行,他们不吃那套,我已经试过了。遇到这帮有头脑的人,真是活见鬼了!"

"换个话题吧,刚才那个魔鬼抓到的猎物是谁呀？"

"不关我的事儿!"

"可能跟你有关!古斯塔夫!跟法兰德在一起的那位先生是谁呀？"

"啊,他想进剧院当演员,他叫仁叶尔姆!"

"什么,他想进剧院!他呀!"经理大声喊叫着。

"对,他很想!"古斯塔夫回答。

"只能是演悲剧!受法兰德保护？不来找我？接替我的角色？抢头牌？这事我怎么一个字也不知道？我？我？我对他很担心。他真可怜!他的前途很可怕!我当然要保护他!我要让他在我的羽翼下。我不飞的时候,人们也能认识到我翅膀的力量!它们有时候会挟一挟人!他是个很标致的小伙子!一个不错的小伙子!漂亮得像安提诺乌斯①!可惜他没有首先投奔我,不然他可以得到所有法兰德扮演的角色,所有的!哎呀!哎呀!哎呀!不过为时还不晚!哈哈!让那个魔鬼先害他一下!他还有点儿嫩!看样子他还很纯正!可怜的小伙子!好,我只能说:愿上帝保佑他!"

最后的祈祷声淹没在酒馆里的吵嚷声中,这时候全城的甜酒迷都进来了。

---

① 安提诺乌斯(约110—130),罗马皇帝哈德良宠爱的娈童,希腊美少年,为了延长皇帝的寿命跳进尼罗河溺死,在艺术作品中经常被塑造成美的化身。

第十五章　凤凰剧院股份公司

第二天仁叶尔姆在旅馆睡到中午才起床。前一天夜晚的记忆像幽灵一样在这个阳光灿烂的白天萦绕在他的床头。他看到了那个布满鲜花的房间，内窗紧紧地关着，他们在那里饮酒作乐；他看到了那个三十五岁的女演员，因为一场竞争失败而落到演老女人角色的地步；她怀着对新污辱的满腔愤怒走进来，然后喝得酩酊大醉，把大腿放到沙发框上，当屋里热起来的时候，她毫不顾忌地解开连衣裙，就像一位绅士吃完饭热了以后敞开背心一样，那位以前总是扮演情人的老喜剧演员一落千丈，现在只能跑龙套，如今他用自己编的民谣，但主要是讲述他黄金时代的故事来愉悦低等市民阶级；但是在烟气腾腾和海市蜃楼之中他看见一位十六岁女子眼泪汪汪地走进来，向愤世嫉俗的法兰德讲述，那位身体魁梧的经理最近又怎么样调戏她，遭到她拒绝以后，发誓进行报复，以后只让她演女仆；他看到法兰德化解一切：污辱、委屈、打骂、不幸、窘迫、灾难和叹息等等，他教导和鼓励自己的朋友，不要把痛苦放在心上。他一次又一次地看着那位天真无邪的十六岁小姑娘，并且成了他的朋友，分别的时候，还得到她的一个热吻，现在想起来还有些激情荡漾，而当时有些意想不到。可是她叫什么呢？

他站起来去拿水瓶,正好看到了有酒渍的小手绢!啊!上面有用不褪色的墨水写的名字——爱格妮丝!他在手绢干净的地方亲了两下以后,装进手提箱里。随后仔细穿戴好,去见剧院经理,因为十二点到下午三点是最好的求见时间。

为了不留遗憾,他十二点钟就到了这家公司,他先见门卫,说明来意,后者表示愿意效劳。仁叶尔姆觉得没有把握,又重新问了一次,他能不能见经理,随后他被告知,经理眼下在工厂里,但是中午有可能回来。仁叶尔姆以为,所谓工厂是内部人员对剧院的称呼,但是后来得知,总经理确实开了一家火柴厂。他的小舅子是剧院的财务员,在邮政局兼着差事,不到下午两点不来上班。经理的儿子是剧院的秘书,平时忙于电报局的差事,说不定什么时候才能碰见他一次。但是门卫确信自己知道仁叶尔姆的来意,就以自己和剧院的名义把一份剧院规章交给他,随后这位寻求发展的年轻人在等待经理到来之前只好阅读这份规章来打发时间。他安下心来,坐在沙发上研究剧院规章。当他通读了一遍以后,才刚十二点半。这时候他又跟门卫说了一会儿话,才十二点四十五。随后又坐下来,认真琢磨规章的第一条:"本剧院是一个机构,因此所有成员都要努力使自己做到敬畏上帝,道德高尚和品行端正。"他翻来覆去地想这句话,想弄明白它的真正含意,但是没有搞懂。既然剧院已经是一个道德机构,那么它的所有成员(包括经理,财务员,秘书,剧务和布景师)就没有必要再"努力使自己"具备这些天花乱坠的美德了。如果这样规定:本剧院还不是一个道德机构,因此所有成员努力使自己……,这才名副其实,不过这肯定不是经理的意思。于是他想起了哈姆雷特的话"空话,空话",但是马上想起来,引用哈姆雷特的话陈腐,应该用自己脑子想出自己的话,他最后选定"大话",但马上否定了,因为他不具有独创性,再说这种事本身就没有什么新鲜的。

随后第二条又帮助他消磨了一刻钟,上面的条文是:"本剧院不是为了娱乐。"①这意思是:本剧院的宗旨不是为了娱乐,而这个地方又写着:本剧院的宗旨不仅为了娱乐,也就是还有娱乐。随后他又想,那么人们到这个剧院干什么呢?对了,人们来看孩子,特别是儿子,怎样骗父母的钱,特别是省吃俭用、老实巴交的父母,其次是看妻子怎么骗丈夫的钱,在这方面特别有意思的是,是骗那些年老需要妻子帮助的男人的钱;他特别记得那次,两个年纪大的男人因为生意失败,差点儿被饿死。剧本是一个著名作家写的,至今想起来还会笑出声。他又想起来,他曾经欣赏一出一个年纪大的男人失去听力的戏,还和六百个其他人一起观看了关于一位牧师的戏剧,牧师想通过自然途径来医治禁欲给他带来的疯病,他只能用撒谎来达到自己的目的。那么人究竟为什么在发笑?他问自己。因为他无法问别人,所以只能自己回答!啊,为不幸、窘迫、灾难、酗酒和道德,为善行的失败和罪恶的胜利。对他来讲有部分新鲜的收获使他很高兴,越想越觉得这种游戏很有意思。经理仍然没有回来的消息,他只得继续玩,没过五分钟他就发现,悲剧中使人落泪的东西恰恰是喜剧里让人发笑的东西,想到这里他停住了,因为那位身材魁梧的经理风风火火地走来,经过他身边时装作根本没看见他,他匆匆进了左边一间房子,转瞬间就听见他用一只大手按铃的声音。门卫没等

---

① 哥本哈根皇家剧院悬挂此匾。

半分钟就进去了,然后很快出来,告之他的上司见他。

当仁叶尔姆进去的时候,那位经理已经敞开了怀,脑袋高高地扬着,根本无法看到那位战战兢兢进来的小人物。但是他肯定听见他走进来了,因为他立即以污辱性的语调问,他有何贵干。

仁叶尔姆说他希望在这里尝试一下。

"哈哈!伟大的尝试!伟大的激情!先生演过什么角色吗?演过哈姆雷特,李尔王,里杰德·德里丹①、志愿兵②这些角色吗?第三幕以后有十次喝彩吗?对吧!呃!"

"我过去从来没有登过台。"

"啊,是这样!那就是另外一回事了!"

他坐在一张带有蓝色绸布套的银色安乐椅上,他的那副面部表情就像要充当苏埃托尼乌斯的《诸恺撒生平》③中的插图。

"我能跟先生讲句实话吗?行吗?还是别干这行吧。"

"不可能!"

"我再重复一遍:别干这行!它是三百六十行中最糟糕的一行!充满屈辱、不悦、刺激和荆棘,先生,请相信我吧,它会使人终生痛苦,您会觉得活着不如死了!"

他的样子显得特别真诚,但仁叶尔姆坚定不移。

"啊,请注意听我的话!我郑重其事地劝您别干这行,前

---

① A.朗列的话剧。
② 迈阿德和布列维勒创作的喜剧。
③ 苏埃托尼乌斯(约69—约122),古罗马历史学家,主要作品有《名人传》和《诸恺撒生平》。后一部作品收入十一个皇帝生活的各种传闻,并配有多幅暴君的肖像。

景非常暗淡,您可能要干好几年跑龙套的差事。您可想好咯!后悔了可别找我算账。干这一行就是下地狱,先生,如果您真的了解,肯定不会入这行!相信我吧,您就等于下地狱了,我现在把话说清楚。"

白费话。

"先生是否更愿意不试用马上就拍板?有试用期风险小一些。"

"好,自然是马上就拍板,我事先没敢问。"

"那就请在合同上签字吧。一千二百国币薪金,合同期两年!好吗?"

他拿出一张已经准备好的合同文本,刚才压在吸墨纸底下,经理已经签好字,他递给仁叶尔姆,仁叶尔姆被这一千二百国币搞得晕头转向,没看就签了。

签完字以后,经理献出他带着肉红玉髓戒指的中指与仁叶尔姆握手,并说:欢迎!这时他露出上牙床上的红肉,两只眼里充满血丝的黄眼珠带着青色的虹膜。

晋见就这样结束了。但仁叶尔姆觉得这一切进行得太快了,他想留下来再顺便问一句,他需要不需要等董事会开个会他的事再定。

"董事会?"那位身材魁梧的悲剧作家打断他的话,"我就是董事会!您有什么事要问,尽管找我!有事拿不定主意,就找我!找我,先生!不要找别人!明白吧!走吧!"

当仁叶尔姆往外走时,他的衣襟好像被挂到什么地方了,因为他突然停下,想回过头来看一看,这后边的几句话到底是什么意思,但是他只是看到像刑具一般的红色牙床肉和那两只充满血的大理石般的眼睛,因此他感到没有必要再问个究竟,而是迅速走到市地下室酒馆去吃饭和会见法兰德。

此君已经大模大样地坐在餐桌旁边,好像做好了迎接巨大打击的准备。对仁叶尔姆马上签了合同并不感到惊奇,尽管当他听到这个消息时,脸上有一丝愁云闪过。

"你对经理的印象怎么样?"法兰德问。

"我真想给他一个耳光,但是我不敢。"

"董事会也不敢,因为他把持着董事会。你会时时看到,粗暴将支配一切。你知道,他还是剧作家呢!"

"我听说了!"

"他编的历史剧总能成功,并获得赞扬,这可能是因为他写角色,而不刻画性格;他在结尾时总爱用一些所谓爱国主义的激情进行投机,骗取掌声。另外,他从来不让角色讲话,而是让他们争吵,或者像人们说的吵架:男人和女人,老人和年轻人,吵成一团,他创作的众所周知的剧本《约斯达国王的公子们》,确切的叫法是历史吵架,有五个场景,因为没有情节,只有形式上的场景,家庭场景,街道场景,国会场景等等。相互攻击代替台词,不是创造和谐,而是互相斗气。不是对话,而是互相用言辞攻击,互相讽刺,最高级的戏剧效果是交手打架。评论家却说,他是描写历史个性的伟大作家。他到底是怎么样在我提到的这部剧作中描写古斯塔夫·瓦萨的呢?啊,一个宽肩膀,长胡子,声音洪亮,性格残暴和手段强硬的人物——他在韦斯特罗斯的会议上砸碎一张桌子,在瓦德斯滕纳会议上踢坏了门上一块玻璃。但是有一次评论家说,他的剧作缺乏深度;这时候他大发雷霆,针对此事马上写了一部生活喜剧。他有一个上学的儿子(他已经结婚,是个魔鬼),表现极差,挨了老师一顿打!这位父亲立即写了一部生活喜剧,挖苦那位老师,并指出如今青年受到非人道的待遇。还有一次,人们对他的作品进行了正确的评论,他马上又写了一部生活喜剧,挖苦那座城里的自由主义报纸的记者!还是别让他烦我咯!"

"啊,他为什么恨你呢?"

"因为在一次排练的时候,我读'Don Pasquel'①,他偏说应该读'Paskal'②。结果是:被迫按他的意志读,他宣称,全世界爱他妈怎么读就他妈怎么读,但是在这里就得读'Paskal',因为他就是这么读的!"

"他是哪儿的人?从前是干什么的?"

"你不知道他从前就是大车铺里的一个伙计?如果他知道你了解了他的底细,他会毒死你!不过我们还是换个话题吧,你昨天回去以后感觉怎么样?"

"好极了!我忘了感谢你!"

"啊!很好!你喜欢那个姑娘?爱格妮丝?"

"对,我很喜欢她!"

"她爱上你了!你们很般配!你把她弄过去吧!"

"唉呀,你说的是什么话!我们现在还不能结婚!"

"谁说你们一定要结婚?"

"那你是什么意思?"

"你十八岁,她十六岁,你们互相爱慕!对吧!你们两厢情愿,剩下的就是你们俩那件最隐私的事咯。"

"我不明白你的意思!你鼓励我做坏事吗?对不对?"

---

①② 意大利著名作曲家唐尼采蒂(1797—1848)作曲的喜歌剧《帕斯夸莱先生》,此处争论的焦点是作品如何发音,暗示导演缺乏文化。

"我鼓励你多听一点儿大自然的声音,少听一点儿愚蠢的人的声音。如果有人对你们的行动说三道四,那他们肯定是嫉妒,他们说的道德实际上是披着冠冕堂皇外衣的恶意。大自然请你们赴连神仙都高兴的喜宴已经好几年,但社会担心的是要付更多的儿童教养费。"

"你为什么不鼓励我们结婚呢?"

"因为结婚是另外一回事!不能一夜合欢定终身,因为这不能说明,能同享福也能同受苦!结婚是一种灵魂的事情,你们现在还没到那种程度!再说这种事,我鼓励不鼓励都会发生。相爱的人要珍惜好年华,像小鸟儿相爱一样,不必考虑有没有爱巢,或者像雌雄异株的花那样相爱。"

"你不要把那位姑娘说得太下贱!她善良、纯洁、无辜,对她敢有二话的人肯定是在说谎。你看到过比她更纯洁的眼睛吗?从她的声音你就能感受到她的诚实可信!她应该有一种伟大的爱情和一种纯洁的爱情,而不是你说的那种,我希望你这是最后一次谈论这件事情!你可以告诉她,一旦我有资格与她喜结良缘的时候,我将视为最大的幸福和最高的荣耀!"

法兰德摇了摇头,像蛇一样的几绺头发耷拉下来。

"有资格?你在说什么?"

"我说话算数!"

"真可怕!如果我告诉你,这位姑娘根本没有你赋予她的各种优秀品质,她具备的品德正好相反,你肯定不相信我,而你会变成我的敌人!"

"对,我会的!"

"啊,多么可怕,这世界充满谎言,如果有人说了真话,绝对没有人相信他。"

"怎么可以相信像你这样没有道德的人呢?"

"你看,我们又说到这个词啦!这是一个绝妙的词,它能回答所有的问题,化解所有的争端,保护所有的过错——仅仅保护自己的,而不是别人的——打垮所有的反对者,像律师一样,既可以支持好人,也可以反对好人!这次你拿它打击我,下次我拿它打击你!再见吧,我一定要回家了,因为我三点钟有课!再见!祝你顺利!"

仁叶尔姆被孤零零地抛在那里,一个人吃午饭和想自己的事。

法兰德回到家里,穿上睡衣和拖鞋,好像完全没有等待客人来访的意思。但是从他的行动上可以看出他内心强烈的不安,因为他在地板上走来走去,还不时地停在窗帘后边,偷偷地往街上看。随后走到镜子跟前,解开领结,把它放在桌子上。走了一会儿以后,他坐在沙发上,从名片盒里拿出一张女人的照片,仔仔细细地看着,就像在显微镜底下看切片。他坐在那里看了很长时间。当他听到楼梯上的脚步声时,迅速把照片放回原处,跑到写字台旁边坐下,背对着门。当他假装忙于写东西的时候,门外传来敲门的声音——两次短而轻的连续敲打。

"请进。"法兰德高声说,那声音听起来不像请进,而更像轰走。

此时进来一位年轻姑娘,身材娇小,但线条优美,一张瓜子小脸周围长着好像被太阳晒得褪了色的浅色头发,因为那头美发不像是与生俱来的。小巧的鼻子和棱角鲜明的嘴显得那么喜兴、多变,就像万花筒中的人物。比如当她动一动鼻翼的时候,鼻腔内鲜红的软骨就像牡丹的花瓣一样,双唇微起,露出两排整齐的牙齿,又小又白,让人难以置信。双眼通过与鼻根形成角度和放松太阳穴,露出虔诚和哀怨的表情,与脸天真活泼的下半部显得极为不协调,但是瞳孔很不安宁,它有时候可以变得像针尖那么细,有时候可以变得很大,瞪得像夜明镜的镜头。

她已经走了进来,拔下钥匙,关上门。

法兰德依然坐在那里,装作写什么东西。

"你今天来晚了吧,爱格妮丝?"他说。

"对,我是来晚了。"她满不在乎地回答,她摘下帽子,随便得像在家里。

"对,我们夜里睡得太晚了!"

"你为什么不站起来跟我打招呼?还没累到不能站起来的程度吧?"

"啊,对不起,我忘了!"

"忘了?我早发现了,有很长一段时间你忘了我。"

"是么?你发现多长时间了?"

"多长时间?你这是什么意思?请你换掉睡衣和拖鞋!"

"亲爱的,今天是第一次这样做,你认为已经有很长时间了!是不是有点儿奇怪?说呀?"

"你在嘲笑我?你怎么了?你怎么有很长时间特别怪呀?"

"很长时间?我们又说这个词儿了!为什么你老是说很长时间?为了说谎吧!为什么要说谎呀?"

"哎哟,你反而骂我说谎呀?"

"啊,不不,我开一个玩笑。"

"你以为我没看见,你讨厌我。你以为昨天晚上我没看见,你当时不错眼珠地盯着那个妖婆珍妮,整个晚上没跟我说一句话。"

"那你是吃醋啦?"

"我?没有,你知道,一点儿也没有!如果你更喜欢她,那就请便吧!跟我一点儿关系都没有!"

"是么?你没吃醋?在正常情况下,这就有点儿不可思议了!"

"正常情况下,你说的是什么意思?"

"我的意思——很简单——我讨厌你,正像刚才你自己说的!"

"你说谎!你没有讨厌我!"

她动了动鼻翼,露出了牙尖儿和细得像针尖似的瞳孔。

"让我们说点儿别的吧,"他说,"你认为仁叶尔姆怎么样?"

"非常好!他是个很和善的小伙子!一个好小伙子!"

"他非常爱你!"

"你瞎说什么!"

"但是最糟糕的是,他想跟你结婚!"

"请你饶了我,别再拿这些蠢话烦我!"

"但是,他才二十岁,他说,他表示要等配得上你再结婚,这是他的意思!"

"一个大傻瓜!"

"所谓配得上,他的意思是,当他成为名演员时!而只有他有角色演的时候,他才有可能成为名演员!你能不能给他找一找角色？"

爱格妮丝脸红了,她一下子坐到沙发角上,露出那双带着金穗的漂亮小靴子。

"我？自己还没有角色好演呢！你在嘲笑我？"

"对;是在嘲笑。"

"你是一个魔鬼,古斯塔夫！[①] 你承认吗？"

"可能是！可能不是！很难决定这类事情！不管怎么说,如果你是一个懂事的姑娘……"

"住嘴！"

她从桌子上抄起一把剪纸刀,高高地举起,那样子既像认真又像玩笑。

"你今天特别漂亮,爱格妮丝！"法兰德说。

"今天？你是什么意思？你过去没看见我漂亮！"

"当然！我肯定看见过！"

"你叹息什么？"

"开怀畅饮之后总是这样。"

"让我看看你！眼睛痛吗？"

"夜里没睡好觉,亲爱的！"

"我走吧,好让你睡个午觉！"

"别离开我！反正我也睡不着。"

"我想,我一定得走！我来就是为了告诉你这件事！"

她的声音变得温柔起来,眼皮慢慢耷拉下来,就像演出结束时的幕布一样。法兰德回答说:

"你还真不错,能来说一声。"

---

① 此处称名,不再称姓,表示亲近。

她站起来,在镜子前面系好帽子带。

"你这里有香水吗?"她问。

"没有,我的香水在剧院里。"

"你别再抽烟斗了,衣服上都是烟味儿。"

"我会戒掉!"

她弯下腰来,又扣了一下袜带。

"对不起!"她一边说一边向法兰德投以抱歉的目光。

"对不起什么?"他用无所谓的表情回答,好像什么也没看见。

他没有得到回答,他长长地吸了口气,鼓起勇气问:

"你到哪儿去?"

"我去试穿定做的连衣裙,你用不着担心。"她回答,显得没事人儿一样;但是在他听来,这跟排戏时的虚假腔调一样,他只得回答:

"那就再见吧!"

她走过去,让他亲吻。他把她抱在怀里,紧紧地贴着她的胸,好像要憋死她,随后他吻她的额头,把她推出门口,又推出大门,生气地说:"再见!"

第十六章　在　白　山

八月的一个下午,法尔克又一次坐在莫塞山上的公园里;像整个夏天一样,现在还是孤身一人;他回顾了一下从上次到这里来以后三个月的生活,当时他满怀希望、勇敢和坚定。此时他觉得自己已衰老、疲倦和麻木,他曾经去过山下那大片的房子,那里的情况与他想象的完全不同。他到过很多地方,看到过各种生活状况下的人,只有给穷人看病的医生和报社记者才有这种眼光,然而这两者的区别在于,记者只能看到他们的外表,而医生才能看透他们,他曾有机会洞察在各种不同形态下的作为社会动物的人。他采访过议会、宗教庆典、商务会议、各种慈善机构的活动、审判大会、节日狂欢、葬礼、群众集会,人们到处讲着大话,而且长篇大论,使用生僻词语,晦涩难懂,至少词不达意。因此他对人类形成了一种片面的观点,只能把人看成是一种欺骗性的社会动物,也只能如此,因为文明禁止公开的战争;由于与他人接触太少,这使他忘记了还有另外一种动物,如果你不惹他们生气,他们在私下里也挺可爱,只要没有证人在场,他们也愿意亮出自己的各种错误和弱点。这些他都忘记了,因此他很痛苦。但是还有另外一种情况使他更痛苦:他失去了自信心。不是因为他做了什么错事而感到害羞!是其他人剥夺了他的自信心,所以他很容易自卑。

他发现,无论什么地方人们都不尊重他,在这种情况下,怎么可以想象一个从小就不被人尊重的人可以有自信心呢?但是真正让他感到不幸的是,他看到保守党人报纸的记者竭力维护一切被扭曲的东西,至少是不闻不问,却受到人们的尊重。这就是说,他所以受到鄙视,跟记者本身的职业没多少关系,而是因为他是受苦受难人的代言人。比如,在他报道特利顿保险公司股东大会时,曾经使用"欺骗"这个词。随后《灰衣报》发表长篇文章进行驳斥,明确指出,这家公司就是一家爱国主义的慈善机构,弄得他自己也似乎相信,他自己错了,对于自己轻率处理人格问题长时间感到内疚。

然而现在他仍然摇摆于虚无主义和盲信主义之间,何去何从仅仅取决于下一次冲动的发展方向。

整个夏天的生活对他来说都很酸楚,他幸灾乐祸地欢迎每一个阴雨的日子,当他看到一两片被霜肃杀的树叶在沙石小路飘来飘去时,他的内心感到相对宽慰。当他坐在那里,以玩世不恭的态度思索着自己的存在和目的的时候,他感到一只骨瘦如柴的手放在他的肩上,另一只抓住他的手,好像死神奉命抓住他,与他一起跳舞进天宫①。他一抬头,吓了一跳,伊格贝里站在那里,脸色苍白得像个死人,两眼暗淡无光,一看就知道是被饿成这副模样的。

"啊,你好,法尔克。"他用微弱得几乎听不见的声音说,浑身不停地颤抖。

"你好,伊格贝里兄弟,"法尔克回答,他感到很高兴,"请坐下,无论如何先来杯咖啡!怎么样?看你的样子,真像一直

---

① 据传说,死神手持镰刀与人的灵魂共舞进入天堂。

躺在冰底下。"

"啊,我病了!病得很重!"

"看来你和我的夏天都过得够那个的!"

"你也很艰难?"伊格贝里问,他希望真的如此,铁青的脸上泛起一点儿亮光。

"我只想说:上帝保佑,那个应该诅咒的夏天总算过去了!对我来说终年都是冬天才好呢!自己受苦受难还不算,还得看别人尽享快乐!我没有迈出城关一步!你呢?"

"自从伦德尔六月份离开里尔—延斯,我没有看见过一棵杉树!不过看不看杉树有什么关系呢?没有什么必要!也没有什么特别的地方!但是,如果想看而不能看,那就惨点儿啦!"

"对,我们现在不用管那些事了;东边的天空又阴上了,明天又该下雨了,当太阳再次出来时,就是秋天了。干杯!"

伊格贝里看着彭士酒,就像看着毒药一般,不过他还是喝下去了。

"好,"法尔克接着说,"是你给史密斯撰写的关于守护神或者说特利顿海运保险股份公司那篇大作吧。不违背你的信念吗?"

"信念?我没有什么信念!"

"你没有?"

"没有!只有傻瓜才有这类信念!"

"你是无道德主义者,伊格贝里?"

"不是!你看,如果一个傻瓜有了一个思想,不管是他自己想出来的,还是从别人那里学来的,他就把它上升为信念,坚持和实施,不是因为这是一个信念,而是因为这是他的信念!就这家保险公司而言,我相信这是一个骗局!它坑害了很多股票拥有者,但是它也使其他人——董事会成员和职员大得实惠,可见它也做了好事!"

"这就是说你失去了任何道德观念,我的朋友?"

"为了自己的义务必须牺牲一切!"

"对,我承认这一点!"

"生存是人类首要和最大的义务——要不惜一切代价地生存下去!神的法律这样要求,人的法律也这样要求。"

"但是道德可不能沦丧。"

"像刚才说的,两种法律都要求,人必须牺牲一切——它们要求一个穷人,他必须牺牲那个所谓道德!这一点是残酷,但不要求穷人对此负责!"

"你对生活已经没有任何乐观的态度!"

"有什么地方能使我产生乐观态度呢!"

"啊,说得对!"

"不过说点儿别的吧,我收到仁叶尔姆一封信!如果你有兴趣我给你念几段!"

"我听说他已经进了剧院!"

"对,看来他在那里的日子很不愉快。"

伊格贝里从上衣口袋里掏出一封信,往嘴里塞一块方糖,随后念信:

"如果死后真有地狱的话,这一点相当值得怀疑……"

"这小伙子也变成了自由思想家!"

"可能也不会比我现在的处境更坏!我刚刚到这里两个月,我觉得好像已经有了两年!魔鬼,就是大车店的伙计,现在是剧院的经理,手里操纵着我的命运,任意摆布我,我每天有三次想逃跑,但是合同规定的惩罚条款太苛刻了,一旦闹到

189

法庭,会毁掉我父母的名声,思前想后,我还是留下了。你可以想一想,我每天晚上跑龙套,到现在还没说过一句台词。一连二十天晚上,我脸上涂着彩,穿着吉卜赛人的衣服,其中没有一件合身的:裤子太长,鞋子太大,上衣太短。一个小鬼,即所谓提词员,他使劲儿盯着我,每次我想换掉这些衣服时他都不干,每次我想钻到由厂长、经理的吹捧者组成的人群后面时,他们马上闪开,把我推到台前,当我往幕后看时,我就看到那个小鬼站在那里发笑,我朝舞台上看时,我就看到那个魔鬼本人坐在监视窗旁边发笑。他好像就为了自己取乐才接收我,而不是让我为剧院做什么贡献。有一次我壮着胆子请他注意,我需要扮演一些说话的角色来锻炼自己,以便能成为一名真正的演员。这时候他恬不知耻地宣称,要先学会爬,然后才能走路!我反驳说,我能走路!他说这是骗人,并问我是不是不相信表演艺术是各种艺术中最优美最难掌握的艺术,不需要接受教育呢?我回答说,这正是我的意思,所以我才迫不及待地要求开始接受教育,他说,我是朽木不可雕,他要开除我!这时候我提出异议,他再一次问,我是不是以为,他的剧院是不良青年教养所,我痛痛快快地回答:对!这时候他宣称,他要掐死我,他现在还真的在这样做!我感到,我的灵魂像风中残烛,我几乎确信'如今虽然模糊不清,但最后胜利终归邪恶',教义问答是这么写的吧。但最糟糕的是,我对这门艺术已经失去了信心,它曾经是我青春的爱情和梦想。当我看到剧团里的人都是些从大街上找来的没有受过教育和训练的体力劳动者和光会卖力气的工匠,没有激情和理解能力的游手好闲之辈,看到他们经过几个月以后就能演有个性人物、历史人物,还被说成具有创造性,而这些人对那个时代的背景一无所知,对他们扮演的人物在当时所起的作用没有丝毫的认识,在这种情况下,我怎么能不小看这种艺术呢?

"人们在对我施行慢性谋杀,我身陷囹圄,那群乌合之众(其中几个人曾触犯过法律)在压迫我,我如果不是贵族该多好啊,因为受过教育的人对被压迫的感觉比没受过教育的人要难受得多。

"然而在黑暗中有一个亮点:我恋爱了,姑娘是垃圾堆中的纯金。在她自豪和鄙视地拒绝导演可耻的调戏以后,她自然也受到排挤,遭受慢性谋杀,跟我一样。她是在那堆污泥里乱爬的所有的动物中惟一有活着灵魂的女人,她全身心地爱着我,她已经跟我秘密订婚——啊,我只等待我成功的那一天的到来,那时候我就可以娶她啦,但是猴年马月?我们经常想一起死去,但是那骗人的希望跑出来,引诱我们继续受苦受难!看看她,天真无邪的姑娘,看到她被迫穿上袒胸露乳的衣服抛头露面而遭受屈辱时,真让人难以忍受!但是我还是把这悲惨的一章暂时放一放吧。

"请让我转达乌勒的问候,还有伦德尔!乌勒已经大变了。他迷上了一种新的哲学,否定一切,把一切事情都颠倒过来,首尾倒置。听起来蛮有意思,有时候似乎也有道理,但从长远观点来看是危险的。我觉得他所以有这些思想,跟这里剧团的一位演员经常接触有很大关系,此君很有头脑,很有知识,但是不讲道德,我既喜欢他,也恨他!他是一个很古怪的人!他本质善良,具有牺牲精神,高尚而心胸开阔,我很难具体说出他有什么不好的地方——但是他不讲道德,而没有道德终究是一个坏蛋!对吗?

"现在我只得住笔,因为我看见我的天使,我的灵魂来了,只有这一刻,我的所有苦恼才烟消云散,我才重新变成一个比较完好的人!向法尔克问好,当他不顺利的时候,让他想一想我的命运就好了。

好友仁"

"好啦,对此有何高见?"

"这是一个弱肉强食的老话题!你知道吗,伊格贝里,我觉得人要是能在世上生存,非得当个坏人不可!"

"试试吧!这可能也不容易!"

"你现在跟史密斯还有业务上的联系吗?"

"没有,上帝保佑!你呢?"

"为我的诗我曾经去过他那里!他用每页十国币的价钱买了我的诗,所以他也像那位大车店里的伙计对付仁叶尔姆一样,对我实行相同的谋杀!而我同样忧心忡忡,因为直到现在我没有听到任何消息。他这个人说话爽快得让人觉得可怕,总有大祸临头的感觉,如果我能知道就好了!不过你怎么了,老弟?你的脸色怎么这样苍白?"

"啊,你看到了!"伊格贝里一边回答一边用手抓住栏杆,"两天了,我就吃了五块方糖!我好像要晕过去!"

"你吃一点儿东西可能会好的,我身上正好带着钱。"

"吃点儿东西当然会好。"伊格贝里有气无力地说。

但是事情没那么简单,当他们走进地下室餐厅要了饭菜的时候,伊格贝里的情况变得越来越糟糕,法尔克只得把他搀回白山的家。

这是一座单层的破旧木头房子,像一个瘸子那样趴在山坡上;墙壁上斑斑点点,像人得过麻风病一样,可能是因为有人想粉刷,但只上了一层腻子就撒手不管了,所以显得破败不堪;墙上钉着一块锈迹斑斑的火灾保险公司的牌子,铸有一只凤凰,没有人相信房子一旦失火,会有火中凤凰飞出。墙根底下长着蒲公英、荨麻花和车前子,它们都是人类患难与共的朋友;麻雀在滚烫的泥土里打着滚,然后把身上的细土抖向四周,有几个脸色苍白的、肚子鼓鼓的孩子,他们好像生下来百分之九十都是水,脖子和手腕上系着蒲公英梗子编织的花环,他们互相吵闹和厮打,好像要使已经悲惨的生存更加悲惨。

法尔克和伊格贝里走上一个摇摇晃晃、嘎吱嘎吱乱响的木头台阶,进入一个大房间,里边有三户人家,用粉笔在地上画了三个圈,一个圈是一家。其中两家是手艺人,一个木匠,一个鞋匠,第三个圈里是纯住户。每隔一刻钟孩子们就开始吵闹,惹得木匠大发雷霆,诅咒和叫骂,由此引来鞋匠充满圣经式语言的劝导。不停的责怪、训斥和吵嘴搞得木匠的神经都要破裂了,尽管他一忍再忍,但鞋匠请他吸完鼻烟不到五分钟,他又发起脾气,这回是一天中最厉害的一次,但最糟糕的是,当他对着那位女人说"为什么那些魔鬼把这么多孩子带到世界上"来的时候,妇女问题成了谈话的核心,由此引发了一场唇枪舌剑。

法尔克和伊格贝里要穿过这个房子才能到达后者的小屋,尽管他们的脚步很轻很慢,但还是惊醒了两个孩子,因此母亲唱起了摇篮曲哄孩子,这时候鞋匠和木匠正争论得厉害,所以后者又火冒三丈。

"闭嘴,妖婆!"

"你自己闭嘴,你还不让孩子睡觉了?"

"让你的孩子见鬼去吧!他们是我的孩子吗?别人多情

风流而让我受苦吗？呃！难道我也要风流不行！呃！我自己有孩子吗？闭上嘴，不然我给你脑袋一刨子！"

"喂，师傅！师傅！"鞋匠接过话茬说，"你不要说孩子，是上帝把孩子送到这个世界上来的。"

"这是谎言，鞋匠！不对，是魔鬼送他们来的，是魔鬼送他们来的！而那些风流父母把责任一股脑儿都推给上帝！啊，你应该明白这种可耻的手段！"

"师傅！师傅！你可不能瞎骂！《圣经》上说，孩子是属于天国的人！"

"是么，天国里就是这些玩艺儿。"

"上帝保佑，你怎么能这样说话，"那位母亲再也忍不住胸中怒火！"如果你自己将来有了孩子，我愿他们都缺胳膊短腿，我愿他们不是聋子就是哑巴，要不然就是瞎子，我愿他们都去坐班房，都上断头台，我一定会这样做！"

"好吧，随便，淫妇，我根本不想要什么孩子，不想让他们受苦受难；你们把这么多孩子生到这个苦难的世界上真应该坐牢！你们结婚了吗？结了！难道你们为了风流才结婚吗？呃！"

"师傅！师傅！是上帝把孩子带到世界上来的！"

"这是谎言！鞋匠！我读过报纸上的一条消息，说是因为那魔鬼马铃薯才使穷人生那么多孩子，因为你看，马铃薯含有两种物质，酸和氮，如果吃得太多，在一定条件下它们就会使妇女受孕生子。"

"啊，有什么办法治吗？"那位刚才生气的母亲听了这番有趣的高论情绪平稳下来。

"那就别吃马铃薯吧，这你还不明白！"

"不吃马铃薯吃什么呢？"

"牛排,妖婆,你吃牛排吧!洋葱牛排!呃!吃这些东西就行了!或者吃牛里脊!有一件事你知道吗?呃!不久前《祖国报》上登了一条消息,说一个妖婆吃麦角打胎,结果她和孩子差点儿丧了命!"

"真有这么回事?"女人一边问一边竖起耳朵听。

"你很好奇?是不是!"

"麦角真能打胎吗?"鞋匠眯着眼睛问。

"对,它能把肝和肺都能从人身上打掉,这是对风流坏子重罚,这很公正!"

"公正?"鞋匠用温和的语调问。

"当然公正!风流者一定要受到惩罚,而谋杀孩子也是不允许的!"

"孩子!那还是有区别的,"那位刚才生气的女人平和地说,"不过刚才师傅说的是一种什么物质?"

"好啊,你还想生更多的孩子,妖婆,尽管你是已经有了五个孩子的寡妇!你可要对鞋匠加小心,他对女人很有两下子,尽管他很敬畏上帝!我这话值一撮鼻烟吗,鞋匠!"

"是么!真有这种草药……"

"谁说这是一种草药?我什么时候说是一种草药!没有!这是一种动物物质。你看,所有的物质,自然界大约有六十种,这六十种物质被分成化学的和动物的;这种物质的拉丁文名字是'cornutibus secalias'[1],外国来的,比如从卡拉布里亚半岛[2]。"

~~~~~~~~~~~~~~~~~~~

[1] 正确的拉丁文名字应为"secale cornutum"。
[2] 位于意大利最南端。

"价钱很贵吧,师傅?"鞋匠问。

"很贵?"木匠一边重复这句话,一边像举起卡宾枪一样举起刨子,"贵得出奇!"

法尔克自始至终饶有兴趣地听着他们的谈话,当他从窗子听到街上有一辆马车停下来时吓了一跳,他听到两个女人在说话,那声音很熟。

"这房子看上去很不错。"

"很不错?"那位年长一些的女人问,"我觉得这房子很可怕。"

"我的意思是,这房子对于达到我们的目的很不错。车夫知道不知道,这房子里是不是住着穷人呀?"

"这我可不知道,不过我敢赌咒,一定是!"

"赌咒多不好呀,用不着!请你等我们一下,我们上去行善。"

"我说欧叶妮,我们停一下,先跟下边的孩子谈谈话,"督察官霍曼夫人对法尔克夫人说。

"好,就这么办!请过来,小家伙,你叫什么名字?"

"阿尔伯特!"一个面色苍白的六岁小男孩说。

"你知道耶稣吗,小家伙?"

"不知道!"小家伙笑着回答,同时把食指塞进嘴里。

"真可怕,"法尔克夫人一边说一边掏出笔记本,"我这样写:卡特丽娜教区,白山。孩子心灵深处很暗。能说黑暗吗?啊,你难道不想知道耶稣是谁吗?"这位夫人继续问。

"不想!"

"你想要一枚硬币吗,小家伙?"

"想要!"

"你应该说谢谢!"她写下:"高度没有教养,然而通过耐心调教,他们的行为有很大改进。"

"这里臭气难闻,我们还是继续往前走吧,欧叶妮,"霍曼夫人请求说。

她们上了台阶,没敲门就进了那间大房子。

木匠正拿着刨子刨一块节疤很多的木头,突然听到两个女人高声说话。

"这里有渴望主恩的人吗?"霍曼夫人高声说,而法尔克夫人则往孩子身上喷香水,孩子们开始喊辣眼睛。

"女士们来施主恩?"木匠停下手中的活儿问,"女士们是从什么地方弄来这些玩艺的?可能还有什么仁慈,什么委曲求全,什么高尚吧?呃!"

"你这号人太粗鲁,一定要进地狱。"霍曼夫人回答。法尔克夫人一边在笔记本上写一边说:"这个人很好。"

"你继续讲吧!"审计官夫人说。

"这些东西我们都知道!女士们大概要给我宣教!我什么都会讲!女士们可知道,八二九年在尼西亚一次会议①上圣灵被写进施马尔卡尔登信条②的?"

"啊,我们不知道,我的善人!"

~~~~~~~~~~~~~~~~

① 尼西亚会议有两次,分别在三二五年和七八七年,第一次会议强调圣父与圣子绝对平等,第二次会议意在解决拜像问题,会议宣布,圣像应该尊重,但不应崇拜。八二九年是木匠顺口瞎说的。
② 施马尔卡尔登信条,基督教信义宗的信仰声明之一,一五三六年由路德撰写,后经修改,于一五三七年一月递交腓特烈一世。该条款共分三部分,第一部分论上帝的独一性、三位一体、道成肉身和基督。第二部分论基督,因信称义以及弥撒、修会和教廷。第三部分为天主教和改革宗均可考虑的十五条。

"你叫我善人？除了上帝以外，谁也不善，《圣经》上这么说的！哎哟，女士们连八二九年尼西亚会议都不知道？自己一无所知，怎么去教别人呢。好，现在就行善吧，趁着我把脸转过去，因为真正的行善要秘密进行。但是只能对孩子，因为他们还没有抵抗力，对我们就免了吧！如果你们愿意的话，就请给我们工作做，是付工钱的工作，用不着来这套！给我来点儿鼻烟，鞋匠！"

"能这么写吗，艾维琳？"法尔克夫人问，"无信仰，木头疙瘩一个……"

"写冥顽不化更好，亲爱的欧叶妮！"

"女士们在写什么？写我们的罪过吗？那你们那个日记本就太小了点儿……"

"都是那个所谓工人联合会造成的恶果……"

"很好。"督察官夫人说。

"你们小心点儿工人联合会！"木匠说，"它拍打国王们已有一二百年了，但是现在我们已经发现，这不是国王们的错；下次我们就将拍打所有无所事事、专靠别人劳动而生活的人；你们就等着瞧吧，他妈的，会有好戏唱！"

"闭嘴，闭嘴。"鞋匠说。

在木匠讲话的过程中，那位刚才生气的母亲一直用眼盯着法尔克夫人看，这时候她趁没人开口的时候插话说：

"对不起，您是法尔克夫人吗？"

"不是，根本不是！"她矢口否认的做法甚至使霍曼夫人都大吃一惊。

"啊，我的上帝，这位女士和我说的那个人是那么相似；我认识她的父亲，就是船岛上的罗努克班长，他当时还是一名水兵!"

"是么,真有意思,不过这不是一码事……住在这里的绝大多数人都需要主恩……"

"不,"木匠说,"他们不需要什么主恩,但是需要有饭吃,有衣穿,或者说更需要有工作,有很多报酬很好的工作。但是女士们一家也不值得进去,那里其中一家孩子出天花……"

"出天花!"霍曼夫人叫起来,"怎么没有人说一个字!走,欧叶妮,我们叫警察把他们带走。这些都是什么人啊!"

"但是孩子怎么办?谁来照看他们的孩子?回答!"法尔克夫人边说边用手中的铅笔威胁着。

"由我来照看,善良的夫人!"母亲说。

"那你的男人呢?男人哪儿去啦?"

"这时候他早就躲起来了。"木匠说。

"是么!那我们一定让警察来抓他!我们要把他送进监狱!这里的情况要改善一下!这是一栋真正不错的房子,像我刚才说的,艾维琳!"

"夫人不想坐一坐吗?"木匠问,"坐着讲话比站着好,但是我们没有椅子请你们坐,这倒没关系;我们也没有床,床被搬走顶路灯费了,免得你们夜里看完戏回家摸黑,这是其一;你们看,我们没有煤气灯,灯被拿去顶自来水管费,免得你们的女仆来回上下楼打水,这是其二;我们也没有自来水管,自来水管被拿去顶修建性病医院费,免得你们的公子们得了花柳病躺在家里,这是其三……"

"走吧,欧叶妮,上帝保佑,这里真是让人难以忍受……"

"我向你们保证,女士们,这里早就不能忍受了,"木匠说,"总有那么一天,如果情况变得越来越坏的话,那个时候,那个时候我们就会从白山、从舍纳维克山、从德国面包铺山冲下去,像汹涌澎湃的潮水一样冲下山去,要回我们的床,要回?不,夺回!那时候让你们躺在我曾经当床用的刨木头的工作台上,让你们吃马铃薯,吃得肚子像一面鼓,就像灌过肠一样……"

女人们已经走了,留下来一包福音传单。

"这花露水味儿真他妈难闻!跟妓女的味道一样!"木匠说,"来点儿鼻烟,鞋匠!"

他用自己的蓝色围裙擦干净额头上的汗,在其他人的注目下又拿起刨子。

一直昏睡的伊格贝里这时候醒了,他整理了一下衣服以后跟法尔克走出去了。从开着的窗子再次传来霍曼夫人的声音:

"她说的班长是什么意思?你父亲不是船长吗?"

"人们是这么叫他!其实班长和船长是一回事!这你是知道的!你难道不认为这是一群下流痞子吗?我是再也不到那里去了!不过这是一个写报告的好材料,一定会很好!——去哈塞尔巴根!"

第十七章　原形毕露

一天下午法兰德坐在家里读一个角色的台词,这时候听到轻轻的敲门声,两次两声连敲。他赶紧跳起来,披上大衣去开门。

"爱格妮丝!真是稀客!"

"啊,我一定得来看一看你,日子过得真是他妈的糟透了!"

"你怎么也骂街呀!"

"让我骂一骂吧,骂完了痛快!"

"哎哟,哎哟!"

"给我一支雪茄,我已经有六个星期没抽烟了。这种管教都把我逼疯了!"

"他对你很严厉吗?"

"他是混蛋!"

"啊,爱格妮丝,可不能这么说。"

"不允许我抽烟,不允许我骂人,不允许我喝彭士酒,晚上不允许我出去!但是,等我结了婚,我就不听那套了!那时候!!"

"他真的那么严厉?"

"那还有错!请看这块手绢!"

"爱,仁,上边有爵徽,还有九颗珠子吧?"

"我们俩名字的开头字母都一样,所以我借了他的印章!是不是很好?"

"啊,很好。你们的关系进展真够快的!"

这位穿着蓝色连衣裙的天使很不雅观地坐在沙发上,嘴里不住地吐着雪茄烟的烟圈。法兰德贪婪地打量着她的肉体,那目光好像在对一件物品进行估价,随后他说:

"喝杯彭士酒吧?"

"好,谢谢!"

"啊,你爱你的未婚夫吗?"

"他不是那种可以爱的男人,真心话。不过我也说不清楚。爱?哎哟!爱是什么东西呢?"

"啊,是什么东西?"

"啊!这你肯定知道!他很值得尊敬,甚至有点儿可怕,但是,但是,但是。"

"但是什么?"

"他太认真了!"

她带着媚笑看着法兰德,她的未婚夫看到了肯定要吓坏了。

"他对你不是很尊敬吗?"法兰德用一种好奇和不安的口气问。

她喝干杯子里的彭士酒,像演戏一样停了一下,摇摇头,又像演戏一样叹了口气。

"不怎么样!"

法兰德对这个回答似乎很满意,心里像一块石头落了地。随后他继续追问。

"看来你还要等很长时间才能结婚!他仍然没有机会演什么角色。"

"没有,这我知道。"

"这对你来说很不开心吧?"

"听其自然吧!"

法兰德想,现在到了使激将法的时候了。

"喂,你知道吧,珍妮现在是我的情人。"

"就是那位老妖婆!"

她的脸上就像有一道北极光闪过,身上所有的肌肉都像触了电一样颤抖。

"她一点儿也不老,"法兰德平淡地说,"你知道市地下酒馆的跑堂的要在一个新戏中首次扮演唐·吉歌,而仁叶尔姆演他的仆人这件事吗?这位跑堂的肯定会成功,因为他演的是本色形象,但是那位可怜的仁叶尔姆就太丢面子啦。"

"天啊,你在说什么呀!"

"真是这样!"

"不可能有这么回事!"

"谁管得了?"

她从沙发上站起来,喝干杯子里的酒,失声痛哭起来。

"啊,世界怎么会这样残酷,残酷!真好像有一个魔鬼坐在什么地方,专门套出我们的心愿,然后千方百计阻止我们实现,窥探出我们的想法,然后加以毁灭,猜出我们的心思,然后进行扼杀。如果有人自己存心想做坏事,那可能会使这个魔鬼上当,最后变成好事!"

"说得对,我的朋友!所以人要自始至终从坏处着想!但这不是最令人伤心的!让我给你一点儿安慰吧!你知道,每一个成功者总是伴随着另一个人付出代价;如果你得到一个角色,那就意味着另一个人得不到,这时候他就会像被人踩在脚下的一条虫子那样打滚,你就不知不觉地伤害了别人,因此成功本身就意味着毒害。你不幸中得到的安慰都是你每一次失败换来的,——不是心甘情愿的——我们的善举是我们拥有的惟一纯粹的享受。"

"我不想搞什么善举,我不想要什么纯粹的享受,像其他人一样,我也有权利成功,而我——一定会——成功!"

"准备不惜一切代价?"

"不惜一切代价,甚至演你姘妇的女仆也行!"

"啊,你吃醋了!请你也尝一尝失败的滋味吧,朋友,那更伟大、更有意思。"

"能告诉我一件事吗?她爱你吗?"

"我担心她爱我爱得有点儿过分了!"

"那你呢?"

"我?除了你我不爱任何其他人,爱格妮丝。"

他抓住她的手。

她从沙发上跳起来,露出了腿上的长丝袜。

"你相信有什么东西叫爱情吗?"她一边问一边用大大的眼睛看着他。

"我以为有多种不同的爱情。"

她从地板上走过去,站在门边。

"你真的爱我,一心一意?"她一边问一边用手锁门。

他想了两秒钟回答说:

"你的灵魂有罪,而我不爱有罪的灵魂!"

"我不在乎什么灵魂!你爱我吗?我?"

"爱,非常爱!"

"你为什么把仁叶尔姆推给我?"

"因为我想试一试,没有你是什么滋味!"

"你说你讨厌我是撒谎吗?"

"对,是撒谎!"

"啊,你这个魔鬼!"

她把钥匙从门外边拿进来,他放下窗帘!

第十八章　虚无主义

九月的一个阴雨连绵的晚上,法尔克外出后回家,走到马格尼伯爵大街的时候,看见自己家窗子有灯光,他走近一些,从底下往屋里看,看见天花板上有一个熟悉的人影,但想不起来是谁。这是一位很狼狈的人,但是近看显得更加悲惨。当法尔克走进房间的时候,看见斯特鲁维双手抱着头坐在他的写字台旁边。他被雨水浇湿的衣服朝地板耷拉着,滴下的水像小河一样往地板缝里流,头发一绺一绺地从头顶垂下来,平时整齐的英国式胡子此时像钟乳石一样对着湿漉漉的大衣。在他身边的桌子上放着被自重压弯了的黑色筒帽,那样子像哀悼流逝的青春,因为帽子上有一条窄窄的黑纱。

"晚上好,"法尔克说,"有贵客临门。"

"别嘲笑我。"斯特鲁维请求说。

"为什么不呢?我不知道有什么理由不如此。"

"是么,你也变坏了!"

"对,你可以这么认为,说不定我也很快就会成为保守主义者!我看你很悲伤,我希望我真要祝贺你。"

"我失掉一个孩子。"

"那我就祝贺你吧!说吧,你到底有何贵干?你知道,我蔑视你,我想,你自己也应该蔑视自己吧?是不是这样?"

"确实,不过你听我说,朋友,你不认为生活已经很无情,而我们之间还要互相仇视吗?如果上帝或者天意以此为乐的话,难道我们也要热衷此道!"

"好,一个很理智的想法,值得称赞。请你穿上我的睡衣吧,你的大衣需要晾一晾,穿着湿衣服坐着会着凉的。"

"谢谢你,我很快就得走。"

"你可以跟我呆一会儿,让我们最后再好好谈一谈。"

"我不想谈我的种种不幸。"

"那就谈一谈你的罪恶吧!"

"我没有什么罪恶!"

"啊,很大的罪!你欺压被压迫者,你践踏被伤害者,你嘲弄悲惨者!你还记得最近那次罢工吗,你站在维持现存秩序的权力一边!"

"是站在法律一边,老兄!"

"哈,什么法律!是谁为对付穷人写的法律,蠢货!啊,是富人!也就是说是主人为对付奴隶写的!"

"法律是全民和普遍公正意识写的——是上帝写的!"

"跟我说话的时候,少说你的大话!是谁写的一七三四年的法律?是克伦斯泰特先生①!是谁写的最近那部答刑法律?是萨贝尔曼上校,由他提出议案,再由他的同伙表决通过,当时他们是多数!萨贝尔曼上校不是民众,他的同伙也不是什么普遍的公正意识。是谁写了公司权利法?是地方法院院长斯文德尔格伦!是谁写了新国会法?是法官瓦鲁尼乌

---

① 实际应为古斯塔夫·克鲁诺叶尔姆(1664—1737),制定一七三四年宪法的主要负责人,此处作者有意将其名字写错。下边的上校等人的名字都是杜撰的。

斯！是谁推行的'保护法'法律，即保护富人拒绝穷人合理要求的法律？是批发商克吕德格伦！闭上你的嘴！你要说的话我全知道！是谁写的新的继承法？是法律破坏者！是谁写的森林法？是偷盗者！是谁写的私人银行发行钞票权利法？是骗子们！你能说这是上帝制定的吗？可怜的上帝！"

"让我给你提一条建议，终生有益，是生活经验告诉我的。作为盲信主义者你正走向自我毁灭，为了避免这一点，你要尽快从一个新角度看待一切事情；你要学会站在更高的角度看待这个世界，这时候你就会看到，人不过是一堆垃圾、鸡蛋皮、胡萝卜梗、菜叶和破布条，这样你对什么都不会大惊小怪了，也不会再有失望，相反，你每次看到一点儿好事，一点儿善行，就会感到无限的喜悦；一句话，心安理得地蔑视世界——你不必感到良心上有什么过不去。"

"这个观点我还没有，真没有，但是有某种蔑视世界的思想。不过这也是我的不幸，因为每当我看到一个好的方面，一个善行时，我又重新热爱人类，赞扬他们，从而又一次受骗！"

"当个利己主义者！让人类见鬼去吧！"

"我担心，我做不到！"

"去找另外的差事做吧。跟你哥哥合作，他在这个世界上活得很滋润。我昨天看见他在尼古拉教堂的会议上……"

"在教堂会议上？"

"他是教会理事！这小子很有前途。普里马里乌斯牧师还跟他点头问候！像所有房地产主一样，他很快就会成为市政委员。"

"特利顿公司如今怎么样？"

"啊，他们正在发行本票，你哥哥在那里没赔没赚，不过他在那里有另外的事情要做。"

"让我们还是别谈这个人……"

"但他总是你哥哥呀!"

"他是我哥哥管什么用?我们东拉西扯地说了老半天,现在说一说你自己的事情吧!"

"我明天要参加一个葬礼,但是我没有燕尾服。"

"啊,这你用不着发愁……"

"谢谢老兄,你帮了我一件大事。这是一件事,但是还有一件更麻烦的事……"

"我是你的敌人,为什么有了麻烦事你还要信任我呢?真让我吃惊!"

"因为你是一个有良心的人……"

"别再相信这个了!好,继续说……"

"你怎么会这么紧张,像变了个人,你从前很温文尔雅!"

"是这样,我说过了!你现在说吧!"

"我想问一问,你是否愿意陪我到陵园去一趟?"

"什么!我?你为什么不求你在《灰衣报》的某个同事呢?"

"因为有些特殊情况!我只能跟你说!我没有结婚!"

"没有结婚?你是祭坛和礼教的辩护士,你怎么可以亵渎这个神圣的束缚?"

"贫穷,情况不允许!不过我同样很幸福!我的妻子很爱我,我也很爱她,这就是一切!但是还有另外一种情况!由于各种原因,孩子没有洗礼,过了三周孩子死了,因此牧师不能主持葬礼,不过这件事我不敢告诉我妻子,我怕她伤心,所以我只对她说,牧师直接到陵园去,这回你就知道是怎么回事了。当然,她自己呆在家里。你只要见见两个人就行了,一个叫列维,他是特利顿公司经理的弟弟,在这家公司的办公室工作,他是一个非常可爱的年轻人,头脑聪明,心肠也比较好。你不要笑,我看出来了,你以为我跟他借钱了,没错,我是借了,不过我相信,你也一定会喜欢他!另一位是我的老朋友堡里医生,给孩子看过病。他是一位带偏见的人,思想方法很进步——你见了他的面就知道了。好啦,我现在就指望你了,车里边就我们四个人,当然还有那口小棺材。"

"好,我一定去!"

"不过我还有一件事求你。你知道,我的妻子对于孩子能不能升天的问题有很浓厚的宗教思想,因为孩子没有洗礼,对此她问过很多人,其实就是寻求心理平衡。"

"你大概知道奥格斯堡信纲①吧?"

"这不是什么信纲不信纲的问题!"

"但是当你在报纸上写文章的时候,总是提官方信仰问题……"

"对,报纸是这么说的,那是公司的事——如果公司想坚持基督教,那就让它坚持吧;当我为报社工作的时候,那就只好……那是另一回事……如果她相信孩子能升天,你务必附和她!"

"好好,为了让一个人幸福,我可以违背信仰,特别是因为它不是我的信仰。不过你还要告诉我,你住在什么地方!"

───────

① 奥格斯堡信纲,基督教信义宗(路德宗)的基本信仰纲要,一五三〇年在奥格斯堡议会上以德文和拉丁文两种文本呈交神圣罗马帝国皇帝查理五世。信纲的主要目的是为路德辩护,说明该宗不违反天主教。瑞典一五九三年通过。

"你知道白山在哪儿吗?"

"好,我知道!你大概住在山冈上一座涂过腻子的木头房子里吧!"

"你怎么会知道?"

"我去过那里。"

"你可能认识那位社会主义者伊格贝里,他在人群中跟我捣乱。我是史密斯的二房东,替他催收房租,我自己可以白住房,当他们不交房租的时候,他们还满口讲伊格贝里教给他们的《劳动与资本》中的废话,还有些蛊惑人心的报纸上印的一些东西。"

法尔克沉默了。

"你认识那个伊格贝里吗?"

"认识,我认识他!你现在试一试燕尾服吧?"

斯特鲁维穿上燕尾服,外边再套上那件湿大衣,扣上脖子下边的钮扣,点着上面插着一根火柴的已经抽过的雪茄,然后走了。

法尔克为他照亮台阶。

"你要走很长的路啊。"法尔克说,他希望告别时更圆满一些。

"对,上帝会知道!我没有雨伞。"

"还没有罩衣!你就暂时穿上我的棉大衣吧!"

"啊,谢谢,不过你真是太慷慨了!"

"有机会你再还给我!"

法尔克回到屋里,取了棉大衣,朝站在前廊的斯特鲁维扔下去,互道晚安之后走进屋里。但是他感到胸闷,便打开窗子。外面秋雨哗哗地下着,拍打着屋顶,急泻到泥泞的大街上。这时候从对面的兵营里传来熄灯号声,士兵宿舍里在做晚祈祷,从那里开着的窗子飘来断断续续的圣歌声。

法尔克感到孤单、乏力!他本来想与一切敌对势力的代表兵刃相见,但是他让敌人逃跑了,同时还部分地战胜了他自己。他竭力想搞清楚真正的矛盾是什么,但是没有成功。他开始怀疑整个被压迫者的事业——他当作自己的事业,是否真的存在。转瞬间他又责怪自己胆怯,虚无主义的痼疾又在他内心燃烧起来;他谴责不停地使他妥协的软弱;刚才敌人就在他手里,他没有羞辱他,反而以诚相待和深深地同情;他事后会怎么想呢?他的好意不会有好报,还将妨碍自己做出强硬的决定,其实这是一种道德的衰退,他将无力进行战斗,他感到自己太不成熟了。他感到很有必要釜底抽薪,锅炉已经无法承受高气压,而里边的蒸汽也已经没有用处,他想起了斯特鲁维的建议,他曾千方百计想摆脱混乱的思想状况,真与假,正确与错误,都在他眼前摇摆,通过大学教育,他头脑中的各种概念被区分得十分清楚,很像一把洗得很均匀的纸牌。他十分奇怪地使自己处于一种超然状态,竭力使自己从敌人的行动中找出美丽的动机,随后否定自己,感到自己与世界秩序协调了,最后达到极点,认为整个世界是黑还是白实际都相当没有意义;如果有人说是黑的,那么就没有什么可以肯定它不是如此,这时候对他来说也不希望它应该是别的颜色。他对这种心理状态感到很惬意,因为这种心态给他带来一种平静,这是他多年没有过的,他曾对人类的处境忧心忡忡。他一边抽着劲儿很大的烟斗里的烟丝,一边享受着这种平静,直到女仆进来为他铺床,同时把刚刚塞进来的一封信递给他。信是乌勒·蒙塔努斯写来的,信很长,似乎使法尔克的精神为之

一振。信的内容如下:

亲爱的兄弟:

尽管伦德尔和我现在已经结束我们的工作,并很快就会与你在斯德哥尔摩见面,我还是觉得有必要把我对在这里度过的日子的印象写出来,它们对我和我的精神发展都有很大意义,因为我已经取得了一定的成果,我现在像一只破壳而出的小鸡惊奇地站着,用刚刚睁开的眼睛看着世界,踢破了使它长期处于黑暗中的蛋壳。这个成果确实不是什么新东西。柏拉图早在基督教到来之前就说过现实——可视世界,仅仅是一种假象,是意识的影像;也就是说现实是某种低级的、没有意义的、转瞬即逝和暂时的。好,够了! 不过我想综合一下,由个别开始,然后引向一般。

首先我想谈一谈我的工作,这是国会和政府共同关注的目标。在特莱斯果拉教堂的祭坛附近竖立着两个人像木雕;其中一个已经破碎,但是另一个完好。完整的那座双手交叉,是一个女人的形象;人们把破损的那座碎片装进两个袋子,保存在圣衣室里。一位博学的考古专家研究了一下袋子里的残片,试图确定一下破损人物雕像的外部形象,但是他只能猜测。然而为了获得确切的资料,他从雕像的白色粉底取样,送到药物学会进行化验,结果证实,是铅而不是锌,由此可以确定,此物早于一八四四年,而锌是这一年以后才被应用。(如果这件木雕后来又重新油过,这个结论还可靠吗?)随后他又取了一块木头,送到斯德哥尔摩的木工协会,得到的回答是桦木。这就是说这座木雕是一八四四年以前用桦木制作而

213

成。但是由于某种原因(!),他不希望得出这个结论,也就是说他想一鸣惊人,他希望这两件木雕像是十六世纪的作品,非常希望它们是出自伟大的(自然伟大,因为他的名字被刻在一块橡木上,至今保存完好)布尔查德·万·施登汉纳之手,他的名字刻在韦斯特罗斯主教教堂的中心圣坛椅子上。学术研究继续进行。他从韦斯特罗斯的人物雕像上偷了一小块石膏,连同特莱斯果拉教堂圣衣室里的石膏样片一起送到巴黎的综合工科学校①(这个名字我还真不会拼写)。得到的答复对背后说闲话的人是致命的打击:分析结果证明,二块石膏的成分完全相同,即百分之七十七的石灰和百分之二十三的硫酸,这说明(!)雕像来自同一个时代。作品的年代就这样被确定下来;所有的资料都留了副本,然后寄到考古学院"送审"(这些博学的人特别热衷于送审),剩下的事情就是通过审核和复原那件破损的木雕。这两袋东西有两年时间在乌普萨拉大学和隆德大学传来传去;不幸的是这两所大学的教授意见不统一,因而引起一场激战。隆德大学那位教授正好荣升校长,他写了一篇关于人像木雕的论文,作为他就职演说的主要内容,并以此批驳乌普萨拉大学那位教授,后者写了一些小册子进行反击。幸运的是,斯德哥尔摩的美术学院有一位教授此刻又发表了自己对这个问题的全新观点,从而促使前两位教授观点

---

① 原文为法语,指设在巴黎的工程学校,受武装部领导。它建于一七九四年,一七九五年改为现名,一八〇二年并入国家炮兵学校,一八〇四年拿破仑把它改成一所军事学校。

的"靠近",就像希律①和彼拉多②一样,他们以小城市人特有的嫉妒心理批驳那位斯德哥尔摩人。争论"平息"了,人们得出结论:那座破损的人物雕像代表无信仰,那座完整的雕像代表有信仰,因为他手里拿着十字架。猜测(隆德大学教授)那座破损的人物雕像可能代表希望,因为人们又在其中一个残片口袋里发现一个船锚,而它一定(!)预示着第三个人物——代表爱情的存在,但是它没有任何残留物,也没有摆放它的地方,后来证明(比如历史博物馆里有大量的箭头),所谓船锚实际上是箭头之类的东西,属于代表无信仰那座木雕所持的武器,请参看《希伯来书》第七章第十二节③,那里谈到无信仰者的无的放矢,还可以比较一下《以赛亚书》第二十九章第三节④,那里多处提到无信仰者箭头的事。箭头的形状与摄政王斯图烈⑤时代的完全相同,这样最后一个关于人像年代问题得到解决。

我的工作是,根据教授们的思想雕刻一座与有信仰者相匹配的无信仰者雕像。计划已经制定好,也没有什么疑问。我找了一个男模特,因为木雕人像是一个男人;我找了很长时间,最后找到了,我觉得真像找到了无信仰者原型——我成功了,真是棒极了!演员法兰德站在圣

---

① 希律一世(约前73—前4),公元前四十年起,为犹太国王。
② 彼拉多(生卒不详),罗马皇帝任命的犹太巡抚,主持对耶稣的审判,并下令把耶稣钉在十字架上。
③④ 此处的章节都是作者杜撰的。
⑤ 尼尔松·斯图烈(?—1512),一五〇四年起任摄政王,反对斯坦·老斯图烈,支持汉斯国王,后来与前者和解并参加一五〇一年叛乱。

坛的左边,手持墨西哥式弓箭,这是借鉴歌剧《费尔迪南·科兹》①,身着强盗长袍,这是借鉴歌剧《弗拉·迪亚沃鲁》②;但是人们说,无信仰者举起武器向有信仰者投降,教长在揭幕式布道中说,这是上帝赐给人类的最好礼物,特别是赐给我的,和我们一起共进揭幕式晚宴的伯爵说,我的杰作可以与古代艺术品(他在意大利看见过)相媲美,一位在伯爵家当家庭教师的大学生还以此为题材作诗散发,从而更深刻地揭示出宏大的美的概念,还编了一个关于魔鬼的神话。

现在我作为一个真正的利己主义者讲完了我自己!我一定要讲一讲伦德尔的圣坛画。画的样子大体是这样:背景是耶稣(仁叶尔姆)钉在十字架上;左边是那位不可救药的强盗(我,画得比我的真模样还难看);右边是那位可救药的强盗(伦德尔自己,他用那双伪善的眼睛看着仁叶尔姆);一位罗马百人队队长(法兰德)骑着马(陪审员奥尔松的纯种军马!)。

我无法描绘出当时留给我的可怕印象:宣教完了以后,帷幕被揭开,那些熟悉的面孔从圣坛附近的高坡上一齐瞪着眼往下看着众教友,他们正屏住呼吸听牧师高谈阔论这件艺术品的高雅的内容,特别是它服务于宗教的意义。帷幕被揭开的那一刹那对我来说揭示出更多更多的东西,关于信仰和无信仰的问题,我想以后有机会讲给你听;我对于这件艺术作品及其崇高使命的看法,等我回

---

① 《费尔迪·科兹》,意大利作曲家 G. 斯彭迪尼(1774—1851)的歌剧。
② 《弗拉·迪亚沃鲁》,法国作曲家 D.F. 欧伯尔(1782—1871)的歌剧。

到城里以后想在某种公开场合举行讲座。

你可以想象得到,伦德尔的宗教思想在这些宝贵的日子里异常高涨。他很快乐,相对而言,但确实是自欺欺人,他不知道自己很无知。

我把要说的话大部分都说完了,以后见面再深谈。

后会有期并祝安好!

你忠实的朋友乌勒·蒙塔努斯

又及:我忘记告诉你关于那件考古故事的最后结局。事情是这样结束的:住在穷人屋里的扬还记得他小时候人物木雕的样子,他证实说,当时有三座,分别叫信仰、希望和爱情,因为爱情最伟大(见《马太福音》第12章第7节)①,所以在圣坛的上方。一八一〇年左右它和"信仰"遭雷击倒下。这些雕像出自他父亲之手,当时是卡尔斯克鲁纳的一位人头雕刻木匠。

同上

读完这封信以后法尔克在写字台旁边坐下,他看了看灯里的油还满不满,点上烟斗,从抽屉里拿出稿纸,开始写起来。

---

① 作者杜撰的章节。

第十九章　从新陵园到诺尔巴根

九月的一天下午,阴霾笼罩着首都上空,此时法尔克正走在南区的坡路上。走到卡特丽娜陵园时坐下来休息,当他看到最近几天夜里霜把枫树叶冻成红色的时候,心里确实感到很高兴,他衷心欢迎秋天带着它的阴暗、乌云和落叶来到人间。天气闷热无风,大自然经过夏天短暂的劳作以后现在休息了;一切都在休息,人躺在草丛中那么平静和与世无争,好像他们从来没有食人间烟火,他渴望他们都没有来过人世,包括他自己。教堂顶上的钟敲了几下,他站起来,继续朝花园街走,拐上新街,这条街几百年来似乎永远是新的;他穿过新广场,来到白山。他站在那栋斑驳陆离的房子外边,听孩子们讲话,因为住在山坡上的孩子通常讲话声音既高又直来直去,他们一边讲一边磨他们玩跳房子用的瓦片。

"你晚饭吃的什么,扬纳?"

"吃什么关你什么事?"

"关我?你说关我?小心我抽你!"

"你?你听着!凭你那双眼睛就不配!"

"听什么?几天前我在哈马尔比湖边没抽过你?呃!"

"唉,闭嘴!"

扬纳被"抽",但很快又和好了。

"到卡特丽娜陵园偷青菜,难道没有你吗?呃!"

"是那个瘸子乌勒瞎说的吧?"

"喂,警察没来吧?呃?"

"你以为我怕警察?你等着瞧好了!"

"如果你真不害怕,那你今天晚上就跟我们到辛根水塘去偷梨吧。"

"开玩笑吧?可不能翻围栏,小心那几条恶狗!"

"你不相信翻那道围栏对扫烟囱的佩勒来说就小事一桩吗?几脚就把恶狗踢跑了。"

一位女仆走出来,在长满杂草的街上撒柏树枝,孩子们停下磨瓦片的手。

"今天要埋哪个鬼东西?"

"唉,你不知道,那位二房东跟自己的女妖婆又生了一个崽子!"

"那位二房东是个魔鬼吧?呃?"

他没有回答,而以怪里怪气的方式吹起了不知名的小曲。

"他的那些小狐狸崽子放学时,我们经常用脚踢他们。你不知道他的那个妖婆有多差劲儿。我们不交房租的时候,那个鬼妖婆就把我们关在外边,夜里还下着雪,我们只得跑到布列克图马棚去过夜。"

谈话停止了,因为最后这件事没有引起他的听众一点儿兴趣。

听了在街上玩耍的两个男孩的谈话以后,法尔克闷闷不乐地走进去。他在门口受到斯特鲁维的欢迎,后者面带忧伤的表情,他抓住法尔克的胳膊,好像要跟他说什么,又好像要当着他的面挤出一滴眼泪,不管怎么说吧,他一定得做点儿什么,他搂住他的腰。

法尔克走进一个厅,里边有一张餐桌,一个写字台,六把椅子和一个棺材。窗子上挂着白单子,阳光透过白单子照射进来,照在两支蜡烛的红光上;餐桌上有一个托盘,里边放着绿色玻璃杯子、一个插着大丽花、紫罗兰和翠菊的汤罐。

斯特鲁维拉着他的手,把他领到装着那位无名的小孩的薄棺材旁边,棺材上撒着倒挂金钟花的叶子。

"在这儿,"他说,"在这儿。"

法尔克就像出席其他向遗体告别仪式一样,心情极为悲痛,因此他一句得体的话也说不出,只是紧紧地握住孩子父亲的手,后者随后说:

"谢谢,谢谢!"说完就走进旁边的一个房间里。

法尔克一个人站在那里;这时他听到斯特鲁维进去的那间房门后边小声的说话声,但语气很激烈,随后一阵沉默;接着从屋子的另一边透过薄薄的木板墙传来模糊不清的声音,只能听清楚个别的字,但是那声音他似乎很熟悉。开头那声音很尖很刺耳,就像念长诗那么快。

"巴别比卜布毕伯百鼻——巴别比卜布毕伯百鼻——巴别比卜布毕伯百鼻。"那声音这样响着。

随后是一个男人愤怒的回答,并伴随着刨子声:维咻喳——维咻喳——维咻——维咻——嘿咻——嘿咻。

最后是慢慢嘟囔声——莫姆——莫姆——莫姆。莫姆——莫姆——莫姆。这时候刨子又像吐痰和打喷嚏似的维咻维咻地叫起来。接着一阵暴风雨似的巴比里——别比里——布比里——布比里——毕比里——伯比里——百比里——鼻!

法尔克似乎明白了这场讨论的议题,从某些语气看,他似乎发现此事与这个死去的孩子有关。

这时候在斯特鲁维进去的那间房子门后又响起了恶狠狠的低语声,还夹带着抽泣声,随后门开了,斯特鲁维走出来,手里拉着一位高级洗衣妇模样的人,一身黑衣服,眼睛哭得红红的。斯特鲁维以一家之主的身份介绍说:

"我的妻子;法院院长法尔克,我的老朋友!"

法尔克握到的那只手,硬得像木板,而给他的微笑好像是酸菜。他想了半天想出一句话,其实只有两个词儿"夫人"和"忧伤",不过效果还不错,因此斯特鲁维还拥抱了他一下。

那位夫人想搭讪,便用手捶丈夫的后背,并且说:

"克里斯田到处乱蹭,真可怕;身上总是沾满灰尘。法院院长不觉得他像一头猪吗?"

对于这个充满爱意的问题可怜的法尔克总算躲过去了,因为这时候在这位母亲的背后伸出两个长着红头发的脑袋,对着客人傻笑。母亲爱抚地抓着他们说:

"法院院长见过这么丑的男孩子吗?他们像不像狐狸崽子?"

确实很像,但法尔克觉得有必要竭力否定。

游廊的门开了,进来两位先生。第一位有三十多岁,宽肩膀,四方脑袋,脑袋的前方应该是脸;皮肤看起来就像半腐朽的桥板,上面满是被虫子咬过的窝,嘴很宽,什么时候都张着,四颗门牙总是露在外面;微笑时,把脸分成两部分,连第四颗白齿都能看到;一根胡子没有,真像贫瘠的土地寸草不生;鼻孔翻着,从正面能看到脑袋里很深的地方;脑袋顶上长的东西就像是棕毛地毯。

斯特鲁维有拔高介绍周围朋友的能力，把见习医生堡里介绍成堡里医生。此君对此介绍不阴不阳，把罩衣递给随从，后者立即帮他脱下外套，顺手挂在前廊的合页上。夫人见此情景赶紧道歉说："真糟糕，老房子，从来没有一个挂衣服的地方。"挂衣服的人被介绍为列维先生，是一个高个子青年，头好像是从鼻根后边长出来的；上半截身子，从上一直到膝盖，好像用钢筋机把脑袋拉出来的，两个肩膀就像房子的雨漏一样溜着，双臀几乎看不出来，小腿上下一样细，两只平足就像踏破的旧鞋，两条罗圈儿腿走起路来就像搬运工人扛着很重的东西一样，或者像肩负着生活的重压一样——一副十足的奴才相儿。

见习医生脱下外套以后站在门口，摘下手套，放下手杖，擤一擤鼻涕，然后把手绢装进口袋里，对斯特鲁维几次想介绍都装作没看见，他以为自己还在什么衣帽间；但是这时候他摘下帽子，蹭了蹭鞋底，朝房间跨了一步。

"你好，珍妮！日子过得怎么样？"他一边说一边握住夫人的手，那样子就像搂住她的腰一样得意。随后他向法尔克微微点了点头，那表情就像一只狗见到另一户人家的狗来到自家的院子里一样。

年轻的列维先生对见习医生惟命是从，斯特鲁维举杯，欢迎客人的到来。见习医生张开嘴，把杯中的酒倒在卷成槽状的舌头上，装出一副苦相，然后咽下去。

"这酒确实又酸又苦，"夫人说，"亨里克大概更喜欢喝一杯彭士酒吧！"

"对，这酒相当苦。"见习医生附和着说，并得到列维先生的完全赞同。

彭士酒拿来了。堡里的脸明亮了,他朝四周看了看,想找个椅子,列维先生很快就搬来了。

大家在餐桌周围坐下。紫罗兰散发着浓郁的香味儿,中间夹杂着酒味儿,烛光在酒杯里摇曳,谈话很快热烈起来,从见习医生坐的地方马上升起一个烟柱。夫人不安地朝窗子看了看,那死去的小孩躺在那里安息,但没有人注意到她的不安。

这时候人们听到一辆马车停在大街上。除了那位医生,大家都站了起来。斯特鲁维咳嗽起来,低声说了些什么,好像是说了些不愉快的话:"我们准备走吗?"

夫人走到棺材旁边,弯下腰大哭起来;当她站起来,看到自己的丈夫拿着棺材盖准备盖上的时候,开始嚎啕大哭。

"看你,好啦!看你,好啦!"斯特鲁维说,并赶忙盖上棺材盖儿,好像里边有什么见不得人的东西。堡里把彭士酒杯放到自己槽状舌头上,那样子就像一匹张大嘴的马。列维先生帮助斯特鲁维钉棺材盖儿,他动作熟练,就像包一包平常的东西。

他们告别夫人,穿上外套走了;夫人请各位先生下台阶加小心。"台阶很旧很糟糕。"

斯特鲁维走在前边,抱着棺材;当他走到大街上时,看到一群人站在那里,他们都是冲着他来的,为了显示自己的威风,他开始责骂赶车人没有预先打开车门,没有放下梯子;他甚至称那位穿着号衣的高大汉子"你",后者手拿着帽子赶紧照他吩咐的办;此举招来人群中一位男孩的恶作剧式的咳嗽,就是叫扬纳的那个,周围人围拢观看,他开始抬着头,眼睛盯着烟囱,好像在等待扫烟囱的人。

四个人上车以后,车门咚的一声关上了,这时候人群中有几个年轻人开始了下面的谈话,因为这时候他们感到更安心了。

"喂,多差劲儿的一口棺材!你看见了吧!"

"当然!不过你注意没有,棺材上没有名字!"

"真的没有吗?"

"没有,谁都看得出来;上面光秃秃的。"

"那是什么意思?"

"你不知道吗?那是一个私生子!"

鞭子清脆地响着,车轮滚滚向前。法尔克朝窗子里看一眼,那位夫人站在那里,她已经拿掉白布单,吹灭了蜡烛,旁边站着狐狸崽子,每个人手里都拿着酒杯。

马车向前滚动着,一会儿往上爬,一会儿往下爬,没有人想说话。斯特鲁维腿上放着棺材,样子很沮丧,他多么想不被人看见,可惜天还很亮。

到新陵园的路很远,但是再远也有头,他们总算到了。门外边停了很长一排车。人们买了花圈,掘墓人接下棺材。步行了很长一段时间以后,这小小的送葬队伍在陵墓北端的一块新开的沙地上停下。掘墓人准备好下葬时用的布带子,医生下达命令"往下放!松手!"这位无名的小孩被放到两米多深的地下;一阵沉默,大家低着头,看着墓坑,好像等待着什么;沉重的乌云笼罩着这一大片荒凉的沙土坟场,白色的木牌竖在那里,就像迷了路的小孩子幽灵;森林勾画出黑色的轮廓,就像皮影戏的后幕,空气似乎已经凝固,一丝的风也没有。这时候听到一种声音,起初有些颤抖,但很快就变得清脆而坚定;列维登上棺罩,脱了帽子在祈祷:

"在至高无上的主的保护下,在他全能的庇荫下,安息吧!我要对永恒的主说:你是我浪迹灵魂的避难所,你是我的城堡,我的永恒的安身之地,上帝,我永远依靠你。——圣主——。全能的主上帝,普天下都尊重你的圣名,总有一天你会使世界变新,让死者复活,呼唤出新的生命。你让你的天国永远安宁,请你把安宁赐予我们和整个以色列,阿门!

"安息吧,你这个没有名字的小孩,认识自己所有子民的主一定会叫出你的名字;安息吧,在这个平静的秋天之夜,不会有恶魔打扰你,尽管你没有经过圣水洗礼;你应该对幸免人间的争斗而高兴,也无需享受它的奢华。你很幸运,没有认识这个世界就早早离去;你的灵魂清洁无瑕地离开你的幼巢,因此,我们不往你身上撒土,因为土意味着死亡,但是我们将在你身上撒满鲜花,因为花是从土里长出来的,而你的灵魂也将从黑暗的墓地破土而出,迎接阳光,因为你由灵而来,必然会回归灵那里去!"

他把花环抛下去,重新戴上帽子。

斯特鲁维走过去抓住他的手,热烈地握着,眼泪夺眶而出,只能向列维借手绢用。已经抛完花环的医生开始往回走,其他人慢慢跟在后边。但法尔克仍然若有所思地站在那里,低着头,看着深深的墓穴。他起初只看到一个四方的黑框,但逐渐出现一个亮点,并慢慢扩大,变成一个圆形,像一面镜子发出白光——那是小孩空白的生命画卷,它冲破黑暗,重新散发出永不熄灭的天光。他抛下花环,下边发出轻微的响声,光消失了。这时候他转过身来,跟在其他人后面走。

他们站在马车旁边,议论到哪里去。堡里当机立断,下令说:"去诺尔巴卡!"

几分钟以后,这帮人就来到了二楼的大厅里,一位姑娘出来接待他们,堡里亲吻她,拥抱她,随后他把帽子扔在沙发上,命令列维帮他脱罩衣,要了一壶彭士酒,二十五支雪茄,一小瓶白兰地和一袋棍糖。随后脱掉上衣,只穿衬衣,一个人独占厅里惟一的沙发。

当斯特鲁维看到丰盛的酒席时,脸上发出了光彩,他喜欢音乐。列维坐在钢琴旁边,弹了一首华尔兹,在此期间斯特鲁维搂着法尔克的腰一边散步,一边闲谈日常的生活、喜与忧、人性的变化无常等等,最后的结论是,如果对诸神的给予和索取而忧伤,那就太可悲了(他用的词是"诸神",因为他已经说对此感到"可悲",因此法尔克不相信他是真正的信徒)。刚才的讨论似乎是这首华尔兹的序曲,随后他便与那位送来酒杯的姑娘跳起舞来。堡里斟满酒,招呼列维,对酒杯点头,并且说:

"现在我们喝一杯称兄道弟酒,免去彼此的客套!"

列维对此受宠若惊。

"干杯,以撒。"堡里说。

"我不叫以撒……"

"你真以为我在乎你叫什么——我就叫你以撒,你是我的!"

"你是一个有趣的魔鬼……"

"魔鬼!你知道狗屁,犹太小子……"

"我们将免去彼此的客套……"

"我们?我将对你不讲什么客套,对吧!"

斯特鲁维认为,他应该把话岔开。

"谢谢,我的好兄弟列维,"他说,"谢谢你优美的悼词。

你念的是哪一种悼词?"

"是我们的葬礼悼词。"

"听起来真优美!"

"我觉得那都是空话,"堡里插嘴说,"那只不忠诚的狗只为以色列人祈祷,跟死者没有任何关系!"

"所有未洗礼的人都属于以色列。"列维回答。

"你竟敢攻击洗礼,"堡里继续说,"我不能容忍有人攻击洗礼——我们自己愿意洗礼!而你却对这种赎罪活动指手画脚!不要胡说八道,我不能容忍其他人对我们的宗教指手画脚!"

"堡里说得对,"斯特鲁维说,"我们要严格自律,不攻击洗礼或者其他圣事,我请求今天晚上我们这帮兄弟中不要有什么出言不逊之举。"

"你请求?"堡里叫喊着,"你请求什么?——好吧!如果你闭上嘴,我就原谅你!快弹琴,以撒!音乐!我们在恺撒的宴会上怎么能没有音乐!音乐!不过不要总是演奏那些老掉牙的东西!来点儿新的!"

列维坐到钢琴旁边,弹起了《波蒂奇的哑剧》①序曲。

"好啦,现在我们可以谈一谈了,"堡里说,"法院院长怎么闷闷不乐,过来,我们喝一杯!"

法尔克在堡里面前感到有些拘谨,他勉强接受提议。但是双方没有进行谈话,都怕有什么不适合的话与对方发生冲突。斯特鲁维像飞蛾一样飞来飞去,寻找快乐,全然没有注意

---

① 《波蒂奇的哑剧》,法国作曲家奥柏(1783—1871)作曲,斯克里布(1791—1861)作词,该剧被认为是歌剧的开山之作。

到这一点,他不停地来到彭士酒桌子跟前,有时候还跳上几步舞,好像这是一个良宵美景之夜,其实不是。列维往返于钢琴与彭士酒桌之间,他尝试着唱一首民谣,但是太陈旧,没有人愿意听。堡里大声喊叫着,用他的话说是为了创造气氛,但气氛却越来越沉闷,几乎让人感到揪心。法尔克在地板上走来走去,他一言不发,好像已经预示到有一场暴风雨要来临。

在堡里的命令下,一桌丰盛的酒席摆好了,大家默不作声地在桌子周围坐下来。斯特鲁维和堡里痛饮白酒。后者的脸就像壁炉盖上被人吐了两口痰,到处是红斑点,两眼发黄;斯特鲁维的脸则像涂满了荷兰埃丹奶酪,油光、锃亮。当人们看到这群人中的法尔克和列维时,他们的样子就像和巨人一起吃最后的晚餐的两个小孩。

"给那个造谣生事的记者三文鱼。"堡里指挥列维说,他的话总算打破了单调的沉默。

列维把盘子递给斯特鲁维。后者推了推眼镜,开始发怒。

"你知道个屁,犹太小子!"他一边骂一边把餐巾扔到列维的脸上。

堡里把沉重的手放在他光秃秃的头顶上,并说:

"闭嘴,臭记者!"

"这伙人怎么会做出这样的事;先生们,我必须说,我很不习惯,一个小伙子怎么能这样对待像我这么大年纪的人。"斯特鲁维说,他的声音打颤,忘记了平时的宽厚。

这时候感到酒足饭饱的堡里从桌子旁边站起来说:

"他妈的,一群什么人!结账去,以撒,以后我再还你;我先走了!"

他穿上罩衣,戴上帽子,又掇了一杯彭士酒,满上白兰地,一口气都喝干,顺路熄灭几支蜡烛,砸碎几个杯子,抓一把雪茄和一盒火柴装进口袋里,扬长而去。

"真可惜,这样一个天才喝醉了!"列维真诚地说。

过了一分钟堡里又回到门里,他走到餐桌前,拿起枝型烛台,点着一支雪茄,把烟吹到斯特鲁维的脸上,伸出舌头,露出白齿,吹灭蜡烛,走了。列维扑在桌子上,高兴地叫起来。

"这是个什么东西,亏你把他引见给我?"法尔克严肃地问。

"啊,亲爱的,他现在是有点儿疯,不过他是军医和教授的儿子……"

"我没问他父亲是谁,而问他自己是个什么东西,而你的回答则说明,你为什么心甘情愿遭受这么一只恶狗的践踏!我现在请你回答这个问题,他为什么和你打交道?"

"我喜欢结交三教九流。"斯特鲁维自豪地说。

"好吧,那你就去找世界上所有的蠢货吧,把他们当宝贝留着!"

"列维兄弟怎么啦?"斯特鲁维讨好地说,"你的样子那么严肃?"

"真可惜,像堡里这样一位天才,偏偏嗜酒如命。"列维说。

"从什么地方能显示出他是天才?"法尔克问。

"人不会写诗也可以成为天才。"斯特鲁维尖刻地说。

"这我相信,因为能写诗的不一定是天才——但是想当畜牲,就更不需要是天才。"法尔克说。

"我们现在结账吧?"斯特鲁维说,并推说有事先行一步。

法尔克和列维结了账。他们走出来时,外面下着雨,天空一片漆黑,只有城市的灯光映红了南区的夜空。马车早已经回家,他们只得竖起大衣领子,步行回家。他们刚刚走到保龄球场,就听见空中传来可怕的叫喊声。

"真他妈的见鬼!"他们头顶上传来叫骂声,这时候他们看到堡里揪着一棵高大的椴树树顶上的一根树枝打秋千。树枝时而垂地,时而升空,在空中画出一个巨大的弧形。

"啊,真是妙极了!"列维高声喊着,"真是妙极了!"

"真是个疯子。"斯特鲁维微笑着,对自己的信徒感到十分自豪,同时竖起大衣领子!

"过来一下,以撒,"堡里在空中吼叫,"过来,犹太小子,我们互相借点儿钱花吧!"

"你想要多少?"列维一边问一边摇晃着钱包。

"我从来不多借,就五十克朗!"

转眼间堡里已经从树枝上下来,把钱装进口袋里。

随后他脱下罩衣。

"快穿上!"

"你让我快穿上!你敢说这话!可能你想打架吧!"

这时候他把帽子摔到树干上,帽子被摔扁了,随后他又脱下燕尾服和坎肩儿,让雨水抽打衬衣!

"过来吧,臭记者,我们比试比试!"

说完他便抱住斯特鲁维的腰,用力摔他,两个人同时滚到水沟里。

法尔克向城里走去,要多快有多快,但是他仍然能听到远处传来的列维的欢呼声:好极了,妙极了——真是妙极了!而堡里说:叛徒,叛徒!

第二十章 祭　坛

某个小城市设在地下室酒店里的木拉大座钟咚咚地敲了七点,市剧院经理走进门来。他喜气洋洋,就像癞蛤蟆刚刚吃了天鹅肉一样,但是他脸上的肌肉笑得极不协调,皱纹七沟八壑,那副尊容实在可怕。他虔诚地跟正在柜台后边清点顾客人数的瘦小枯干的老板打招呼。

"您好吗?"①剧院经理叫喊着,如果我们没记错的话他一直在喊,而不是说话。

"谢谢,很好!"②酒店老板回答。

两位先生不再讲德语,他们立即讲瑞典语。

"啊,你觉得古斯塔夫③那小伙子怎么样!他演唐·吉歌这个角色演得很成功。呃?我相信,我能造就演员,我。"

"对,我也这样说!那小伙子很行!不过正像经理本人说的:开发一个没有上过学的人的天赋比较容易做到,愚蠢的书本经常把人毁了……"

"书本是魔鬼!这一点我比谁都清楚。再有,老板知道书里都写些什么内容吗?呃?我可一清二楚!当那个年轻的

---

①② 原文是德语。
③ 即跑堂的。

仁叶尔姆扮演的霍拉旭一出场你就知道了,看他怎么演。会有好戏看!我答应他演这个角色,因为他一直请求,我不想对他的失败负责任。我还对他说,我让你演这个角色,就是想让你知道,对于那些没有天赋的人来说,演戏是多么难。啊!我一定要给他点儿颜色瞧瞧,让他以后不好再张口争角色。我会这样做!但这不是我们要讲的!喂,老板有没有空房子?"

"那两间小房子?"

"正是!"

"随时恭候经理使用!"

"准备两个人的饭菜,好吧!八点钟!老板亲自服务!"

他说到最后一点的时候声音不是很高,老板点头,示意明白了。

就在同一时刻,法兰德走了进来。他没有跟经理打招呼,而是径直地走到老地方坐下。经理立即站起来,在他经过柜台的时候,鬼鬼祟祟地说:八点钟;随后就走了。

老板给法兰德拿来一瓶艾酒和下酒菜。因为法兰德没有要跟他讲话的表示,他便开始擦桌子,但仍然憋不住,他一边往火柴盒里装火柴一边说:

"晚上吃饭;小房间!哼!"

"您在说谁?在说什么事?"

"哼!我在说刚才走的那位。"

"是吗,那块料!他那么小气的人还要请人吃饭,奇闻!大概就一个人吃吧?"

"不,两个人,"老板一边说一边挤了挤眼,"在小房间!哼!"

法兰德竖起耳朵听,但同时又觉得听议论别人的闲话可耻,所以想换个话题,但是老板还想说下去。

"我不知道,"他说,"要请的那位可能是谁!他老婆很糟糕,而……"

"那个恶棍喜欢跟谁吃饭就跟谁吃吧,与我们无关。老板有今天的晚报吗?"

老板正难于启齿,正好仁叶尔姆走来,总算解了围,仁叶尔姆像一位年轻人一样精神焕发,因为他看到了自己前程中的一丝曙光。

"今天晚上把艾酒洒下去,"他说,"让我做东吧。我高兴得真想哭!"

"什么好事?"法兰德不安地问,"你大概弄到了什么角色演吧?"

"正是,悲观主义者,我捞了个霍拉旭演……"

法兰德的脸立即沉了下来。

"那她演奥菲利娅啦。"他补充说。

"你怎么会知道的?"

"我猜的!"

"你已经预料到了!这本来就不难猜!你觉得她很适合演这个角色吗?整个剧团有谁比她更好呢!"

"没有,我同意你的看法!好啦!你喜欢霍拉旭这个角色?"

"当然,他很可爱!"

"啊,真奇怪,一个人一个眼光!"

"那你的看法呢?"

"我觉得他是宫廷人物中最大的坏蛋;他对什么都惟命是从。'对,王子殿下,对,善良的王子殿下。'如果他是他的

233

朋友,他有时候就应该说不,而用不着跟另一个马屁精那样一味地阿谀奉承。"

"你现在又要毁掉我!"

"对,我要毁掉你的一切!你怎么可以认为,人们抱怨的一切都是伟大和美好的,只要你抱着这个态度,你就无法达到你追求的目标,如果你把世界上的一切都看得完美无缺,你就不会再追求真正的完美无缺。相信我吧,悲观主义是真正的理想主义,悲观主义是一种基督的理论,因为基督教告诉人们这个世界很坏,为了获取心的平静,我们应该脱离这个世界去死!"

"你难道不让我相信,这个世界是美好的,我难道不应该感谢这个世界给予我的一切美好的东西,对于生活赋予我的一切,我不应该高兴吗!"

"当然,当然,高兴吧,我的小伙子,高兴吧,相信吧,寄希望吧!当地球上所有的人都追求一个共同的东西——快乐时,你有可能得到十四亿三千九百一十四万五千三百分之一的快乐,因为分母是很大的。你今天得到的快乐跟你这几个月受到的折磨和屈辱相比,值得吗?你得到一个很糟糕的角色,这个角色无法使你达到人们常说的成功——我不想说失败,以免你误解我。你真的能保证……"

他一定得喘口气。

"爱格妮丝会演成功奥菲利娅。她可能急于利用这个难得的机会而演得过于夸张——这种情况是常见的!不过,我后悔我又让你生气了,我请求你不要相信我说的话,就像平时那样;你无法知道,这到底是真还是假!"

"如果我不了解你,我一定会认为你嫉妒我!"

"不,小伙子,我希望你,就像我希望所有人一样,都能尽快如愿以偿,都能达到更高的理想境界,因为这毕竟是生活的目的所在。"

"因为你已经成功了,所以你坐着说话不腰痛。"

"这难道不是我们要达到的目标吗!我们渴望的不是这种成功,而是坐在这里不腰痛地笑对我们伟大的追求,你听清楚,是伟大!"

座钟这时候敲响了八点,钟声在大厅里回荡。法兰德匆忙从椅子上站起来,好像马上要走,随后他用手摸了摸前额,又重新坐下。

"今天晚上爱格妮丝在贝蒂阿姨家吧?"他用心不在焉的语调问。

"你怎么知道的?"

"你能踏踏实实地坐在这里,我就猜出来了!我想她要念台词给她听,因为你们没有多少天就要演出了!"

"对,连这一点你也知道,你今天晚上跟她见过面了吧?"

"没有,我发誓!我们不演戏的时候,她不呆在你身边,我想不出会有其他原因。"

"你想的完全正确。另外,她让我出来放松一下,找朋友玩一玩,因为我总是呆在家里。她是一位非常可爱的姑娘,温柔、体贴!"

"对,她非常温柔!"

"她只有一个晚上没呆在我身边,当时她呆在贝蒂阿姨家里,也没告诉我一声。我简直要疯了,整夜没睡着觉。"

"那是七月六日,对不对!"

"你要吓死我!你在跟踪我们?"

"我为什么要跟踪你们！我了解你们的关系,千方百计成全你们！我所以知道,那是七月六日星期二的事,因为你说过很多遍了。"

"对对！这是真的！"

有相当长的时间两个人谁也没再说话。

"真是奇怪,"最后仁叶尔姆打破了沉默,"人确实可以乐极生悲;我今天晚上就很不自在,特别想和爱格妮丝在一起。我们到小房间去吧,派人把她找来。让她找个借口,说到城里边有事。"

"她大概不会这么说;她永远不会说瞎话！"

"啊,这有什么难的！所有的女人都会说瞎话！"

法兰德以一种特别的目光看着仁叶尔姆,但后者仍不明白他的意思;随后说:

"我先去看看小房间是否空着,只有空着才行！"

"好,去看看！"

当仁叶尔姆想跟着一块儿去的时候,法兰德把他拦住了,自己去了。两分钟以后他回来了。他脸色苍白,但还算镇静,只是说:

"那里有人！"

"真够气人的！"

"那我们俩就互相为伴,痛痛快快享受吧！"

他们俩在一起又吃又喝,谈论人生和爱情,人的善与恶;吃饱喝足以后,各自回家睡觉！

第二十一章 桌子上的灵魂

仁叶尔姆第二天早晨四点钟就醒了,因为他觉得好像有人叫他的名字。他从床上爬起来,仔细听了听——静静的。他拉开窗帘,看到一幅灰蒙蒙的秋季早晨的景象,凄风苦雨。他又重新躺下,但是无法睡着。风中有很多奇怪的声音,好像有人在抱怨,有人在警告,有人在大声哭,有人在小声哭。他竭力想一些好事:他的快乐,他的角色,念念台词;但只有"是,王子殿下",他想起了法兰德的话,他发现此君还是有一定的道理。他想象着他扮演的霍拉旭在台上是什么样子;他想象着爱格妮丝扮演的奥菲利娅是什么样子,他看到她在波洛涅斯的授意下虚情假意,给他设圈套;他想避开这幅景象,但是他却看到了卖弄风骚的演员叶克特,而不是爱格妮丝,他最近在市剧院看到过她扮演的奥菲利娅。他极力想赶跑这些不愉快的思想和景象,但是它们像蚊子一样追着他不放。当他赶累了的时候,就睡着了,在梦中他遭受着同样的折磨,当他总算摆脱掉了的时候,他却醒了,但是刚一睡着,相同的景象就会重复出现。快到九点钟的时候,他惊叫一声醒了,他赶忙爬起来,就像有魔鬼在后边追赶他。他站在镜子前面,发现自己哭过。他迅速穿好衣服,在他刚要穿靴子的时候,看见一只蜘蛛在地板上爬。他高兴起来,因为他也相信蜘蛛报喜;他的心情顿时好了起来,并自言自语地说,要想睡得好,晚上不能吃淡水龙虾。他喝了杯咖啡,抽了一袋烟斗,对着窗外的秋风和阴雨微笑着,突然有人敲他的门。他吓了一跳,因为今天他害怕所有的消息,他不知道为什么;这时候他想到了那只蜘蛛,心情平静下来,随后去开门。

敲门的是法兰德先生的使女,请他务必十点钟到法兰德先生那里去,有要事相商。

他的内心又重新陷入早晨睡梦中折磨他的难以名状的惆怅。他试图在剩下的一小时内驱赶它,但是无法做到。这时候他穿好衣服,提心吊胆地去找法兰德。

法兰德已把屋子收拾得整整齐齐准备接待客人。他以一种友好,但异常严肃的表情欢迎仁叶尔姆。后者连珠炮似的问他什么事,但法兰德先生回答,不到十点他什么也不说。仁叶尔姆非常不安,很想知道有什么不愉快的事;法兰德说,只要正确看待,就没有什么不愉快。他解释说,很多对我们来说似乎不可忍受的事情,如果你不过分看重它们,也就无所谓了。他们就这样东拉西扯把时间拖到十点。

这时候听见两下轻微的敲门声,随后门马上就开了,爱格妮丝走了进来,她没有注意屋里的人,把钥匙从门外取下来,关好门,走进屋里。但是当她看见屋里有两个人而不是一个人的时候,表情窘迫,但只是一闪就过去了,随后转为在这里突然见到仁叶尔姆的惊奇。她扔掉雨衣,立即朝他跑去;他搂住她,把她使劲贴在自己的胸前,好像他有一年没见到她了。

"好长时间没见到你了,爱格妮丝!"

"好长时间?什么意思?"

"我觉得,我好像一直没看见你。你今天够精神的;睡得不错吧?"

"你觉得,我的样子比平时更精神吗?"

"对,我觉得是,你脸色红润,酒窝都没了!你怎么不跟法兰德打招呼!"

后者静静地站着,听他们谈话,但脸上一红一白的,好像在想什么。

"天啊,看你无精打采的样子。"爱格妮丝一边说一边从仁叶尔姆的怀里挣脱出来,随后在地板上跳起来,做了一个双脚反复交叉的芭蕾动作,身段轻柔得像只小猫。

法兰德没有回答。爱格妮丝更加仔细地打量着他,似乎要立即看透他的思想;她的脸像水面上吹起了波纹,但转瞬即逝了,她又恢复了平静,决心应付各种不测,她看了一眼仁叶尔姆,明白了自己的处境。

"能知道这么早就把我们叫来有什么要事吗?"她打趣说,并拍了拍法兰德的肩膀。

"好啊,"他口气坚定地说,吓得爱格妮丝脸色苍白,但是他马上抬起头,好像要让思想转轨一样,"今天是我生日,请你们来吃午饭!"

爱格妮丝如释重负,好像从迎面疾驰而来的火车下脱险了一样,她发出爽朗的笑声,并抱住法兰德。

"但是我订的饭是十一点,我们暂时要在这儿呆一会儿。请坐吧!"

沉默,难堪的沉默。

"我看见一个天使从屋子里穿过。"爱格妮丝说。

"那就是你。"仁叶尔姆说,并真诚、爱抚地亲吻她的手。

法兰德的表情就像从马背上摔了下来,但是正在往起爬。

"我早晨看到一只蜘蛛,"仁叶尔姆说,"这意味着有喜事!"

"Araignée matin = chagrin,"法兰德说,"你不懂。"

"什么意思?"爱格妮丝问。

"早晨蜘蛛=忧伤蜘蛛。"

"哎哟!"

又是沉默,雨点儿抽打窗子的响声代替了谈话。

"我夜里读了一本很恐怖的书,"法兰德接着说,"吓得我没睡好觉。"

"是一本什么书?"仁叶尔姆漫不经心地问,因为他心里仍然觉得很不安。

"书名叫《皮尔斯·克来门特》,讲一个普通妇女的故事,但是描写得生动有趣,给我留下了深刻的印象。"

"是一个什么样的普通妇女故事,我能借来读一读吗?"爱格妮丝说。

"当然是不忠诚和虚伪!"

"啊,是那个皮尔斯·克来门特吧?"爱格妮丝问。

"他自然是被骗的一方。他是一个爱上了别人情妇的年轻画家。"

"我现在想起来了,我读过这本书,"爱格妮丝说,"我很喜欢这部小说。她后来不是跟她确实爱的人订婚了吗?订了,真的订了,在此期间她还保持着跟情人的关系。因此作家想表明,女人可以爱两个男人,而男人只能爱一个女人。这是很正确的。难道不对吗?"

"对!但是,有一天她的未婚夫把一幅画送去参加有奖比赛——闲言少叙——她把肉体给了评奖主任,结果皮尔斯·克来门特中了奖,他可以结婚了。"

"作家以此想要说明,女人为了所爱的人可以牺牲一切,而男人则……"

他站起来,走到写字台前,恶狠狠地拉开抽屉,拿出一个黑包。

"看看这个,"他一边说一边把包递给爱格妮丝,"拿回家去,让世界免受耻辱!"

"这是什么东西?"爱格妮丝笑着说,同时打开包,拿出一把六响手枪。"啊,看呀,这小玩艺儿多漂亮,你在演卡尔·莫尔①时不是用过它吗?啊,你肯定用过!我相信,它里边有子弹!"

她举起手枪,对着炉门,扣动了扳机。

"把这玩艺儿装起来吧!"她说,"这可不是什么玩具,朋友们!"

仁叶尔姆茫然地坐在那里。他一切都明白了,但是一句话也说不出来,他完全被这位姑娘迷住了,他一点儿也找不出对她反感的地方。他诚然知道,有一把刀子扎进他的心里,但是还没有到痛的时候。

法兰德已经被这种厚颜无耻气疯了,要过一段时间才能恢复平静,当他的整个道德谋杀把戏失败以后,他的举动陷入了对他很不利的处境。

"我们现在还不走吗?"爱格妮丝一边说一边在镜子面前整理头发。

法兰德打开门!

---

① 卡尔·莫尔,席勒的剧本《强盗》(1781)中的主人公。

"滚!"他说,"带着我的诅咒;你伤害了一个诚实人的心。"

"你在说什么?请你关上门,屋里太冷了。"

"是么,那就只得把话挑明了。你昨天晚上到哪儿去了?"

"雅尔玛尔知道,到哪儿去关你什么事!"

"你没有在你阿姨那里;你到外边跟经理喝酒去了!"

"没那么回事!"

"我九点钟看见你在地下室酒店!"

"你撒谎!这个时间我在家;这一点你可以问阿姨的女仆,她送我回家的!"

"我真没料到有这种事!"

"别再谈这件事,我们准备上路吧!你夜里不要读这类愚蠢的书,免得你白天发疯,你们穿衣服吧!"

仁叶尔姆摸一摸脑袋,看看脑袋还在不在原地,因为一切似乎都错了位。当他得知一切正常的时候,竭力想理清思路,弄明白问题出在哪里,但是做不到。

"你七月六日那天在哪儿?"法兰德问,一副法官的严酷面孔。

"你竟然问这类愚蠢的问题,我怎么会记得三个月前的事?"

"你记得,你那天在我家里,当时你对雅尔玛尔说,你在你阿姨家里……"

"别听他胡说八道,"爱格妮丝一边说一边亲昵地朝仁叶尔姆走过去,"他在说蠢话。"

转眼间仁叶尔姆就抓住她的脖子,把她背朝下扔到壁炉角旁边,她一动不动地躺在一堆劈柴上。

随后他戴上帽子,但是法兰德只好帮他穿上大衣,因为他所有关节都在颤抖。

"过来,我们走吧。"他说,并且往壁炉的石头上吐了一口吐沫,随后走到门外。

法兰德迟疑了片刻,他试了试爱格妮丝的脉搏,后来很快在前廊赶上了仁叶尔姆。

"我很佩服你,"法兰德对仁叶尔姆说,"事情确实已经过去,不再谈它。"

"我请求你别提这件事了;我们能在一起相处的时间不长了;我想乘下一班火车回家,尽快忘掉此事!让我们去酒店喝几杯,用你的话说麻醉麻醉!"

他们来到酒店,要了单间,但是避免提"小房间"。

他们很快就在酒菜丰盛的餐桌旁边坐下来。

"我的头发白了吧?"仁叶尔姆问,他用手摸了摸头发,头发湿漉漉地沾在一起。

"没有,朋友,头发不会白得那么快;我的还没白呢。"

"她被摔坏了吧?"

"没有!"

"就是在这个房间里——我和她第一次见面的时候!"

他从餐桌旁边站起来,走了几步,弯下腰,跪在沙发旁边,抱着头痛哭起来,就像一个小孩子趴在母亲的膝盖上痛哭。

法兰德坐在他身边,用手抱着他的头。仁叶尔姆感到火辣辣的,就像火星掉在自己脖子上。

"你的哲学哪儿去了,我的朋友?快把它拿来!我要淹死了,快给我一棵稻草!快拿来!"

"好可怜,好可怜的小伙子!"

"我一定要看看她!我一定要请她原谅!我爱她!无论如何,无论如何都爱她!她摔坏了吧?上帝呀,像我这样不幸的人,怎么活下去呀!"

下午三点钟仁叶尔姆乘火车回到斯德哥尔摩。法兰德送他上车,他亲手在他身后关上火车车厢的门,上了门闩。

第二十二章　艰难岁月

秋天带来很大变化，对塞伦来说也是如此。他的最高保护者已经辞世，他给人留下的各种印象也将逐渐被抹掉；甚至他的善举也不会持续下去。奖学金自动停止了，这对与世无争的塞伦来说是求之不得的，另外他认为自己已经得到过了，现在不再需要，何况有许多年轻人比他更需要经济帮助。但是他将发现，不仅太阳熄灭了，各种各样的小行星也因此变得暗淡无光。尽管一个夏天他都在勤学苦练，才华得到进一步发挥，但是院长仍然宣称，他的画越画越坏，而春天的成功只是一次碰大运；风景画教授以朋友的身份对他说，他永远不会有大的作为，那位秀才评论家也借机翻案，坚持过去的看法。此外，买画人——也就是那些对美术一窍不通的阔佬，他们的欣赏情趣也发生了变化。风景画必须是取材夏季游乐场才有买主，这一点很难做到，因为他们要的实际上是色调柔和的灰色风情画或半裸体的小型室内画。对塞伦来说这是很艰难的时期，他的经济状况急剧恶化，因为他不想违背自己的感情去作画。

如今他在政府街北头租了处面积很小的旧照相馆。房子的主体就是照相馆，地板已经腐朽，屋顶开裂，然而此时是冬天，上面的积雪帮了大忙，原来的洗印室仍然散发着洗相片的胶棉水味儿,因此只能当作存煤或者木柴屋,如果他有钱买这些东西的话。家具就是一张榛木的庄园沙发,上面的钉子已经冒出来,如果主人(租借人)在家过夜时把它当床用,又显得太短,只到膝盖。床上的用品只有半截毯子,那半截已经进了当铺,一个纸袋子,里面装满画稿。在木柴屋有一个自来水龙头和一个下水道——这就是盥洗室。

圣诞节前的一个寒冷下午,塞伦正在家里在一张旧画布上第三次画新画。他刚刚从硌肉的床上起来,既没打扫也没生火,一方面他没有雇仆人,另一方面他也没有生火用的煤或者木柴;由于相同的原因,也没有女仆给他扫地或者送咖啡。但是他仍然很高兴,吹着口哨,用各种色彩画着挪威古斯塔峰的迷人的落日景象,这时候有人敲了四次双响的门。塞伦立即开门,乌勒·蒙塔努斯走了进来,他衣服单薄,连大衣也没有。

"早晨好,乌勒!怎么样?睡得好吗?"

"谢谢你的美意!"

"城里的经济状况怎么样?"

"啊,真是糟透了!"

"银根怎么样?"

"货币的流通量很小。"

"是么,他们不想多抛?但是储备呢?"

"根本没有!"

"你看着吧,今年冬天会很冷。"

"我今天早晨在白尔斯塔公园看见很多蜡翅鸟,这意味着有寒冬!"

"你早晨出去散步啦?"

"我十二点钟从红房间出来,走了一夜!"

"啊,你昨天晚上在那里。"

"对,我结交了两位新朋友:堡里医生和法务助理列文!"

"是么,那两块料!我认识他们!你为什么不到他们那里过夜?"

"没有,他们有点儿架子,而我连件大衣都没有,没好意思。啊,我太累了,我要在你的沙发上睡一会儿!我先走到国王岛海关外边的卡特丽娜山,然后又走回城里,再从北海关往外走。继而走到白尔斯塔公园!我今天一定要到装饰雕塑家协会去找工作,不然我真要死了。"

"你真的参加了北极星工人联合会?"

"对,是参加了!我星期天要在那里讲演,题目是《论瑞典》!"

"这是一个好题材,非常好!"

"如果我在这沙发上睡着了请你不要叫醒我,我真是太累了!"

"别客气!你就睡吧!"

几分钟以后乌勒就进入梦乡了,并打起了呼噜。他的胖脖子枕在一边的扶手上,脑袋耷拉在扶手外边,他的双腿挂在另一边的扶手上。

"这个可怜鬼。"塞伦一边说一边把毯子盖在他身上。

这时候又有人敲门,但不是约定的敲法,所以塞伦没有立即去开门;但是门敲得越来越厉害了,塞伦也不害怕了,他打开了门,堡里医生和法务助理列文走了进来。堡里开口问:

"法尔克在这儿吗?"

"没有!"

"躺在那边的是哪一个草包?"堡里接着问,并且用带着雪花的靴子指了指乌勒。

"那是乌勒·蒙塔努斯!"

"对,昨天晚上法尔克就带着这个家伙。他还在睡?"

"对,他正在睡!"

"夜里他在这儿过夜啦?"

"对,他睡在这儿!"

"你为什么不生火,这儿冷得像魔窟!"

"因为我没有木柴!"

"那就派人去买!女仆哪儿去啦,派她去买!"

"女仆去教堂了。"

"把睡觉的这头牛叫起来,叫他去买!"

"不,让他睡觉吧!"塞伦用恳求的口气说,并拉了拉刚才一直在打呼噜并且现在仍然在打的乌勒身上的毯子。

"那就让我教你另外一个办法。地板底下是泥土还是沙石?"

"我不明白你的意思。"塞伦一边回答,一边往地板上铺纸。

"你还有这种纸吗?"

"有,干什么?"塞伦问,脸一直红到头发根儿。

"我需要纸和一把火筷子!"

堡里从塞伦那里得到了所要的东西,后者不知道他的目的,他把画画儿坐的椅子放到铺开的纸上,然后坐在上边,就好像坐在自己的财宝上一样。

堡里脱掉上衣,挽起袖子,开始用火筷子撬被酸和雨水腐蚀过半的地板。

"不行,你疯了。"塞伦喊叫说。

"我在乌普萨拉大学就干过这种事。"堡里说。

"那儿行,在斯德哥尔摩可不行!"

"真他妈冷,我要冻死了,一定要生火!"

"但是不能动我的地板!那会成什么样子!"

"我才不管他妈的成什么样子,反正不是我住在这儿;但是现在太冷。"

他走近塞伦,推了他一下,椅子倒了,正巧把塞伦铺在地板上的纸拉开,地板下的泥土露了出来。

"看,你这个坏蛋!你这里有一个丰富的木柴矿,你就是坐在那里不说。"

"你看好啦,是房顶上漏下的雨水造的孽!"

"我不管是谁造的孽,但是现在可以生火了。"

他用力撬了几下,几块地板就脱落下来,很快就变成了炉子里的火焰。

在整个过程中,列文都心平气和地看着,显得很礼貌。堡里坐在火炉前,烧红火筷子。

又有人敲门,每一次都是三短加一长。

"是法尔克。"塞伦一边说一边去为法尔克开门,后者进来时脸上像发烧一样。

"你需要钱吗?"堡里问刚进门的法尔克,并用手拍打口袋。

"你问这个干吗?"法尔克迷惑不解地回答。

"你需要多少?我可以给你搞!"

"当真?"法尔克说,他的脸露出笑容。

"当真？呃！多少？① 一共要多少！说个数！说个大数！"

"啊,好,六十国币就够了!"

"真是个没魄力的男人。"堡里一边说一边转向列文。

"啊,确实太少了点儿!"列文附和着说,"抓住机会,法尔克,别错过。"

"不,我不想多借！不需要更多的钱,不想背太多的债。再说我也不知道什么时候能偿还。"

"每六个月十二国币,一年二十五个国币,分两次付清。"列文明确回答。

"条件很优惠,"法尔克说,"你们从哪儿借呀？"

"马车主银行！拿笔和纸来,列文!"

列文手里已经拿着借据、笔和一瓶墨水。借据也已经由其他人填好。当法尔克看到八百时,他犹豫了片刻。

"八百国币？"他用怀疑的语调说。

"那就多借点儿,如果你不满意的话。"

"不,我不想借这么多;借钱容易,还钱难。再说,你们凭这张纸就能拿到钱,也不要担保？"

"不需要担保？我们不是给你担保吗!"列文用不屑一顾的口气回答。

"好吧,这方面的事我不说什么了,"法尔克说,"我非常感谢你们为我担保,不过,我根本不相信行得通!"

"哈,哈,哈！银行早同意了,"堡里一边回答一边拿出他说的"同意的借据","这回好啦,签上名吧!"

---

① 原文是德语。

法尔克准备签名。堡里和列文低着头看着他,就像两名警察。

"法院院长下边。"堡里指点着说。

"不对,我是记者。"法尔克回答。

"没用啦,你已经被写成法院院长,再说《名人录》上写的也还是这个头衔。"

"你们查过啦?"

"对这类正经事必须严格。"堡里一本正经地说。

法尔克在底下签上名。

"过来,塞伦,你证明!"堡里命令说。

"啊,我不知道我有这个胆子没有,"塞伦说,"我在乡下老家看到过很多这类证明所带来的各种灾难。……"

"你现在不是在农村,也跟农民没有关系!这样写:你证明法尔克本人签名,这你总能办到吧!"

塞伦照办了,但是不停地摇头!

"把这头牛赶起来,让他也签个字。"

大家又拉又推,想把乌勒弄醒,但是怎么也弄不醒他,堡里把烧红的火筷子伸到乌勒的鼻子底下。

"快醒吧,你这条狗,给你饭吃!"他喊叫着。

乌勒爬起来,揉了揉眼睛。

"要你证明一下法尔克的签名,明白吗?"

乌勒拿起笔,照两个保人的吩咐签了名,随后他还想去睡觉,但是被堡里拦住。

"不行,等一等!先让法尔克写一个补充担保。"

"不要写什么担保,法尔克,"乌勒说,"写这类东西从来没有好结果,都是悲剧!"

251

"闭嘴,你这条狗,"堡里吼叫着,"过来,法尔克。我们刚刚给你做了担保,但那只是名义;你现在要代替正在吃官司的斯特鲁维写一份补充担保。"

"补充担保是什么意思?"法尔克问。

"只是个形式;向油匠钱庄借了七百国币,第一笔已经兑现了,但是斯特鲁维正在打官司,所以我们不得不找一个人代替他。这是一笔很优惠的旧借款,所以不会有什么危险;钱一年多以前就应该还!"

法尔克签了名,两个证人在底下也签了名。

堡里小心翼翼地把借据折叠好,脸上一副行家的表情,然后递给已经站在门口的列文。

"一小时以后,你拿着钱回到这里,"堡里说,"不然我马上叫警察通缉你!"说完他站起来,心满意足地躺在刚才乌勒睡觉的沙发上。

乌勒走到火炉旁边,躺在地上,像狗一样弓着身子。

此时一阵沉默。

"喂,乌勒,"塞伦说,"我们要是也能写这么一个东西该有多好啊!"

"那你们就得去林德岛①。"堡里说。

"林德岛是干什么的?"塞伦问。

"位于群岛上,如果两位先生更喜欢梅拉伦湖也行,那儿有一个地方叫长岛!"

"别开玩笑,"法尔克说,"如果到期还不了怎么办?"

"那就到裁缝钱庄借一笔新的。"堡里回答。

---

① 林德岛上有监狱。

"你们为什么不到中央银行去借?"法尔克接着问。

"那里太苛刻!"堡里回答。

"你现在明白是怎么回事了吧?"乌勒对塞伦说。

"一点儿也不明白!"塞伦回答。

"你们成了美术学会会员,上了《名人录》的时候,就都明白了!"

第二十三章 晋 见

法尔克·尼古劳斯在圣诞节前一天的早晨坐在自己的办公室里。他的模样不像从前了,时间老人把他头顶上的浅色头发剪得很稀疏,脸上出现了很多小河似的皱纹,就像遭到了从湿地里冒出的硫酸的腐蚀。他低着头,看着像《教义问答》那种本子,他不停地用笔在上面写什么,好像在绣花。

有人敲门,那个本子转眼间就到了桌子底下,一张晨报代替了原来的位置。他的夫人进来时,他装作聚精会神地在读报。

"请坐。"法尔克说。

"不坐了,我没有时间坐!你读过早晨的报纸了吗?"

"没有!"

"哎哟,我还以为你读了呢!"

"对,我刚刚拿起来!"

"那你大概读过关于法尔克诗歌的评论了吧?"

"啊,对,我读过了!"

"那好!那么多溢美之词!"

"那都是他自吹自擂!"

"你昨天读《灰衣报》时也是这么说的!"

"好啦,你有什么事吗?"

"我最近见过海军司令夫人;她感谢对她的邀请,并对有机会见到这位年轻的诗人感到高兴!"

"她这么说的?"

"对,是这么说的!"

"呃!好,有时候我可能会看错人!我没有说我就一定看错了!你大概又想要钱了吧?"

"又?我最近什么时候要过钱?"

"好啦!现在走吧!不过圣诞节前不能再来要,你知道,今年不景气!"

"不对,我当然知道不是不景气!大家都说,这是很好的一年!"

"对农民来说是这样,但对保险公司来说则不是。再见吧!"

夫人走了,弗里兹·列文小心翼翼地走进来,就像害怕中埋伏一样。

"你想干什么?"法尔克这样招呼他。

"啊,我只是顺路进来看看。"

"好聪明;我正想跟你谈一谈!"

"是么!"

"你认识那位年轻的列维吗?"

"不错,认识!"

"请你念这份文件;声音高点儿!"

列文高声读:"巨额捐赠。批发商卡尔·尼古劳斯·法尔克是一位如今不多见的慷慨商人,为了庆祝美满的婚姻周日,特向伯利恒儿童福利院捐款二万克朗,一半立即兑现,另一半在高贵的捐赠人死后兑现。由于法尔克夫人是这家人道主义机构的创始人之一,其意义更显伟大。"

"行吗?"法尔克问。

"好极了!过新年时该得瓦萨骑士奖章①了!"

"好,你到福利院去,即到我妻子那里去,带着捐赠书和钱,然后找一找那位年轻的列维。明白吗?"

"明白?"

法尔克把写得工工整整的羊皮捐赠书和钱递给列文。

"数一数,看对不对!"他说。

列文打开一叠纸,惊奇地瞪大了眼睛。五十张很值钱的整版多色石印纸。

"这是钱吗?"他问。

"这是有价证券,"法尔克回答,"五十张特利顿股票,每张二百克朗,请转给伯利恒儿童福利院。"

"是么,原来保险公司要倒台,树倒猢狲散吧?"

"没有人这么说。"法尔克回答,并发出一种怪笑。

"如果真是这样的话,那儿童福利院就要倒闭!"

"那跟我有什么关系?跟你更没关系。现在谈谈另一件事吧!你必须——你要明白我说'必须'是什么意思……"

"我知道,我知道;吃官司,闹纠纷,借据——往下说,往下说!"

"圣诞节第三天我要请客,你一定要把阿尔维德弄来!"

"这无异于与虎谋皮!你现在知道了,去年春天那次,我没照你说的去办对了!我当时没跟你说吗,一定是这个

---

① 瓦萨骑士奖章,瑞典骑士奖章,由古斯塔夫三世于一七七二年建立,奖励在经济和公益事业方面做出贡献的人。

结果!"

"你说! 你他妈的说什么啦! 闭上你的嘴,照我说的去做! 这事就这么定了! 我们还有一件事! 我发现我妻子的情绪有点儿沮丧。圣诞节是一个容易思亲的节日——请你到船岛我丈人家去一趟,搞点儿火上加油!"

"这可不是好差事……"

"滚吧! 第二个人!"

列文走了,尼斯特罗姆从房子的后墙糊着墙纸的门溜进来,门随后关上。这时候晨报消失了,那细长的本子又出来了。

尼斯特罗姆的样子凄凄惨惨,他的身体又缩小了三分之一,他的衣服更加破烂单薄。他卑微地站在门口,掏出一个破烂本子,听候吩咐。

"好了吗?"法尔克一边问一边把食指放到本子上。

"好了!"尼斯特罗姆回答,并打开本子。

"第二十六笔,克林中尉,一千五百国币。还了吗?"

"没还!"

"加上拖欠罚款和违约费。到他家里去找他!"

"他家里从来不接待来访者!"

"威胁他一下,想办法往他营房里写信! 第二十七笔,法务助理达尔贝里,八百国币。让我看看! 批发商的儿子,估算上税金额三万五千;暂时放一下,只要他交利息就行! 注意盯着他!"

"他从未交过利息!"

"给他写张便条,这你知道,不用信封——放到他办公室去! 第二十八笔,于伦博斯特中尉,四千。这小子! 他也没交?"

"没有!"

"好极了!听我说:十二点钟到警卫队去找他。衣服——当然是你的——越破越好——就穿那件红外罩,衣缝有些发黄的——你知道吧!"

"没什么用!大冬天的我就穿一件薄薄的大衣到警卫室去找过他!"

"那就去找担保人!"

"我去过了,两个人都让我滚蛋!他们说,他们只是形式上的担保人。"

"那你就去找他本人,星期三中午一点钟他坐在特利顿保险公司的经理室;带安德松一起去,两个人去更好一些!"

"已经去过了!"

"经理室怎么样了?"法尔克一边问一边眨了眨眼。

"够寒酸的!"

"啊,真的!真的很不像样子?"

"对,一点儿不错!"

"他自己怎么样?"

"他把我们领到前厅说,只要我们今后不再到那去找他,他保证还!"

"啊,是这样!好哇!每星期他到那里坐上两个钟头就拿六千国币,就因为他姓于伦博斯特!让我看一看!今天是星期六!今天十二点半你准时到特利顿;如果你看到我在那儿,我准在那儿,这时候——不动一点儿声色——明白啦!好极了!还找过其他人要账吗?"

"一共三十五家!"

"好好！明天是圣诞节。"

法尔克翻着一大沓借据，嘴上不时地露出笑容和说上一句半句话。

"天啊！他也落到这个地步啦！而他——而他——大家都认为他钱包很鼓的！哎呀，哎呀，哎呀！好机会来啦！他不是需要钱吗？那我就趁机买下他的房子！"

有人敲门。接着又敲了一下，单据和那个《教义问答》式的小本子都不见了，尼斯特罗姆从贴着墙纸的门溜出去。

"十二点半，"法尔克在他后边小声叮嘱，"还有一句话！你的诗写好了吗？"

"好啦。"对方小声回答。

"好极了！准备好列文的借据，拿到他的单位去！我找一天去教训教训他！他很虚伪，是个混蛋！"

随后他整理一下围巾，拉一拉套袖，打开前厅的门。

"啊！你好，伦德尔先生！贵客！请进，请进，还好吧！我正在敬候！"

来人确实是伦德尔，打扮得像个公务员，非常时髦，戴着表链、戒指、手套，穿着套鞋。

"我可能打扰批发商先生了？"

"哪里，哪里！伦德尔先生明天以前能完成吗？"

"明天一定要完成吗？"

"绝对！我要参加儿童福利院举办的招待会，届时我妻子将把肖像交给福利院挂在餐厅里！"

"那没有问题，"伦德尔回答，并从旁边的储藏室里拿来一张快完成的画稿和画架，"请批发商先生稍坐片刻，我再做一些补充！"

"遵命！遵命！请吧！"

法尔克坐在一把椅子上，双腿交叉，一副政治家姿态，还露出一种尊贵的神情。

"请随便点儿吧！"伦德尔说，"脸部本身就很有意思，如果您谈笑风生，让脸部有更多的变化，效果会更好！"

法尔克神秘地笑了，他粗俗的面部线条露出自鸣得意的表情。

"伦德尔先生，圣诞第三天来我家吃晚饭吧？"

"好，谢谢……"

"那时候先生可以看到很多高贵的面孔，他们可能比我更值得上画面。"

"我能够有幸为他们画像吗？"

"没问题，只要我说一声就行了。"

"啊，您真的相信？"

"肯定没问题！"

"我现在看到一个新的表情。请您保持这个表情！好！很好！我担心我们可能要用整一天的时间，批发商先生知道吧！还有很多细节，只有逐一观察才能发现；先生的脸部表情真是太丰富了！"

"好，我们一块儿在外边吃晚饭吧！我们接触多了，伦德尔先生就可以有更多的机会研究我的脸，这对第二稿有利，第二稿总是比较好！我确实可以说，很少有人像伦德尔先生这样能够给我留下这么美好的印象！……"

"啊，您太客气啦。"

"我一定要跟先生说，我是一个目光敏锐的人，能够分清真心和献媚。"

"这一点我早就看出来了,"伦德尔昧着良心说,"我的职业赋予我一种判断人的能力。"

"先生有眼力,确实不是所有的人都能正确认识我。比如我妻子……"

"啊,不可以要求女人有这个能力……"

"对,我要说的正是这个意思!我能请先生喝一杯葡萄牙产的上等葡萄酒吗?"

"我谢谢批发商先生的好意,但是我有个原则,工作的时候不喝酒……"

"非常好!我尊重这个原则——我一向尊重原则——我自己也遵从这个原则。"

"但是我不工作的时候,喜欢喝一杯。"

"跟我一样——跟我完全一样。"

时钟敲打十二点半。法尔克站了起来。

"非常对不起,我眼下有一件要事必须出去一趟,不过我马上就回来!"

"没什么,实在没什么!办事要紧!"

法尔克穿好衣服走了,办公室里只剩下伦德尔。

他点上一支雪茄,站在那里打量着肖像。如果有人现在观察他的脸,不会看到他的思想,因为他久经事故,不会表露自己的真实思想,即使独自一人也是如此,甚至对自己也不敢说真心话!

第二十四章　论瑞典

　　宴会已经到了吃尾食的阶段。在法尔克·尼古劳斯位于船桥附近的公馆餐厅里，杯子里的香槟酒在水晶吊灯的照耀下闪闪发亮。阿尔维德·法尔克受到各方面人士的瞩目，有的奉承，有的祝愿，有的警告，有的献策，但是都很友善，大家都想分享他的成功，因为现在是一次决定性的成功。

　　"法尔克院长！我真荣幸！"公务员薪俸发放总署署长说，并朝桌子一鞠躬，"我知道，那是一种十分好的风格！"

　　法尔克平静地接受那种使人伤心的奉承。

　　"您为什么写得那么伤感？"一位坐在诗人右侧的年轻女人问，"人们相信您有过不幸的爱情！"

　　"法尔克院长！我能请您喝一杯吗！"坐在左边的《灰衣报》编辑说，同时捋一下自己长长的胡子，"院长为什么不给我的报纸写稿呢？"

　　"我不相信那里的先生会用我写的稿子！"法尔克回答。

　　"我不知道障碍是什么？"

　　"观点不同吧！"

　　"唉！这事有什么难的。我说一声就行了！其实我们没什么观点！"

　　"干杯，法尔克！"喝得醉醺醺的伦德尔隔着桌子高声说，

"干吧!"

列维和堡里使劲按着他,免得他站起来讲话。他第一次见这么多人,第一次和贵人命妇在一起,丰盛的宴席让他头昏目眩,但是所有的客人都喝得有点儿过了,所以他才避免招来厌恶的目光。

阿尔维德看到这些人的时候,心里感到热乎乎的,他们又把他重新拉入社会,既没有要求解释,也没有要求道歉。他坐在那些旧椅子上有一种安全感,那些家具曾经是他童年的家的一部分,他怀着某种伤感认出了那个大花瓶,过去每年只拿出来一次,但是昔人已去,这些新人使他感到很不自在。他没有陶醉在这些友善的目光里,他们诚然不是憎恶他,但这跟他的成功有很大关系。此外,整个宴会对他来说都是虚情假意。那位在科学方面有很大名气的堡里教授跟他大老粗的哥哥有什么共同兴趣?他们在同一个公司里?他到这儿来就是为了吃喝?那位署长呢?还有海军司令!这里肯定有一条无形的纽带,结实有力,把他们紧紧拴在一起!

大家兴高采烈,但笑声过于刺耳,大家谈笑风生,但语言过于刻薄;法尔克感到很压抑,他觉得,他父亲的脸正从挂在钢琴上方的肖像上愤怒地向下看着这帮人。

尼古劳斯·法尔克神采奕奕,他没有看到,也没有听到,有什么不愉快的事情,但是他尽量避免与弟弟的目光相遇。他们之间还没有说过一句话,因为按着列文的嘱咐,他在大家都到了以后再来。

宴会接近尾声。尼古劳斯讲话,他说"自身的力量和坚定的信念"能使人达到目标:"经济独立"和"社会地位"。"这一切结合起来,"讲话人说,"才能拥有自信和给人以坚强性格,没有这些我们将一无所能,不能服务于公众,它就是我们能够达到的最高目标,归根到底,诸位先生,那才是我们大家共同追求的!我为尊贵的客人光临敝舍干杯,希望诸位以后多多赏光!"

随后于伦博斯特中尉致答词,他已经喝得有点儿醉了,他的冗长而诙谐的讲话如果在另外一种气氛和另外一种场合肯定被称作奇谈怪论。

他表示反对时下盛行的惟利是图,他以玩笑的口气宣称,他当然不缺少自信,尽管他在很大程度上还未达到经济独立;他就是在今天上午遇到一件非常不愉快的事——但是他仍然拥有人格力量,还能来参加这个宴会,就社会地位而言,他认为自己不比任何人差——其他人也这么认为,正因为如此,他才有幸坐在这张桌子旁边,跟这家迷人的主人在一起!

当他讲话结束的时候,在场的人都松了一口气,"真像一片有雷雨的乌云过去了一样,"那位漂亮的女人对阿尔维德·法尔克说,后者很欣赏这种表述。

空气中有那么多谎言,那么多虚伪,法尔克感到喘不过气来,他想出去。他看到那些肯定非常高贵的人似乎都被无形的锁链拴着,他们不时地要挣开,愤怒地用嘴咬——对,于伦博斯特中尉就公开蔑视主人,尽管有些滑稽可笑。他在大厅里点燃一支雪茄,坐的姿态有失大雅,对女流不屑一顾。他往壁炉砖上吐唾液,对墙上挂的石版画胡乱点评,并把主人的红木家具说得一文不值。

阿尔维德·法尔克怀着愤怒和不满悄悄离开众宾客,走出去。乌勒·蒙塔努斯正站在大街上等着他。

"我真不敢相信你会来,"乌勒说,"上边灯火辉煌啊!"

"所以我才出来!我多么希望你也能参加呀!"

"啊,伦德尔有时候到上等人中间去!"

"不用羡慕他!如果他走画人物肖像画的路,他会有苦日子过!让我们谈点儿别的吧!我一直盼望着这个晚上,确实想从近处看一看工人!啊,经历了刚才的沉闷以后,我觉得会有新鲜空气来,到工人中间去对我来说就会像久卧医院病床之后突然来到森林里!我希望我的这种幻想不会破灭!"

"工人们多疑,所以你必须谨慎一点儿!"

"他们很高尚吧?不会是小肚鸡肠吧?还是压迫把他们毁了?"

"你等着瞧吧!这个世界跟你想象的大不一样!"

"啊,上帝保佑,是这样!"

半小时以后,他们就来到北极星工人联合会大厅,那里早已经坐满了人。法尔克的黑色燕尾服特别扎眼,他看到从那些阴沉的脸上向自己射来的不友好的目光。

乌勒把一位身材修长的工人介绍给法尔克,他不停地咳嗽,有一张易于激动的面孔:

"这是木匠埃里克松!"

"好哇,"这位木匠说,"又是一位想当议员的先生吧?不过我看这位先生长得还显得单薄一点儿!"

"不是,不是,"乌勒说,"他是为报纸采访来的!"

"哪家报纸?各种各样的报纸可多了!他到这儿来也是要拿我们开涮吧?"

"不,不是,"乌勒说,"他是一位工人之友,愿意为你们做一切!"

"好吧!那是另外一回事!但是我很害怕这类先生;我们旁边就住着一位这类记者,就是在白山的同一栋房子里;他是二房东——那混蛋叫斯特鲁维!"

槌子敲响了,大会主席的位子上坐着一位中年人。那是马车匠鲁夫格伦,市府委员和文学艺术奖章获得者。由于参与地方政府各种事务的管理,他已经练得圆滑老到,他的外表已经具备一种威严,能够平息各种风暴和吵嚷。一顶很大的法官帽子遮着他宽大的脸,两边长着胡须,戴一副眼镜。

他的旁边坐着秘书,法尔克一眼就认出他是总署一位光拿薪俸不干事的人。此君戴着夹鼻眼镜,表情卑俗,对几乎所有的事情都挑剔。在主席台下边的前排椅子上,坐着社会名流,文武官员和富商巨贾,他们强有力地支持所有拥护王权的法案,以绝对多数的力量否决任何改革计划。

秘书宣读纪要,被坐在第一排的与会者通过。随后提请审议第一项议案。

"调查委员会呼吁,北极星工人联合会考虑自身的利益,就像每一个有理智的公民一样,对于以罢工名义席卷整个欧洲的非法运动表示不能接受。"

"联合会认为……"

"对对对!"坐在第一排的人高声说。

"主席先生!"白山区来的那位木匠高声说。

"谁在那边乱喊乱叫!"主席问,并从眼镜下边往外看,那表情就像要掏出藤条打人。

"没有人乱喊乱叫,我是要求发言!"木匠说。

"你是谁?"

"木匠师傅埃里克松!"

"他是师傅吗?什么时候成了师傅!"

"我是科班出身,但是没钱领执照,不过我和其他人一样优秀,我自己单干!我敢这么说!"

"那就请科班出身的木匠埃里克松好好在下边坐着,别再乱喊乱叫。联合会认为这个议案可以通过了吧。"

"主席先生!"

"有什么问题?"

"我要求发言?听见了吗,先生!"埃里克松大声吼叫着。

"埃里克松有话要说,"后排的人嘟囔着。

"科班埃里克松——他的名字应该怎么拼写,是用'x'还是用'z'?"大会主席问,秘书给他指点。

坐在第一排的人一阵高声大笑。

"怎么拼写我不在乎,先生们,我要讨论问题!"木匠瞪着血红的眼睛说,"对,我要讨论问题!如果我有权利发言的话,我就要说罢工是正确的,因为工人的血汗把老板和领主养得肥肥的,他们除了忙于请客、吃饭和各种狗屁应酬,无事可做!不过我们很清楚,你们为什么不愿意付我们工钱;因为我们一旦有了钱,就可以获得国会选举权,而你们怕……"

"主席先生!"

"骑兵中尉冯·斯伯恩!"

"……我们很清楚,每当估税委员会看到税额达到一定程度的时候,就宣布降税。如果我有权利发表意见的话,我会讲出很多这类事,不过没什么用处……"

"骑兵中尉冯·斯伯恩!"

267

"主席先生,各位先生!在这样一个行为举止极为得体(最近在王室婚礼上)和享有盛名的人群里,有人竟不顾民主程序,肆无忌惮地对一个有很高威望的组织进行全面污蔑,大大出乎我的预料。相信我吧,各位先生,在我们从小就受到严格军事教育的国度是不应该发生这类事情……"

("……指普遍兵役制!"埃里克松对乌勒说。)

"……人们习惯规范自己和别人!我代表大家表示一个共同的愿望,此类破坏秩序的行动不应该再发生在我们中间……我告诉大家,因为我也是工人……我们大家在永恒的主面前都是工人……我是以这个工会理事的身份讲这番话的,几天前我在另一次大会上,啊,就是兵役之友全国联盟大会上,如果有一天我收回这些话,那将是我的死期!……我是这样说的:我高度尊重瑞典的工人!"

"乌啦!乌啦!乌啦!"

"联合会认为调查委员会的议案同意通过了吧?"

"同意!同意!"

第二个议案:"调查委员会提请联盟审议一项个人提案,在达尔斯兰公爵殿下施坚信礼之际,为表达瑞典工人对王室的感激之情,特别是为了表达对以法国首都巴黎公社的名义搞的工人动乱表示反对,建议集资捐款,总数不超过三千国币。"

"主席先生!"

"哈贝尔费特博士!"

"不对,要求发言的是我,埃里克松!"

"是么!好!埃里克松发言!"

"我想说明一下,搞巴黎公社的不是工人,而是官员、律师——军官,正是那些当兵的!……还有记者,是他们搞的巴黎公社!如果我有权利发表意见的话,我请求各位先生送一本施坚信礼相册来表达自己的感情!"

"联盟认为捐款的议案可以同意了吗?"

"同意!同意!"

随后写的写,校对的校对,聊天的聊天,跟议会里的情形完全一样。

"一向是这样吗?"法尔克问。

"先生认为这有趣吗?真是让人没办法。我管这些叫腐败和背叛。地道的自私自利和无耻;没有一个有良心的人想这样继续下去,因此一定要改一改!"

"改成什么样子呢?"

"我们等着看吧!"木匠一边说一边抓住乌勒的手。"你准备好了吗?"他接着说。"要挺直腰杆儿,因为你在这里会受到批评!"

乌勒狡猾地点了点头。

"装饰雕塑匠乌勒·蒙塔努斯作关于瑞典的报告,"主席说,"我觉得这个题目太大太泛,但是如果他答应把时间控制在半小时之内,我们可以听一听,你们觉得怎么样,各位先生?"

"好吧!"

"蒙塔努斯先生,请上台吧。"

乌勒抖了一下身体,就像狗一样,然后从人群中走出来,在众目睽睽之下跳上主席台。

主席开始和坐在第一排的人小声交谈;秘书打了个呵欠,然后拿起一张报纸,表示他对这类报告不感兴趣。

乌勒走上讲台,耷拉下大眼皮,咽了几口吐沫,以便让听众知道,他要开始讲话,这时候大厅里确实静了下来,静得能听见主席跟骑兵中尉谈话的内容,乌勒开始讲话。

"《论瑞典》,——几点拙见。"

他停了停。

"诸位先生!我们这个时代最富有成果的思想和得到最强有力的支持,是消除狭隘的民族主义情绪,它隔离不同的民族,使它们处于敌对状态,我们已经看到,为此目的使用了多种手段——如办世界博展会,授予名誉学位等,也有成效,这是无可争辩的事实!"

(大家用怀疑的目光互相看了看。"搞什么名堂?"埃里克松说,"太突然了,不然会很有意思!")

"瑞典民族在这方面一贯走在文明的前列,在很大程度上比任何其他开化的民族更知道使世界主义思想硕果累累,从手头上掌握的数字看,我们已经达到相当高的水平。我们在这方面得益于十分有利的条件,我想用很短的时间分析一下这些条件,然后过渡到较为浅显的方面,如管理形式、农家自行估税制度等等。"

("这个问题扯得太远了,"埃里克松一边说一边从旁边推了法尔克一下,"不过他很风趣!")

"瑞典,如我们早就知道的那样,起初是一个德国殖民地,一直延续到今天的语言是有十二种方言的平地德语。这给各省之间彼此交流带来很大困难,但对于抵制荒谬的民族概念的发展则是一件有力的武器。其他方面的好处是,抵制了德国单方面的影响,在梅克伦堡的阿尔布列特公爵统治时期,瑞典一度变成了并入德国的一个省。这方面我首先想到丹麦占领的几个省,斯科纳、哈兰德、布列京埃、布胡斯和达尔斯兰,瑞典这几个最富庶的省份住的是丹麦人,至今讲丹麦语,拒绝承认瑞典的统治。"

("我的耶稣,瞎扯到哪儿去了?他疯了吧?")

"比如斯科纳人,至今仍然把哥本哈根视为首都,斯科纳人在议会里构成反对党。与丹麦人住的哥德堡的关系也是如此,这个城市不承认斯德哥尔摩是瑞典王国的首都;然而英国人如今捷足先登在那里搞了一块殖民地。他们在海岸外边捕鱼,冬天在城里从事几乎所有方面的大型贸易,夏天的时候回苏格兰高地的家,享受聚敛的财宝。应该说这是一个非常讲究实际的民族!英国人还办了一家大型报纸,吹嘘自己的行动,却对其他民族的事情不闻不问。

"我们不能不注意时有发生的大量移民问题。在瑞典的芬兰森林区有芬兰人,但是在首都也有,他们移居到那里去不是因为本国的政治状况不佳。

"在我们较大的铁矿石开采区有很多十七世纪来的瓦龙人[①],他们至今仍然在讲自己蹩脚的法语。众所周知,有一个瓦龙人把一部瓦龙式的新宪法引进瑞典。瓦龙人优秀和富有尊严!"

("哎哟,扯到哪儿去啦——什么话呀!")

"在古斯塔夫·阿道尔夫时期,又来了很多苏格兰流浪汉,他们充当雇佣兵,因此他们也有机会进入骑士大厦!

"在东海岸地区,很多家庭仍然保持着自己的民族传统,他们是从利夫兰和其他斯拉夫省移民而来的,因此人们经常

---

① 指居住在比利时东南部讲瓦龙语的居民。

可以碰到纯粹的鞑靼人。

"我敢说,瑞典人在非民族主义文化方面走上了极为正确的道路!请你们打开《瑞典贵族族徽录》看一看,数一数你们看到的真正瑞典的姓氏。如果超过百分之二十五,你们就剩下我的鼻子,先生们!

"你们随便找一本《名人录》看一看;我自己曾经数过字母G打头的姓氏,四百人中有二百人是外国的。什么原因呢?原因很多,但最主要的是:外国人临朝当政和瑞典在战争中被征服。如果你们想一想,在瑞典的王位上坐过多少无能之辈,那么对于直到今天瑞典这个民族仍然对王权忠心耿耿会感到吃惊。其中一个根本原因,就是国王必须是外国人,这样就无条件导致一个结果——非民族主义化。其实这样做也不错!我坚信,这个国家在与其他民族交往中会占便宜,因为当一个民族一无所有的时候,何为损失呢。这个民族完全没有民族性,这是泰格纳尔一八一一年发现的,他在《斯维亚》一诗中狭隘地表示过遗憾,但是这时候已经晚了,由于穷兵黩武瑞典民族已经被毁掉了。在古斯塔夫二世·阿道尔夫时代,仅有一百万人口的国家,竟有七万有志向的男丁被征召和战死。卡尔十世和十一世时代有多少人战死,我说不上来,但是你们肯定知道,那些连当兵都不合格只能呆在家里的人,能传下来多少好后代!

"我回到我们刚才谈的民族性的话题。除了在市场上已经过剩的各种木材和铁矿以外,谁还能告诉我,我们瑞典还有哪些纯瑞典的东西!什么是我们的民谣?都是些法文、英文和德文罗曼斯,而且翻译得很糟糕,什么是我们的民族服装?它们已经消失了,我们觉得很可悲吧?它们不过是中世纪绅士们服装的一点儿残留物！早在古斯塔夫一世时期,达拉那男子就要求惩罚那些穿多开衩裤子和花衣服的人。那些五颜六色的宫廷服装,即勃艮第①服装,可能还没传到达拉那妇女身边！此后一定有了多种的花样翻新！

"请你们告诉我,有哪一首诗歌、艺术品和音乐作品是纯瑞典的,是有别于所有非瑞典的！请你们告诉我有哪一座瑞典建筑物！没有,即使有,要么很糟糕,要么是模仿外国的。

"如果我说瑞典民族是一个没有才华、高傲、奴性十足、嫉妒心强、小心眼儿和野蛮的民族的话,我相信,你们不会说我说得太过分吧！因此它会走向灭亡,大踏步走向死亡！"

（这时候大厅里一片混乱！有人在胡乱呼喊卡尔十二世的名字。）

"诸位先生,卡尔十二世已经死了,让他在下一个周祭之前好好安息吧！他是我们实行非民族化过程中应该感谢的主要人物,因此我请求诸位先生一起连呼四次万岁！诸位先生！卡尔十二世万岁！"

（"我请求大家遵守会场秩序！"主席高声说。）

"一个民族要想当诗人必须先向外国人学习,你们能够想象出还有比这个更大的耻辱吗？想想看,这类蠢牛在犁后边走了一千六百多年,愣没想起来作诗！但是后来卡尔十一世的宫廷里出了一个怪人,他毁掉了我们整个非民族化大业！过去大家用德文写诗,但是现在要用瑞典语写！因此我请求各位先生跟我一起这样高呼:打倒那只愚蠢的狗乔治·希恩

---

① 十五世纪法国勃艮第风格的服装在世界时装界居于主导地位,是华美服装的同义语。

273

叶尔姆①!"

("他叫什么?"——"爱德华·舍恩斯特罗姆!"主席用槌子敲桌子!全场群情激奋!"够了!打倒这个叛徒!他在拿我们开玩笑!")

"瑞典民族就会大喊大叫,互相争斗,我已经听到!因为我无法再讲政府和农户自行估税体制,我只想讲,今天晚上我听到各种无理取闹表明,实行专制统治②的时机已经成熟了,它随时都会出现!而你们将自食其果!相信我吧!你们将遭受专制统治!"

(有人从后边推了讲话人一下,话堵在嗓子眼里,他不得不抓住讲台,免得掉下去。)

"一个不知好歹的民族是不愿意听真理的……"

("把他轰出去!撕碎他!"乌勒从主席台上被推了下去,但是在最后一瞬间,尽管遭到拳打脚踢,他还是疯了似的高喊:"卡尔十二世万岁!打倒乔治·希恩叶尔姆!")

转眼间乌勒和法尔克就到了大街上。

"你怎么啦?"法尔克问,"你疯了吧!"

"对,我想我是疯了!这个稿子我已经读了近六个星期,应该说什么,我心里一清二楚,但是一上台,看着那么多眼睛,就全乱了套,我的全部论据就像建筑工地的脚手架一样塌下

---

① 乔治·希恩叶尔姆(1598—1672),瑞典诗人、学者,被称为瑞典诗歌之父。在希腊文和拉丁文中,诗韵是建立在长短音节有规则的变化基础之上,而在希恩叶尔姆创作的瑞典语诗歌中,诗韵建立在重读音节和非重读音节变化的基础上,这一规则构成了他在瑞典诗歌史上的巨大功绩。

② 指社会主义。

来,我感到脚下的大地在下沉,脑子一片空白!这下子全完了吧?"

"对,是够可以的,你要上报挨批评了!"

"对,真让人伤心!不过我觉得我把要讲的都讲清楚了!刺激他们一下也不错!"

"这有损于你的事业,你再也没机会干下去!"

乌勒叹了口气。

"我的老先生,这跟卡尔十二世有什么关系?这是整个讲话中最糟糕的地方!"

"不要问我!我什么也不知道!"

"你还热爱工人吗?"乌勒继续说。

"我对工人们被野心家引入歧途表示遗憾,但是我永远不会背叛他们的事业,因为他们的事业是最迫切的问题,而你们的整个政策与它相比便一文不值!"

乌勒和法尔克沿着街朝前走,又来到城里,走近位于小新街的那不勒斯咖啡馆。

时间在九点与十点之间,咖啡店近似空无一人。在靠近柜台的一张桌子旁边只坐着一位顾客。他正在为坐在旁边的一位做针线活儿的姑娘读一本书。气氛显得恬静、舒适,但给法尔克以强烈的刺激,因为他突然一惊,脸色马上变了。

"塞伦!好哇,你在这儿呢!晚上好贝达!"法尔克虚情假意地说,这种做法对他来说很陌生,同时拉住姑娘的手。

"啊呀,法尔克老兄!"塞伦说,"你老兄也找到这儿来啦!我还以为你在忙什么事,因为我们在红房间很少能见面了。"

法尔克和贝达交换了一下眼色。这位年轻的姑娘长得俏丽多姿,在这里当女招待实在有点儿屈才;她的脸秀气、文雅,略带忧伤;身材修长,线条挺拔而优美;眉角上扬,似乎要顶住天上飞来的横祸,但也能随机应变和潇洒自如。

"你怎么这样严肃啊!"她对法尔克说,并低头看了一下手中的针线活儿。

"我刚参加了一次严肃的会,"法尔克说,像姑娘一样脸红了,"你们在读什么?"

"我们在读《浮士德前言》。"塞伦说,并伸出手去抚摸贝达的针线活儿!

法尔克的脸立即阴沉下来。谈话变得别别扭扭。乌勒陷入沉思,似乎在想自杀的事。

法尔克要了一张《廉洁报》。他突然想起来,他忘了阅读一下对他诗作的评论。他翻开报纸,眼睛盯住第三版,他找到了要看的内容。评论不是客套,但也不是粗鲁的攻击,因为文章写得忠实和有趣。评论没有发现法尔克的诗比同时代其他人写得更好或者更坏,但是充满自我和空洞,作品只是描写诗人私事、不正当关系,或杜撰或写实,庸俗浅薄,没有忧国忧民大事。一点儿也不比英国的脂粉诗好,作者可能更愿意在书名前边加上自己的头像,那样就有插图了,等等。这些简单的道理给只读过《灰衣报》上斯特鲁维写的吹捧文章的法尔克留下了深刻的印象,他也读过《红帽报》出于个人的善意写的评论。他简单地说了几句告别的话,便站起来走了。

"你现在就走?"贝达问。

"对!我们明天能见面吗?"

"好,老地方!晚安!"

塞伦和乌勒也跟着出来了。

"一个很可爱的小妞。"当他们在街上默默地走了一会儿以后塞伦说。

"我请你说话时对她放尊重一点儿！"

"看来老兄爱上她啦？"

"对,我是爱上她了,我希望你原谅我！"

"没关系,我不会从中作梗！"

"我请求你不要把她想得太坏……"

"没有,我没有;她曾经在剧院里……"

"你怎么知道的！她可从来没跟我说过。"

"但是跟我说过！你可千万别相信这类小妖精！"

"呃,这也没什么不好的！一旦有可能,我就把她从这里带走;我们的交往仅仅限于早上八点钟去哈卡公园,到那里喝泉水。"

"这么纯洁！你们晚上从来没有出去吃饭喝酒？"

"我从来没有提出过这类不合理的要求,她也不会接受！你可能会笑话我;你愿意笑就笑吧;我仍然相信我爱的这个女人,她属于哪个阶级都没关系,过去有什么经历我都不在乎！她告诉过我,她的道路不是很纯洁,但是我发过誓,永远不问她过去的事情！"

"当真吗？"

"当然当真！"

"那是另外一回事！晚安,法尔克老兄！乌勒跟我去！"

"晚安！"

"可怜的法尔克,"塞伦对乌勒说,"现在他也进入遭受两边夹击的境地,但是没有办法,就像脱乳牙一样,不经过这个过程就不能成为男子汉！"

"这个姑娘怎么样？"乌勒问,他纯粹出于礼貌,因为他的

277

思想远在天边。

"从某些方面看她很不错,但法尔克太认真;只要她认为她能控制他,她也会假装认真,但是过一段时间以后,她就该厌烦了,不能保证,随着时间的流逝,她不会从其他地方寻求消遣。唉,你们都不会处理这类事情,做事不能优柔寡断,该出手就得出手,不然别人就插进来了。你从来没有过这类事吗,乌勒?"

"我在农村的时候,跟我们家的女仆生过一个孩子,所以我被父亲从家里赶了出来!从此以后,我就不再答理她们!"

"这倒不复杂,不复杂!但是你要知道,如果被欺骗,那滋味可就难受了;哎哟!哎哟!哎哟!你要想玩这种游戏,就要把神经绷得紧紧的,就像小提琴的弦!我们等着瞧法尔克这步棋怎么走,有些人把这类事看得太重情,真愚蠢!好啦,门开着!请进吧,乌勒;不过请你原谅我的老保姆斯达娃,她不会抖鸭绒被,她的手指发僵,你看被子有点儿硌人。"

他们走上台阶,站在那里。

"请进吧,请进吧!"塞伦说,"看来斯达娃开过窗子了,或者擦过地板了,我觉得还有点儿水气。"

"你在开玩笑,连地板都没有,还谈得上擦。"

"真的没有地板?那是另外一回事!地板跑哪儿去了?可能当柴烧了吧?呃,没地板也好!我们可以直接睡在大地母亲身上,或者石子上,不管叫什么吧!"

他们铺了几块画布和旧画,穿着衣服躺在上面,拿一个纸袋当枕头。乌勒划着火柴,从裤兜里掏出一支蜡烛,点上以后放在地上,微弱的烛光在空荡荡的照相馆里摇曳着,好像在竭力抵挡从几扇大窗子冲进来的浓重的黑暗。

"晚上真冷。"乌勒说,并拿出一本封面很脏的书。

"冷?不冷!外边才二十度,那屋里至少有三十度,因为我们住的地方高。你觉得有几点钟了?"

"我好像听见约汉尼斯教堂的钟刚刚打过一点。"

"约汉尼斯教堂?他们没有钟!他们很穷,有钟他们也卖掉了。"

长时间的沉默,还是塞伦先开口。

"你在读什么,乌勒?"

"没读什么!"

"没读什么?你这位客人一点儿都不讲礼貌。"

"是一本我从伊格贝里手中借来的旧菜谱!"

"啊,他妈的,真的?那我们可以读一读,今天我只喝了一杯咖啡和三杯水。"

"你想听什么呢?"乌勒一边问一边打开书,"你想听一道鱼菜吧?你知道什么是蛋黄酱肉冻吗?"

"蛋黄酱肉冻?不知道,不知道!读一读吧!一定很有意思!"

"你听着!'第一三九,蛋黄酱肉冻。黄油、面粉和少许英式芥末混在一起,加入肉汤搅拌,放入锅中煮,再放入几个蛋黄搅拌,放凉以后再吃。'"

"不行,他妈的,这么一点儿东西吃不饱啊……"

"啊,还没有完呢。'少许食用油、醋,少许奶油和白胡椒。'啊,我看吃这点儿东西不管用。给你来点儿实惠的吧。"

"翻到五香碎肉,这是我最爱吃的!"

"不行啦,我没力气再读了,饶了我吧。"

"不行,你一定要读下去!"

"不行,让我安静一会儿吧!"

屋里又静了下来,随后熄灭了蜡烛,屋里一片漆黑。

"晚安,乌勒;请你盖好,别冻着。"

"我拿什么盖呢?"

"啊,我也不知道。你不觉得这样生活很有趣吗?"

"我不知道,人冻成这个样子为什么不结束自己的生命呢?"

"这绝对不行!我认为,看看将来的变化是很有意思的。"

"你有父母吗,塞伦?"

"没有,我是私生子;你呢?"

"有,不过跟没有一个样!"

"你应该感谢他们的关怀,乌勒,人应该永远知恩图报——尽管我不十分清楚这会有什么用处。大概应该这样!"

屋里又一阵沉默;这次是乌勒先开口。

"你睡着了吗?"

"没有,我正在想古斯塔夫·阿道尔夫的塑像;你相信……"

"你不冷吗?"

"冷?这儿很暖和!"

"我的右脚都冻木了。"

"盖上颜料箱,塞上画笔,这样就会好一点儿。"

"你相信还有人像我们这样艰难吗?"

"艰难?我们头上有屋顶,这还算艰难!美术学院有很多教授,头戴三角帽,拿着佩剑,过得更糟糕。伦德斯特罗姆教授在霍梅尔公园露天剧场里四月份在那里睡了半个月！我觉得真有个性！他一个人占用整个左监视窗,据他说,夜里一点钟以后没有一个空位子;冬天一直不错,但夏天却很糟糕。祝你晚安,我要睡着了!"

塞伦打起了呼噜。但是乌勒站起来,在地上徘徊,直到东方发白,这时候白天可怜他,奉送黑夜欠他的安息。

第二十五章　最后一招棋

冬天对于不幸的人来说过得太慢,而对于幸运的人来说又太快。春天使人们盼望阳光和绿色的希望破灭,而夏天之短好像是秋天的前奏。

五月的一个早晨,《工人旗帜报》编辑部记者阿尔维德·法尔克顶着烈日来到船桥码头,看着各种船只装货和离港。他的外表已经不像过去那么讲究,黑头发也不再时尚,胡子长得像亨利四世,这使他消瘦的脸显得近乎野蛮。他的双眼燃烧着失意的火焰,通常只有盲信主义者或醉汉才有这种表情。他的样子好像在挑选船只,但一时又拿不定主意。长时间的犹豫以后,他走到一个推着小推车往船上运货的水手跟前。他很有礼貌地脱下帽子。

"请问先生这条大船到哪儿去?"他不好意思地说,尽管他自己认为语腔够勇敢的了。

"大船?我没有看到什么大船!"

周围人一阵大笑。

"但是如果先生想知道这只双桅帆船开向哪里,请看那边的告示!"

法尔克感到很尴尬,但还是鼓起勇气,继续高声说:

"对于一个很有礼貌的问题,难道您不能客气一点儿回答吗?"

"您?你给我滚蛋,别在这儿跟我瞎吵吵!——你小心点儿挨抽!"

谈话结束了,法尔克终于下了决心。他转身往回走,穿过一条小街,走过商人广场,拐进辛德斯迪街。他在一栋很脏的房子门前停下来。他又犹豫起来,优柔寡断的性格就是改不掉。这时候跑过来一个对眼的小男孩,衣服破破烂烂,手里拿着很长的校样。他在经过法尔克身边的时候,被一把拉住。

"主编在上面吗?"他问。

"在,他七点就来了。"男孩喘着粗气回答。

"他问过我吗?"

"当然,问过好几次!"

"他生气了吧?"

"那还用说!大发脾气。"

男孩像箭一样跑上台阶!法尔克紧跟其后,走进编辑部。这是一间很小的房子,两个窗子对着阴沉沉的大街,每个窗子前边放着一张没上油漆的白茬桌子,上面放着纸、笔、报纸、剪刀和胶水瓶子。

其中一张桌子旁边坐着老朋友伊格贝里,他穿着一件破烂的黑色大衣,正在念校样,另一张桌子是法尔克的,坐着一位先生,他身着衬衣,头戴一顶巴黎公社崇拜者喜欢戴的黑色绸帽。他满脸红胡子,身材矮胖粗壮,一看就知道是工人。当法尔克进来时,这位巴黎公社崇拜者桌子底下的腿激烈地动了一下,挽起衬衣的袖子,露出由一个船锚和一个英文字母 R 组成的蓝色文身。随后拿起一把剪刀,朝一张晨报头版插进去,剪了一下,并背对着迟到的法尔克粗声粗气地说:

"先生到哪去了?"

"我病了。"法尔克回答,他自己认为口气很硬,但是后来伊格贝里证实口气很温和。

"谎话,先生去外边喝酒去啦!我昨天晚上看见您坐在那不勒斯咖啡店!"

"去了又怎么样呢……"

"您愿意去哪儿就去哪儿,但是按着协议您得准时来这里上班!现在已经是八点过一刻了!我知道,那些在大学混过的先生们以为他们满肚子学问,可以不遵守规章制度!上班迟到还有理啦!让老板坐在这儿替自己干活儿,难道先生像个无赖吗?呃!如今世道变了,这我看到了!工人要欺负师傅,即老板,受压迫的是资本家了!就是这个样子!"

"总编什么时候有了这些观点?"

"什么时候?现在!先生,就是此时此刻!我希望现在有了这些观点也不错!不过我也明白了另外一件事!先生是一个无能之辈,连瑞典语也不会写!请看这里!这是什么东西!请您读一读!'我们希望明年应征入伍的所有的……'真是蝎子拉屎独一份!'所有的人'……"

"对,没问题!"法尔克说。

"对吗?先生真会瞎编!在日常口语中'所有的人'要变成宾格……"

"对,如果'他们'做宾语的话……"

"算啦,别咬文嚼字了,没有人这么用!先生别跟我废话了!还有,先生在写'应征入伍'这个词时,少写一个字母,尽管读音时是这样!现在别说了!究竟怎么读音,是读一个字母,还是读两个字母……?现在就回答!"

"当然读……"

"也就是说读一个字母,因为不可能读出两个字母!看来是我愚蠢,我似乎不会讲瑞典语!不过我已经改过了!看吧,不动了,要改下次再说!"

他大喊一声,从椅子上站起来,啪地打了送校样的男孩子一个耳光。

"好哇,大白天坐在这里睡觉,你这个坏蛋!我一定要让你清醒清醒!你还没有活到不能打的年龄!"

他抓住孩子的腰带,把他摔到还没有卖出去的报纸上,解下身上的腰带就抽他。

"我没睡觉,我没睡觉,我只是闭一下眼!"男孩痛得叫喊着。

"好哇,你还嘴硬!现在学会撒谎啦,不过我要教他学会讲实话。睡觉了,还是没睡觉?说真话,不然没你的好儿!"

"我没睡!"那位不幸的男孩结结巴巴地说,他过于年轻和天真,不知道先说个谎话,躲过皮肉之苦。

"好哇,你还嘴硬!真是个老油条!撒起谎来有鼻子有眼儿。"

正当他要进一步惩罚那个坚持真理的孩子时,法尔克站起来,走到主编跟前,严正地说:

"不要打孩子,我看到他没有睡觉!"

"啊,你们听见了吧!对我来说这是一个怪家伙!'不要,打,孩子!'谁用这副腔调儿说话!我好像听到一只苍蝇在耳边嗡嗡地飞!我可能听错了吧!但愿如此!上帝保佑,但愿如此!伊格贝里先生!先生是一个公正的人!先生没有进过大学!喂,先生眼下看到我像抓一条鱼一样抓住这孩子

285

的裤带,您看到他睡觉没有?"

"如果他没有睡觉,"伊格贝里从容而幽默地说,"他也正准备睡觉!"

"回答得很对!伊格贝里先生,请你抓住这根裤带,我拿棍子好好教训一下这小东西,好让他讲实话!"

"先生没有权利打他,"法尔克说,"你再动他一下,我就开窗子叫警察。"

"我是这儿的主人,我有权打学徒!他现在是学徒,以后要进编辑部!他会当编辑的,尽管有些受过高等教育的人不相信,我们没他们的帮助也可以编报纸!你听着,古斯塔夫,你难道学不会干报纸这一行吗?呃!马上回答,讲真话,否则……!"

门开了,伸进来一个脑袋——这是一个不同寻常的脑袋,在这个地方看到它大大出乎意料,但是这是一个非常熟悉的脑袋,因为它已经被刻画过五次。

然而那个毫无意义的脑袋对主编却有那么大的影响力,他赶紧穿上大衣,重新系好腰带,他鞠的躬和露出的笑脸证明他这方面训练有素。

国务活动家问,主编是否有时间,在做了满意的回答以后,原来戴在头上的那顶巴黎公社式的帽子摘掉了,最后那点儿工人的痕迹消失了。

两位先生走进主编的私人房间,门随手被关上。

"我怀疑伯爵这时候来这里干什么?"伊格贝里一边说一边大模大样地坐在椅子上,那表情就像一位小学生看到老师走了一样。

"我一点儿也不怀疑,"法尔克说,"因为现在我已经很清楚,他是一个小丑,主编是一个小丑,但是令我不解的是,你怎么从一个草包变成了一只任人摆布的可耻走狗。"

"你别太激动好不好,我的老兄!——你昨天夜里参加国会的全体会议了吗?"

"没有!我认为国会毫无意义,仅仅为了私利在那里争吵。特利顿公司的糟糕买卖怎么样了?"

"经过投票共同决定,考虑到这是一家具有爱国主义思想的大型民族企业,国家将接过股票,但公司将关闭……或者说宣布破产!"

"这就是说——地基塌陷了,国家在底下撑着房子,以便董事会的人有时间逃命!"

"你更愿意看到所有的小……"

"我知道你要说什么,我知道!所有的小股民——对吧,我更愿意看到,他们用自己小小的资本从事劳动,而不愿意看到他们去放高利贷,躺着不干活儿,但是我更愿意看到骗子们进监狱,不再鼓励建立骗人的公司。还美其名曰政治经济。呸!还有一件事!你不是一直惦记着我的位置么!让给你吧!你不用再坐在那个角落里恶狠狠地看着我,因为你要为我修修补补看校样。我有很多文章放在那只自由走狗手里,没有出版,我很鄙视他,我不想坐在这里,继续编一些强盗之类的骗人故事。《红帽报》太保守,而《工人旗帜报》又太龌龊!"

"啊,很不错,你放弃了幻想,变得理智了。进《灰衣报》吧,你在那里会有前途!"

"我放弃了被压迫者的事业能掌握在好人手里的幻想,我相信,告诉公众什么是舆论,特别是出版业以及消息来源是一件伟大的任务,但是被压迫者的事业我永远不会放弃!"

主编房间的门又开了,主编走了出来。他站在地板中央,用极为做作甚至可以说是很礼貌的语气说:

"我不在的时候,法院院长能否照看一下编辑部的事务——我有要事,必须离开一天。日常琐事,由法务助理帮助处理。伯爵先生还要在我的房间呆一会儿——如果伯爵先生有什么要求,希望先生们尽心帮助。"

"不客气,没什么要帮助的。"伯爵在屋里说,他正坐在那里低着头看写好的一篇稿子。

主编走了,很奇怪,大约两分钟以后伯爵也走了,或者是因为他避免与《工人旗帜报》主编一起走而故意拖一段时间。

"你敢肯定他们是一块儿到哪儿去?"伊格贝里问。

"我希望是这样!"法尔克说。

"我要去僧人桥,看夫人们买东西。顺便问一句,你后来见过贝达吗?"

"后来?"

"对,就是她离开那不勒斯去卖身以后。"

"你怎么知道的?"

"你要尽量冷静一点儿,法尔克! 不然会永远碰壁!"

"对,我必须很快冷静下来,不然我要发疯了! 想一想我爱的那个可爱的女人吧,唉呀! 她对我进行可耻的欺骗! 她拒绝了我,却跟那个卖食品的胖家伙去了! 你知道她怎么回答吗? 她说,这证明她爱我爱得非常纯洁!"

"这是一件辩证主义的杰作! 她说得对,因为前提是非常正确的! 她至今还爱你吧?"

"她至少还在折磨我!"

"而你呢?"

"我别提多恨她了,但是我害怕她接近我。"

"这就是:你仍然爱她!"

"让我们换个话题吧!"

"你一定要冷静,法尔克!你看我!现在我要出去晒太阳;人活一天就要享受一天。古斯塔夫,如果你愿意,你可以到德国井附近去玩抓石子,可以玩一个小时。"

屋里只剩下法尔克一个人。太阳照在对面陡峭屋顶上,把这间屋子也烤热了;他打开窗子朝外看,想吸几口新鲜空气,但立即闻到地沟里冒出来的臭气;他把目光移向右边,看到被称作辛德斯迪街和德国坡的两条窄窄的街,再极目远望,看到一只蒸汽船,梅拉伦湖水波粼粼,辛那尔维克山缝里已经长出点点新绿。他想到坐这条船去度夏的人们,他们在碧波中游泳,眺望绿色的大地。但是这时候楼下的白铁匠开始加工东西,铁锤把房子和窗上的玻璃震得摇晃起来。两三辆臭气冲天的清洁车隆隆而过,从对面街上的酒馆里冒出烧酒、软饮料、锯末和杉树枝的浓烈气味儿。他把头从外边缩回来,坐在自己的桌子旁边;他眼前放着几百份准备剪的地方报纸。他脱掉套袖,开始审稿;报纸散发着油墨味儿,一碰就弄得满处是黑——这是他最深刻的印象;他认为有价值的材料却不能剪,因为他要考虑自己报纸的内容特点。如果某个工厂的工人送给老板一个银制鼻烟壶,他就立即剪下来,但是如果一个领主给工人基金赠五百国币,他就放过去。如果哈兰德省公爵捐了一台打桩机,而特莱隆德督察就此写了一首诗,他就把消息连同诗一起剪下来,"因为这类东西人们喜欢看";如果他再加几句俏皮话,那就更好了。另外还有些剪贴原则:所有赞扬记者和体力劳动者的消息,或者是他们写的消息都要剪,所有责骂牧师、军人、大商人(不是小商人)、院士、大作家和法官的消息都要剪。此外,他每周至少一次攻击皇家话剧院董事会,并且以"道德和风尚"的名义敲打一下那些专演轻浮歌剧的小剧团,因为主编发现,工人们对这类剧目不感兴趣。每月一次攻击(和谴责!)市长浪费,还经常借机攻击政府的形式,但不能攻击政府;批评国会议员和某些国务委员的文章,要经主编严格审查——这些人是谁——保密,主编自己也不知道——这取决于市场行情,只有报纸的秘密发行人才能做出判断。

法尔克用剪刀剪,用胶水贴,其中一只手弄得很黑,胶水散发出呛人的气味,阳光灼热,那棵像骆驼一样耐渴的仙人掌遭到一个愤怒的钢笔尖无端的戳杀。它奄奄一息的样子使人产生了沙漠中才有的可怕的生灵印象;它满身是被戳的黑点儿,叶子就像从干涸的土壤里冒出来的薄薄的驴耳朵。类似的想法一定传染给了百无聊赖的法尔克,在他后悔之前,已经把那些驴耳垂状的叶子剪了个精光。随后,可能是因为良心发现,也可能是无事生非,他把胶水涂在各个伤口上,看着太阳把它们晒干;随后想了半天,他到底去何处吃午饭,因为他已经步入歧途——或者说干起了"可耻的勾当";他点燃装着"黑船锚"牌烟丝的烟斗,让呛人的烟气上升,沐浴在很快就会消失的阳光里;这使他对祖国——可怜的瑞典产生了一些亲近感,在被称之为期刊的日报、周刊、半年刊中都用"可怜的瑞典"这个词,人们也相信是这样。转眼间仿佛又冒出来,它像熟皮子人那样用长钩子把他按下去,按到熟皮子用的脏桶里,他在那里发酵变软,然后用刀刮掉他的皮,使他变得和其他人一样。而他不再感到受良心的责备,不再为碌碌为无的生活而懊悔,他只是感到自己在做出有益的事情之前,在年轻的时候就应该死去——精神死亡,感到自己应该像一根无用的草秆或树枝被扔进火里烧掉!

德国教堂传来十一点的钟声,同时响起钟乐《天堂美》和《生命是一朵浪花》;大概出于同一想法,废墟场附近有一架街头管风琴奏起了《在美丽的蓝色多瑙河上》;这么多音乐同时奏起一下子激起了白铁匠新活力,他以双倍的激情捶打他的薄铁板;这些响声使法尔克没有听见有两个人开门进来,一个人又高又瘦,鹰钩鼻子,稍微弯曲的长发一直耷拉到脸上,另一个又矮又胖,脸上的汗水闪闪发亮,特别像希伯来人认为最脏的那种动物。从他们的外表可以看出他们的职业,既不是脑力劳动,也不是体力劳动,这种琢磨不定的情况表明,他们有不规律的工作和生活方式。

"喂!"那个高个子小声说,"就你一个人?"

法尔克对这两位不速之客既显得高兴又显得讨厌。

"就我一个人,红胡子有事出差了——"

"那好!跟我们一起去吃点儿饭吧。"

法尔克对此找不出理由拒绝,他关上办公室的门,跟着他们俩来到位于东长街的明星地下室酒馆,在一个较暗的角落里坐下。

"哎哟——烧酒!"那个胖子说,他暗淡的双眼对着烧酒瓶突然发出了亮光。

但是作为陪客的法尔克跟他们出来主要是为了散散心,并不在意吃什么喝什么。

"我已经好久不开心了!"他说。

"吃一个青鱼三明治!"高个子说,"我们要里丁牌香草奶酪——喂!堂倌!——布鲁姆贝里的咖啡!"

"你们给我出个好主意吧,"法尔克又一次说,"我再也受不了红胡子的气了,我一定得找……"

"喂!堂倌!贝里曼烤炉面包!——喝呀,法尔克,别坐在这儿说废话!"

法尔克灰心了,他不再想方设法寻求医治自己精神痛苦的良药,但是他却试图寻求另一条不同寻常的道路。

"你不是说喝酒吗?愿意奉陪!"

酒像毒药一样流进他的血管里,因为他很不习惯上午喝烈性酒;但是饭菜的香味儿,苍蝇嗡嗡声,放在油腻、肮脏的作料柜旁边那个半腐烂的花环发出的异味儿,使他产生了一种奇妙的快感。甚至他不三不四的同伴的破烂衣服、肮脏的大衣和蓬乱的头发与他颓废的心境产生的协调,也使他极为兴奋。

"我们昨天到动物园旁边的酒馆喝了个痛快。"那个胖子对于已经过去的享受还念念不忘。

相反,法尔克心不在焉,什么也没说。

"过一个自由自在的上午难道不开心吗?"那个高个子说,他好像在引他说话。

"好,很开心。"法尔克一边说一边朝窗外看,似乎要把这自由自在与窗外的景物比较一下,但是他只看到后院的一个云梯和一个垃圾箱,夏季的天空只洒向那里微弱的余光。

"我们现在喝第二杯吧!好啊——好!——特利顿公司怎么样啦?哈哈哈哈!"

"你不要笑,"法尔克说,"很多可怜的小股民都遭了殃!"

"谁可怜！资本家可怜？你觉得那些不劳动而只靠利息活着的人可怜吗？不，我的小伙子，你仍然有偏见！伯尔克廷流传这样一个故事，一位批发商赠给伯利恒儿童福利院二万国币股票，他因此得了瓦萨奖章；但是特利顿股票是与债务联保的，所以福利院因此破产。是不是很有意思！最后的资产只有二十五个摇篮和一幅不知名画家画的油画！真有意思！那幅油画只值五国币！有意思没有？哈哈哈哈！"

法尔克听了这件事心里感到很不是滋味儿，他比其他人更了解此事。

"喂，你看到过《红帽报》上揭露舒恩斯特罗姆那个小丑的文章了吗？那个家伙去年圣诞节出版了几首烂诗！"那个胖子说，"总算读到了对这个草包说的一句真话，真不错！我在《蝰蛇报》上敲过他几次，啪啪的真过瘾！"

"啊，不过你对他有点儿不公平；他的诗还不错。"那个高个子说。

"不错？那些诗比我在《灰衣报》上遭批评的诗差远了——你不记得啦！"

"顺便问一问，法尔克。你没去过动物园剧场吗？"高个子问。

"没有！"

"太可惜了！"

"那里是隆德霍尔姆恶棍盘踞的地方。他是一个坏蛋，相信我吧，没错！他一张票都不送给《蝰蛇报》，昨天我们到他那里去，被他赶出来了！他会有苦头吃！请你整一整这条狗吧！这儿有纸有铅笔！现在我写《戏剧与音乐》；你写《动物园剧场》！"

"但是,我从来没见过他们那伙人呀!"

"他妈的,那有什么关系!你难道没写过你没见过的东西吗?"

"没有,从来没有;我揭露过坏蛋,但从来不伤害无辜,他那帮人我不认识。"

"啊,他们很坏!一群无赖!"那个胖子附和着说,"磨尖你的笔锋,使足了劲儿从后边刺他!"

"为什么你们自己不刺他?"法尔克问。

"因为排字工人认识我们的笔体,他们晚上经常在那里演群众角色。另外,隆德霍尔姆是一条粗野的汉子,他会跑到编辑部大吵大闹,那时候就可以当面鼓对面锣,这是客观的舆论反应。好啦,你现在写剧场的事,我写音乐的事。这星期拉都果德高地教堂开过一次音乐会。那个音乐家是叫陶布力吧?哪个'力'?"

"不对,是'里'!"那个胖子回答,"只要记住他是男高音,他唱的是《圣母哀歌》就行了!"

"怎么拼写?"

"查一查就知道了。"那位《蝰蛇报》胖主编说,并从煤气柜子里拿出一摞脏兮兮的报纸来。

"你要的东西都在上面,我相信里边有一篇评论。"

法尔克不禁笑起来。

"广告和评论怎么可能登在同一天报纸上呢?"

"一向是这样!不过评论那个法国笨蛋我用不着看!——你快去写你的文学评论,胖子。"

"出版商还要给《蝰蛇报》送书吗?"法尔克问。

"你疯了吗?"

"为了评论这些书还要自己掏钱去买,有瘾?"

"买?——笨蛋!现在喝第三杯吧,高兴点儿,呆会儿给你一块炸肉排!"

"你们要评论的书都没读过吧?"

"谁相信你有时间读书?难道评论它们还不够吗!读一读报纸就够了!另外,我们评论所有的人都是这个原则!"

"啊,不过这是一个愚蠢的原则。"

"不对!这个办法可以把作家所有的敌人和嫉妒者争取过来——这样我们就成了多数。中间的读者更喜欢看批评别人的文章,而不喜欢看颂扬别人的文章!这对于无名之辈也是启示和安慰,让他们知道成名之路布满荆棘!对不对!"

"啊,不过怎么能用这种办法对待人的命运呢!"

"唉,这对老少都一样,我年轻的时候除了挨批以外,没有得到过一句好话!"

"啊,不过这样做会误导公众舆论呀!"

"公众没有什么舆论,公众只想满足自己的愿望!如果我颂扬你的敌人,你就会立即跳起来,说我缺乏判断力;如果我颂扬你的朋友,你就会说我有判断力!请你把最近上演的那部话剧拉下马,胖子,就是最近报纸上提到的那部!"

"你敢保证上演了吗?"

"敢,上帝保佑!你什么时候都可以说它'缺少情节',这是观众常说的,你还可以挖苦他'漂亮的语言';这是一句口头禅,表面看是赞扬,其实是贬低;你可以攻击挑选这个剧目的经理;你还可以说剧本的'道德成分'值得怀疑——因为这方面说什么都行;但是千万不能谈表演方面的事,可以说'因为篇幅有限,只得留待下次再谈',不然你会露出马脚,因为你根本没看过这部该死的剧。"

"是哪个不幸的作家写的这部剧?"

"现在还不知道!"

"想想看,如果他的父母、兄弟姐妹偶然读到了这些极不公正的东西,他们会多么难过呀。"

"唉,这与《蝰蛇报》有何相干?还有,他肯定想阅读批评自己敌人的评论,肯定是这样,他们都知道《蝰蛇报》经常刊登的内容。"

"那么你们还有良心吗?"

"难道那些养活我们的公众——'尊贵的公众'没有良心!你真的相信,如果他们不支持我们,我们能够生存下去吗?你想听一听我写的文学现状的文章吗?你会觉得还不错,我带着校样!不过我们先来点儿啤酒吧!堂倌!哎呀呀!——注意,听我念,如果你愿意,可以拿去用!——"

"在瑞典诗歌创作领域里,很长时间没有这种凄凄惨惨的呻吟;一种哼哼唧唧的哀鸣;五尺男儿听起来就像三月叫春的猫。他们的本意是想引起世界的注意,别的办法想不出来,又不敢再用贫血、线样肥大和肺痨,因为这些东西太过时了。他们的样子就像酿造厂里的马,脊背宽大,脸色红润得像搬运酒桶的杂工。他们哀叹女人的不忠,但是他除了花钱找妓女没试过其他的办法;那个写'没有金钱而只有诗赋'的人是一个骗子,他每年有五千国币的利息,还有瑞典文学院院士宝座的世袭权。还有一个不诚实的讽刺家,他愤世嫉俗,有着肮脏的灵魂,但开口便是神圣这类的词。这些人的诗一点儿也不比三十年前牧师公馆里的女人们弹出的小曲好;他们只配写二十个厄尔一寸的诗稿当包糖纸用,用不着让出版商、印刷厂和评论家劳神费力地把他们弄成诗人。他们写的都是什么东西！什么都不是，就是他们自己！说来说去都是关于自己不合适，但是写来写去都是关于自己就合适吗？他们在抱怨什么？无非是自己没有取得成功的能力！功不成，名不就！就这么一个词！如果他们有一丝一毫的兴趣写一写关于别人的思想，关于时代，关于社会；如果他们哪怕只有一次为苦难的人鸣不平，他们的罪恶也是可以原谅的，但是他们没有；因此他们是有响声的矿石——不，是一块乱响的废铁，一个破裂的小丑铃铛——因为他们除了对下一版比尤斯坦①著的文学史、瑞典文学院和自己以外，对其他东西没有任何爱心！"——"太尖刻了吧？呃？"

"我认为不公正。"法尔克说。

"我认为写得很深刻，"那个胖子说，"你必须承认，写得还是不错的。难道不是吗？大个子那支笔，能够戳穿一切厚皮。"

"都给我闭嘴，小子们，快写，写好了给你们咖啡和白兰地喝！"

法尔克感到非常需要吸一点儿新鲜空气；他打开朝院子开的窗子，但那是一个很深很暗的小院子，他感到自己好像置身于一个墓穴中，他抬头朝上看，只能看到一个四方块的天，他坐在墓底，周围充满烧酒和饭菜的味道，他举杯祭奠自己的青春、业绩和荣誉；他试图闻一闻餐桌上放的紫丁香，但是它们散发出的只是腐烂的臭味儿，他再一次朝窗外看，想看到一些不使他恶心的东西，但是只看到一个新刷过油漆的垃圾箱，

---

① A.H.比尤斯坦(1825—1866)，瑞典教科书作家和诗人，办过报纸。

它像棺材一样停在那里,里边装满破破烂烂的废弃物;他让自己的思想沿着云梯向上爬,试图摆脱地上的臭气和邪恶而上升到蔚蓝的天空,但是那里没有天使飞翔,看不到任何友善的面孔,有的只是虚无的蓝天。

法尔克握住笔,刚要写"剧院"这个标题,一只强有力的手抓住他的胳膊,一个坚定的声音说:

"走,我有话对你说!"

法尔克一抬头,羞愧难当;堡里站在他身边,那样子绝无松手的意思。

"让我介绍一下……"法尔克刚一开口。

"不,你用不着介绍,"堡里打断他的话,"我不想认识什么酒肉记者。跟我走就是啦!"

他不由分说地把法尔克拉到门口。

"你帽子呢!好啦!走吧!"

他们来到大街上。堡里一直用胳膊挟着他的手,把他领到铁匠广场;他把他拉进一家航海用品店,买了一双航海鞋,然后又拉着他穿过大水坝来到市花园港;那里停着一只单桅帆船,随时准备起航;船上坐着年轻的列维,他一边读拉丁文语法,一边吃三明治。

"就在这儿,"堡里说,"你看,这只船叫尤丽娅,名字很难听,不过航行起来很不错,在特利顿公司保了险;这儿坐着船的主人犹太小子以撒,正在读拉贝的语法书——这个弱智想上大学,现在你是他夏天的家庭教师,我们马上去尼姆德岛避暑,大家都上船!别讲价钱!——准备好了吗——开船!"

第二十六章　书信往来

堡里学士致记者斯特鲁维的信

造谣惑众的老记者！

　　跟我预料的一模一样，不管是你还是列文都没有付我们从鞋匠银行借的款，我只好把从建筑老板银行搞到的新借据寄去。多余的钱一定要平分，我那份通过船寄到达拉岛，我到那里去取。

　　法尔克兄弟在我的护理下已经度过了一个月，我相信他正在恢复之中。你记得，他在乌勒讲演以后不久离开了我们，他不利用自己哥哥的关系，却进《工人旗帜报》，他在那里遭虐待，每月只有五十国币的工资。辛德斯迪街上的自由空气使他道德沦丧，因为他开始疏远好人，衣服穿得破破烂烂。然而在此期间，我通过贱丫头贝达监视他——你知道——当我发现让他与那些巴黎公社同情者断绝关系的时机成熟时，我把他带走了。我是从明星地下室酒馆把他带走的，当时他正和两个造谣惑众的记者一起大吃大喝——我当然知道他们也正在写什么东西！他被我带走时的精神状况用他们的话说叫忧伤。如你所知，我用绝对冷漠的眼光看待人；我把他们看作是地质标本,是矿石,一些物质在一定条件下形成结晶体,其他物质则不成;为什么会这样,这取决于规律和条件,面对这些情况,我们应该保持常态;我对石灰石没有石英石那么坚硬并不感到忧伤;因此我也不可能把法尔克的状态称之为忧伤;这是他性格(你们说心地)加环境的产物,这是他性格带来的必然结果。然而他当时确实有点儿"消沉"。我把他带到船上,他一直都很顺从。但是就在我们离岸起航的时候,他一回头看见贝达站在岸上,我相信她是自己来的,她站在那里挥手。这时候这小子疯了,使劲叫着,要回岸上去,并威胁说要跳海。我抓住他的胳膊,把他推进船舱里,随后把门锁上。我们经过瓦克斯岛的时候,我顺便到邮局寄了两封信,一封寄给《工人旗帜报》主编,对法尔克的不辞而别表示歉意,一封给他的女房东,请她把他的衣服邮寄来。不管怎么说他的情绪还是稳定下来了,当他看到大海和群岛时,他真的动情了,说了一大堆废话,什么他从来不相信还能看到上帝的(!)青山绿水等等。但是他马上又受到良心的责备。他感到自己无权享受这种快乐,当很多人还受苦受难的时候,而他却在享清福;他认为自己背叛了他对辛德斯迪街老板承担的义务,他想回去。我向他描述他不久前的生活多么可怕,他却宣称人有义务有难同当,互相帮助;他脑子里的这种观点带有宗教特点(然而现在我总算用法国维希矿泉水和盐水把它洗掉了)。这个人好像已经破碎,对我来说要修好他是很麻烦的,因为心理(!)和生理上的毛病很难分清。我必须说,他在有些方面值得我敬佩——我过去从来不敬佩任何人。这肯定是他自身的魅力促使他的行动违背他自己的利益。试想一下,如果他走平稳的仕途之路,处境会很好,特别是他的哥哥也会给他大笔的钱支援他。可是他却在那里丢人现眼,给一个工人大老粗当奴隶——这一切都是那些思想造成的!真是太奇怪了!

不过他似乎变好了,特别是经过最近的教训以后。你能想得到吗,他称这里的渔民为"先生",还脱帽行礼。他还跟当地人进行推心置腹的交谈,关心"他们生活得怎么样"。结果是,那个渔民有一天来找我,问"那个法尔克"自己付食宿费还是医生(我)付!我把这件事讲给法尔克听,他听了很伤心,因为他的好意总是被别人误解。后来他跟那个渔民讲扩大选举权,结果他又跑来问我,法尔克是不是经济状况欠佳。

刚来那几天,他到海边去疯玩,有时候往海里游很远很远,好像永远不再游回来,我总是认为自杀是人的神圣权利之一,是大自然送给他的礼物,所以我对他的习惯不加以干涉。以撒说,法尔克不时地向他讲起贝达的事,那个不正经的丫头害得他不浅。

顺便再说一说以撒,他有一个聪明的脑袋,你知道吧。他用一个月时间就啃下了拉贝的语法书,现在他读拉丁文的《恺撒》传,就像我们读《灰衣报》,更重要的是他知道书的内容,而我们永远也不可能明白。他的脑袋有惊人的记忆力,即很强的吸收能力,同时善于算计,靠这种天赋很多人成了精英,尽管当初他们也很笨。他实际的操作能力不时地显露出来,我们最近看到他商业头脑的一个辉煌例子。我不知道他的经济状况,但是他在这个方面是非常保密的，但是有一天他显得很忧愁，因为他有几百国币的债要付，由于他不想向他在特利顿公司的哥哥借，他已经与他断绝往来，在这种情况下就来找我。我无能为力。这时候他拿出几张信纸写了一封信，并用快件寄出，过了好几天也没动静。

我们住的房子外边有一片漂亮的橡树林，它能提供舒适的树荫，还可以挡住海风。我不大懂树木和大自然这类东西，但是天热的时候我喜欢乘凉。一天早晨，当我拉开窗帘的时候，我简直不敢相信自己的眼睛。窗子外边是开阔的大海，离岸有十分之一海里的地方停着一只单桅帆船。整个橡树林都被砍伐，以撒坐在一个树墩上正念欧几里得的几何学和统计树的数目，因为这些树要用那只船运走。我又气又恼，与以撒吵了起来，通过这笔生意，他把一千中央银行发的国币揣进腰包。而那位渔民只拿了国家债券办公室发行的二百国币——他没有多要——我很生气——不是因为树的原因，而是因为我怎么没有想到这样做呢。法尔克说，砍树不是爱国行动，但是以撒发誓说，去掉那些障碍可以看到更好的风景，为了同一个目的，他想在下星期坐船到附近的岛屿上看一看。那位渔民的老婆为此吵闹了一天，丈夫只好答应去达拉岛给她买好布料；他一走就是两天两夜，当他回到家里时，酩酊大醉，船上空空如也，老婆问起布料的事，丈夫说他早忘了。

再见吧！请赶快回信，讲一点蛊惑人心的事，管好贷款的事！

你的死对头和担保人亨·堡里
六月十八日于耐姆德岛

又及:我看到报纸上说,人们正在筹建公务员银行。谁往里边存钱呢?不管怎么样请你注意一下,将来我们可以送进点儿期票。

请你将下列短文刊登在《灰衣报》上,为我开业铺垫一下。

科学发现。医学学士亨利克·堡里是我们最杰出的年轻医生之一,在对斯德哥尔摩群岛进行的动物解剖学研究中发现一个海胆属新种,他给它起了一个十分确切的名字,"马利堤姆斯"。其特征可以概括为:石灰质皮肤层有五个透明吸盘,而中间的五个只有小瘤而无钟状物。这种动物的发现轰动了整个学术界。

阿尔维德·法尔克致贝达·彼得松的信

当我在海滨散步看到火炬花冲破碎沙卵石绽出嫩芽时,我就想起了你,想起了你能在小新街那家酒馆盛开一个冬天。

*　　　　　*　　　　　*

我过去不知道躺在海滨峭壁上感受片麻岩抚摸肋骨节是那么美那么舒服;这时候我忘乎所以,相信我就是普罗米修斯,而那只鹰——就是你!——不得不躺在沙山街医院的鸭绒被里吃水银①。

---

① 当时使用水银治疗性病。

*　　　　　*　　　　　*

当海藻长在海底的时候，人们对它不感兴趣，但是把它捞上岸，让它腐烂，就会闻到一股碘味儿，它是医治爱情的良药溴化物，是治疗疯病的灵丹妙药。

*　　　　　*　　　　　*

只有天堂修好的时候，即女人来了以后，人间才变成地狱！（陈词滥调！）

*　　　　　*　　　　　*

在群岛的顶端，有一对绒鸭住在一个废弃的鼻烟罐子里。如果你知道绒鸭的两个翅膀尖的距离有两英尺长的话，一定会觉得这是一个奇迹——那里边的爱情才是真正的奇迹！在整个世界都没有我容身之地！

八月十八日　耐姆德岛

贝达·彼得松致法院院长法尔克的信

亲受（爱）的朋友！

我刚才收到你的文（信），不过我不干（敢）说我全明白了，但是我听说你相文（信）我在沙山街医院，但这不是真事，我知道这是哪一个坏旦（蛋）放出的狗比（屁），这不是真事，我向你保正（证），我跟先前一样受（爱）你，我有时候非常想见到你，但一时半会儿孔（恐）怕办不到。

你忠成（诚）的贝达

八月十八日　斯德哥尔摩

还有一件事。好心的阿尔维德，你能昔（借）给我三十元钱吗？就昔（借）到十五号，到十五号一定还你，因为那时候我自己就有钱了。我很病了一次，我有时候很非官（悲观），真想死了算了。咖非（啡）店老板狼（娘）很没近（劲），为那个胖贝里龙（隆）德吃我的昔（醋），因此我词（辞）了工。他们说我的一切都是非旁（诽谤）和害（瞎）话。祝一切顺利，别忘了自己的身体。

你可以把票子记（寄）给咖非（啡）店的赫尔达，我到她那儿去拿。

堡里学士致记者斯特鲁维的信

保守主义的恶棍！

你是不是把钱都独吞了，因为我不但没有看见什么钱，还接到鞋匠银行的催账信。你真的以为"男人为了妻小"就可以盗窃！赶快说清楚，不然我就进城，把事情闹大！

那篇短文我已经读过了，当然有几处拼写错误，"动物解剖学"不是"动物学"，"海胆"也写错了。不管怎么说，希望这篇短文能起些好作用。

法尔克自从前几天接到一封女人笔迹的信以后又疯了。他有时候爬到树上，有时候钻到海底。可能是精神危机——我要好好跟他谈一谈。

以撒没得到我的同意就把船卖了，因此我们暂时陷入敌对状态；他目前正在读里维尤斯①的第二本书，并且在筹建一家渔业公司。

此外，他还买了一个青鱼网，一支猎枪，二十五个烟斗把，一张捕三文鱼的长网，两个捕鲈鱼的网，一个渔具储藏室和一个——教堂。最后这件事简直令人难以置信！教堂是被俄国人烧掉的(1719)，但四周的墙还有(教会有了一个新教堂做礼拜用；旧的一直被当做教区的储藏室)。他打算买下以后送给人文科学研究所。因为他相信以此可以获得瓦萨奖章。还有更糟糕的事！他的叔叔是开饭店的，当聋哑人每年秋天到马涅根马戏场看马戏时，他向这些人免费提供啤酒和三明治，他坚持了六年，最后他成功了，获得了瓦萨奖章！但是现在聋哑人再也得不到三明治吃了，这说明颁发瓦萨奖章是多么有害！

如果我不把这小子推到海里淹死，他不把整个瑞典买下不会罢休。

振作起精神，别老是萎靡不振，不然我会像耶户②一样把你打倒，那时候你就彻底完蛋了。

亨·堡里

又及：在你写达拉岛上游泳的客人时，只提我和法尔克(法院院长)，但是不要提以撒；我开始讨厌跟他在一

---

① T. 里维尤斯(前59—前17)，罗马历史学家，他的作品经常被当做拉丁语教材。
② 耶户，以色列王(前843—前816)，他在攻击敌人时凶猛迅速，后来形成一个成语"凶猛如耶户"。

起——他把船卖了我气不过！

你寄钱来的时候给我寄一点儿汇票来。(蓝色的，独联票。)

堡里学士致记者斯特鲁维的信

尊贵的骗子！

国家债券办公室发的国币收到了！但是钱似乎被人换过了，因为建筑老板银行除了发行斯科纳五十元券①以外，不发别的！好啦，将就一点儿吧！

法尔克好了，他渡过了精神危机，像一条汉子；他恢复了自尊心，自尊心是我们生活当中的重要部分，但是统计资料表明，那些很早就失去母亲的孩子在很大程度上受到削弱。我不久前给他开一个处方，他接受了，跟他自己想的办法一样。他又回到了仕途之路——就是不要他哥哥的钱（这是他最后坚持的愚蠢，这一点我不敢恭维）；他回到了社会，又回到了他离散的畜群，又受到人们的尊敬，获得了一定的社会地位——在他的话有权威性之前，他轻易不讲话。如果他想继续过这种生活的话，最后一点很必要，因为他有某种疯的迹象，如果他不把所有的思想放弃，他有生命危险——我实际上不明白这些思想，我相信他自己也说不清楚他想干什么。

他已经开始使用我的处方，我对处方所取得的成绩感到惊奇！他已决定去官廷任职！我相信这是真的；一定！但是前几天他找到一张报纸，偶然读到巴黎公社的

---

① 斯科纳私人银行发行的钞票信用较国币低。

消息。他马上旧病复发,又开始爬树——不过很快平静下来,如今再也不敢看报纸了。但是他一句话也不说了!你们对这个人一定要加小心,说不定有一天他的翅膀会硬起来!

以撒现在开始读希腊文!他认为教科书太愚蠢,费的时间太长,因此他把书都撕了,把重要内容剪下来,贴到账本上,作为考大学用的复习提纲的补充。

经典语言知识的增加使他变得令人不悦。前几天他在下棋的时候竟敢和牧师讨论宗教问题,他硬说基督教是犹太人创造的,所有的基督徒都是犹太人。

我担心我精心呵护的是一条毒蛇①。如果真是这样,那么女人的后代一定是被踏碎的蛇头。

再见

亨·堡里
九月十八日于耐姆德岛

又及:法尔克刮掉了自己美国式的胡子,也不再给那位渔民脱帽行礼。我不再从耐姆德岛给你写信谈我们的情况;我们星期天回到城里!

---

① 冰岛神话中一条超自然长的大蛇。

第二十七章　康　复

又到了秋天,十一月的一个晴朗的早晨,法尔克离开自己位于大长街的豪华住宅到卡尔十二世广场附近的某女子学校去上班,他将在那里任语文和历史教员。他已经利用秋天的几个月为重新进入文明社会做好了准备,他感到在自己流浪的日子里过得像野人一样;他扔掉了强盗式的帽子,买了一顶新的高筒帽,刚戴上的时候觉得很不舒服;他买了新手套,买的时候很狼狈,当商店的女店员问他尺码时,他回答说十五号,引起店内很多女店员一阵小声的笑声;因为自从他上次买衣服到现在,款式已经发生了很大变化;他走在大街上时,感到自己是穿奇装异服的人,他不时地走到商店的橱窗玻璃跟前照一照,看自己的穿戴是否得体。此时他徘徊在皇家话剧院外面的林荫道上,等候雅可布教堂的钟敲打九点;他感到有些急躁不安,就像他自己要上学一样;林荫道那么窄,他感到自己像一只脖子上拴着链子的狗在那里走过来走过去地遛着;有一刹那他真想一直走下去,走得远远的,因为他知道,沿着这条街往前走,就能走到里尔—延斯,他还记得,也是在一个早晨他沿着相同的林荫道逃离社会,走向自由,走向大自然,并且——走向被奴役!

时钟报了九点!他来到衣帽间;学校礼堂的门都关着;在

霞光中他看到墙上挂着很多孩子穿的衣服；帽子、头巾、手套和皮手筒放在桌子和窗台上，地上堆满靴子和套鞋。但是闻不到议会或者北极星工人联合会的衣帽间散发出的潮湿和皮子味道——啊，这里有一股新收割的牧草味儿——来自那个小皮手筒，它像一只长着黑色斑点的白色小猫，天蓝色的丝绸里子，还带着穗子；他不禁把它拿在手里闻它散发出的"新收割的牧草味儿"——但是这时候门突然开了，进来一个十几岁的小姑娘，后边跟着一位保姆；她用一双无畏的大眼睛看着这位老师，娇滴滴地行了个屈膝礼，老师慌慌张张地躬身还礼，惹得小美人直笑——保姆也笑了！她迟到了，但是看不出她有任何不安，因为她的表情平静，就像到了饭店，让保姆替她脱大衣和靴子。这时候——房间里传出很大的声音——他惊得咚咚心跳——什么声音？啊——是管风琴！啊！古老的管风琴！对！

很多童声唱着："耶稣，让我永远从头开始！"他听了很不舒服，他只得去想堡里和以撒，以便恢复镇静。但这时候传来的声音更大了："我们在天上的圣父！"——上帝，啊我的老父亲！真是久违了！声音突然停了，静静的，静得可以听见所有的孩子低头行礼时衣服发出的折皱声，门打开了，就像露出一片鲜花盛开的草地，一群八到十四岁的年轻姑娘涌动起来。他感到很窘迫，就像小偷刚一得手就被人抓住了一样，这时候年迈的女校长把手伸给他，对他表示欢迎；鲜花盛开的草地上一阵涌动，交头接耳，叽叽喳喳议论起来。

此时他坐在长桌子的一头，周围是二十张有着快乐目光的健康活泼的面孔，二十个从来没有感受过人世间的精神痛苦和贫穷折磨的孩子；她们大胆、天真地看着他，而他一开始还有些羞怯,不过他很快就跟安娜—莎露特、乔芝娜、莉萨和哈丽混熟了,课上得很愉快,没有分歧和争论,路易十四和亚历山大像其他成功者一样继续伟大,法国大革命仍然说成是一次可怕的事件,它导致尊贵的路易十六和贤惠的玛利·安托尼特王后命归西天等等。当他走到骑兵团粮草供应处的时候,他感到心里热乎乎的,也显得年轻了许多。

他在那里读《保守主义者报》,十一点钟的时候他去烧酒生产管理局吃早饭,写了两封信——给堡里和斯特鲁维。

一点钟的时候他在遗产征税管理处,核对死人财产登记表,挣了一百国币,午饭前他还有很多时间用于阅读他正准备出版的《森林法》(修订版)校样。时间到了下午三点。如果有人走过骑士大厦广场,在桥上会碰上一位派头十足的年轻绅士,口袋里装着大卷的纸,双手背着,正和一位五十岁左右身体消瘦、头发花白的先生散步。他是遗产登记员;城关以内死人的财产都必须到他那里登记,然后按比例征税;一些人说这是他的工作,另一些人则说,他是土地爷的代表,负责监督死者,不准他们把任何东西从人间带走,因为人间的所有东西都是借用品——没有上税!总而言之,他是一个对死人比对活人更感兴趣的人,所以法尔克发现跟他很合得来;他所以欣赏法尔克,是因为法尔克跟他一样,收集古钱币和真迹,另外法尔克不固执己见,这在年轻人中是不多见的。这时候两位老朋友走向鲁森格伦斯,那里很安静,不会有年轻人干扰,他们讨论古钱币学和真迹。随后他们到里德贝里,坐在那里的沙发上一边喝咖啡,一边编古钱币目录,一直到六点钟,这时候《邮政与国内新闻报》来了,他们一起阅读各种任命职务的消息。他们在一起是那么愉快,因为他们从未发生过争执;法尔克已经没什么观点,成了一位老好人,上司和同事都很喜欢他。有时候他们回家晚了,就在汉堡饭店吃一点儿饭,然后在歌剧院地下室酒馆喝一杯甜酒,有时候喝两杯。如果有人在十一点钟看到他们手挽手来到拉都果德高地,那可就有看头了。他经常到堡里的爸爸给他引见的人家吃午饭和喝酒;夫人们认为他很风趣,但是她们从来不知道他的真面貌,因为他总是微笑着,不时地插科打诨。

但是当他厌倦了家庭生活和社会欺骗的时候,他就去红房间,会见不拘小节的朋友堡里、崇拜他的以撒和嫉妒他的暗敌斯特鲁维,此君永远缺钱花,还有第二次渐渐走运的滑稽有趣的塞伦,原因是他的模仿者让公众逐渐习惯了他的技巧;还有伦德尔,自从完成了那幅圣坛画儿以后,他放弃了自己的宗教情感,现在靠画肖像为生,这种职业给他带来大量的私人饭局,或吃饭或浅斟小饮,他认为这种聚会是"研究人个性"所必不可少的,如今他变成了一个肥胖的享乐主义者,除了白吃白喝,从来不在红房间露面。乌勒仍然在装饰雕塑家协会当工人,经过那次作为政治家和演说家的巨大失败以后,变得更加郁闷和敌视人类,他不愿"麻烦"朋友,总是自己独往独来。法尔克来红房间时活跃和疯狂,而堡里似乎很赏识他;啊,他是一个名副其实的工兵,逢山开路,遇水搭桥,对他来说没有什么神圣的东西——除了政治;——他从来不提政治。但是当他在别人的激情的感染下兴奋不已的时候,他透过烟雾看到大厅对面的极为忧郁的乌勒,便立即阴沉下来,就像午夜的大海,他喝下大量烈性酒,不知他要熄灭胸中的怒火还是要点燃。乌勒已经很久没露面了。

第二十八章　彼岸之声

雪轻轻地静静地下着,新国王岛大桥一片银白色,法尔克和塞伦晚上走过火磨房和塞拉非莫医院,去接堡里到红房间。

"真奇怪,第一场雪就下得这么大,我不能不说给我留下了庄重的印象,"塞伦说,"肮脏的大地变得……"

"你真的触景生情了吗?"法尔克用讥笑的口气打断他的话。

"没有,我只是作为风景画画家的一点感触。"

他们默默地在雪中往前走,脚下踏起阵阵雪花。

"医院设在国王岛上,我总觉得有点儿可怕。"法尔克说。

"没有,我才没有呢,不过,这个地区总是给我一种不好的印象。"

"唉呀,少说废话! 没什么不好的印象;这是你的错觉! 看呀,我们到了,堡里的屋里亮着灯。我不知道今天晚上他有没有几具有意思的尸体?"

他们已经站在医学院的大门口;这座巨大的建筑物通过很多黑洞洞的窗口看着他们,好像在问,天这么晚了,他们找谁;他们走过甬道,经过转盘,走进靠右边的一个小型建筑物里,在大厅的尽头,堡里一个人坐在灯下,正在解剖从一个死去的军工身上割下来的器官,他的手段极为残忍。

"晚上好,小伙子们,"堡里一边说一边放下手术刀,"你们想见一位老朋友吗?"

他不等他们回答,就点起灯笼,拿上大衣和一串钥匙。

"我不相信我们这里还会有朋友。"塞伦说,他好像要保持这种低沉的气氛。

"走吧。"堡里说。

他们穿过院子,走进那座大的建筑物;门在他们身后吱地关上了,还是上次打牌剩下的那根小蜡烛把微弱的红光投向白色的墙壁。此处的两位客人极力想读懂堡里的脸,看他是不是在开玩笑,但是那里没有任何答案。

这时候他们拐进左边的一个走廊,那里回响着脚步声,好像有人在后边跟着他们。法尔克赶紧跑到堡里后边,让塞伦走在最后。

"在那儿!"堡里一边说一边停下脚步。

除了墙以外,谁也没看见什么。但一种像慢慢下雨的声音,一股异味儿向他们迎面扑来,像被砍伐过的潮湿的林地或者十月的针树林散发出来的。

"向右看。"堡里说。

右边是玻璃墙,透过墙看见三具苍白的尸体仰面躺着。

堡里掏出钥匙,打开门,走了进去。

"就是这个!"他一边说一边在第二具尸体前停下。

是乌勒!他双手交叉放在胸前,好像在睡午觉;双唇向上抿着,好像在微笑;其他部位也保持如常。

"淹死的?"首先镇静下来的塞伦问。

墙上挂着三套破烂不堪的衣服,塞伦立刻认出了乌勒的衣服,一件带圆扣子的蓝上衣,一条黑裤子,膝盖都磨白了。

"你敢保证?"法尔克说。

"我自己的上衣我还不认识——是我从法尔克那里借的!"

塞伦从那件上衣的口袋里掏出一个大皮夹子,被水泡得又鼓又粘,上边还沾着绿色的水藻,堡里称它们是肠子吗啡。他打开夹子,看里边的东西——几张过期的当票和一摞写满字的纸,开头有这样一句话:"致愿意一读的人。"

"现在你们看够了吧?"堡里说,"我们去皮佩尔卡墙饭店!"

三位忧伤的朋友(朋友这个词儿伦德尔和列文想借钱时才使用)代表红房间相聚在皮佩尔卡墙。在熊熊燃烧的炉火和一桌丰盛的饭菜旁边,堡里开始读死者的遗言,但不时会向"真迹"专家法尔克请教,因为水把墨迹都泡成黑点,塞伦戏称是笔者当时的眼泪。

"那边的人闭嘴!"堡里说,一口喝下那杯甜酒,苦相使他露出了大牙。"我现在开始读,你们免开尊口打断我。"

致愿意一读的人

现在结束自己的生命,这是我的权利,在这方面我更不干预其他人的权利,甚至可以称之积德行善,甚少使一个人得益;一份工作,每天可以省四百立方英尺的空气。

我采取这种行动不是出于悲观失望,因为一个有思想的人永远不会悲观失望的,而是经过冷静思考的;走这一步会引起很大的情感波动,每个人都能理解;而担心死后会出现什么后果就推迟这种行动,只有甘心留在人间受奴役的人才找这种借口,因为他肯定生活得还不错。我摆脱生的欲望完全出于自愿,我死了可能比活在世上要好一点儿。即使我一无所获,死亡也会像一个极为疲劳的体力劳动者能躺在床上舒舒服服睡个觉那样幸福;如果一个人观察到身体的各个部位都在脱节,灵魂慢慢失散的时候,他就不会害怕死亡。

人为什么把死看成了不起的大事,就因为他们在人世间陷得太深,要脱身就会感到很痛苦。我很久以前就把一切都置之度外,没有家庭的牵挂,没有经济负担,没有束缚我的政治或法律羁绊,因此我完全失去了生的欲望。但是我不因此而号召别人步我的后尘,他们也不应该以此来责怪我的行动;他是胆小鬼或者不是胆小鬼跟我没关系,我懒得去思考;再说这完完全全是自己的私事。我从来没有要求把我带到世上来,因此我想什么时候走就什么时候走,这是我的权利。

我为什么要走?原因是多种多样的,深刻复杂的,我没有时间也没有能力说清楚。因此我只选最重要的、与我和我的行动有特别意义的事来谈一谈。

童年和青年我都是一个体力劳动者,你们这些没有因始祖犯罪而遭天谴的人是无法明白的,从早到晚劳作,只到晚上才像牲畜一样打个盹的人是多么痛苦——因为这种天谴的感觉是,灵魂在平静中生长,而躯体则深埋泥土之中;日复一日地跟在拉犁的牛后边,眼睛盯着灰色的土壤,你最后竟忘记朝天空看;在烈日下拿着铁锹挖渠,你会感觉到,你正沉入深深的水底,你在为自己的灵魂挖掘坟墓。对此你们很难理解,因为你们一整天只在早饭和午饭这段空余时间工作,然后等大地夏天变绿的时候,你们就去怡神养性——去欣赏大自然,就像欣赏一部创作的戏剧。对农民来说,大自然的存在不是这样,土地就是食品,森林就是木柴,湖泊就是盆,草地就是奶酪和牛奶——除了灵魂,一切都是土里生长的!

当我看到一部分人从事脑力劳动,而另一部分人从事体力劳动的时候,一开始我以为地球是分别属于这两种人的,但是我渐渐有了理智,否定了这种想法。因此我的灵魂造了反,也想摆脱因始祖犯罪而遭天谴——我成了艺术家。

现在我可以分析一下人们常说的梦想成为艺术家的动机,因为我自己有过这方面的经验。艺术灵感高度建立在寻求自由的广泛基础上,摆脱功利;因此一位德国哲学家[1]给美定义为无;因为要求一件艺术品有什么用处,带有一种观点或倾向,那就把它丑化了;灵感建立在高傲的基础上;人类要在艺术中拿上帝开玩笑,并不是要制造什么有用的东西(没有这个能力!),而是要重塑、改进、调整。人类一开始并不崇拜榜样,即自然界,而是挑剔自然界,人们看出那么多缺点和不足,并试图改善它们。由于高傲的驱使和摆脱天谴以及劳动的愿望,使得艺术家觉得比别人高出一等,在某种程度上也确实是这样,但是他需要有人不停地提醒,否则他很容易把自己看穿——也就是说他会发现自己的活动徒劳无益,无为是不合理的。不停地要求承认自己无为的工作使他陷入虚荣、不安,经常是深刻的不幸——如果他自己把自己看透了,他

---

[1]　指康德。

的创作能力就枯竭了,他也随之灭亡了,因为他一旦尝到了自由的甜头,再让他套上夹板,那就只能依靠宗教了。

在区分天才和才干的时候,把天才看作是一种新的品质是愚蠢的,因为这样做就要承认特殊的天启。最伟大的艺术家是有某些天生的技巧,但是不勤学苦练,这些东西就死亡了,因此有人说过,天才即勤奋;可以这么说,像很多其他事情一样,这话四分之一是对的;如果再加上教育(这种情况很少见,因为教育使他们马上明白真相,所以受过教育的人很少走艺术家之路)和一个聪明的头脑,那么天才就成了一系列有利条件的产物。

我很快失去了对我崇高精神活动的信念(召唤,上帝保佑!),因为我的艺术不能表达任何意思,它最多能表达某种状态下的肉体,这种状态经常是指感情冲动。它是思想的产物——即我的作品表达的是第三手东西。就像战地信号一样,除了那些懂它的意思的人以外,对其他人毫无意义。我看到的只是一面红旗,但是对战士来说它是命令"前进!"此外,柏拉图早就说过,他有着聪明的头脑,同时也是一位理想主义者,艺术品中的虚无是外表的外表(等于实在),因此他把艺术家赶出他的理想之国。这事可是真的!

然而我试图回去重新受奴役,但是已无可能!我竭力把它看作是我的最高义务,我竭力想听天由命——但是没有成功。我的灵魂受到伤害,我正在变成傻瓜,我有时候认为,这工作纯粹是一种罪恶,因为它妨碍较高的目标,妨碍灵魂的发展;有一天我像逃学的孩子一样跑到大自然里,在那里静静默想,使我感到无比快乐——但是这种快乐对我来说似乎是一种自私的享受,跟我当艺术家一样,啊,甚至比我在艺术工作中感受的还要大,这时候良心发现了,责任感像复仇女神一样向我扑来,我又重新套上夹板,当时很高兴——但只过了一天!

为了摆脱这种难以忍受的痛苦状况和获取纯净和安宁,我走向了陌生的世界。看到我尸体的人能看出我死的不愉快吗?

在自然界漫步时的随笔

在人间,思想脱离感觉世界,而艺术竭力要给思想披上感觉世界的罩衣,艺术是多么可怜。也就是说……

* * *

万物都能本能地修正自己。当佛罗伦萨的艺术变得过于艰难的时候,来了个萨伏那洛拉①——啊一个思想深刻的人!说艺术是垃圾!等于什么也不是!而艺术家——多么伟大的艺术家——一把火把艺术品烧掉。啊,多么伟大的萨伏那洛拉!

* * *

你认为君士坦丁堡的艺术破坏者想干什么?荷兰的再浸礼教徒和艺术破坏者想干什么?我不敢说,说了就会在星期六的报纸遭批判——可能等不到星期六,星期

---

① 萨伏那洛拉(1452—1498),意大利基督教传教士、改革家和殉教士,曾倡导"焚烧虚妄"运动,首饰、淫画、纸牌和赌台一律投之于火,也有少数书籍和艺术品被焚。

五就开始了!

* * *

我们时代的伟大思想＝劳动分工,导致人类的成功和个人的死亡!那什么是人类?哲学家说就是整体观念、整体思想,个人相信它并为这个思想而死!

* * *

真是奇怪,政治家们的愿望总是与人民的愿望相反。这类误解能否用极简单和易懂的方法解决?

* * *

当我长大成人以后再念我上学时的教科书,我对我们人类如此之傻毫不感到惊奇!我前几天念路德教派的《教义问答》时,我也做了

几个批注和对《教义问答》的一个新建议

(以下的内容都是我写的,不必送圣经出版委员会。)

第一戒打破了只信上帝一神的信念,因为它预示还有其他神存在,这一点基督教也承认。

注释:受到推崇的独神主义对人们有很坏的影响,因为它剥夺了他们对惟一的真正神的敬仰,从而也就排除了邪恶的存在。

第二戒和第三戒包含真正的不敬之外,作者把很多琐碎和愚蠢的戒律借用上帝的嘴说出,此举是对全能全知的上帝的污辱,如果作者能活到今天,应该对他起诉。

第四戒应该这样说才对。你不应该把自己与生俱来的对父母的尊敬用来崇拜他们的错误,你对他们的孝敬应该恰到好处。在任何情况下你都没有义务要感谢他们,他们把你带到这个世界上来没有给你带来任何好处,他们出于自私的目的和民法的要求才给你饭吃和给你衣穿。那些请求(甚至还有强行要求的)子女感谢的父母都是高利贷者:他们搞风险投资,以获取高额利润。

注释一:父母(特别是父亲)恨自己的孩子通常比爱自己的孩子多,就是因为有了孩子减少了他们的经济利益。也有些父母把孩子当股票,借此不停地捞取红利。

注释二:本戒律是所有条款中最糟糕的一项,家庭的专制不用革命很难打破。人类应该更多地关注儿童保护协会,而不是动物保护协会。

(待续)

瑞典是一个殖民地,它有过繁荣时期和强国时期,而现在看起来,就如同希腊、意大利和西班牙一样,进入了休眠期。

使人灰心丧气的一八六五年①以后出现的可怕的反应,对于新成长起来的那代青年在道德方面有很大的负面影响。他们对公众更加冷漠,更加自私,非宗教倾向更加扩大,这在历史上是极为少见的。世界风起云涌,人民愤怒地反抗压迫,而在这个国家却灯红酒绿,一派太平

---

① 一八六五年瑞典国会实行政体改革,取消封建等级制度,实行上下两院制。

景象。

读经是沉睡民族灵魂生活的惟一表现;他们因为不满才投身宗教,任凭宗教摆布,以免陷入痛苦或引发愤怒。

读经者和悲观主义者出于相同的原则:生活艰辛和追求同一目标,轻生厌世,早归西天。

为投机取巧而充当保守主义者是做人的最大悲哀。他们对世界的攻击不值分文,因为保守主义企图阻碍发展;他们背对滚滚历史车轮说:停住! 只有一个理由可以解释:愚蠢;做错了事没关系,但动机要好!

* * *

我不知道挪威会不会变成我们旧衣服上的一块新补钉!

希恩叶尔姆那个愚蠢的汉子早在一六○○年前后就这样描写过瑞典:

不是我们的国家迁走了,替换了和改变了,
就是斯维亚人①,像过去一样,放下盾牌,跟哥特人
一起南行;他们让异邦人留在这里。
他们是愚昧无知的可怜虫,但是制造暴力却是天才。
如果把我们的后代集中在一个特殊的房子里,
你会发现一千人当中不到五十人像祖先一样……②

---

① 斯维亚人,瑞典人的古称。
② 摘自一八三四年出版的瑞典经典作家第三卷,冠以希恩叶尔姆的名字,实际是诗人的追随者的模仿之作。

＊　　　＊　　　＊

"喂,这是什么意思?"当堡里读完,喝了一点儿白兰地以后问。

"啊,还可以,应该写得风趣一点儿,当然,如果他愿意的话。"塞伦说。

"喂,你觉得怎么样,法尔克?"

"还是老一套——没什么新东西。我们走吧?"

堡里使劲看着他,好像要看明白他是不是在开玩笑,但是法尔克没有流露出任何不安。

"好啦,"塞伦说,"乌勒已经去寻找更美好的猎场;啊,他现在可能活得不错,他,用不着再发愁没钱吃晚饭了。我不知道锡钮扣饭店老板对此事会说些什么;他手里可能还有一张乌勒说的小'纸条'!好啦!好啦!"

"你真没心肝,真粗野!十足的混蛋青年!"法尔克愤怒地说,他把钱扔到桌子上,穿上大衣。

"你触景生情啦?"塞伦用嘲讽的口气问。

"对,我是!再见!"

他转身走了!

第二十九章　回顾与展望

堡里学士从斯德哥尔摩致在巴黎的风景画画家塞伦的一封信

塞伦兄弟！

　　我已经有整整一年没有给你写信，但是现在我有了写的内容。按照我的老习惯，我应该先讲自己，但是这次我得讲点儿礼貌，因为我必须马上去挣饭钱，只好先从你讲起！我祝贺你的画被选入展览大厅，并祝贺你的画取得很大成功。以撒背着主编把文章登在《灰衣报》上，他看到以后大发雷霆，因为他誓死不让你成名，你的作品得到外国人认可以后，在国内你自然也会出名，我从此不再担心跟你在一起丢面子了。

　　为了不丢三落四，为了让你马上理解我的意思，我准备把我的信写成《灰衣报》常用的短评形式，因为一方面我很懒，另一方面在妇产医院劳累一天以后很疲倦，你也可以跳过你不感兴趣的部分。

　　政治形势变得越来越有意思：各政党互相请客送礼，现在是大家一样灰，彼此彼此。这种局面可能最终导致社会主义。要不要把省的数目增加到四十八个，这是一个引起强烈反应的问题,因为提升到国务委员之路非常快,而且连当教师要求的文凭也不要。我前几天跟一位校友聊天,他是前国务委员,他说当国务委员比当秘书长还容易。他的话使我很容易想到给人作保——只是个手续!还得上钱还不上钱没多大关系,因为是连环保人。

说到报纸——啊,这你很熟悉!一般来说它带有商业性,也就是说他要顾及当前大多数人的观点。有一次我问一名自由派报纸的记者,他为什么把你写得那么好,而你又不认识他。他说这是因为你有舆论支持,即大多数订户喜欢你。"但是,如果有一天舆论开始反对他呢?"——"那我自然就把他批倒!"

在这种情况下你就明白了,现在仍然没有选举权的一八六五年以后成长起来的整个一代为什么感到彷徨,因此也是虚无主义者——也就是说都是,或者认为当保守主义者有好处,在这种情况下想当自由派——那真是活见鬼了。

经济形势紧迫。股票下跌,至少我手里的股票是这样;几支好的股票也如此,两个医学硕士签名的借据都无法在银行取钱。

特利顿公司已经倒闭了,这你是知道的,是这样清算的,经理和清算人员拿走了所有的现金,而股民和抵押者只领到了诺尔彻平著名公司(在这风雨飘摇时期它是惟一一家真正营业的公司)的石印票;我看见一位寡妇手里拿一大把一家大理石场的股票,上面红红绿绿,印有密密麻麻的一千克朗字样,背面还有很多保人签名,其中至少有三个人辞世时享受六翼天使骑士勋章获得者的待遇——举行葬礼那天骑士岛教堂鸣钟志哀。

我们的朋友和兄弟尼古劳斯·法尔克,他开始厌倦私人放债活动,因为这种活动无法像公开借贷活动能够带来荣誉,因此决定联合几位专业(!)人士,组建一家银行。银行的新宗旨是:"经验表明——一种惨痛的经验!——(看得出来,出自列文之手!)——投资凭证不能充分保证通过其他人的手收回许诺的资金——就是投进去的钱——我们这些热心祖国工业事业而又不自私的人签字,给投资的公众更大的保证,银行的名字就叫投资信用股份公司。我们想法中的新和保证(不是所有新的东西都有保证)是,投资者不是拿着毫无价值的投资证明,而是持有等于全部投资数额的有价证券"——等等。事情还在进行,你将会知道,何种证券将代替投资证明!尼古劳斯·法尔克以其敏锐的目光一下子就看出能从有丰富经济经验的列文身上得到何种好处,此外,列文交友广泛,通晓各种轶闻私隐,所以他想培养列文,使他精通商业中的旁门左道,特别是法律知识,他通过期票让他破产,随后以救世主的面目出现,让他当某种经济顾问,头衔是总经理秘书,现在列文坐在一个单独的小办公室里,但不能在银行里抛头露面。以撒在那里管财务;他通过了进入大学的拉丁文、希腊文和希伯来文考试并以全部最高分通过法学—哲学和哲学学士的考试(他考试的情况当然刊登在《灰衣报》上)。他现在读法学学士学位,也偷偷地自己做些买卖。他滑得像一条鳝鱼,也像九死一生的猫!他不喝烈性酒,也不沾尼古丁的边;他是不是有其他嗜好,我不了解,不过他是一个可怕的人物!他在海尔诺松德有一家五金店,在赫尔辛基有一家香烟店,在南台里叶有一家首饰店,此外在南区还有几间木头房子!大家都说他很有前途;我认为他是一位能赶上潮流的人!

列维兄在特利顿倒闭以后去忙自己的事,别人说他拿走了相当大一笔钱。他想买下斯科修道院,然后按他在设计院任职的叔叔的设计方案进行重建。然而购买计划被驳回。因此列维受到很大伤害,他用"二十世纪对犹太人的迫害"这个标题在《灰衣报》上发表一篇短文,从而引起整个知识界深深的同情,他因祸得福,随时都可能被选为议员。他还收到"教友"(好像列维也有信仰!)的一封感谢信,对他维护犹太人的权利(指买斯科修道院)表示感谢(登在《灰衣报》上!)。信是在"绿色猎人"酒家的一次宴会上递交的,还有很多瑞典人(在犹太人问题上我总是用人种学方法!)到会上去吃烂三文鱼和喝低等葡萄酒。当天的主角非常激动,当场捐给"福音派不良少年教养院"(他们总是喜欢用这"派"那"派"的)二万克朗(克罗普公司股票①)。我当时也在场,我看到了我从来没见过的事情——以撒喝醉了!他说,他恨我和你,恨法尔克和所有的"白人"——他称我们为"白人"、"土著"和"恶棍"——这几个词儿换来换去地用;最后这个词儿我当时没有明白,但是当他说完以后,一大群"黑人"就把我们围上了,一个个凶神恶煞一般,以撒只好把我带到旁边的房间里。他在那里把心里话全倒出来了:他讲他儿时在斯卡拉学校受的欺侮,老师和同

---

① 克罗普股份有限公司在斯科纳有煤矿和生产耐火砖的工厂。

学怎么样虐待和排斥他,街上的小流氓怎么样揪他的头发。最感人的是他服兵役时发生的事情:他被叫到队列前面读"我们的圣父",他不能读这个,因此他受到嘲弄。他的诉说改变了我对他和他的种族的看法。

宗教的伪善和慈善事业的虚荣在我们祖国无孔不入,无处不在。你可能还记得那两个女妖婆:法尔克夫人和督察官霍曼夫人;她们是两个到处闲逛的最下贱、最虚荣和最讨厌的人;你可能还记得她们的儿童福利院和福利院的结局吧;如今她们又建立起抹大拉妇女收容所,她们第一个收容的是经我介绍进去的——小新街的马丽亚!这个可怜的女人把自己所有的积蓄都借给了一个工人,而他却卷款而逃。如今她很高兴,什么都不用付钱,重新获得公众的信任。她说只要早晨有咖啡喝,听多少上帝的教诲都能忍受。

你可能还记得那位斯科列牧师;他没有当成斯德哥尔摩首席牧师,一气之下准备建一个新教堂,目前正忙于募捐,你在名单上能看见瑞典很多阔佬的名字,以此激发公众发善心。将建在现今卡特丽娜教堂原址上的这个教堂其规模是布拉西岛教堂的三倍,有一个高耸入云的尖塔;卡特丽娜教堂被买下以后,将被拆除,因为它已经不能满足瑞典人民宗教生活的需要。捐款的数额已经很大,因此需要举荐一名会计(条件是免费提供住宿和木柴)兼管理人。你猜选的这名会计是谁——听着!斯特鲁维——他最近有些信教了——我只是说"有些",因为实际不怎么信,但是能满足人们对他提出的小小要求,因为他现在是由教徒养活的。不过这一点并不妨碍他继续从事记者活动和饮酒,但是他的心并不善良,恰恰相反,他对于那些没有堕落的人极为刻薄,因为他是我们当中堕落最深的人,因此他恨法尔克和你,他发誓说,一旦有风吹草动,就首先"收拾"你们。然而,为了能住进会计宿舍和免费得到木柴,他必须得举行婚礼,此事已经在白山无声无息地办完。我参加了,还是证婚人(我当然又喝醉了)。他老婆自从听说信教很高尚以后,也变得虔诚起来。——伦德尔已经完完全全放弃了宗教信仰,专门给总经理们画肖像,这一点使他成为美术学院青年会员。他现在也是一个不朽的人物,他的一张画被国家博物馆收藏。办法简单而有效:史密斯把那幅画赠送给博物馆,作为交换条件,伦德尔给史密斯免费画一张肖像!——不错吧?呃!

尾声。一个星期天上午,短暂的宁静还没被讨厌的教堂钟声打破时,我坐在屋里抽烟。这时候有人敲门,随后进来一个瘦高的漂亮青年,我觉得很眼熟——是仁叶尔姆。我们互相打量、寒暄。仁叶尔姆现在是一家大公司的管理人,对自己的事业很满意。又有人敲门,法尔克进来(下边我还要详细讲他的情况!)。我们谈起往事和昔日的朋友!每逢热烈交谈以后,都会出现一阵沉默无语,这是尽人皆知的。仁叶尔姆拿起他手边的一本书,一边看一边念出声来:

"'剖腹产手术,此学术论文已经得到著名医学院允许,将在古斯塔夫小礼堂进行公开答辩。'这些图真吓人;谁这么不幸,死后还让人这么糟蹋!"

"仔细看看,"我说,"第二页上有说明。"

他继续读。

"'该骨盆保存在医学院病理学档案室第三十八号……'——啊,不对,不对。'未婚的爱格妮丝·伦德格伦……'"

仁叶尔姆脸色苍白,只得站起来去喝水。

"你认识她?"我成心打哈哈。

"我要不认识她就好啦!她在某个小城市的剧院工作,后来到斯德哥尔摩的一家瑞士咖啡店当女招待,改名叫贝达·彼得松。"

这时候你如果在场看看法尔克的样子就好了。这场戏是这样结束的:仁叶尔姆把妇女统统骂了一顿,随后法尔克火气十足地回答说,女人有两种,他提请对方注意,她们有天壤之别,一种女人如天使,另一种女人如魔鬼!他讲得那么动情,感动得仁叶尔姆流出了眼泪。

好,轮到法尔克!我把他放到最后。他已经订婚了!到底是怎么回事呢?啊,他自己是这么说的:"我们彼此看中!"如你看到的,这方面我没有成熟的观点,而是不停地观察,但是就我目前看到的情况而言,不能不说,爱情对我们这些光棍汉来说仍然无法做出定论——我们说的爱情,仅仅是放纵而已!笑就笑吧,你这个刻薄的老家伙!

法尔克性格变化之快,除了在蹩脚的戏剧里,我从来没有见过。但是你别以为订婚过程一帆风顺。女方的父亲是一个老鳏夫,已经退休,是个自私自利的人,他把女儿看作是养老送终的资本(这种情况很普遍!)。他一口拒绝!那你再看一看法尔克会怎么样!他每次登门都被轰出来,但是他最后指着老人的鼻子说,不管他对此事赞成与否,他们都要结婚;具体情况我不知道,但是我相信他们打了起来!有一天晚上,法尔克陪未婚妻从她的一位亲戚那里回家,当他们走到大街上时,借助灯光看见老人正躺在窗子旁边——他在洪施托尔大街有一栋独门独院的小住宅。法尔克敲院子门,敲了足足有一刻钟,就是没人开门!他从门上爬过去,一只大狗向他扑来,他制服了那只狗,把它关在垃圾箱里(你能想到这是害羞的法尔克!);随后他强迫躺在床上睡觉的花匠去开门,这时候他们已经站在院子里,但是还有房门呢;他用一块大石头砸门,但是屋里仍然没动静;这时候他走进花园,找了一个梯子,爬到老人的窗子上(如果是我,也会这样做!)并高声说:快开门,不然我就砸窗子进去!这时候老人从屋里说:"砸吧,你这个坏蛋,我会拿枪打死你!"法尔克真的砸起窗子。随后死一样的沉静。最后从那扇被砸坏的窗子里传出话来:"好样的!"(老头当过兵)"你是我的好小子!"——"我本来不想砸窗子,"法尔克说,"但是为了您的女儿,我什么都不顾了!"事情就这样了结了。

  他订了婚!你知道,后来国会进行文官体制大改组,薪金和编制都成倍增加,一个年轻人即使拿初等薪金也能结婚了!他将在秋天结婚!女方将继续当她的教师!我对妇女问题知之甚少,也跟我没关系,但是我相信,我们这代人将摈弃亚细亚式婚姻观念,将互相尊重对方的缺点,做生活的伴侣,一方不能苛求另一方温柔体贴。尼古劳斯·法尔克夫人,就是那个搞什么慈善事业的魔鬼,我认为她就是一个为了享清福才结婚的女人,而她自己也这样认为:绝大多数女人结婚都是为了好吃懒做,美其名曰"自立",所以现在很少有人结婚,这是女人的过错,也是男人的过错!

但是法尔克,他是一个让人无法看透的人;他一门心思钻研古钱币,这完全违反他的天性,啊,我前两天听他说,他正忙于编这方面的教科书,他将尽力使古钱币学成为学校的教材;他不看报纸,不知道世界上发生的事情;看来他完全放弃了当记者的念头。他只是为工作和他崇拜的女人而生活,但是我不大相信。法尔克是一个政治盲信主义者,只要有一点儿火星就会燃烧起来,所以他才想用那枯燥无味的研究来熄灭心中的火焰;但是我不相信,他能长久抑制自己,我担心总有一天要爆发;此外——别对外人说——我相信他属于那些秘密组织①——欧洲大陆的反动和铁血统治招惹来的。前几天我看见他在国会里当御前传令官,身着紫红色制服,头戴插着羽毛的高帽,手持仪杖,站在御座旁边(在御座旁边啊!)——这时候我就想——啊,说出来有点儿大逆不道;当一位大臣来宣读国王陛下的关于王国的形势和需要的圣旨时,我看了一下法尔克的眼睛,他似乎在说:国王陛下知道王国的形势和需要是什么吗?——你看这个人,这个人!

我相信我的回顾没有漏下任何人。再见吧,这次就写到这里!我会很快再给你写信!

亨·堡里

(完)

---

① 指共产党。

戏 剧

朱丽小姐

自然主义悲剧

(1888)

Stockholms universitet

Stockholm 1994

Formgivning av Karl-Erik Forsberg

Andra, reviderade, tryckningen

Printed in Sweden by Almqvist & Wiksell Tryckeri,

Uppsala 1995

序

长期以来,戏剧作为艺术对我来说似乎就是一部穷人圣经①,一部为目不识丁的人编写和印制的插图本《圣经》,而戏剧作家则是以通俗形式走街串巷推销时代思想的凡人布道者,其通俗的程度足以使剧场里的主要观众——中产阶级不动脑筋就能理解要表现的问题。因此,戏剧一直是青年、半文盲和女人们的小学校,他们现在仍然保留着欺骗自己和被人欺骗的低等能力,即从作家那里获得幻觉和接受思想传导②。在我们这个时代,通过幻想而产生的不成熟、不健全的思想似乎正朝着思索、调查和实验方向发展。因此戏剧对我来说,就像宗教一样以一种濒临灭亡的艺术形式正被人抛弃,因为我们缺乏欣赏它所必备的条件;现今左右着整个欧洲的这场深刻的戏剧危机,特别是在那些产生各个时代最伟大思想家的文化国度,即英国和德国,那里出现的情况都证实了这种说法,戏剧正在死亡,就像绝大多数其他美的艺术一样。

在其他国家,人们再次相信自己能用比较新的时代的内容填充旧形式的方法创造一种新戏剧;但是一方面新思想还

---

① 原文为拉丁文。
② 斯特林堡经常把"思想传导"与"催眠术"交替使用。

未来得及普及,观众还没有掌握理解问题的能力,一方面各党派煽动起来的情绪使纯粹、公正的欣赏成为不可能,在这种情况下,人们违心地说话,或用鼓倒掌和吹口哨的优势公开在剧场里施加压力,另一方面人们还未找到适合新内容的新形式,无法让新酒撑破旧瓶。

在此剧中我并没有创新的企图,因为不可能,我仅仅是按照我想象的当代新人可能对这种艺术提的要求使戏剧形式现代化。为此目的,我选择了,或者说,我被可以称为超越今日党派之争的一个题材所吸引,而社会地位的上升或者下降,好或者坏,男人或者女人,这些问题过去和现在都是人们永恒的兴趣所在。我从生活中提炼了这一题材,它是我数年前听到的,当时这件事给我留下了强烈的印象,我发现它适合写成悲剧;因为看到一个春风得意的个人,特别是一个家族的灭亡,还是会造成一个悲剧的印象。但是将来也许会有这样一个时代到来,到那时候,我们也许会变得十分开化和豁达,以致对生活带来的现在视为野蛮、卑鄙和没心肝的场面无动于衷。当我们的判断器官发达起来以后,我们会抛弃那些被称之为感情的低等、不可信的思想机器,它们将会变成多余和有害的东西。女主人公所以引起我们的同情,仅仅是因为我们的软弱,即无法抗拒相同的命运可能降临到我们头上的恐惧感。非常敏感的观众可能还不满足于这类同情,对未来充满信心的人可能还会提出防范这类罪恶的积极建议,换句话说,是提出一个纲领。但是首先不存在绝对的坏,因为一个家族的没落正是另一个得以上升的家族的幸运,而上升与下降的变换构成了生活中最大的享乐之一,因为幸运与否仅仅是相比较而存在。我想问一问希望防范猛禽吃鸽子和虱子吃猛禽这种惨状而要求制定一部纲领的人:何必为此劳心费力呢?生活并不像数学那样刻板,只是大吃小,蜜蜂置狮子于死地或者至少使其发疯之事也屡见不鲜。

我的悲剧所以给很多人留下悲哀的印象是他们自己的过错。当我们变得像第一批法国革命党人那样坚强的时候,看到国家公园里那些枯木长期妨碍其他具有同等生长权利的树被间伐时,我们会得到绝对美好和快乐的印象,就像看到一位患不治之症的病人得以死去会产生良好印象一样!最近人们责怪我创作的悲剧《父亲》太悲,似乎要看快乐的悲剧;人们呼唤生活乐趣,剧院经理招揽滑稽剧,似乎生活的乐趣就在于滑稽和把人都刻画成患有舞蹈症和白痴病。我在生活的激烈和残酷的斗争中寻找生活的快乐,我的享受是了解情况和获得知识。因此我选择了一个不寻常的例子,但富有教益,一句话,是一个例外,但是一个能反证规律的巨大例外,它很可能会伤害那些喜欢常规的人。其次,可能会冒犯那种简单头脑的是,我对情节的解释并非简单,看法也不尽一致。生活中发生的每一件事——很可能是一个相当新的发现!——通常是由一系列业已存在的程度不等的深层原因酿成的,但是一位观众通常只选择他最容易懂的原因或者最能照顾他判断能力面子的原因。这里发生一起自杀!"生意不好!"商人们说!"不幸的爱情!"女人们说。"病魔缠身!"病人说。"希望破灭!"落难者说。但是现在很可能是这样的情况,所有的说法都对,或者都不对,死者通过推出完全不同的原因把根本的原因巧妙地掩盖起来,以便落下一个好名声。

朱丽小姐的悲惨命运是诸多原因造成的:母亲"不良的"本性;父亲对姑娘不正确的教育;自身的天性和未婚夫给这个

339

脆弱、退化的大脑施行思想传导；还有更直接的原因：仲夏节之夜的节日气氛，父亲离家在外，她的月经期，饲养动物，跳舞造成的感情冲动，夜色、鲜花对性欲的强烈刺激，最后是痛饮促成两人到一个隐秘的房间，再加上那个性欲冲动的男人急不可耐。

我没有片面地从生理学方面或者完全从心理学方面去考虑，没有仅仅归罪于来自母亲的遗传，没有仅仅把责任推给月经期，更没有仅仅谴责"伤风败俗"，没有一味地进行道德说教，我把最后一项任务交给了厨娘——因为剧中缺少一位牧师！

这种对原因的多角度解释，我自誉为符合时代潮流！如果在我之前其他人也有过类似的做法，我自誉为英雄所见略同，所有的新发现都被称之为奇谈怪论。

就个性的刻画而言，由于下列原因，我使我的人物相当没有个性！

"个性"一词在时代发展的进程中有过多种含义。起初它的含义大概就是在灵魂情结中占主导地位的特征，与气质交替使用。后来这个词就变成了中产阶级的机械主义用语：一个单个的人总要停留在某种性格阶段，或适应生活中的某个角色，一句话：停止发展，变成所谓个性。那些处于发展中的，那些在生活的激流中不愿固定住帆脚索前进，而宁愿顺风使舵的高明的舵手则被称之为没有个性。无疑，从贬义上讲，他难于捕捉、记录和管理。资产阶级关于灵魂不灭的概念被移到被他们长期占据的舞台上。一个绅士在舞台上变成了刻板的个性：他自始至终醉醺醺、滑稽可笑和充满苦恼，为了显示他的个性，只需给他的肉体上加一种生理缺陷，一只跛脚，一条假腿,一个红鼻子,或者重复"好极了"①"巴吉斯愿意"②之类的话语。这种简单地看待人类的方法甚至在伟大的莫里哀的著作中也存在。阿巴公仅仅是个吝啬鬼,而他很可能既是吝啬鬼,但也是一个出色的理财人,一个完美的父亲和一个优秀的地方长官,更重要的是,他的"缺陷"对将要继承他财产的女婿和女儿极为有利,因此不应该责怪他,只不过他们要等一段时间才能同床共枕。因此我不相信简单的戏剧个性和作家对人下的笼统结论:这个人愚蠢,那个人残酷,这个人嫉妒心强,那个人小气,自然主义者应该推翻这些结论,他们知道灵魂情结是多么丰富,要知道"罪恶"还有近似美德的一面。

　　生活在一个过渡时期的现代个性起码比前一个时期更急躁和歇斯底里,所以我把我的人物描写得更加动摇、破碎、新旧混杂,在我看来,现代思想通过报纸和交谈渗入到仆人生活的阶层不是不可能的。因此,那些在自己遗传的奴隶灵魂里有了部分现代人的味道。我想提醒那些非议我们在现代戏剧里让人讲达尔文主义而同时推崇莎士比亚的人,《哈姆雷特》中的掘墓人大讲当时的布鲁诺③(培根④)的时髦哲学,这在思想传媒远不如现在的时代里更不可能。除此之外,自从把低级动物变成人的摩西成功的创世历史诞生以来,"达尔文主义"就一直存在,只不过是我们首先发现和使其成形罢了。

---

① 瑞典作家弗朗斯·海德贝里(1828—1908)的喜剧《无关痛痒》中照相师格鲁特的一句台词。
② 英国作家狄更斯(1812—1870)的长篇小说《大卫·科波菲尔》中巴吉斯说的一句话。
③ 布鲁诺(1548—1600),意大利哲学家。
④ 培根(1561—1626),英国哲学家和国务活动家。

我这部作品中的各种灵魂(个性)是由过去和现在的文化传闻、书报上的只言片语、人体上的某些部位、从结实的节日礼服上撕下的碎片混杂而成的,完完全全像个拼凑的灵魂,此外我还加上一点进化史,我让弱者盗用和重复强者的语言,让灵魂从环境(黄雀的血)、道具(刮脸刀)获取思想和互相进行思想传导,我还让"思想传导"通过死的媒介(伯爵的马靴、门铃)进行;最后用"清醒思想传导",它是对睡眠者施行思想传导的翻版,这一点现在被认为是庸俗的,人们承认,它不可能像梅斯梅尔①时代那样引起人们的嘲笑和误解。

朱丽小姐是一个现代个性,不是因为她不男不女,仇视男人,这种人什么时候都有可能存在,而是因为她现在被发现和招摇过市。她是一种邪念的牺牲品(甚至可以控制较坚强的大脑),这种邪念认为,女人——人类的劣等形式——置身于创世的主人、文化的创造者即男人中间,妄图与男人平等,或者可以变得与男人平等,就会陷入一种荒谬的追求,从而堕落。所以荒谬是因为一种劣等形式,受繁衍规律支配,永远会生劣等,按下列公式推算永远不会有飞跃:A(男人)和B(女人)从同一地点C出发,让我们假设A(男人)的速度为100,B(女人)的速度为60。问什么时候B可以赶上A?答:永远赶不上!即使是接受同等教育、同等的选举权、裁军或戒酒,都无济于事,就像两条平行线永远无法相交一样。

不男不女是新钻出来的一种类型。如今以卖身换取权力、勋章、荣誉和文凭,就像过去换取金钱一样,都意味着蜕化。这不是什么优秀品种,因为它不能保持不变异,但是很遗

---

① 梅斯梅尔(1734—1815),奥地利医生,当代催眠术的先驱。

憾,它可以带着自己的苦难繁衍下一代;蜕化的男人似乎不知不觉选中她们,使她们的数量增加,生出受着生活折磨的不确定的性别,但幸运的是它们灭亡了,不是因为与现实不协调,就是因为无节制发泄自己被压制的情欲,或者是因为要赶上男人的希望化为泡影。这个种类是悲剧性的,是由于与天性进行无望的斗争造成的,就像浪漫主义的遗产现在被自然主义驱散一样带有悲剧性,自然主义只想成功,而成功属于坚强和优秀的种类。但是朱丽小姐是属于正在衰退的老军界贵族的后代,行将被新的神经或曰大脑贵族取而代之,是一个家庭中由于母亲的"罪恶"所招致的不协调的牺牲品;是一时糊涂、环境和身体状况欠佳的牺牲品,把这一切加起来就等于昔日的命运或宇宙规律——自然主义者把罪恶连同上帝一笔勾销了。但是行动的后果,如惩罚、监禁和由此产生的恐惧,不能勾销,原因很简单,它们都存在,不管他是否放弃这种权力,因为受到伤害的当事人不像没受到伤害的非当事人那么好说话,旁观者清,即使父亲由于某种原因被迫不进行报复,由于与生俱来或从较高阶级继承下来的荣誉感,女儿也会像她做的那样自己报复自己。从何处而来?从野蛮时代,从雅利安人的发源地①,从中世纪的骑士制度,冠冕堂皇,但是现在对这个种类的存在极为不利。这是贵族的剖腹自杀,当一个日本人受到另一个人的污辱时,深感内疚的规律是剖腹自杀,这种做法以贵族的特权即决斗形式继续着。所以仆人让活了下来,而朱丽小姐却没脸活下去。奴隶所以胜过王侯一筹是因为他们没有对荣誉的这种危险偏见,在我们所有的雅利安人

---

① 有一种理论把印度和伊朗视为印欧人和雅利安人的发祥地。

身上都有一点儿贵族或者堂吉诃德的气味,使人们对那些因为做了不体面的事而失去尊严并因此自杀的人产生同情。我们都是十足的贵族,看到一个伟人倒下去,尸体像垃圾一样时,内心就受到折磨,即使倒下去的人通过体面的举动弥补了过失而站起来也是如此。仆人让是一个种类的创建人,在他身上有着各种不同的特征。他是长工的孩子,正在把自己培养成未来的绅士。他善于学习,有着发育良好的感觉(嗅、味、视)和对美的感受。他已经崛起,强大得足以损人利己。他对周围的人已经感到陌生,轻蔑地把他们视为背后的阶段,他害怕和逃避他们,因为他们了解他的秘密、窥视他的意图,用嫉妒的目光看着他的上升,幸灾乐祸地等待他的失败。因此产生了他双重的不确定性格。在同情上层阶级和仇视他们高高在上之间来回摆动。他自己说他已经是贵族了,掌握了上流社会的秘密,即表面圆滑,但内心野蛮,已经潇洒地穿上双排扣大衣,但是不能保证他肉体是清洁的。

他尊敬小姐,但是他怕克里斯婷,而她手里有令他胆战心惊的秘密;他冷酷无情,不会让夜里发生的事情阻碍他的前程。他具有奴隶的野蛮和统治者的残忍,目睹鲜血也不会打颤,能逢凶化吉;因此他能安全地脱离争斗,最后很有可能成为酒店老板,即使他成不了罗马尼亚伯爵,他的儿子很可能成为大学生,还有可能当上一个县的治安或税务督察。

此外,他还提供了下层阶级的人如何从他们所处的地位看待生活这一非常重要的情况,他讲的确实是真话,不过他不经常这样做,因为他更多的是讲对他自己有利的话,而不是讲真理。当朱丽小姐提出,是不是下层阶级所有的人都感到来自上层的沉重压力时,他自然随声附和,因为他的目的是争取同情,但是当他觉得把自己与其他仆人相提并论不利时,便立即改口。

让除了现在是一个上升的人物以外,他还是一个占了朱丽小姐上风的男人。通过自己男性的力量、发育良好的感觉和主动进攻的能力,他在性别上成了贵族,他的劣势是他生活的暂时的社会环境,他很有可能脱掉仆人的制服。

他的奴性表现在对伯爵的敬畏(对马靴)和宗教迷信方面;但是他更多的是把伯爵当作他孜孜以求的更高地位的拥有者来敬畏;当他征服了这家的女儿,看清了徒有虚表以后,他的敬畏依然存在。

我不相信在两个本质上完全不同的灵魂之间会产生"更高"意义上的某种爱情关系,因此我让朱丽小姐的爱情变成她为了保护自己或者推卸责任而编造出来的,我叫让设想,在另外的社会条件下他可以享有的一种爱情。我想,爱情与风信子一样,在它开出繁花之前,一定要把根扎到黑暗处。在那里迅速发芽、开花和结果,然后很快枯死。

克里斯婷终归是个女奴隶,完全没有主见,迟钝,整天忙于烧火做饭,说起话来像动物一样没有思想,把道德和宗教当作不折不扣的遮羞布和替罪羊。强者不需要这些东西,他可以好汉做事好汉当,或者干脆赖账!她去教堂是为了在耶稣面前卸掉在伯爵家偷东西的包袱和取得新的无罪感。

此外,她是个配角,所以我有意识地把她刻画成像《父亲》中的牧师和医生,因为我想要的正是像乡村牧师和各省的医生这类日常人物。这些配角所以显得抽象是因为日常人物在某种程度上就是抽象,这与他们的职业有关,也就是说没有独立性,只表现他们司职的一个方面,如果观众觉得不需要从多方面看他们，那我的抽象描写就是相当正确的。

最后有关对话，我打破了某种传统，其中我没有让我的人物成为答疑解惑的传教士，坐在那里提一些愚蠢的问题，然后引出明快的回答。我避免使用法语结构的对话中的对称和数学形式，而是让大脑像在现实中一样不规则地工作，不使每一次谈话都十分明了，而是让一个大脑像齿轮一样带动另一个大脑。因此谈话也是杂乱无章的，最初几场出现的材料在后边加工、发展、重复、展开和渲染，就像乐曲中的主题一样。

情节相当丰富，但实际上只关系到两个人物，我把精力放在这两个人身上，只加进一个配角厨娘，让父亲不幸的灵魂笼罩上空，并作为整个剧作的背景。因为我确信，新时代的人对心理过程最感兴趣。我们喜欢追根问底的灵魂不再仅仅满足于发生的事情，而是还想知道是怎样发生的！我们想看的恰恰是舞台上的绳索、机械，查看双底箱子，拿起有魔法的戒指寻找接口，查看纸牌上边是否有记号。

在此之前我曾浏览过龚古尔兄弟的纪实小说，它们是当代文学中最吸引我的作品。

就结构的技巧而言，我尝试着不分场次。因为我确信我们日益减退的想像力可能受到换场的干扰，换场时观众有时间进行思考，从而削弱作家——催眠术家对他们施加的思想传导的影响。我的剧可能持续六刻钟，与人们听一次讲座，听一次布道或议会辩论的时间一样长或者稍长一些，我想花一个半小时看一场戏不会感到疲倦。早在一八七二年，在我早期的戏剧习作之一《被放逐者》中，我就曾尝试过这种集中的形式，尽管不是很成功。最初我把它写成五幕，写成后我发现它支离破碎，效果欠佳。我把它烧了，从灰烬中诞生了一部彻底改写的大型独幕剧,印出来有五十页,演了整整一个小时。如此说来这种形式并不新,但是它似乎属于我的,通过改变情趣规律有可能使观点符合时代要求。我的用意在于使观众养成坐整个一个晚上连续看一场戏的习惯,当然还需要做一些调查。然而为了给观众和演员准备一些休息机会,我采用互为关联的三种艺术形式,即独白、哑剧和芭蕾舞,最初都与古典悲剧有关,在这种情况下,抒情独唱变成了独白,合唱变成了芭蕾舞。

独白现在被我们的现实主义者斥之为不可能,但是如果我把理由说出来,我就使它成为可能,就是说,使用它是有好处的。讲演者独自走在地板上,高声朗读自己的讲稿,是可能的,一个演员高声说着自己所扮角色的台词,女仆在猫身边讲话,母亲在孩子身边咿呀地讲着话,老处女对鹦鹉讲话,睡觉的人讲话,都是可能的。为了给演员一次独立工作的机会和有一瞬间摆脱作家的指挥棒,我没有写出全部独白,只是做了些提示。因为梦话和对猫讲的话无足轻重,只要不影响情节,一个有才华的演员进入角色以后,即兴讲出的话可能要比作家写出的话更好,因为事先不可能估计出讲多少话,讲多长时间才不会破坏观众的幻想。

众所周知,意大利戏剧在某些剧院又恢复了即兴表演,因而造就了一批有创造性的演员,只要不违背作家意图,这就是一种进步,一种新的充满生机的艺术种类,可以说是一种创造性的艺术。

在那些不可能使用独白的地方,我采用了哑剧的形式,我依然给了演员更多的创造自由——获得独立的荣誉。与此同时,为了不超过观众的忍耐能力,我让音乐——由于这个原因我选了仲夏节舞曲——在无声的表演中起产生幻想的作用,我请音乐指挥仔细选择音乐,不要使人产生当今轻歌剧、舞蹈节目或者异域情调太浓的民间曲调的印象,以免造成陌生气氛。

我所采用的芭蕾舞场面是不能用所谓的群众场面替代,因为群众场面容易演坏,很多嘻嘻哈哈的人都想借此机会露一手,因此会破坏想象。就像仆人不即兴编出伤人恶语而是利用现有的双关语材料一样,我也没有写出讽刺歌谣,而是用了我自己在斯德哥尔摩地区记录下来的一个鲜为人知的舞蹈游戏。歌词大体合适,不是十分贴切,这也是我的本意,因为奴隶身上的虚伪(软弱)不允许直接攻击。也就是说,在一个严肃的情节里不应该有高谈阔论的小丑,在为一个家族的棺材钉盖的情况下不能出现粗野的讥笑。

就布景而言,我借用了印象派绘画中的不对称和剪裁的技巧,我确信产生了幻想的效果,由于无法看见整个房间和布置,这样就使观众有想象,从而调动起幻想和主动去补充。我还成功地省去了通过各种门的令人厌烦的退场。舞台上的门几乎都是布做的,轻轻一动就摇晃,父亲在家里没吃好晚饭,把门砰地一摔走出去,"整个房间都颤抖起来"(舞台摇摆起来!),但是它没有能力表现出这位愤怒父亲的愤怒。同样,我也坚持用一个场景,一方面使人物与环境融为一体,另一方面打破场景过于奢华的传统。但是一个场景的时候,必须使人觉得它是可行的。然而没有使一个房间看上去大体上像一个房间更困难的了,尽管美工人员可以轻松地画上火焰山和瀑布。让我们同意用布做墙吧!但是停止在布上画书架和厨房用具的时候到了。舞台上已经有那么多其他常规的东西要我们相信,就别再绞尽脑汁去相信那些画出来的锅了。

我把背景墙和桌子都斜着摆放,以便让演员在桌子旁边相对而坐时,一个正面表演,一个侧面表演——而我在歌剧《阿依达》①中看到一个斜的后幕,它把人的眼睛引向无人知晓的地方,看来它不像是针对令人厌烦的直线而产生反抗精神的产物。

另一条并非多余的新闻是取消脚灯。这种下部灯光的用意似乎是使演员的脸部丰满一些;不过我想问一句:为什么所有的演员的脸部都要丰满呢?这种下部灯光难道不会使脸的下部,特别是下巴失去很多优美特征,鼻子变得虚假,在一只眼睛上投下阴影吗?如果不是这样的话,另一点则是肯定的:演员的眼睛会遭受折磨,目光失去感染力,因为脚灯的光正好打在平时受保护的部位(不得不看海上的太阳的海员除外),因此演员不是看旁边就是拼命向上翻白眼,除此之外,还很少能看到眼的其他表情,我大概还要加一句,特别是女演员疲惫地眨眼睛。出于相同的原因,当演员在舞台上想用眼睛表达要说的话时,只有朝观众直视这个糟糕的方法,别无他法,这样他或她就与舞台外面的人直接发生了交流,人们把这种情况称为"与熟人打招呼",不管这种说法合理还是不合理。

难道用足够强的侧光(用折光板或其他东西)就不能给演员带来新的可能性,用面部最优越的条件——眼技加强表现力吗?

让演员为观众演出而不是与他们一起演出,这种幻想我

---

① 歌剧《阿依达》是意大利作曲家韦尔第为苏伊士运河开航所作,1880年2月16日曾在斯德哥尔摩皇家剧院演出。

是没有的,尽管这样做的用意是好的。我不梦想在一场重头戏里自始至终看到演员的后背,但我确实希望带有决定性的场面不要像二重唱演员那样为了获得掌声围着提词台转。我要求他们在恰当地方表演。因此这不是什么革命,只是小小的改革,因为使舞台成为没有第四堵墙的房子,整套家具背朝观众席,仍然会起干扰作用。

在我想谈化妆的时候,我真不敢让宁肯漂亮也不肯让自己符合角色的女士们听到。但是男演员可以考虑,化妆的时候硬要在脸上加一种抽象的特征,从而使脸变得像假面具,这对他是否有益。让我们考虑一下,一位绅士用眉笔在双眼之间画上一种醒目的易怒特征,假如这些怒气冲冲的绅士在答话时需要微笑一下,什么可怕的怪相不会出呢?在老者发怒的时候,像台球一样光滑的假前额怎么能皱一皱呢?

在一出有着心理学内容的现代剧中,更多的是用面部表现灵魂的微小动作,而不是靠手势和呼喊,最好是在小剧场演,装上亮度大的侧面灯光,演员不化妆,或者顶多化淡妆。

假如我们去掉一眼就能看到的乐队,他们有干扰性的灯光和面对观众的脸;假如我们提高前排座位,使观众的眼睛能看到演员膝盖以下的部分;假如我们能够去掉那些坐着大声喧哗、大吃大喝的男女的包厢("牛眼"),从而使观众席在演出中保持完全黑暗,还有最重要的一点,就是要有一个小型舞台和一个小型剧场,就有可能出现一种新的戏剧,至少剧场可以重新成为有教养的人的娱乐场所。在等待这种剧场的过程中,我们可以把一些剧本储存起来,为将来演出准备剧目。

这是一种尝试!即使失败了,也到了该重新尝试的时候了。

人　物

朱丽小姐——二十五岁

让——男仆，三十岁

克里斯婷——厨娘，三十五岁

事情发生在仲夏节之夜伯爵的厨房里。

布　景

〔一间大厨房,它的屋顶和两面墙壁被边幕和云幕盖住。背景墙从左侧由内而外、由上而下地伸向舞台;背景墙的左侧有两个架,上面摆着黄铜、大理石、铁和锡制的器皿;架子用印花纸糊着边;靠右边一点儿,有一个可以看见四分之三的大拱门,门上装有两扇玻璃门,透过玻璃可以看见一个有爱神塑像的喷泉,周围有盛开的紫丁香和参天的箭杆杨。

〔舞台的左侧可以看到一个大壁炉的角和一部分炉罩。

〔右侧可以看到伸出来一端的仆人用的白松木餐桌和几把椅子。

〔炉子上堆着桦树枝;地上撒着刺柏枝。

〔桌子的一端放着一个很大的日本调料罐,里边插着盛开的紫丁香花。

〔一个冷藏箱①,一个案板,一个碗架。

〔门的上方有一个老式的门铃,左边有一个喇叭状话管。

---

① 一种用锯末隔热的箱子。

〔克里斯婷站在炉边用炒勺炒菜;她身穿浅色棉布连衣裙,胸前系一围裙。让走进来,穿仆人制服,把手里拿的一双带刺马针的大马靴①放在地板上一个显眼的地方。

让　今天晚上朱丽小姐又发疯了;彻底疯了!

克里斯婷　哟,是您在这儿?

让　我送伯爵到车站去了。回来时经过仓房,我就进去跳舞。我正好看见小姐同护林人领头起舞。当她看见我的时候,马上冲我跑过来,拉起我的手,邀请跟她跳女士们跳的华尔兹。随后她就旋转起来——我跟别人从来没有这样跳过。她疯了!

克里斯婷　她总是这样,不过,从来没有像解除婚约以后最近十四天这样。

让　啊,那到底是怎么回事?男方尽管不富,但也是一个不错的男人!哎,他们太叫人琢磨不透了。(在餐桌一头坐下)不管怎么说,这件事是有点儿怪,一个大家闺秀情愿和仆人们呆在家里,却不愿同父亲走亲戚,这叫什么事

---

① 此处表明伯爵已是行将没落的军界贵族。

儿!是仲夏节呀!

克里斯婷　自从她和未婚夫闹翻了以后,就一直没着没落的。

让　很可能!不管怎么说,那是一个有骨气的男人!你知道事情的来龙去脉吗,克里斯婷?我亲眼所见,不过我装作没看见。

克里斯婷　不会吧,您看见了?

让　真的,我看见了。一天傍晚,他们在马厩前的院子里玩,用小姐的话说,是"驯服"他——你知道怎么个驯法吗?啊,是这样:她让他从鞭子上跳过去,就像驯狗一样。他跳了两次,每次都挨一鞭子;但是第三次的时候,他从她手里夺过鞭子,折成无数碎断,然后扬长而去。

克里斯婷　是这样?不会吧!您别瞎说啦!

让　真的,事情就是这样!——不过,你现在拿什么好吃的给我,克里斯婷?

克里斯婷　(从炒勺里倒出菜,放在让面前)噢,是我刚切下来的一点儿小牛里脊肉!

让　(闻菜)真香!我要独个儿享受啦①!(用手摸一摸盘子)不过你应该先把盘子温一温!

克里斯婷　您吃饭比伯爵还挑剔。(爱抚地扯了一下他的头发)

让　(生气地)别这样,不要揪我头发!你知道我最讨厌别人动我的头发!

克里斯婷　哎哟,哎哟,看您,这只不过是爱情!

〔让吃饭,克里斯婷开了一瓶啤酒。

---

① 原文为法语。

让　　啤酒,仲夏节之夜喝这个。谢谢,我不喝!要喝的话,我自己有更好的!(拉开一个抽屉,取出一瓶黄蜡封口的红葡萄酒)黄蜡封口,看见了吧!给我一只酒杯!喝纯①红葡萄酒当然要用高脚杯!

克里斯婷　(回到炉子旁边,放上一个小锅)多大的谱儿!愿上帝保佑找您做丈夫的姑娘!

让　　啊,哪儿的话!你打着灯笼也找不到像我这样好的男人;人家把我称作你的未婚夫,我看你不会觉得掉价吧!(尝酒)够味儿!真够味儿!只是稍微凉了一点儿!(用手暖杯子)这酒是我在第戎买的。不算四法郎一公升;还得上关税!你在煮什么?怎么这样难闻?

克里斯婷　嘿,这是朱丽小姐让我给她的狗戴安娜煮的那种臭东西!

让　　说话文明点儿,克里斯婷!可是大节日的你给那个狗熬哪门子药呢?它病了,对吗?

克里斯婷　对,它病了!发情后与道班房的公叭儿狗跑出去——结果坏了事——可把小姐气坏了!

让　　小姐有些场合太高傲,而在另一些场合又太不自重,跟伯爵夫人在世时一样。伯爵夫人很愿意到厨房和畜圈里去,但从来不坐一匹马拉的车;她穿着袖口很脏的衣服,但是钮扣上要有伯爵的冠冕。说到小姐,她不顾体统和身份。我敢说,她不够文雅。刚才在仓房里跳舞的时候,她把护林人从安娜身边拉走,自己请他跳舞。就是我们这身份也不会做出这种事;不过上等人要入乡随俗就是

---

① 原文为法语。

　　　　　这样——就会俗气起来！不过她还是很有风度！很迷人！啊,漂亮的肩膀！而且——等等,等等！

克里斯婷　啊,够了,少溜须拍马！克拉拉给她穿过衣服,她怎么样,我听克拉拉说过。

让　　噢,克拉拉！你们总是互相嫉妒！我和她在外面骑过马……此外她舞也跳得好。

克里斯婷　听我说,让,我收拾完了,您愿意跟我跳舞吗？

让　　愿意,当然愿意！

克里斯婷　这么说,您答应了？

让　　答应了,我说了跟你跳舞,就一定做到！不过现在得谢谢你做的饭！好吃极了！(把瓶盖盖好)

　　　　〔小姐在门里冲外边讲话。

小　姐　我马上就回来,你们先玩吧！

　　　　〔让把酒瓶藏到抽屉里,恭恭敬敬地站起来。

小　姐　(上,走到炉子旁边的克里斯婷跟前)喂,你熬好了吗？

　　　　〔克里斯婷示意让在场。

让　　(殷勤地)女士们有什么秘密吧？

小　姐　(用手绢在他脸上撩了一下)好奇鬼！

让　　哎呀,紫罗兰香水真香啊！

小　姐　(嗲声嗲气地)真不害羞！您也懂香水！跳舞嘛,您跳得不错……别瞧,快走开！

让　　(卑谦、礼貌地)女士们在仲夏节之夜熬什么仙汤吧？预卜好事吗？吉星高照,人们可以看到时运迎面来。

小　姐　(刻薄地)您要长一双好使的眼睛才能看到它。(对克里斯婷)倒半瓶,盖好！——来跟我去跳个斯高迪士舞,让……

让　（迟疑地）我不想对别人失礼,不过这个舞我已经答应克里斯婷了……

小　姐　她可以另选一个,克里斯婷,对吗?你愿意把让借给我吗?

克里斯婷　这事可不取决于我;如果小姐这样赏脸,您拒绝就不合适了!您只管走吧!谢谢小姐给这个面子。

让　坦率地说,我没有伤害谁的意思,但是不知道朱丽小姐和同一个舞伴连跳两次是否明智,特别是仆人们会马上议论纷纷……

小　姐　（气冲冲地）什么?议论纷纷?您这是什么意思?

让　（毕恭毕敬地）因为小姐不明白,我不得不说得更清楚些。您的属下都在等待相同的殊荣,厚此薄彼情面上不好……

小　姐　厚此薄彼!奇谈怪论!真让我吃惊!我,这家的女主人,亲临仆人们的舞会,当我确实想跳舞的时候,自然要找一个会跳的人,免得被人耻笑。

让　遵命,小姐,我愿意效劳!

小　姐　（温和地）别说遵命,今晚我们大家快快乐乐地共度节日,不分尊卑!好,把胳膊伸给我!——克里斯婷,别担心!我不会夺走你的未婚夫!

〔让伸过胳膊,挎着小姐走出去。

哑　剧

〔女演员在表演时,要真像一个人在大厅里一样;必要时可背朝观众;不要向剧场张望,不要担心观众等

357

得不耐烦而使动作过快。

〔克里斯婷独自一人。远处传来轻柔的小提琴演奏的斯高迪士舞曲。克里斯婷随着舞曲小声哼着;收拾让吃过的饭菜,在水池旁洗盘子,擦干,放进碗橱。然后解下围裙,从抽屉里取出一面小镜子,把它靠在桌子上的丁香花盆上;点起一支蜡烛,把发簪烤热,卷额前的头发。

〔随后走到门外听动静。回到桌子旁。捡起小姐忘在那里的一块手绢,拿起来闻闻;然后若有所思地把手绢展平,叠成方块等等。

让　（一个人上）哎呀,她实实在在是疯了!哪儿有这么跳舞的!仆人们都站在门后做鬼脸。你有何高见,克里斯婷?

克里斯婷　哎,她又到月经期了,一到这时候,她就反常。不过您现在愿意和我跳舞吗?

让　对我的失礼你大概生气了吧……

克里斯婷　没有!——为那么点儿小事不值得生气,这您是知道的;我也知道我的地位……

让　（伸手搂住她的腰）你是一个很懂事的姑娘,克里斯婷,你会成为一位贤妻……

小姐　（上,窘迫、难堪、勉强搭讪）您这位迷人的舞伴,丢下您的女士就跑了!

让　正好相反,朱丽小姐,如您看到的那样,我正是赶紧回来寻找被我丢下的女士!

小姐　（改变口气,把话岔开）您知道吗,您的舞跳得举世无双!——不过节日夜晚您怎么还穿仆人制服!快把它脱下来!

让　那我就不得不请小姐回避一下了!因为我的黑大衣挂在这儿……(打了个手势,走到右边)

小　姐　您在我面前感到不好意思吗?就为了换一件外套!那就进去换吧,换完就回来!不然,您留在这里,我转过身去!

让　遵命,我的小姐!(朝右走去;换外套时,人们可以看见他的胳膊)

小　姐　(对克里斯婷)告诉我,克里斯婷,让是你的未婚夫吗?不然对你怎么会这样忠实?

克里斯婷　未婚夫?啊,如果人们愿意的话!我们是这样叫的。

小　姐　这样叫?

克里斯婷　啊,小姐本人不是也有过未婚夫,后来……

小　姐　对,我们是正式订过婚的……

克里斯婷　但不过是一场空……

〔让身穿黑色双排扣大衣、头戴黑色礼帽上。

小　姐　真帅气,让先生,真帅气!①

让　您真会开玩笑,女士!②

小　姐　您喜欢讲法语!③您是在什么地方学的?

让　在瑞士,当时我在卢塞恩一家最大的饭店当总管④。

小　姐　但是您穿上这件双排扣大衣看上去倒很有绅士派头,太迷人了!(在桌子这边坐下)

让　啊,您在恭维我!

━━━━━━━━

①②③④　原文为法语。

359

小　姐　（感到受了侮辱）恭维您？

让　我天生的卑微使我不敢相信,您对我这样的人会有真正的客气,所以我认为您言过其实,或者叫恭维!

小　姐　您从哪儿学来的咬文嚼字？您一定看过不少戏吧？

让　不仅如此!我还到过很多地方!

小　姐　不过,您不是土生土长的吗？

让　我父亲在附近的皇家法律检察官家当长工,我肯定见过童年时代的小姐,尽管小姐没有注意过我!

小　姐　啊,会有这等事!

让　真的,有一次我记得特别清楚……啊,这我不能说!

小　姐　哎哟!说吧!什么事？这一次算是个例外!

让　不,现在真的不能说!以后也许可以。

小　姐　说以后不过是个借口。现在说有什么要紧的？

让　要紧倒不要紧,不过我不想说!——您看那儿还有一位呢!（暗示在炉子旁边的椅子上睡觉的克里斯婷）

小　姐　那位会成为一个贤妻!她可能会打呼噜吧!

让　呼噜不打,但是说梦话!

小　姐　（冷嘲热讽地）您怎么知道她说梦话？

让　（不知羞耻地）我听见过!

〔稍停片刻,其间彼此对视。

小　姐　您为什么不坐下？

让　有您在场我不敢!

小　姐　如果我下命令呢？

让　那我遵命!

小　姐　那就请坐吧!——不过等一等!您能不能先给我弄点儿喝的东西？

让　　我不知道冷藏箱里能有什么东西。我相信只有啤酒。

小　姐　有啤酒就行;我的口味不高,我宁愿喝啤酒而不喝葡萄酒。

让　　(从冷藏箱里拿出一瓶啤酒,打开盖儿;从橱柜里找出一个玻璃杯和一个盘子,倒上啤酒)请吧!

小　姐　谢谢!您自己不喝?

让　　我不喜欢喝啤酒,不过如果小姐命令我的话!

小　姐　命令?——我觉得,您作为一个懂礼貌的陪伴,应该陪您的女士一起喝!

让　　提示得很对!(又打开一瓶啤酒,拿出一个玻璃杯)

小　姐　现在为我干一杯吧!

　　　　〔让犹豫。

小　姐　我觉得,您这个男子汉太腼腆了!

让　　(跪下,开玩笑似的模仿着,举起酒杯)为我的主人干杯!

小　姐　好极了!——现在您该吻我的鞋了,那就更像了!

　　　　〔让犹豫了片刻,随后大胆地抱起她的脚,轻轻地吻。

小　姐　妙极了!您真成演员了!

让　　(站起来)到此为止,小姐!有人来会看见我们!

小　姐　那有什么关系?

让　　仆人会议论纷纷!很简单!如果小姐知道,刚才他们在那边的舌头有多么长……

小　姐　他们说什么啦?告诉我!——现在请坐吧!

让　　(坐下)我不愿意伤害您,但是他们说了些不三不四的话,怀疑这种举动……啊,您自己会明白!您已经不是小孩子,当别人看到一个女人单独和一个男人——尽管是

361

一个仆人——深更半夜地喝酒……

小　　姐　那又怎么样？再说又不是只有我们俩。克里斯婷也在这儿！

让　可她在睡觉！

小　　姐　那我就叫醒她！（站起来）——克里斯婷！你睡着了？

克里斯婷　（在睡梦中）啊！啊！啊！

小　　姐　克里斯婷！——这个人真能睡！

克里斯婷　（在睡梦中）伯爵的靴子刷好了——咖啡做上了——快，快，快——嗬嗬——啊嗬！

小　　姐　（揪她鼻子）你醒不醒！

让　（严厉地）不要打扰睡觉的人！

小　　姐　（尖刻地）什么！

让　她在炉子旁边操劳了一整天，到了晚上一定很累！要尊重别人睡眠……

小　　姐　（改变口气，把话岔开）想得很周到，您真高尚——谢谢！（把手伸给让）到外边去，给我摘一点儿丁香花！

让　和小姐一起？

小　　姐　和我一起！

让　这可不行！绝对不行！

小　　姐　我不明白您的意思！很可能您在胡思乱想吧？

让　不是我，是仆人！

小　　姐　什么？说我看上了仆人？

让　我不是一个想入非非的人，但是过去有过先例——而仆人不管那套！

小　　姐　我觉得您是一个贵族了！

让　　对,我是!

小　姐　我屈身下来……

让　　别下来,小姐,听我的忠告!没有人相信是您心甘情愿下来;仆人永远会说,您是跌下来的!

小　姐　我对仆人的认识比您更高明!走,让我们试一试!——走吧!(她脉脉含情地看着他)

让　　您知道,您有点儿奇怪吗?

小　姐　可能!不过您也一样!——另外,所有的一切都很奇怪!生活,人,一切都像是在水上漂来漂去的一块漂浮物,直到它沉下去,沉到水底!我翻来覆去地做一个梦,现在想起来了——我爬到了一根柱子的顶端,坐在那儿似乎无法下来。我朝下一看就头晕,而我又一定得下来,但是我没有勇气往下跳;我实在抓不住了,渴望能下来,但是我下不来,心里总不得安宁;在我下来,在我回到地面之前,永远不得安宁。我一旦回到地上,就非要进到地里去不可……您有过类似的感觉吗?

让　　没有!我经常梦见我躺在幽暗的森林里一棵大树下。我很想上去,爬到树顶,去眺望周围阳光灿烂的原野,洗劫树上鸟巢里的金鸟蛋。我爬呀,爬呀,但是树干那样粗,那样光滑,离第一根树枝又是那样远。然而我知道,我只要够着第一根树枝,把它当梯子,我一定会爬到树顶上去的。我至今还没有够着第一根树枝,但是我一定能够着它,实现我梦中的幻想!

小　姐　我站在这里和您讲起梦来了。走吧!到公园里去!
(她把手伸给他,他们走了)

让　　今天夜里我们应该采九种花放在枕头底下睡觉,这样我们的梦就会变成现实①,小姐!

〔小姐和让在门口转过身来。让用手捂着一只眼睛。

小　　姐　　让我看看你眼里进去了什么东西!

让　　噢,没什么——只是一点儿灰——很快就会好的。

小　　姐　　是我的衣服袖子碰了您;请您坐下,让我帮您擦一擦!(拉住他一只胳膊,按他坐下,把住他的头,使其往后仰,用手绢角往外擦灰)坐好,一点儿也别动!(打他的手)好!您要听话!我觉得您这个强壮的大男子汉在发抖!(抚摸他的上臂)多粗壮的胳膊!

让　　(警告地)朱丽小姐!

〔克里斯婷醒来,迷迷糊糊地走到右边睡觉去了。

小　　姐　　啊,让先生。②

让　　我警告您,我是一个十足的男人!③

小　　姐　　请您坐好!——好啦,现在擦出来了!吻吻我的手,谢谢我!

让　　(站起来)朱丽小姐!听我说!——现在克里斯婷可去睡觉了!——请您听我说!

小　　姐　　先吻吻我的手!

让　　听我说!

小　　姐　　先吻吻我的手!

让　　咳,这就怨您自己了!

小　　姐　　怨什么?

～～～～～～～～～

① 出自瑞典民间传说,未婚女子在仲夏节之夜采九种花放在枕头下,梦中可见到自己未来的丈夫。

②③ 原文为法语。

让　　怨什么？您二十五岁了，还是孩子吗？难道您不知道玩火危险吗？

小　姐　对我没有，我是保过险的！

让　　（大胆地）没有，您没有保险！即使您保了险，在您身边还有一个容易着火的装置！

小　姐　那就是您啦？

让　　对！不仅因为是我，而且因为我还是一个年轻的男子。

小　姐　而且仪表堂堂——荒唐得让人难以置信！可能是一个唐璜①！也可能是一个约瑟②！我相信您是一个约瑟！

让　　您相信吗？

小　姐　我有些担心了！

　　　　〔让大胆地走过去，搂住她的腰欲亲吻。

小　姐　（打了他一个耳光）不要脸！

让　　这是当真还是开玩笑？

小　姐　当真！

让　　那么刚才也是当真了！您玩得太认真了，这样危险！我现在不想再玩了，请原谅我要去工作了，伯爵准时要靴子，现在已经过午夜了！

小　姐　把靴子拿开！

让　　不行！这是我必须做的，而我从来没有承担陪您玩的义务，而且我永远也不会，因为我要保持我的好名声。

小　姐　您很傲气！

让　　有时候是这样，有时候不是！

---

① 唐璜，西班牙传说中的贵族青年。这里转意为"风流荡子"。
② 约瑟，《圣经》中的人物，曾被卖到埃及在法老内臣波提乏家当总管。一日，波提乏的妻子引诱他，遭他拒绝。这里转意为"正派男子"。

小　姐　您恋爱过吗？

让　我们不使用这个字眼，但是我喜欢过很多姑娘，有一次我还因为喜欢一个姑娘，又无法得到她而害了一场病：病得真像《一千零一夜》中的王子！仅仅因为爱情而茶不思饭不进！

小　姐　是谁呢？

〔让沉默不语。

小　姐　是谁呢？

让　您不能强迫我说！

小　姐　如果我把您作为一个平等的人、作为一个朋友请求呢？是谁呀？

让　就是您！

小　姐　（坐下）莫名其妙！

让　对，您愿意这样说也可以！是荒唐可笑！——您看，这就是我刚才不愿意讲的故事，不过现在我要讲了！您知道从下面看世界是什么样子吗？您不会知道！如鹰和隼，它们平时总是飞在高空，人们很少有机会看到它们的脊背！我和七八个兄弟姐妹住在长工屋里，房子外边贫瘠的土地上只有一头猪，连一棵树也不长。但是我从窗子里可以看见伯爵家花园的院墙和从墙上伸出来的苹果树枝。那是伊甸园，有很多手持喷火利剑的可怕天使守卫着。不过，我和其他的男孩还是找到了通往生命树的道路——您现在要鄙视我了——

小　姐　啊！所有的男孩都会偷苹果的！

让　话是这么说，但您仍然会鄙视我！不过没关系！有一次，我和母亲到菜园的洋葱地里去拔草。菜地旁边有一个爬满忍冬的土耳其式的亭子,掩映在茉莉花丛中。我不知道那个亭子是干什么用的,但是我从来没见过那样漂亮的建筑。仆人们在那里进进出出,有一天大门没关。我偷偷地跑了进去,看着墙上装饰着有关帝王的画。窗子上挂着带穗的红窗帘——现在您明白我的意思了吧。我——(折下一支丁香花,给小姐闻)——我从来没有进过公馆,去教堂不算——但是那里比教堂漂亮多了;不管我怎么样设法避免,我的思想总是回到那里去。我逐渐产生了一种欲望,有朝一日进去享受一下那里的一切——最后我终于溜进去了,边看边赞叹。这时候有人来了!伯爵家的人走的门只有一个,但是对我来说,还有另一个,我只好走那个,别无出路。

〔小姐手里拿的丁香花落在桌子上。

让　接着,我拔腿就跑,穿过山莓树篱,越过草莓地,登上长满玫瑰花的坡地。在那里,我看见一条粉红色的连衣裙和一双白色长袜——那就是您。我当时爬进野草丛中,您可以想象出当时的处境,身下是多刺的蓟菜,土地潮湿,气味难闻。您走进玫瑰花丛的时候,我看见了您,于是我想:如果一个强盗能到天上与天使们在一起是真的话,那么生活在上帝创造的人间的长工的孩子,却不能到公馆花园里与伯爵的女儿一起玩耍,这也太奇怪了!

小　姐　(伤感地)您认为在这种情况下所有的穷孩子的想法都和您一样吗?

让　(先是犹豫,接着是肯定地)是不是所有穷孩子——啊——当然是! 当然是!

小　姐　贫穷一定是极大的不幸!

让　　（带着深沉的痛苦，强烈的夸张）唉，朱丽小姐！唉！——一只狗可以躺在伯爵夫人的沙发上睡觉，一匹马可以享受到小姐用手抚摩它的鼻子，不过一个长工（转换口气）——对，对，只是个别的，他可以一步登天，但毕竟罕见——然而，您知道我的举动吗？——我穿着衣服就跳进了带动磨盘的河水里，后来被人拖上岸痛打一顿。但是下一个礼拜日，父亲和家里其他的人都到外祖母家去的时候，我想方设法留在家里了。我用肥皂和热水把全身洗得干干净净，换上最好的衣服去了教堂，盼望能在那里看到您！我如愿以偿，回到家里决定去死；但是我想舒舒服服地死，不想受任何痛苦。这时候，我突然想起来，在接骨木树下睡觉会睡死。我们家有一棵正在开花的粗大的接骨木树。我把树的花都捋下来。铺在一个装燕麦的大箱子里。您注意过燕麦有多么令人喜爱吗？用手一摸，就像人的皮肤一样光滑柔软……！不过我还是把箱子盖上，闭上眼睛；我睡着了，当被人叫醒以后果真害了一场大病。不过您看到了，我并没有死。

　　我想干什么？我自己也不知道。您，我是没希望得到——但是您是一个标志，说明要从我出生的阶层摆脱出来是毫无希望的。

小　姐　您知道，您讲得太动人了。您上过学吗？

让　　上过一点儿；不过我读过很多小说，看过很多戏。除此之外，我还经常听上等人讲话，我的绝大部分知识是这样获得的。

小　姐　您也听我们讲话吗？

让　　当然！我赶车和划船的时候听得很多。有一次，我听朱丽小姐和一位女朋友……

小　姐　天啊！——那您听到了什么？

让　哈哈,说出来可能不好;不过我确实有点儿吃惊,不知道你们从哪儿学来的那些话。可能从本质上说,人与人之间的差别并不像人们想象的那样大！

小　姐　啊,您真不知道害羞！我们谈恋爱的时候,可不像你们那样。

让　（用锐利的目光看着她）肯定是这样吗？——小姐没必要故作正经……

小　姐　我把爱情给了一个恶棍。

让　您总是这样说——"马后炮"！

小　姐　总是？

让　我认为是这样,因为这样的话以前我在类似的场合听过多次。

小　姐　什么场合？

让　像我们刚刚谈到的那种场合！最近一次……

小　姐　（站起来）住嘴！我不想再听了！

让　您也不想了——真奇怪！那好吧,请您让我去睡觉吧！

小　姐　（温和地）仲夏节之夜睡大觉！

让　对！和上面那些人跳舞实在没什么意思。

小　姐　那就去拿船钥匙,带我到湖上划船;我想看日出！

让　这样做明智吗？

小　姐　听口气,您好像很担心自己的名声！

让　为什么不呢？在我要自立的时候,不愿意做出什么荒唐事,不愿意被人毫无成绩地赶走。我觉得我对克里斯婷还有某种义务。

小　　姐　哟哟,又是克里斯婷……

让　　对,但是还有您——请您听我的劝告,上楼睡觉去吧!

小　　姐　让我听命于您?

让　　就这一次,为了您自己!我求求您!夜深了,困倦使人神志不清,头脑发热!请您睡觉去吧!此外——如果我没听错的话,仆人们还要到这里来找我!如果有人看见我们呆在这里,您会丢脸的!

〔合唱队唱着歌由远而近:
从森林里走来两位夫人,
特里嘀里嘀——啦啦,特里嘀里嘀——啦。
一位湿了一只脚,
特里嘀里嘀——啦啦——啦!

她们谈论着一百元国币,
特里嘀里嘀——啦啦——特里嘀里嘀——啦。
但几乎分文全无,
特里嘀里嘀——啦啦——啦。

我把花环送给你,
特里嘀里嘀啦啦——特里嘀里——啦。
我想念的却是他,
特里嘀里嘀——啦啦——啦!

小　　姐　我了解这些仆人,我喜欢他们,就像他们喜欢我!让他们来吧,您会看到这一点!

让　　不,朱丽小姐,他们不喜欢您。他们吃您的饭,但是吃完,他们就吐唾沫!相信我吧!您听,您听他们唱的是什么吧!——不,还是不要听吧!

小　姐　（听）他们在唱什么?

让　　一首讽刺民谣,讽刺您和我!

小　姐　恬不知耻!啊,卑鄙!多么虚伪!

让　　下等人总是鬼鬼祟祟!在这种斗争中走为上策!

小　姐　走?走到哪里去?我们走不了!克里斯婷那里我们不能去!

让　　是这样!到我房间里去呢?人到难处无王法;我是您可以信赖的,因为我是您实在、真诚和体贴入微的朋友!

小　姐　但是好好想一想吧,假如他们到那里去找您怎么办?

让　　我把门插上,如果有人想破门而入,我就开枪!——走吧!(跪下)来吧!

小　姐　（满怀深情地）您答应我了……

让　　我发誓!

〔小姐迅速从右边走出去。

〔让急促地跟着下。

芭　蕾　舞

〔一群身着节日盛装的长工上,帽子上插着花,为首的是一位小提琴手;他们把饰有绿叶的一大桶啤酒和一坛烧酒放在桌子上。拿出玻璃杯,然后狂饮。接着围成一圈,边唱边跳《从森林里走出两位夫人》。

〔跳完以后唱着歌下。

〔小姐一人上；看到厨房一片狼藉，两手插在一起；随后拿起粉饼，往脸上擦粉。

让 （上，得意忘形地）您看！您都听见了！您觉得这里还能久留吗？

小　姐　不能！我看不能了！可是我们能做什么呢？

让　逃走！离开这里，远走高飞！

小　姐　逃走？对，可是逃到哪儿去？

让　到瑞士去，到意大利的湖边去；——您从来没有去过那里吧？

小　姐　没有！那里美吗？

让　啊，四季如春，橙子，月桂，啊！

小　姐　可是我们到了那里以后做什么呢？

让　在那里开个旅馆，配备一流商品，接待一流宾客。

小　姐　开旅馆？

让　您肯定认为那是一种真正的生活，总是新面孔，新语言；没有一分钟闲暇去思考苦恼之事和使神经紧张，不愁找不到职业，工作自然而来；门铃日夜响个不停，火车鸣笛飞奔，马拉的车往来如梭，黄金会滚滚流进柜子。那才是真正的生活！

小　姐　对，那才叫真正的生活！可是我呢？

让　女主人，公司的花瓶。以您的容貌和风度，啊，一定会成功！巨大的成功！您像皇后一样坐在办公室里，按动电钮指挥奴隶们干活；客人们列队走到您的宝座前，虔诚地把财宝奉献到您的桌子上——您永远也不会想象到，他们把账单拿在手上时，浑身会怎么样发抖——我狠命宰客,您用最迷人的媚笑哄骗他们。——啊!让我们离开这里吧!——(从口袋里掏出一张火车时刻表)——立即,坐下一趟火车!——我们六点三十分到马尔默;明天早上八点四十分就到汉堡;从法兰克福到巴塞尔要一天,穿过圣哥大隧道,让我看一看,三天就到达科摩!三天!

小　　姐　这一切好极了!但是让——你得给我勇气——快说,你爱我!过来,拥抱我!

让　(犹豫不决地)我很想——但是我不敢!在这个家里再也不敢了。我爱您——这是毫无疑问的——难道您怀疑吗?

小　　姐　(羞答答、含情脉脉地)您!——说你吧!我们之间再没有界线了!——就说你吧!

让　(痛苦地)我不能!只要我呆在这个家里,我们之间就有界线——过去的一切还在,伯爵还在——而我从来没有遇到像他这样令我尊敬的人——只要看到他的手套放在椅子上,我就感到自己渺小——只要听见楼上的铃声,我就像一匹胆小的马一样惊恐——而现在,当我看到他的靴子笔挺而威风地站在那里,就不寒而栗!(踢了一下靴子)迷信,偏见,这些都是从小被人教会的——不过将来忘掉也容易。到另一个国家去吧,只要那里是共和制,人们会因为我穿着老板的衣服而对我卑躬屈膝——人们一定会卑躬屈膝,等着瞧吧,但是我不会那样!我生来就不会卑躬屈膝,因为我有我的能力,有我的性格,只要我抓住第一根树枝,您就会看到,我一定能爬上去!

　　今天我是仆人,但是明年就是旅馆老板,再过十年我就是大亨,然后我就到罗马尼亚去,叫人为我授勋,而且能够——听清楚,我说的是能够——最后成为伯爵!

小　姐　妙极了,妙极了!

让　啊,在罗马尼亚我给自己买一个爵位,您就成为女伯爵了!我的女伯爵!

小　姐　这些东西我正在扔到身后,我怎么会对此感兴趣呢!快说,你爱我,不然——哎,不然我算什么呢?

让　我一定会说的,会说一千遍——然而,就是不能在这里说!最重要的是,不能感情用事,否则一切都会付之东流!我们一定要冷静地处理这件事!像聪明人一样!(拿出一支雪茄,去掉烟头,点着)您坐在那儿!我坐在这儿,我们随便聊天,就像什么也没发生一样!

小　姐　(焦虑地)唉,我的上帝!难道您就没有一点儿感情!

让　我!没有任何一个人像我这样富有感情;但是我能控制自己。

小　姐　刚才您可以吻我的鞋——可是现在呢!

让　(严厉地)对,此一时彼一时!现在我们有别的事情要考虑!

小　姐　请别这样严厉地对我讲话!

让　好,但是要理智!我们已经做了一件发疯的事;不能再做了!伯爵随时都会回来,在此之前,我们必须决定自己的命运。您对我的未来计划有什么看法?您赞成吗?

小　姐　我看十分可行,然而只有一个问题:这样一件大事需要很大一笔资金,您有吗?

让　(嚼着雪茄)我?当然有!我有专业知识,我有丰富的经验,我有外语才能!我相信,这些资本足够用!

小　姐　但是凭这些您连一张火车票也买不了。

让　确实是这样;因此我要找一个能够提供启动资金的人!

小　姐　眼下您到哪儿去找呢?

让　这要由您去找,如果您愿意成为我的合伙人。

小　姐　我找不到,而我自己又没有。

　　　　〔静场。

让　那整个事情就泡汤了……

小　姐　而——

让　事情只能这样了!

小　姐　您以为我会呆在这个家里做您的情妇吗?您以为我愿意让仆人戳我的脊梁骨吗?您想,我从此还有脸见我的父亲吗?不!把我从这里带走吧:摆脱讥笑和耻辱!哎,我怎么会做出这等事啊,我的上帝,我的上帝!——(哭)

让　哎哟,这是怎么说的!——您做什么啦?在您之前很多人都做过这类事!

小　姐　(声嘶力竭地尖叫)您现在是在蔑视我!——我堕落了,我堕落了!

让　如果您堕落到我这里,我会把您托起来!

小　姐　是什么可怕的力量把我引向您?是弱者屈从于强者?是没落者屈从于上升者?还是爱情?难道这是爱情吗?您知道什么是爱情吗?

让　我?当然知道,我敢保证;您不相信我过去跟别人睡过觉?

小　姐　您讲的话多么粗俗,而您的想法是多么下流!

让　这是我学来的,我就是这样的人!用不着紧张,别再装腔作势啦,因为现在我们俩是半斤八两!——啊,我的宝贝姑娘,过来,让我请你再喝一杯!

〔拉开抽屉,拿出那瓶葡萄酒;斟满两个用过的杯子。

小　姐　您是从哪儿弄来的葡萄酒?

让　从地下室!

小　姐　我父亲的布尔戈葡萄酒?

让　不配给女婿喝吗?

小　姐　我只喝啤酒!我!

让　这只能说明您的口味还不如我高!

小　姐　贼!

让　您想声张吗?

小　姐　哎呀!哎呀!我成了家贼的同案犯!今夜我喝醉了,还是在做梦?仲夏节之夜啊!天真无辜者的节日……

让　天真无辜?哼!

小　姐　(走过来又走过去)此时此刻世界上有谁像我这样不幸吗?

让　您为什么会不幸呢?一场争夺战胜利之后会不幸!想想在屋里睡觉的克里斯婷吧!您不相信她也有感情吗?

小　姐　我刚才相信,但是现在我不再信了!不信了,长工终归是长工……

让　娼妇终归是娼妇!

小　姐　(合手跪在地上)啊,上帝呀,结束我这苦难的生命吧!把我从深陷的污浊中拯救出来吧!救救我吧!救救我吧!

让　　我不否认,我在为您难过！当我躺在洋葱地里看见您走进玫瑰园的时候……我现在可以说出来了……我像其他所有的男孩子一样,有着丑陋的想法。

小　姐　您想为我去死！

让　　在燕麦箱里！其实只是说说而已。

小　姐　这就是说,你在撒谎！

让　　(开始困倦)差不多吧！那个故事是我从报纸上看来的,讲的是一个清扫烟囱的人,因为法庭判决他必须给他的私生子抚养费而钻进一个放着丁香花的劈柴箱子里……

小　姐　啊,原来您是这样的人……

让　　我编得不错吧！要让女人上钩总得说点儿好听的！

小　姐　恶棍！

让　　屁话！①

小　姐　您现在看到鹰的脊背了……

让　　何止是脊背……

小　姐　我将成为第一根树枝……

让　　但这根树枝已经腐烂……

小　姐　我将是旅馆的招牌……

让　　我在旅馆……

小　姐　坐在您的柜台前边,招徕您的顾客,为您伪造账单……

让　　这我自己会……

小　姐　一个人的灵魂竟会这样肮脏！

让　　那就洗一洗好了！

~~~~~~~~~~~~~~~~~~~~

① 原文为法语。

小　　姐　　仆役,用人,我说话的时候,你要站起来!

让　　仆役的情妇,用人的姘头,住口,从这儿滚出去。用得着你来指责我粗野吗?像你今天晚上这样粗野,在我们这种人中间还不曾见过。你相信有哪个女仆像你这样勾引男人吗?你见过我这个阶级中的哪个姑娘像你这样卖身吗?这样的事我只在畜牲和堕落的女人中见过!

小　　姐　　(绝望地)说得对!打我吧,踩我吧;这是我的报应!我是一个混蛋;不过救救我吧!可能的话,把我救出去吧!

让　　(变得温和一些)我不否认,我很荣幸地勾引上了您;但是您相信,如果不是您主动引诱我,处在我这种地位的人敢看您一眼吗?我至今仍然感到吃惊……

小　　姐　　而且自豪……

让　　为什么不呢?尽管我承认,便宜没好货。

小　　姐　　再打我几下吧!

让　　(站起来)不,请原谅我刚才讲的话!我不打缴械投降的人,更何况是女流之辈。我不否认,一方面我很高兴,看到了下面照得我们眼花缭乱的只不过是虚假的光环,看到了鹰的脊背同样是灰色的,细嫩的面颊上涂的是脂粉,磨得光亮的指甲里实际上有污垢,散发着香水味道的手绢却是脏的;另一方面,我也感到难过,我看到我自己梦寐以求的并不是什么更高尚更可靠的东西;对于您,堕落到还不如自己的厨娘的地步,我也痛心,就像看到秋季的花朵被雨水抽打落地,变成粪土令我伤感一样。

小　　姐　　听您讲话的口气,好像您已经高我一等了!

让　　我也可以做到:您等着瞧,我能使您变成女伯爵,但是您永远无法使我成为伯爵。

小　姐　但我是伯爵所生,而您永远也不会是。

让　此话有理,但是我可以生几个伯爵——如果——

小　姐　但是您是一个贼;而我却不是。

让　贼不是最坏的!还有更坏的!此外,我在一家当差,我在某种程度上就把自己当成这个家庭的一员,当成这家的孩子,而孩子从结满果实的树上摘个果子是不能算偷的。(他的感情又激动起来)朱丽小姐,您是一个好女人,配我这样的人太可惜了!您是酒后的牺牲品,您想假借爱我来掩饰您的过失!没有我的外表吸引您,您是不会这样做的——在这种情况下,您的爱情并不比我的高贵——然而我永远不会甘心当您的牲口,而且我永远不会激起您的爱情。

小　姐　您敢肯定吗?

让　您想说,水到渠成!——我应该爱您,对,毫无疑问:您漂亮,迷人——(走近她,抓住她的手)——有教养,在您高兴的时候,也非常可爱。您在男人身上点燃的烈火可能永远不会熄灭。——(用一只手搂住她的腰)——您就像加足了作料的烈酒,而您的一个吻——(他试图把她拉到外面去;但是她慢慢挣脱了)

小　姐　放开我!用这种办法您征服不了我!

让　那怎么办?——用这种办法不成!抚摩、好言劝说不行;筹划前程、摆脱耻辱也不行!那怎么办?

小　姐　怎么办?怎么办?我不知道——一点儿也不知道!——我讨厌您,就像我讨厌耗子一样,但是我又不能躲开您!

让　　跟我逃走!

小　姐　（直了直身子）逃走？对,我们一定要逃走!——但是我太累了!给我一杯葡萄酒!

　　　　〔让打开葡萄酒瓶。

小　姐　（看自己的表）不过我们可以先谈一谈,我们还有一点儿时间——（喝完一杯;伸过杯还要）

让　　不要喝得太多,您会醉的!

小　姐　醉了有什么关系?

让　　有什么关系？酗酒是不光彩的!——您现在想跟我说什么?

小　姐　我们一定要逃走!但是我们还得先谈一谈,就是说,我一定要说话,因为到目前为止都是您一个人在说。您讲了您的生活,现在我要讲一讲我的生活,让我们在一起出走之前互相知道底细。

让　　对不起,请等一等!先想一想吧,您向我暴露生活的秘密会付出代价的,以后可别后悔!

小　姐　您不是我的朋友吗?

让　　啊,有时候是!不过不要相信我!

小　姐　您为什么这么说;——此外,我的秘密也是人所共知的——您知道,我的母亲是平民出身,身份低贱,她自小受平等、妇女自由这类思想的教育;她结婚是违心的,当我父亲追求她的时候,她说她根本不愿做他的妻子,但是如果他愿意,可以做她的情夫。他让她知道,他不愿意看到他所爱的女人不像他本人那样受人尊敬。她解释说,她不稀罕世人的尊敬。由于情欲的影响,他接受了这个条件。

这时候他断绝了与周围人的联系,埋头于并不能使他满意的家庭生活。我出世了——据我所知,这是违背母亲意愿的。现在轮到由我母亲把我教育成一个自然儿童,此外我还要学会男孩子要学的一切,以我为样本,证明女人和男人一样优秀。我要穿男孩的衣服,学会养马,但是不能到畜圈去;我必须给马刷毛,学会套车,耕种和打猎,甚至宰牲口——真是太可怕了!在庄园里,男人要干女人的活儿,女人要干男人的活儿,结果弄得几乎破产,我们成了当地的笑料。最后我父亲从鬼迷心窍中醒悟过来,他造反了,一切都按他的意志恢复了原样。随后我的父母偷偷举行了婚礼。我的母亲病倒了——生的什么病我不知道——经常抽风,在阁楼和花园里藏来藏去,有时候整夜不回家。这样就发生了您听说过的那场大火。房子、马厩和畜圈烧成了灰烬,当时的情况使人怀疑,是不是有人故意放火,因为火灾正好发生在保险期满的第一天,而我父亲寄去的新的保险费由于信差疏忽被耽搁了,没有及时汇到。(倒上酒,继续喝)

让　别再喝了!

小　姐　啊,这有什么关系!——我们倾家荡产了,只好睡在大车里。我父亲不知道从哪里弄到重建家园的钱。他一直冷待自己的老朋友,所以他们忘了他。我母亲给他出主意,让他找她年轻时候的朋友——附近一家砖厂的老板去借钱。父亲借了钱,但是不必付利息,这使父亲感到非常奇怪。庄园就那样修起来了!——(又喝酒)您知道,是谁放火烧了庄园?

让　您的母亲大人!

小　　姐　　您知道，砖厂老板是谁吗？

让　　您母亲的情夫吧？

小　　姐　　您知道那钱是谁的吗？

让　　小声点儿——这我可不知道！

小　　姐　　我母亲的！

让　　如果没有契约规定①，那应该属于伯爵的。

小　　姐　　没有什么契约！——我母亲有一小笔财产，她不愿意交给父亲管理，因此存到那位朋友那里去了。

让　　朋友把钱化为己有了！

小　　姐　　正是这样！他把钱吞了！——这一切我父亲后来都知道了；他不能打官司，不能还他妻子情夫的债，无法证明这钱是他妻子的！——那次他想用枪自杀！——传闻他自杀未遂，他活了下来，而我母亲不得不自食其果！您要知道，对我来说，那是怎么样的五年啊！我爱我父亲，但是同情母亲，因为我不了解情况。我从她那里学会了仇恨男人，您听说过她恨一切男人，我向她发誓，我永远也不做男人的奴隶。

让　　可是您跟县治安与税务督察订了婚！

小　　姐　　那是因为他必须成为我的奴隶！

让　　他不愿意吧？

小　　姐　　他想得美，但是他不配！我对他太失望了！

让　　我看见了，大概在马厩前面吧？

小　　姐　　您看见什么啦？

---

① 在瑞典《婚姻法》(1920) 颁布之前，如果没有契约规定，丈夫不仅拥有夫妻住地的一切财产，还拥有妻子个人的财物。

让 我看见——我看见他是怎么样解除婚约的!

小 姐 谎言!是我解除的!那个恶棍说是他解除的吗?

让 他大概不是恶棍!是您仇恨男人吧,小姐?

小 姐 对,——多数情况下是这样!但是有时候——心肠软的时候——啊,真见鬼!

让 您也恨我吗?

小 姐 恨透了!我真想让人把您像对待牲畜一样杀掉……

让 "罪犯判二年苦役,牲畜杀掉"①,对不对?

小 姐 一点儿不错!

让 但是没有原告——而且没有动物!那我们怎么办呢?

小 姐 逃走!

让 为了互相折磨死?

小 姐 不——为了享受,两天,八天,能享受多久就享受多久,然后——去死。

让 死?太愚蠢了!与其那样,我看还是开个旅馆好!

小 姐 (不听让讲话)科摩湖畔,四季阳光明媚,圣诞节时月桂树上一片葱绿,橙子绯红。

让 科摩湖是个雨窝子,除了在食品店,在别的地方我根本没见过橙子;但那里是外国人喜爱的地方,因为有许多别墅可以出租给相爱的男女,那是一种很赚钱的工业——您知道为什么吗?喏,他们租房子往往签半年的合同,可是过三个星期他们就走了!

小 姐 (幼稚地)为什么过三个星期就走了?

---

① 按照瑞典当时的《畜奸法》第十八章第十条规定:"人与畜发生性交,人最高可判处二年苦役,动物被杀掉。"

让　当然是闹别扭！但是房租要照付！然后老板把房子再租出去。这样就慢慢发展起来！这种爱情虽然不能天长地久，但也够了！

小姐　您不想跟我一块儿去死吗？

让　一点儿也不想！我不仅喜欢活着，而且我认为自杀是对给我们生命的上帝的一种犯罪。

小姐　您还信仰上帝，您？

让　我当然信仰！每隔一个星期日去教堂一次！——说实话，我现在不愿意再说这些事了，我要去睡觉！

小姐　嘀，嘀，您以为我喜欢说这些东西？您知道，一个男人对被他毁誉的女人欠下的是什么样的债吗？

让　（掏出零碎钱包，把一块银币扔在桌子上）请收下，我不想欠债！

小姐　（对这种侮辱装作不以为然）您知道法律是怎么规定的……

让　很遗憾，法律上没有明文规定如何惩罚勾引男人的女人！

小姐　您看我们除了逃走、结婚，然后再离婚以外，还有其他的路可走吗？

让　如果我拒绝这种屈就的婚姻呢？

小姐　屈就……

让　肯定是这样！您看：我的祖先比您高贵！因为在我的家族中没有女纵火犯！

小姐　您怎么知道？

让　因为除了警察局以外，我们不保留族谱，所以您得不出相反的结论！但是我在贵族衔名录中读了您的族谱。您知道您的祖先是什么人吗？是一个磨坊主，他的老婆在丹麦战争中跟国王有过一夜情。这样的祖先我是没有的！我没有任何祖先,但是我自己可以成为一个祖先！

小　姐　那是因为我把真心话告诉了一个无赖,把我家的荣誉出卖了……

让　多不光彩！——您现在明白啦,我刚才不是说过了！不要喝酒,酒后多话！话多一定失言！

小　姐　啊,我真后悔！我真后悔！——至少您能爱我也好啊！

让　最后一次——您这是什么意思？要我哭吗？要我跳马鞭子吗？要我吻您,把您骗到科摩湖呆上三个星期,然后……我做什么;您想干什么？真叫人无所适从！不过一卷入女人的事情就是这样！朱丽小姐！我看得出,您很不幸,我知道,您很痛苦,但是我不能理解您,我们这类人没有这些装腔作势的东西;我们之间没有什么仇恨！在工作之余我们把爱当作游戏；但是我们不像你们那样白天黑夜都没事做！我认为您病了,您的母亲当年肯定精神失常;我们全教区的人读自由教派的书都读得精神失常了,那是一种至今仍然毁人的读物！

小　姐　您对我要有良心,您现在讲话要像个人样儿。

让　对,您自己也要像个人样儿！您往我身上吐唾沫,却不许我擦掉,抹在您身上！

小　姐　救救我吧,救救我吧！告诉我到底应该怎么办？我应该到哪里去？

让　对耶稣发誓,我自己要知道就好了！

小　姐　我已经发怒,我已经发疯,但是,真的找不出什么救治的办法吗？

让　留下来，别动声色！没有人知道我们的事。

小　姐　不可能！仆人们知道，克里斯婷知道！

让　他们不知道，他们永远不会相信会发生这类事情！

小　姐　（迟疑地）但是——这样的事还会发生！

让　是这样！

小　姐　后果呢？

让　（紧张地）后果！——我的脑袋跑到哪里去了，怎么没想到这一点呢？——啊，那就只有一条路了——离开这里！越快越好！——我不能跟着您，因为那样一切都会完蛋，您一定要单独走——快走——到什么地方都行！

小　姐　单独？去哪儿？——我可做不到！

让　您一定要这样做！在伯爵回来之前！我们很清楚，您留下来会有什么后果！只要一次做错，就会跟着错下去，反正是破罐子破摔了——胆子会越变越大——最后被人发现！还是逃走吧！然后写信给伯爵，承认一切，但是可别提我！他永远也不会猜到！同时我也不相信，他会急于弄清楚这件事！

小　姐　如果您跟着我，我就逃走！

让　您这个人疯了吗？"朱丽小姐和仆人私奔！"第二天报纸就会登出来，那伯爵还能活吗？

小　姐　我不能走！我不能留！救救我吧！我太累了，真是累死了！命令我！让我动一动吧，因为我不能思考，也不能行动了！

让　看您这副可怜相！您为什么不打起精神，像平时那样趾高气扬，如同造物主一样呢？到楼上去，穿好衣服，带上路费，再下来！

小　　姐　（用不高不低的声音说）陪我上去！

让　　到您的房间去？——您现在又疯了！（犹豫片刻）不行！快去吧！越快越好！（抓住她的手，把她领出去）

小　　姐　（边走边说）那就对我讲话温存些吧，让！

让　　命令听起来永远不会温存；体验体验吧！体验体验吧！

〔让独自一人，松了一口气；在桌子旁边坐下，拿出一个本子和一支笔，有时高声算账，有时只能看到他的脸部表情而无说话声音。直到克里斯婷走来，她穿着到教堂去的衣服，手里拿着一件参加圣餐式时穿的白胸衣和一条白围巾。

克里斯婷　我的耶稣，这里怎么成了这个样子！你们在这里搞什么鬼名堂了？

让　　啊，小姐刚才把仆人们叫到这里来了！你睡得多香啊，没有听到什么吧？

克里斯婷　我睡得可香了，像根木头！

让　　衣服都穿好了？

克里斯婷　对，您不是答应过今天和我一起去参加圣餐式吗？

让　　对，是有这么回事！——你把我参加圣餐式的衣服也拿来了！那就走吧！（坐下；克里斯婷帮他穿白胸衣和戴白围巾）

〔稍停片刻。

让　　（打盹儿）今天读《福音书》的哪一章？

克里斯婷　我想大概是关于施洗的约翰被斩首的那节。①

让　　那节太长了！——哎呀，你要把我勒死！嘿，我怎么这么

---

① 见《新约·马太福音》第14章第10节。

387

困,真困!

克里斯婷 啊,您一整夜没有睡觉,干什么啦? 您的脸色为什么发青?

让 我坐在这儿和朱丽小姐说话。

克里斯婷 她这种人就是不知好歹!

〔稍停片刻。

让 听我说,克里斯婷!

克里斯婷 说什么?

让 细想起来总觉得奇怪!——她呀!

克里斯婷 有什么奇怪的?

让 什么都奇怪!

〔稍停片刻。

克里斯婷 (看着桌子上还有半杯酒的玻璃杯)你们一起喝酒了?

让 对!

克里斯婷 呸!——看着我的眼睛!

让 好!

克里斯婷 这可能吗? 这可能吗?

让 (稍加思索)啊,这是真的!

克里斯婷 啊! 我真不敢相信! 啊,呸,呸!

让 你对她大概不会吃醋吧?

克里斯婷 不,对她不会! 如果克拉拉或者苏菲,我非抠掉你的眼睛不可! 啊,竟出了这种事情;我真不懂! ——不懂啊,太不像话了!

让 那你生她的气啦?

克里斯婷 没有,但是生您的气! 不像话,真不像话! 可怜的姑娘！——您知道，当我觉得连主人都不值得尊重的时候，我不想在这个家里呆下去了。

让　你为什么要尊重他们？

克里斯婷　啊，像您这样机灵的人还用回答？不过您也不愿意侍奉不体面的人，对吗？我看侍奉这样的人连自己都觉得不光彩。

让　不过，这对我们来说反倒是个安慰，别人一点儿也不比我们强！

克里斯婷　不对，我不认为这样；假如他们不比我们强，我们争取做上等人就没有什么意义了。——想想伯爵吧！想想他过去有多少痛苦！仁慈的耶稣！我不能在这个家里呆下去了！——竟和您这样的人在一起！如果是和县治安与税务督察，是和一个更好的男人……

让　这是什么意思？

克里斯婷　啊，啊！您是不错，但是人和人毕竟是有区别的。——啊，我永远不会忘记小姐的这件事！——小姐对男人那样高傲，我永远不会相信她会勾引像您这样的人！因为她的母狗跟着看门人的公叭儿狗跑出去了，她差点儿让人把它打死！——对，我必须这样说！——不过我不想再呆在这里了，到十月二十四日①我就走。

让　以后呢？

克里斯婷　啊，既然我们已经提到了这件事，那么您也该找个差事做，因为我们无论如何要成家的。

让　对，可是我能找什么差事呢？结婚以后，像目前这样的位

---

① 这是仆人通常离职的日子。

置是得不到的。
克里斯婷　是得不到,这我是知道的!您可以去给人家当看门人,或者到某个机关当传达员。公职的薪水不高,但是有保障,妻子儿女可以得到抚恤金……
让　(做个鬼脸)确实不错,但是马上就考虑为妻子、儿女去死我不干。我承认,我确实有一点更高的抱负!
克里斯婷　您有抱负,很好!——您也有义务!替他们想一想吧,您!
让　不要拿义务使我生气,我知道我应该怎么做!(听楼上的声音)这些事我们还有时间去考虑——进屋里准备准备,我们去教堂!
克里斯婷　谁在楼上走动?
让　我怎么知道,说不定是克拉拉!
克里斯婷　可别是伯爵不声不响地回来了!
让　(害怕地)伯爵?不会,我绝对不会相信,因为他回来会按门铃的!
克里斯婷　(下)上帝保佑我们!我从来没有遇到过这类事情!

〔这时太阳已经升起,照在花园的树冠上;阳光徐徐移动,直到由窗子斜射到屋里。

〔让走到门前,打了个手势。

〔小姐穿着旅行服上,手提一个小鸟笼子,上面盖着一块毛巾,她把鸟笼子放在一把椅子上。

小姐　我准备好了!
让　小声点儿!克里斯婷醒了!
小姐　(下面的表演神情更紧张)她疑心了吗?

让　　她什么也不知道!不过我的上帝,看您这副样子?

小　姐　怎么?我是什么样子?

让　　您的脸色苍白,就像死人一样,而且——对不起,您的脸也很脏。

小　姐　让我去洗一洗吧!(走到脸盆旁边,洗脸和手)好了!给我一块毛巾!——啊——太阳已经升起来了!

让　　魔鬼也该死了!

小　姐　对,今天夜里闹鬼了!——不过听我说,让!跟我走吧,我已经有钱了!

让　　(犹豫地)钱够吗?

小　姐　足够开始用的!跟我一起走,因为我今天不能一个人走。您想,今天是仲夏节,在闷热的火车上,挤在人堆里,人家张着大嘴看着我。在我恨不得要插翅飞走的时候,火车却每一站都要停。不行,我不能一个人走,我不能!此外,所有的记忆都会涌上心头:童年时的仲夏节,装饰着桦树叶、丁香花的教堂;酒菜丰盛的午宴,亲朋好友欢聚一堂;下午在花园里跳舞、唱歌和游戏!我坐着火车跑呀,跑呀,但记忆总跟在行李车上,懊悔和内疚!

让　　我一定跟着您!但是越快越好,再晚就来不及了!马上走!

小　姐　好!您穿衣服吧!(拿起鸟笼子)

让　　但是不能带行李!不然就暴露了!

小　姐　对,什么也不带!只把这个带上火车!

让　　(拿起礼帽)您拿的是什么?是什么?

小　姐　只有我的黄雀!我不愿意把它留下!

让　　您看!我们还要带鸟笼子!您简直疯了!快放下鸟

笼子!

小　　姐　　这是我惟一要从家里带走的东西;自从戴安娜对我不忠以后,它是惟一讨我欢心的小生灵! 不要太残忍! 让我带着它吧!

让　　照我说的放下鸟笼子,——说话声音别太高,克里斯婷会听见!

小　　姐　　不! 我不会让它落到陌生人手里! 我宁愿让它死!

让　　那就把这小东西拿过来,让我拧死它!

小　　姐　　好,但是不要伤害它! 不——我不能给你!

让　　拿过来;我能解决它!

小　　姐　　(从鸟笼子里拿出鸟,亲吻它)啊,我的小赛丽娜,你现在要离开你的主人去死吗?

让　　请不要再做戏了,这关系到您的安危和您的幸福! 好啦,快! (从她手中夺过鸟,放在剁肉墩子上,拿起菜刀)

〔小姐扭过头。

让　　您不应该学习使用左轮手枪,而应该学会杀鸡——(砍下去)——这样您见到血滴就不会晕倒了!

小　　姐　　(尖叫)把我也杀了吧! 杀了我吧! 您这个残杀一只无辜的动物而手毫不打颤的家伙。啊,我憎恨您,讨厌您;我和我的鸟血肉相连! 我诅咒我看到您的一刹那,我诅咒我从母体里诞生的那一刹那!

让　　诅咒无济于事! 快走吧!

小　　姐　　(走向剁肉墩子,好像违背自己意志而被吸引过去一样)不,我还不想走;我不能——我必须看一看——不要说话! 外面过来一辆车——(在她眼睛紧盯着剁肉墩子和菜刀的时候,听着上边的一切动静)您不相信我能看血？您以为我软弱——噢——我很想看到你的血,你在剁肉墩子上脑浆迸裂——我很想看到所有的男性都像那只鸟那样漂浮在血海里——我相信我可以用你的头颅喝酒,我很想在你的胸膛里洗脚,我可以把你的心炒一炒吃掉！——你以为我软弱,你以为我爱你,愿意让你给我播种；你以为我愿意在我的腹中怀上你的后代,用血滋养他——生下你的孩子,姓你的姓——你听着,你叫什么？我从来没有听到过你的衔名——我认为你不可能有。我可能变成"道班房"夫人——或者布巴根①太太——而你却是一条带着我的护圈的狗,扣子上刻着我的家族徽章标记的长工——我和我的厨娘合用一个男人,和我的女仆争风吃醋——噢！噢！噢！——你以为我害怕了,想逃走！不,现在我要留下来——让风暴来临吧！我的父亲回家时——发现他的柜子被撬开——自己的钱丢了！他会在那个门铃上按两次,叫他的奴仆——然后招来警长——我就把一切都讲出来！一切！啊,结束这一切会有多好啊——只要结束就好——他因为受打击而死！——我们大家都完蛋——然后变得平静……安宁……永远安息——贵族的徽章在棺材上摔得粉碎②——伯爵家族从此灭绝,仆人的后代继续留在孤儿院——到臭水沟里去寻找荣誉,最后锒铛入狱。

让　现在是国王的骨肉在说话！很好,朱丽小姐！还是把磨坊主的秘密装进面袋里去吧！

---

① 布巴根意为"下贱人"。
② 贵族死后如果绝代,族徽将在棺材上摔碎。

〔克里斯婷穿着去教堂的衣服上,手拿《圣诗集》。

小　　姐　（赶紧跑过去,倒在她的胳膊上,好像是寻求保护）救救我吧,克里斯婷！帮助我对付那个男人！

克里斯婷　（无动于衷、冰冷地）大节日早晨你们在干什么荒唐事！（看墩子）你们把这里弄得像个猪圈！——你们又喊又叫的,到底是怎么回事？

小　　姐　克里斯婷！你是个女人,你是我的朋友！你要当心这个恶棍！

让　（不知所措地）女士们在这里交谈,我进去刮一刮胡子！（从右边溜掉）

小　　姐　你要理解我,你要听我的话！

克里斯婷　不,我实在不理解这些不三不四的事情！您穿着旅行服到哪儿去？——他站在这儿,头上戴着帽子——嗯？——嗯？——

小　　姐　听我说,克里斯婷,你听我说,我把一切都告诉你——

克里斯婷　我什么也不想知道——

小　　姐　你一定要听我说——

克里斯婷　听什么？是您和让做了蠢事吧！啊,我对这种事一点儿也不关心！跟我没关系。但是您如果骗他逃走,我们就要阻拦！

小　　姐　（更加紧张）克里斯婷,请你冷静些,听我说！我不能呆在这里,让不能呆在这里——也就是说我们一定得走……

克里斯婷　哼,哼！

小　　姐　（兴奋起来）不过你看,我有了一个主意——如果我们三个人一起走——到外国去——到瑞士共同开一家旅馆——你看,我有钱——让和我负责一切——而你,我想好了,在厨房里管做饭——这样不错吧!——快答应吧!跟我们一起去,一切都准备好了!——快答应吧!(拥抱和抚摸她)

克里斯婷　(冰冷、若有所思地)哼,哼!

小　　姐　(极快地)你从来没有外出旅行过,克里斯婷——你要去见见世面——你可不知道坐火车旅行多么有意思——接连不断的新人——新的国家——路过汉堡时,我们要顺便看一看动物园——你一定很喜欢——我们看话剧,听歌剧——到慕尼黑的时候,我们去看博物馆,如你所知,那里藏有鲁本斯和拉斐尔那些大师们的画——你一定听别人讲过路德维希国王住过的慕尼黑——国王,据我所知——得了精神病——我们要看他的宫殿——他的宫殿至今布置得还像神话故事中写的一样——从那里出发,没多远就到瑞士了——那里有阿尔卑斯山——你想啊,盛夏还有积雪的阿尔卑斯山——那里生长的橙树和月桂树四季常青——

〔从右边的幕布上可以看见让用嘴和左手押着一块鐾刀布在鐾刀;洋洋得意地听着她们谈话,不时地点头。

小　　姐　(速度极快地)——我们就在那里开一家旅馆——我坐在柜台旁边,让站着接待游客——外出采购——写信——你想象不出那是一种多么有趣的生活——火车高鸣汽笛,马拉的车往来如梭,楼上和餐厅铃声不断——我开账单——我可以使劲宰他们——你想象不出,旅客付

395

款时是多么爱面子！——你——你当厨房总管。——你当然不需要自己站在炉子旁边做饭,——你出头露面时,我保证让你穿得漂漂亮亮的——你有你的容貌——啊,我这可不是恭维你——有朝一日你肯定会抓到一个男人！一个富有的英国人,你会看到——那种人很容易(放慢速度)被俘虏——于是我们变得富有——在科摩湖畔建一座别墅——不错,那里有时候会下点儿雨——但是(呆滞地)太阳有时候也会出来——尽管看起来有点儿暗——而——啊——不然我们还可以回来——回到(停顿)——这里——或者别的什么地方——

克里斯婷　哎哟！小姐自己相信那些吗？

小　　姐　（精神完全崩溃）我自己相信不相信？

克里斯婷　对！

小　　姐　（无力地）我不知道；我什么也不相信了。（瘫在凳子上,双手放在桌子上抱住头）什么也不信！一点儿也不信了！

克里斯婷　（头朝右转过去,让站在那里）这么说,您想溜之大吉！

让　（不知所措,把手中的刮胡子刀放在桌子上）溜之大吉？这样说太过分了！你已经听到了小姐的计划,尽管她一夜没睡,很疲倦,这个计划很可能实现！

克里斯婷　您这是什么意思！意思是让我给那号人当厨娘……

让　（尖刻地）当着你的女主人面,请你讲话嘴巴干净点！明白吗！

克里斯婷　女主人！

让　对！

克里斯婷　哼！听您这副腔调！

让　你听我说,这对你有好处,少讲几句吧！朱丽小姐是你的女主人,就像你因此瞧不起她一样,你应该瞧不起你自己！

克里斯婷　我一向很自重……

让　因此瞧不起别人！——

克里斯婷　因为我从来没有把自己降到我的地位之下。过来,您说说,伯爵的厨娘跟那个马夫或猪倌有什么瓜葛！过来,您说说！

让　啊,如果你和一位有身份的男人有瓜葛,是你的运气！

克里斯婷　哼,好一个有身份的男人,竟把伯爵马厩里的燕麦拿出去卖……

让　你最好讲一讲买油盐酱醋收回扣和接受屠夫贿赂的事！

克里斯婷　这是什么意思？

让　你已经不能再尊重你的主人了！你,你,你！

克里斯婷　您现在跟我到教堂去吧,您的品德需要听一次很好的讲道！

让　不,我今天不去教堂；你一个人去吧,到那里去为你的罪过忏悔！

克里斯婷　是的,我要那样做,我会带来宽恕,也足够赎您的罪！救世主已经为我们犯的罪受折磨,死在十字架上；如果我们怀着虔诚和忏悔的心情走到他身边,他就会把我们的一切罪过承担起来。

小　姐　你信吗,克里斯婷？

克里斯婷　我坚信不疑,这是我从童年和青年时代就保留下来的信念,朱丽小姐。"罪在哪里显多,恩典就更显多了。"①

小　　姐　唉,如果我也有你这样的信仰就好了!唉,如果……

克里斯婷　不过没有上帝的特别恩典,就不会有这种信仰,并不是所有的人都能得到——

小　　姐　哪些人能得到呢?

克里斯婷　您看,小姐,这可是求得宽容的一大秘诀,上帝不考虑个人,而是"在后的将要在前"②。

小　　姐　啊,这么说,他照顾在后的啦?

克里斯婷　(继续)"骆驼穿过针眼,比财主进神的王国还容易呢!"③事情就是这样,朱丽小姐!

不过现在我要去教堂了——一个人去,我要顺便告诉马夫,在伯爵回来以前,谁外出要马也不给!——再见吧!(下)

让　这个鬼东西!——这一切都是为了一只黄雀!——

小　　姐　(迟钝地)别再提黄雀了!——您看还有什么出路没有?还有什么解决的办法?

让　(沉思)没有!

小　　姐　如果您处在我这种境地怎么办?

让　处在您这种境地?等一等!——作为贵族的后代,作为一个女人,作为堕落的女人。我不知道——有了!我现在知道了!

小　　姐　(拿起刮脸刀,做了一个自杀的动作)像这样吗?

---

① 见《新约·罗马书》第5章第21节。
② 见《新约·马太福音》第19章第30节。
③ 见《新约·马太福音》第19章第24节。

让　对！但是我不会那样做——请注意！因为我们是有区别的！

小　姐　因为您是男人，我是女人吗？那么区别又在哪里？

让　就像——男女的区别一样大！

小　姐　（手里拿着刮脸刀）我想那样做！但是我做不到！——我父亲那次也想这样做，但是也没有做到！

让　不对，他根本就没那样做！因为他必须先进行报复。

小　姐　现在轮到我母亲进行报复了，通过我！

让　您从来没有爱过您的父亲吗，朱丽小姐？

小　姐　爱过，非常爱，当然我也恨过他！不过我自己并没有觉察到。但是，是他把我培养成了鄙视我自己性别的人，成了半男半女的人！这是谁的罪过呢？是我父亲的罪过！是我母亲的罪过！是我自己的罪过！我自己有罪过吗？我没有自己的罪过吗？我没有一种思想不是来自父亲，没有一种感情不是来自母亲，最后一点——关于人人平等——是来自与我订婚的未婚夫，就是因为这一点，我才叫他恶棍！这怎么是我的错误？像克里斯婷那样，把罪责推给耶稣吗？——不能这样做，由于我父亲的教训，我过分傲气和聪明，有钱的人不能进天国，这是谎言，照这种说法，至少在储蓄银行有存款的克里斯婷不能进入天堂！这是谁的过错？——谁的过错与我们有什么相干；到头来承担罪责，承担后果的仍然是我！

让　是啊，不过——

〔门铃尖声地响了两下；小姐慌忙站起来；让换上仆人制服。

让　伯爵回来了！——想想吧，如果克里斯婷——

399

〔走向通话管；敲敲，听着。

小　姐　此时他看过柜子了吧？

让　我是让，伯爵先生！（听。请注意：观众听不见伯爵说什么）是的，伯爵先生！（听）是的，伯爵先生！很快就好！（听）——马上，伯爵先生！（听）——好好！过半小时以后！

小　姐　（极其不安地）他说什么？仁慈的耶稣，他说什么？

让　他说过半小时以后要靴子和咖啡。

小　姐　也就是说再过半小时！唉，我太累了，我什么都做不成了，不能后悔，不能逃走，也不能留下，不能活——也不能死！救救我吧！对我下命令吧，我会像狗一样顺从！为我最后效一次力吧，挽救我的名誉，挽救伯爵的名誉！您知道我应该做什么，但是我自己不愿意做，要由您让我去做，快下命令吧！

让　我不知道——不过现在我也不能——我不明白为什么——好像这身仆人制服使我不能命令您——现在，自从伯爵跟我讲过话以后就成了这个样子——我也无法解释清楚——但是——啊，是魔鬼般的奴性缠身附体！——我相信，如果伯爵现在下来——命令我抹脖子，我一定会当场照办。

小　姐　那就请您装作是他，我装作是您！——您刚才跪在地上，表演得那么好——那样的话，您就成了贵族——或许——您从来没有在剧院看过施催眠术的人吧？（让点头，表示看过）他对要求使用催眠术的人说：拿起扫帚，他就拿起扫帚；他说：扫地，他就扫——

让　要求使用催眠术的人一定要睡着！

小　　姐　（精神恍惚地）我已经睡着了——对我来说,整个屋子就像一团烟雾,而您看上去就像一个穿着黑衣服、戴着高帽子的铁炉子——您的眼睛就像快烧尽的煤一样闪着亮光——您的脸就像灰烬上的一个白点儿——(阳光洒进屋中的地板上,照在让的身上)——真温暖、真舒服——(她搓着手,就像在火上烤手一样)——多么明亮——多么宁静!

让　（拿起刮脸刀,塞进她的手里）这是扫帚!天亮了,走吧——到谷仓去……(在她耳边小声说些什么)

小　　姐　（清醒过来）谢谢!现在我要去安息!不过我只要求您说——在前面的人也能得到恩典。即使您不相信,也请您说吧!

让　在前面的人?不,我不能说!——不过等一等,朱丽小姐——我现在知道了——您已经不属于前面的人——而是属于在——后面的人了!

小　　姐　是这样。——我是在最后面的人中间;我是最后面的一个!啊!——不过我现在走不动了——请您再对我说一遍往前走!

让　不,我现在也不能说了!我不能了!

小　　姐　在前的将要在后!

让　别想得太多,别想得太多!您把我的力气全耗尽了,我变成了胆小鬼——啊,我觉得门铃在动!不行!我们要在门铃上塞一块纸——害怕一个门铃!——啊,但不仅是一个门铃,有人坐在它的后面——一只手在拉它——别的东西能使手动——不过可以用手捂上耳朵——捂上耳朵!啊,它响得反而更厉害了!——直到有人回答为

401

止——那就太晚了！警长该来了——那样……（门铃大声响了两下。让吓得缩成一团；随后站起来）太可怕了！不过没有其他的路可走了！走吧！

〔小姐坚定地走出门去。

一出梦的戏剧

(1901)

Stockholms universitet

Stockholm 1998

Formgivning av Karl-Erik Forsberg

Printed in Sweden by Almqvist & Wiksell Tryckeri,

Uppsala 1988

按　语

　　像前一部梦剧《到大马士革去》一样,作者在这部梦剧中试图模仿梦所具有的时断时续,而表面上又有逻辑形式的特征。一切都可能发生,一切都是可能和可信的。没有时间和空间;在微乎其微的事实基础上编织出新的图景:一种记忆、经历、杜撰、荒唐和即兴的混合体。

　　人物被割裂、重叠、交错,被蒸发、浓缩、离散、会合。但是有一种意识,即梦者的意识贯穿一切;因为没有秘密,没有一致性,没有良心的责备,没有法律。他不裁决,不开脱,只是叙述;就像梦,多数是噩梦,而很少轻松一样,多变的述说中有一种伤感的语调和对一切生灵的同情。睡眠即超脱者,经常显得很尴尬,但是折磨得最痛苦的时候会突然醒来,痛苦一下子与现实和解了,不管它可能是多么让人难受,此时此刻与受折磨的梦比较,毕竟是一种享受。

序　幕*

〔背景是奇形怪状的浮云,就像被风雨剥蚀的山体,上面有宫殿和残存的城堡。人们可以看到狮子座、宫女座和天秤座等星座形象,中间是明亮的木星。

〔因陀罗①的女儿站在云端。

因陀罗的声音(从高处传下来)

女儿啊,你在哪里,在哪里？

因陀罗的女儿

在这里,父亲,我在这里！

因陀罗的声音

你迷路了,孩子,当心,你在下沉……

你怎么落到这里？

因陀罗的女儿

我随着闪电离开了高高的以太,摘了一块云彩当作旅行车……

但是云彩在下降,所以路线现在也朝下去了……

---

* 该序幕是作者后补写的,时间大约为1906年秋天,1907年4月17日在瑞典剧院首次演出。

① 因陀罗,古代印度神话中空气、天空、乌云和闪电等诸神之首,但其女未有记载,这里是作者创造的形象。

　　　　告诉我,至高无上的父亲因陀罗,
　　　　我现在到了哪里?为何感到胸闷,
　　　　呼吸特别困难?
因陀罗的声音
　　　　因为你离开了第二世界,进入了第三世界,①
　　　　你脱离了金星即晨星的主宰库克拉
　　　　进入了地球的云雾中;
　　　　那是太阳的第七宫②,它叫天秤宫,
　　　　秋分那天,昼夜长短相等的时候,
　　　　日星③就在那里……
因陀罗的女儿
　　　　你说的地球是这个被月球照亮的
　　　　黑暗和沉闷的世界吗?
因陀罗的声音
　　　　它是在宇宙中运行的
　　　　最密实、最沉重的球体。
因陀罗的女儿
　　　　告诉我,太阳永远照不到那里吗?
因陀罗的声音
　　　　当然能照到,但不是总有阳光……
因陀罗的女儿
　　　　云块上现在出现了裂缝,我看见下面……

---

① 在印度神话中,宇宙分为三个世界:第一世界是天,第二世界是大气层,第三世界是地球,即人间。因陀罗的女儿经过第二世界,来到人间。
② 宇宙学家把天体分为十二部分,即十二个宫。
③ 指太阳。

因陀罗的声音

  你看见什么啦,孩子?

因陀罗的女儿

  我看见……那里很美……

  绿色的森林、蓝色的海洋、白雪皑皑的高山和金色的田野……

因陀罗的声音

  对,梵天①创造的一切东西都很美丽……

  但是在时代的清晨,一切比现在还要美丽;

  后来发生了一些事情,出现了脱轨,

  可能还有其他原因,

  是一次必须制止的造成罪恶的暴动……

因陀罗的女儿

  现在我听见了从下面传来的声音……

  下面住的是什么人?

因陀罗的声音

  下去看看吧……我无意诽谤造物主的子孙,

  不过你听到的是他们的语言。

因陀罗的女儿

  这声音像是……听起来很不快乐。

因陀罗的声音

  我也是这样想!

  因为他们的语言就叫抱怨。

  地球上的人是一种怨天尤人、永不知足的族类……

---

① 梵天,婆罗门教:印度教主神之一,即创造之神。

因陀罗的女儿

> 不要这么说,现在我听见了欢乐的喊声,
> 爆炸声和敲击声,看到了闪电,
> 现在钟声响起,篝火点燃,千万种声音,
> 他们唱着赞歌,感谢苍天……
> 〔停顿。
> 你的话过重了,父亲……

因陀罗的声音

> 下去看一看,听一听,然后再回来,
> 告诉我,他们的哀怨是否有理由……

因陀罗的女儿

> 好吧,我下去,不过父亲,你也跟着我去吧!

因陀罗的声音

> 不行,我在那里无法呼吸……

因陀罗的女儿

> 云块又在下沉,空气沉重,我感到胸闷……
> 这不是空气,我呼吸的是烟雾和水汽……
> 太重了,我在下沉,下沉;
> 现在我已经清楚地看到它在转动,
> 第三世界不是最好的……

因陀罗的声音

> 当然不是最好的,但也不是最坏的,
> 它叫土地,和其他星球一样在转动,
> 所以那里的居民会受头晕之苦,
> 有时几乎到了疯狂的边缘——
> 鼓起勇气,我的孩子,这仅仅是一次考验。

因陀罗的女儿

〔云块下沉时她跪着。

我下去了!

〔背景是一片盛开的高大蜀葵;有白色的、粉红色的、深红色的、硫黄色的和紫色的,透过蜀葵的上方可以看到一个皇宫的金顶,最高处有一个似王冠的花蕾。皇宫的墙根下有摊开的禾草,上面布满畜粪。〔全剧不变的边幕是线条简洁的壁画,同时也是房子、建筑物和风景。

〔玻璃工和因陀罗的女儿(以下简称女儿)上。

女　　儿　皇宫一直从地里往上长……你能看出从去年到现在长了多少吗?

玻璃工　(自言自语地)我以前从来没见过这个皇宫……从来没有听说过皇宫会长……但是——(肯定地对女儿)没错,皇宫长了一米二,不过这是因为他们给它施了肥……如果你仔细看看就会发现朝阳的一面长出了一个配殿……

女　　儿　仲夏节都过了,它很快就该开花了吧?

玻璃工　你难道没看见顶上那朵花吗?

女　　儿　啊!我看见了!(拍手)——告诉我,父亲,为什么花要从污泥里长出来?

玻璃工　(和蔼地)因为花儿不适应在污泥里生活,所以匆忙地来到阳光里,开花、死亡!

女　儿　你知道谁住在这座皇宫里吗?

玻璃工　我以前知道,可是现在不记得了。

女　儿　我想那里面关着一个囚徒,他一定等着我去解救他。

玻璃工　此举会有什么报偿?

女　儿　我无所求,只要需要。让我们到皇宫里去吧!

玻璃工　好吧,我们走。

〔他们朝两边慢慢展开的背景走去。舞台上这时候出现了一间简陋的房子,里面有一张桌子和几把椅子。一个穿着极为讲究的当代制服的军官坐在椅子上。他一边摇晃椅子,一边用马刀敲打着桌子。

女　儿　(走到军官身边,慢慢地从他手里拿过马刀)不要这样!不要这样!

军　官　阿格尼丝①,亲爱的,让我留着这把马刀吧!

女　儿　不行,你会把桌子砍坏的!(对父亲)去马具室,把那块玻璃装上,然后我们再见面!

〔玻璃工下。

女　儿　你是你房子里的囚徒,我是来解救你的!

军　官　我预料到了,但是我不敢肯定你愿意这样做。

女　儿　皇宫非常坚固,有七道墙,不过——成事在天,谋事

---

① 阿格尼丝,来自希腊语,意即"寡欲",这个名字因一位十二岁的天主教女殉教者而闻名,身旁经常有一只羊羔。

412

在人！——你愿意还是不愿意？

军　官　老实说：我也不知道，因为不管出去还是不出去，我都得受罪！生活中的任何快乐都要用加倍的痛苦来偿还。我坐在这里固然难受，但是我要忍受双倍的痛苦才能换来舒适的自由。——阿格尼丝，只要我能看着你，我就愿意忍受一切！

女　儿　你看中我什么？

军　官　美貌，它是宇宙的和谐。你的线条我只有在太阳系轨道中，在悦耳的琴弦上和光线的颤动中才能看到。——你是天的孩子……

女　儿　你也一样！

军　官　那我为什么还要看管马匹？清理马圈和派人向外运马粪？

女　儿　因为你渴望离开这里！

军　官　我渴望，但是离开却非易事！

女　儿　但是到光明中去寻求自由是一种责任！

军　官　责任？生活从来就没有对我有什么责任！

女　儿　你觉得生活对你不公正？

军　官　是的！生活历来不公正……

〔这时可以听见屏风后面有说话声，接着屏风被拉到一边。军官和女儿向那边看去，同时动作和表情都很呆板地站在那里。

〔生病的母亲坐在桌边。面前点着一支蜡烛，她不时地用一把烛剪剪烛花。桌子上放着几摞新缝的内衣，她正在用墨水和鹅毛笔做记号。左边是一个棕

413

色的衣柜。

〔父亲递给母亲一件丝绸披肩。

父　亲　（温和地）你难道不想要这个吗？

母　亲　给我买披肩,亲爱的朋友！我都快死了,要这个有什么用？

父　亲　你相信医生的话啦？

母　亲　他的话我是信,但是我主要相信我心里说话的声音。

父　亲　（伤心地）这么说是真的啦？——你想念你的孩子,这是最主要的。

母　亲　这是我的生命！我的权利……我的欢乐和我的悲伤……

父　亲　克里斯蒂娜,原谅我做的……一切吧！

母　亲　啊,原谅什么？你原谅我吧,亲爱的;我们曾经相互折磨;为什么？我们不知道！我们没有别的办法！——不过,这是孩子们的新内衣……注意让他们每个星期换两次,星期三和星期天,让露易莎给他们洗澡——全身都要洗到——你要出去吗？

父　亲　我要去机关,十一点钟！

母　亲　你把阿尔弗雷德叫来再走！

父　亲　（指着军官）他在这儿,我的心肝！

母　亲　想不到我的眼睛也不好使了……啊,光又暗下来……（剪烛花）阿尔弗雷德！过来！

〔父亲穿墙而去,点头告别。

〔军官走向母亲。

母　亲　那位姑娘是谁?

军　官　(耳语)是阿格尼丝!

母　亲　噢,阿格尼丝? 你知道他们说什么吗?——他们说她是神因陀罗的女儿,她请求到人间体验一下人类生活得到底怎么样——不过什么也别说!

军　官　是神的孩子!

母　亲　(高声地)我的阿尔弗雷德,我很快就要离开你和你的兄弟姐妹……关于生活,让我只对你说一句话!

军　官　(伤心地)说吧! 母亲!

母　亲　只有一句话:永远不要责怪上帝!

军　官　这是什么意思,母亲?

母　亲　你不要觉得生活对你不公正。

军　官　但那是人们对我不公正的时候……

母　亲　你指的是那一次吧,说你拿了一个硬币,而不公正地惩罚了你,可是后来又找到了!

军　官　对! 那次的不公正改变了我整个的人生道路……

母　亲　就算是吧,那就到衣柜那边去吧……

军　官　(羞愧地)你知道了! 那是……

母　亲　就是那本《瑞士的鲁滨孙漂流记》①……

军　官　别再说啦! ……

母　亲　为了那本书你弟弟受了惩罚……实际上是你撕坏后

---

① 指瑞士牧师约瑟·大卫·威斯(1743—1818)写的一个瑞士家庭与鲁滨孙遭受同样命运的故事。

藏起了那本书!

军　官　没想到那个柜子二十年后还在……我们搬了那么多次家,而我母亲十年前就死了!

母　亲　对,那又怎么样?如果你把什么都弄个水落石出,就会毁掉你生活中最美好的东西!——你看,丽娜来了!

丽　娜　(上)亲爱的夫人,您真好,非常感谢,不过我不能参加命名式……

母　亲　为什么,我的孩子?

丽　娜　我没有像样的衣服!

母　亲　你可以借我的披肩!

丽　娜　不,亲爱的,这可使不得!

母　亲　我不明白你!我今生再也不会被邀请参加什么……

军　官　父亲会怎么说呢?这是他送给你的礼物……

母　亲　多么小肚鸡肠……

父　亲　(把头探进来)你要把我送的礼物借给女仆吗?

母　亲　不要这么说……你记得吗,我以前也是女仆……你为什么要伤害一个无辜的人呢?

父　亲　你为什么要伤害我,你的丈夫……

母　亲　啊,这就是生活!你要做一件好事,对另一个来说就是坏事……你对一个人发善心,就是对另一个人伤害。啊,这就是生活!(她剪烛花,蜡烛灭了。舞台上暗下来,屏风拉上)

女　儿　人真可怜!

军　　官　你看到了吧!

女　　儿　是的,生活真不容易,但是爱情能战胜一切! 快过来看! (他们朝后幕走去)

　　　　〔后幕拉开;人们看到的是一幅新的景色,一堵破旧的隔墙。墙中间是一个栅门,对着淡绿色地方的小径,绿地上有一棵巨大的蓝色乌头①。栅门左边坐着剧院女看门人,她的披肩盖住了头和双肩。她正在织一床有星图的被面。右边是一个广告牌,广告员正在擦洗;广告员身边立着一个绿把儿的渔网。右边远处是一个有四叶苜蓿状气孔的门。栅门左边有一棵细小的椴树,树干漆黑,长着几片淡绿色的叶子;旁边是一个地下室的窗洞。

女　　儿　(走向女看门人)星图被面还没有织好吗?

女看门人　没有,年轻的朋友,要完成这样一件作品花上二十六年不算什么!

女　　儿　未婚夫再也没来过?

女看门人　没有,但这不是他的错。他必须得走……可怜的人;已经过去三十年啦!

女　　儿　(向广告员)她过去是芭蕾舞团的吧? 在上面的歌剧院工作?

广　告　员　她是那里的首席……但是他走了以后,似乎把她的舞蹈灵气也带走了……这样她就再也没有扮演什么

① 乌头,毛茛科植物,主根含乌头碱,有毒,供药用。

角色……

女　儿　大家都在抱怨,至少是用眼睛,用声音……

广告员　在我得到一个渔网和一个绿色的鱼篓以后,我现在……不怎么太抱怨了!

女　儿　这使您很幸福吗?

广告员　对,很幸福,这……这是我年轻时候的梦……而现在变成了现实,尽管我已经五十岁了,尽管……

女　儿　为了一个渔网和一个鱼篓等了五十年……

广告员　一个绿色的鱼篓,一个绿色的……

女　儿　(对女看门人)给我披肩,我好坐在这里看人类之子!但是您要站在我身后指点我!(披上披肩,坐在栅门旁边)

女看门人　今天是最后一天,明天剧院就要休假关门……现在他们就要被告知今后的出路……

女　儿　那些不被录用的人怎么办?

女看门人　啊,我的耶稣,惨不忍睹……我用披肩把头盖上,我……

女　儿　可怜的人!

女看门人　看,那边来了一位!——她没有被选中……看啊,她哭得多么伤心……

〔女歌手用手绢捂着眼睛,从右边跑出栅门。在栅门前的路上停留片刻,把头靠在墙上,随后迅速下场。

女　儿　人真可怜!

女看门人　不过,请看这里,这个人看起来很幸福!

〔军官从栅门上;身着燕尾服,头戴礼帽,手里拿着一束玫瑰,满面春风!

女看门人　他将和维多利亚小姐结婚!

军　官　(在剧场下边;朝上看,唱)维多利亚!

女看门人　小姐很快就来!

军　官　好!马车在等,宴席已经摆好,香槟酒已经冰上……让我拥抱你们,夫人们。(拥抱女儿和女看门人。唱)维多利亚!

一个女人的声音　(从高处,唱)我在这里!

军　官　(开始徘徊)好吧!我等!

女　儿　你认识我吗?

军　官　不认识,我只认识一个女人……维多利亚!我在这里徘徊七年等她……从中午太阳升到烟囱那么高到下午夜幕降临的时候……看这柏油马路,你们可以看到上面深深地留下痴情郎的足迹!好极了!她是我的!(唱)维多利亚!(没人回答)噢,她正在穿衣服!(对广告员)我看见那个渔网啦!歌剧院所有的人都被这个渔网迷住了……确切地说,是被鱼迷住了!鱼不会说话,因此它们不能歌唱……这样一件东西要多少钱?

广告员　相当贵!

军　官　(唱)维多利亚!——(摇晃椴树)看啊,它又绿了!第八个年头啦——(唱)维多利亚!——她正梳头呢!——(对女儿)听到了吗,夫人,让我上去接我的新娘!

女看门人　谁也不准进剧场!

军　官　我在这里徘徊了七年!七乘三百六十五等于两千五百五十五!(停下,抠着四叶首蓿形状的门)——这个门我已经看过两千五百五十五次,但是不知道它通向何处!透光的首蓿状门又为谁而透光呢?里边有人吗?有谁住在那里?

女看门人　这我不知道!我从来没见那门开过!

军　官　这扇门很像我四岁时看过的一扇食品储藏室的门,那是个礼拜天的下午,我跟着女仆出去玩!到别人家里,去看其他女仆,不过我从来没到过厨房以外的地方,我坐在水桶和盐缸之间;我过去看过很多家的厨房,食品储藏室都是在游廊里,上面有圆孔和首蓿状装饰!——但是歌剧院不应该有食品储藏室,因为歌剧院没有厨房!(唱)维多利亚!——喂,夫人,她除了这条路还能从其他地方出去吗?

女看门人　没有,没有其他路可走!

军　官　好啊,那我一定会碰到她!

〔剧院的人鱼贯而出,军官盯着他们。

军　官　她很快就会来这里!——夫人!外边那棵开蓝花的乌头!我从小就看着它——是同一棵吧?——我记得是在牧师公馆,当时我七岁……在那棵乌头下有两只鸽子,蓝色的鸽子①……这时候飞来一只蜜蜂,飞进乌头里……当时我想:这回我可抓到你啦!我用手抓住花;但蜜蜂螫了我,我哭了……不过牧师夫人出来了,往我手上敷了湿土……晚上我们吃了野草莓和牛奶!——我觉得天已经黑了!——广告员哪儿去啦?

广 告 员　我要回家吃晚饭啦。

军　　官　(用手擦眼睛)晚上啦?到吃饭的时候啦?——喂!——我能进去给那座"生长的皇宫"打一个电话吗?

女　　儿　你要在那里做什么?

军　　官　我要告诉玻璃工,一定要装双层玻璃,冬天②快到了,我会冻坏的!(走向女看门人)

女　　儿　维多利亚小姐是谁?

女看门人　那是他的心上人!

女　　儿　回答得对!她跟我们或者其他人的关系,对他无关紧要!惟一重要的是她对他怎么样,是她!

〔天突然黑下来。

女看门人　(点上灯)今天天黑得特别快!

女　　儿　对神仙来说一年就像一分钟!

女看门人　而对人类来说一分钟能像一年那样长!

军　　官　(又出来。他看起来满身污垢;手中的玫瑰花已经枯萎)她还没有来吗?

女看门人　没有!

━━━━━━━━

① 乌头开深蓝色的花,所以叫"蓝色的鸽子"。
② 这是梦中时间概念不清的一个例子,后面还有类似的情况。

军　　官　她肯定会来！——她肯定会来！（徘徊）——不过我最好把晚餐退掉，对！因为现在已经是晚上啦——好，我就去退！（进去打电话）

女看门人　（对女儿）现在把披肩还给我吧！
女　　儿　不，我的朋友，你自由啦；我替你值班——因为我想感受人类和生活，想证实一下，生活是否真像他们说的那样艰难。
女看门人　但是值班不能打瞌睡，永远不能，无论是黑夜还是白天……
女　　儿　夜里也不能睡觉？
女看门人　能倒是能，不过要把门铃拉索拴在手腕上——因为剧场里有打更人巡夜，他们每三小时换一次班……
女　　儿　真是一种折磨——
女看门人　您这样认为，但是我们这些人都为有这样一个差使感到高兴，如果您要知道我是多么遭人嫉妒……
女　　儿　嫉妒？人们会嫉妒受折磨的人？
女看门人　对！不过您会看到，还有比值班不能睡觉、劳累、穿堂风、寒冷和潮湿更艰难的事，那就是我受到剧院里一切不幸者的信任……他们到我这里来；为什么？他们大概能在我脸上的皱纹里读到苦难镌刻的铭文，所以如此信任……在这条披肩上，朋友，隐藏着我自己和其他人三十年的苦难！
女　　儿　它也很沉重，像荨麻一样，刺得人火辣辣的……
女看门人　披着它吧，如果您愿意的话……觉得过于沉重时喊我，我会使您解脱！

女　　儿　再见吧！您能承受,我也能承受！

女看门人　我们等着瞧吧！——不过请您多关照我的那些可爱的朋友,对他们的抱怨不要厌烦。(消失在小路上)

〔舞台上暗下来。台上的布景变了:那棵椴树上的叶子全部脱落。蓝色的乌头花枯萎了;舞台上重新亮起来时,路的远景中绿色变成了秋色。

〔军官出来时灯光变亮。此时他的头发和胡须都成了灰白色。衣衫褴褛,衬衣上的活领又黑又皱。手中的玫瑰枯萎。他还在徘徊。

军　　官　从各种迹象判断,夏天已经过去,秋天已经来临,我从那棵椴树上看到了这一点,还有那棵乌头！……(徘徊)但是秋天是我的春天,因为秋天的时候剧院又开门演戏了！这时候她一定要来！亲爱的夫人,我能暂时在这把椅子上坐一坐吗？

女　　儿　请坐吧,我的朋友,我可以站着！

军　　官　(坐下)如果我能睡一会儿就更好啦！……(他打个盹儿以后,立即站起来徘徊;在装饰有苜蓿叶的门前停下来,用手抠)这扇门没有给我任何安宁……门后边有什么东西？一定有什么东西！(人们可以听到从舞台上方传来轻柔的舞曲)好,现在开始排练啦！(舞台上的灯光一闪一闪的,就像航标灯一样)这是什么东西？(随着闪光有节奏地说)光明和黑暗;光明和黑暗？

女　　儿　(模仿他)白天和黑夜;白天和黑夜！——仁慈的神想缩短你等待的时间！因为白天在驱逐黑夜！

〔舞台上光线稳住。广告员手持渔网和画广告的工具上。

军　官　那是广告员,带着渔网——能捕到鱼吗?

广告员　当然能!夏天温暖和漫长……渔网很好用,但不像我事先想象的那样好……

军　官　(用强调的语气)不像我事先想象的那样好!——说得绝妙!没有什么事情像事先想象的那样好!……因为想易行难——想高于事实……(徘徊,拿玫瑰花在墙上摔打,最后一片叶子落下)

广告员　她还没有下来?

军　官　没有,现在还没有,不过她很快就会来!——你知道这扇门后边有什么东西吗?

广告员　不知道,我从来没看见那扇门开过。

军　官　我要给一位铁匠打电话,让他把那扇门打开!(进去打电话)

　　　　〔广告员用糨糊贴上一张广告,走到右边。

女　儿　渔网有什么毛病吗?

广告员　毛病?啊,实际上不是什么毛病……不过它不像我事先想象得那么好,所以不是特别开心……

女　儿　您怎么会想到要个渔网呢?

广告员　怎么?——这我不能说……

女　儿　让我说吧!——您想象的渔网不是这个样子!它应该是绿色的,但不是这种绿!

广告员　一针见血,您,夫人!您无所不知——因为有痛苦的人都来找您——如果您愿意听我说,也听我说一次……

女　儿　我愿意……请进,把心里话都掏出来……(她走进自己的房间)

　　　　〔广告员站在窗子外边讲话。

〔舞台上又变得漆黑一团;随后亮起来,椴树又变绿了,乌头花又开了,太阳照耀着远方路尽头的绿草。

〔军官上;如今他已是白发苍苍的老人,衣裳褴褛,脚上穿着破鞋;他拿着光有枝没有花的玫瑰。走来走去;像一个步履蹒跚的老人。他读着广告。

〔一位芭蕾舞女演员从右边上。

军　官　维多利亚小姐走了吗?

芭蕾舞女演员　没有,她还没有走!

军　官　那我等她!她很快就会来吧?

芭蕾舞女演员　(认真地)她肯定会来!

军　官　现在不要走,您会看到这扇门后边有什么东西,我已经派人去找铁匠!

芭蕾舞女演员　看一看那门被打开一定会很有意思。那扇门,那生长的皇宫,您知道那座生长的皇宫吗?

军　官　问我?——我曾经在那里坐过牢!

芭蕾舞女演员　啊,那是您?不过为什么他们在那里养很多马?

军　官　那里是一座马厩宫殿……

芭蕾舞女演员　(痛苦地)我真傻!怎么会不知道呢!

〔合唱队员从右边上。

军　官　维多利亚小姐走了吗?

合唱队员　(认真地)没有,她还没有走!她永远不会走!

军　官　那是因为她爱我!——等铁匠打开这扇门之后您再

425

走吧。
合唱队员　噢,这扇门要打开!啊,真有意思!——我只想跟女看门人打听一点儿事。

〔提词员从右边上。
军　官　维多利亚小姐走了吗?
提词员　没有,就我所知,还没有!
军　官　怎么样!我说她在等我吧!——别走,那扇门就要被打开。
提词员　哪扇门?
军　官　除了那扇门还有别的门吗?
提词员　现在我知道啦:那扇装饰着苜蓿叶的门!……我肯定留下来!我只和女看门人说两句话!

〔女看门人窗前,芭蕾舞女演员、合唱队员、提词员在广告员身旁围成一圈,轮流与女儿交谈。
〔玻璃工从栅门进。
军　官　是铁匠吗?
玻璃工　不是,铁匠有客人,玻璃工同样能胜任。
军　官　好,当然——当然,不过带玻璃刀了吗?
玻璃工　当然,玻璃工不带玻璃刀算什么?
军　官　不会不带!——让我们动手吧!(拍手)
〔众人在那扇门前围成一圈。
〔合唱队员们装扮成《歌唱大师》[①]里的合唱队员,

[①] 《歌唱大师》,瓦格纳(1813—1883)创作的歌剧。

或者装扮成《阿依达》①里的舞蹈女郎,从右边蜂拥而上。

军　官　铁匠——或者玻璃工——尽您的义务吧!
　　　　〔玻璃工拿着玻璃刀走向那扇门。
军　官　人的一生中这样的时刻是不多见的,因此好朋友们,我请你们……三思……

警　察　(从门口上)我以法律的名义禁止打开这扇门!
军　官　啊,上帝,做新鲜而伟大的事要费多少周折——不过我们一定要上诉!——去找律师!我们要看一看还有法没有!——找律师去!

　　　　〔幕不落,布景改为律师事务所,栅门还在,不过已经变成了穿越整个舞台的事务所的围栅。女看门人的屋子变成了放律师办公桌的地方,但是对着前方;叶子全部脱落的椴树成了衣帽架;广告牌上贴着各种告示和判决书;装饰着苜蓿叶的门这时候变成了律师的文件柜。

　　　　〔律师身着大礼服、戴着白领巾坐在栅门的左边,身边写字台上放满各种文件。他的脸说明他受着巨大痛苦的折磨。苍白且布满深深的皱纹,阴森可怕。

───────
① 《阿依达》,意大利作曲家威尔第(1813—1901)为庆祝苏伊士运河通航而写的歌剧。

427

〔他是丑陋的,而他的脸反映出各种罪恶和丑行,这是他的职业使他不得已而为之。

〔他有两个书记员,一个有一只胳膊;另一个只有一只眼睛。

〔围着要看"开门"的人依然还在,但是这时候好像要见律师,他们似乎一直站在那里。

〔女儿披着披肩和军官站在前排。

律　师　(走向女儿)告诉我小妹妹,我能要你的披肩吗——我一定要把它挂在这里,直到我生好壁炉,那时候我会把一切忧愁和苦难都烧成灰烬……
女　　儿　现在还不能,我的大哥,我首先要把披肩装满,而我最渴望的是把你的一切痛苦、你受理的罪恶、丑行、陷害、诽谤、诬蔑……都收集起来。
律　师　宝贝儿,那样的话你的披肩就不够用啦!看看这些墙壁吧;上面的墙纸似乎被各种罪恶玷污了;看看我在这些纸上所记的不公正;看看我吧……从来没有一个微笑的人走进来;只有愤怒的目光,凶相毕露,紧握拳头……所有的人都对我喷射着愤怒、嫉妒和怀疑……看看吧,我的手是黑的,永远洗不净,你看上面裂着大口子,流着血……我的衣服只能穿几天,因为上面溅满了别人的罪恶……有时候我在屋里点燃硫黄熏一熏,但无济于事;我在旁边睡觉,做的都是罪恶之梦——我现在正受理一起谋杀案——进展不错,但是你知道吗,什么最糟糕?——就是夫妻离婚!——他们吵得天翻地覆……争吵是对美好事物的源泉即原始力量的背叛,对爱情的背叛……你会看到,当双方的互相指责可以写满一令纸的时候,如果有一位好心的人站出来偷偷地向他们当中的一位提出一个简单的问题:您到底反对您丈夫——或者您妻子——什么呢?这时候他——或者她——竟无言对答,不知道为什么!一次——啊,由于一盘色拉,另一次因为一句话,多数情况下什么也不为!但这是折磨!它们统统由我承受!——看看我成什么样子!你相信我这副罪犯一样的尊容可以博得女人的爱情吗?你相信会有人愿意与必须受理这座城市里所有罪恶、债务的人交朋友吗?——做人真是一种痛苦!

女　儿　人真可怜!

律　师　说得对!人靠什么活着,对我是个谜!他们有两千克朗就结婚,实际需要四千——他们只好借,大家都借债!日子过得紧紧巴巴,直到死——到死也没有还清债!最后谁来还,请告诉我!

女　儿　由养活鸟的人①!

军　官　对!但是如果养活鸟的人下到地球上,看看那些可怜的人类之子生活得多么艰难,也许他会产生怜悯之情……

女　儿　人真可怜!

律　师　对,千真万确!——(对军官)您渴望什么?

---

① 指上帝。参见《新约·马太福音》第6章第26节。

军　官　我只想问一问维多利亚小姐走了没有！

律　师　没有,她没有走,您可以大胆放心——您为什么在那里抠我的柜子？

军　官　我觉得这门很像……

律　师　不,不是;不是！

〔教堂的钟声响起来。

军　官　城里在举行葬礼吗？

律　师　不,是在授学位,博士学位。而我正要去,接受法学博士学位。您大概对学位和月桂花环也有兴趣吧？

军　官　对对,为什么不呢？它总是一种小小的快乐……

律　师　我们大概马上就应该去参加那场高雅的仪式吧？——赶快去换衣服！

〔军官下;这时候舞台暗下来,此时发生下列变化:办公室的屏风还在,但现在变成了一座教堂里圣坛的护栅;广告牌变成了向教徒通报当日所读《圣经》章、节号码牌;椴树衣帽架变成了枝形烛台;律师的办公桌变成了学位颁发人的讲台;四叶苜蓿门这时通向圣器室……

〔《歌唱大师》中的合唱队员变成了手举权标的前导,女舞蹈演员举着月桂花环。

〔其他人作为观众站在那里。

〔后幕吊起,新的后幕上只有一架大风琴,键盘上下都有镜子。

〔音乐声起,周围是哲学、神学、医学和法律四个系的系主任。

〔有片刻时间舞台空无一人。

〔前导从右边上。女舞蹈演员紧随其后,拿着月桂花环的双手向前平伸。三个被授学位的人从左边一个接一个上,女舞蹈演员分别给他们戴上花环,随后他们从右边下。律师走上去,欲接受花环。① 女舞蹈演员转过身去,拒绝给他戴花环,下。律师被震惊,靠在一根柱子上。大家都下场,只留下律师一人。

女 儿　(上,头和肩上蒙着一块纱)你看,我已经把披肩洗过了——不过你为什么站在这里?你没有得到花环吧?
律 师　没有,我不配。
女 儿　为什么?因为你为穷人办事,为罪犯说好话,为有罪人减轻罪责,为定死罪的人缓期……可怜的人类……他们不是天使;不过他们很可怜!
律 师　请你不要说人类的坏话,我一定要为他们辩护……
女 儿　(靠在管风琴上)他们为什么要污辱自己的朋友?
律 师　他们不明事理!
女 儿　让我们开导开导他们!你愿意吗?和我一起!
律 师　他们不接受开导!……啊,我们的抱怨能让天上的诸神知道就好了——

---

① 法学博士一般戴博士帽,哲学博士戴月桂花环。

女　儿　肯定能传到宝座旁边！——(坐在风琴旁边)你知道我在这面镜子里看到了什么？——世界是正的！——因为它本身是颠倒的！

律　师　世界怎么被颠倒了？

女　儿　当它被复制时……

律　师　你也这么说！复制……我一直觉得这是一个错误的复制品……而当我回忆原貌的时候，对一切都不满意①……人们把这叫做不满、叫魔鬼的碎玻璃片掉进人的眼睛或者其他什么……

女　儿　真是荒谬！就看这四个系吧！——保持社会存在的政府对这四个系都资助：神学，即关于上帝的学说，一直受到哲学的攻击和嘲弄，哲学认为自己是智慧的化身②；而医学一直否定哲学，也不把神学算在科学的范畴里，称神学为迷信……而它们四家共同坐在教导处里，教育青年要尊敬大学。那是一座疯人院！首先看破这一点的人是很聪明的！

律　师　首先看清楚这一点的是神学家。他们首先学习哲学，哲学告诉他们神学是无稽之谈；然后他们在神学课里又学到哲学是无稽之谈！学疯了，怎么能不疯？

女　儿　法律则是为大家服务，仆人除外！③

律　师　当一个人想变得公正的时候，公正就成了他自己的

~~~~~~~~~~

① 指柏拉图所说的理念世界，而感情世界是理念世界派生出来的、复制的，是不完整的。
② 在希腊语中，"哲学"一词是由"朋友"和"智慧"组成的。
③ 可能是指瑞典 1833 年制定的劳工法(1926 年度止)，内容有利于雇主，而对劳工非常苛刻。

祸根！——公正往往变得不公正！！！

女　儿　你们自食其果,人类之子！孩子——请过来,我要给你戴个花冠——人应该打扮得漂亮一些！(把一个带刺的花环戴在他的头上)我现在为你弹琴！(她坐在风琴旁边,弹"主啊,怜悯我们"①;但人们听到的不是琴声,而是人的声音)

儿童声音　主啊！主啊！(拖长最后一个音)

女人的声音　怜悯我吧！(拖长最后一个音)

男人的声音(高音)　请你发一发慈悲,救救我们吧！

男人的声音(低音)　饶恕你的孩子吧,主啊,别生我们的气！

众人的声音　你发发慈悲吧！听听我们的呼吁！可怜那些亡灵！——主啊,你为何那样遥远？……我们从深处呼吁:宽恕吧,主啊！② 不要使你孩子的灾难过于沉重！听听我们的呼吁！听听我们的呼吁！

〔舞台暗下来,女儿站起,走近律师。风琴通过光的变化变成了芬加尔岩洞。③ 海浪冲进岩洞,撞击玄武岩石柱,发出风和浪的响声。

律　师　我们在什么地方,妹妹？

女　儿　你听到什么啦？

律　师　我听到滴水的声音——

女　儿　这是人们哭泣时的眼泪……你还听到什么啦？

---

① 参见《旧约·诗篇》第6章第2节,第31章第10节。
② 参见《旧约·诗篇》第130章第1节。
③ 相传苏格兰西海岸的海边岩洞能发出动人的海涛声。

433

律　师　叹息……呻吟……哀鸣……

女　儿　亡灵的抱怨只能传到这里……再远就听不到了。但是为什么总是抱怨呢？生活就没有乐趣吗？

律　师　当然有，爱情是最美好的，最美好的也是最痛苦的！妻子和家庭！最高尚的和最低贱的！

女　儿　让我尝试一下吧！

律　师　跟我？

女　儿　跟你！你熟悉艰难险阻，这样我们就可以避开它们！

律　师　我很穷！

女　儿　那有什么关系，只要我们相爱，对吗？买一些好看的小东西花不了多少钱！

律　师　我所憎恶的东西可能正是你同情的，对吗？

女　儿　那我们就相互宽容吧！

律　师　如果我们生气呢？

女　儿　孩子会给我们带来无穷的快乐！

律　师　你，你愿意要我这样一个贫穷、丑陋、低贱而又潦倒的人？

女　儿　对！把我们的命运连在一起吧！

律　师　那好吧！

〔律师事务所里一间极简单的房间。右边是一个大双人床,挂有床幔;旁边是一个窗子。左边有一个炉子,上面有锅。女仆克里斯婷正在糊窗子。

〔背景,律师事务所的门开着;门外边站着等见律师的穷人。

克里斯婷　我糊窗子,我糊窗子!

女　　儿　(面色苍白、憔悴,坐在炉子旁边)你糊得空气都不流通了! 我要闷死了!……

克里斯婷　只剩一条小缝儿啦!

女　　儿　空气,空气,我都不能呼吸啦!

克里斯婷　我糊窗子,我糊窗子!

律　　师　(手拿一个文件站在门口)做得对,克里斯婷;热量是宝贵的!

女　　儿　噢,好像你把我的嘴都糊住了!

律　　师　孩子睡着啦?

女　　儿　啊,总算睡着啦!

律　　师　(温和地)孩子哭叫会把我的顾客吓跑!

女　　儿　(友善地)有什么解决办法吗?

律　　师　没有!

女　儿　我们可以要大一点儿的房子！

律　师　我们没钱！

女　儿　这种糟糕的空气快闷死我了，我能开窗子吗？

律　师　开了窗子热气就跑了，我们会挨冻的！

女　儿　真可怕——那我们就把地拖干净吧？

律　师　你没有力气，我也没有力气，而克里斯婷一定要糊窗子；她要把整个房子都糊上，顶棚、地板和墙壁上的每一条缝！

女　儿　贫穷我是有准备的，但对于脏却没有！

律　师　脏总是与贫穷相随。

女　儿　这比我预想的还要坏！

律　师　我们的情况不是最坏的！我们的锅里总还有饭！

女　儿　但那是什么饭呢？

律　师　白菜，物美价廉，有营养！

女　儿　对于喜欢吃白菜的人是这样！而我不喜欢吃白菜！

律　师　你为什么不早说？

女　儿　因为我爱你，所以我宁愿牺牲我的口味！

律　师　那我一定要牺牲爱吃白菜的口味！牺牲必须是相互的。

女　儿　那我们吃什么呢？鱼？但是你憎恶鱼。

律　师　鱼也贵！

女　儿　这比我想象的还要难！

律　师　（友善地）你把问题看得太严重啦！——孩子将变成我们的纽带和慰藉！——也会变成我们的失败！

女　儿　亲爱的！我会死在这空气里，这房间、这有风景的院子、孩子无休止的哭叫使人不能睡眠，还有外边的那群人,他们的哀鸣、吵闹和指责……我肯定会死在这里!

律　师　可怜的小花,没有阳光,没有空气……

女　儿　你说还有比这更苦的人!

律　师　我在这个住宅区算是被人嫉妒的人!

女　儿　只要家里有点儿好看的东西,其他的一切都无所谓!

律　师　我知道你是指花,哪怕是一棵天芥菜,但是买它要花一克朗和五十个厄尔,这些钱够买六升牛奶或四普特土豆。

女　儿　我宁愿不吃饭也要买花。

律　师　有一种不用花任何钱的美,家里没有这种美对于一个有美感的男人来说是最大的折磨!

女　儿　那是什么?

律　师　我说出来你会生气!

女　儿　我们已经说好了不生气!

律　师　我们已经说好了……一切都过得去,阿格尼丝,只要不用急促而粗暴的语调,……这你是知道的!现在还没有!

女　儿　我们永远也不要听到它们!

律　师　从我这方面说,永远不会!

女　儿　现在说吧!

律　师　好;当我走进家的时候,我首先要看窗帘挂得正不正……(走到窗前正一正窗帘)窗帘挂得像一根绳子或者像一条破布,我马上就想走!——随后我看一看椅子……椅子摆得正,我就留下……(把一把椅子靠墙摆正)然后我要看烛台上的蜡烛……它不正,整个房子都是斜的!(把柜子上的一支蜡烛摆正)……我说的就是

437

这种美,宝贝儿,不花分文!

女　儿　(低下头)别用粗暴的语调,阿克塞尔!

律　师　这语调可不粗暴!

女　儿　不对,粗暴!

律　师　瞧,真见鬼!

女　儿　这是什么话?

律　师　对不起,阿格尼丝!不过我看见家里乱七八糟心里就难受,就像你看见脏东西时的心情一样。我不敢动手整理,因为那样你会生气,就像我责怪你一样……啊!我们别吵了吧?

女　儿　结婚真是太难了……比什么都难!我觉得人必须是天使才行。

律　师　对,我相信是这样!

女　儿　我相信从此以后我会恨你!

律　师　上帝啊,保佑我们!——不过还是让我们避免互相仇恨吧!我保证我不会再注意乱不乱的事……尽管这对我很残酷!

女　儿　我一定吃白菜,尽管这对我是折磨!

律　师　夫妻共同生活是一种折磨!对一方是享受,对另一方就是痛苦!

女　儿　人真可怜!

律　师　你这样看?

女　儿　对!让我们以上帝的名义避免触礁,因为我们对它们已经很了解!

律　师　就让我们这样做!我们都是富有人性和明白事理的人;我们能够容忍和宽容!

女　儿　我们对小事就一笑了之！

律　师　我们,只有我们能这样做！——知道吗,今天早晨我读了报纸……不过——报纸哪儿去啦？

女　儿　（尴尬地）什么报纸？

律　师　（严厉地）我能有别的报纸吗？

女　儿　笑一笑,别说得这样严厉……你的报纸我点火用啦……

律　师　（粗暴地）真是活见鬼！

女　儿　笑一笑！我烧了它,因为它嘲弄对我来说是神圣的东西……

律　师　它对我没有什么神圣的！好啦——（合掌,忘我地）我一定笑,我一定开怀大笑……我一定要有人情味,把我真实的想法都掩饰起来,惟命是从,阿谀奉承和说假话！你烧了我的报纸烧得好！好啊！（整理一下床幔）看啊！我又去整理,又让你生气啦！——阿格尼丝,这样是完全不行的！

女　儿　当然不行！

律　师　而我们又必须得凑合下去,不是因为我们发过誓,而是因为孩子！

女　儿　是这样！因为孩子！噢！——噢！——我们必须凑合！

律　师　我现在得去见我的客户！你听,他们恨不得把对方撕成碎片,把对方送去罚款、送进监狱……多么庸俗的心灵……

〔克里斯婷拿着糊窗的用具上。

女　儿　可怜啊,可怜的人！整个房间都糊上啦！（她绝望

地把头低下）

克里斯婷　我糊,我糊!

　　　〔律师站在门口,焦躁不安地拧着门锁。

女　儿　啊,拧锁的声音多难听;就像你在揪我的心……

律　师　我揪,我揪……

女　儿　别再弄啦!

律　师　我揪……

女　儿　不!

律　师　我……

军　官　（从律师事务所出来,把住锁）我可以进来吗?

律　师　（放开锁）请吧!因为你有学位!

军　官　现在整个生活都属于我!条条大路对我开放,高峰①已经攀上,月桂已经到手,不朽,荣誉,一切都属于我的!

律　师　你靠什么生活?

军　官　靠什么生活?

律　师　您一定要有住房、衣服、食物吧?

军　官　总会有的,只要有人爱我!

律　师　可能!——可能!——糊呀,克里斯婷!糊呀!直到他们不能呼吸!（从后边下,点着头）

克里斯婷　我糊,我糊!直到他们不能呼吸!

军　官　你现在能跟着吗?

---

①　指希腊的圣山帕纳索斯。

女　儿　马上就能！但是到什么地方？

军　官　到美景湾！那里是夏天，艳阳高照，有青年、孩子和鲜花；唱歌和跳舞，宴会和庆典！

女　儿　那我很愿意去！

军　官　走吧！

律　师　（又进来）现在我又回到我的第一个地狱——这个是第二个——和最大的！最美好的是最大的地狱——看呀，她把发卡又掉在地板上了！……（捡地板上的发卡）

军　官　看啊，连发卡您也能发现！

律　师　也能？——请看这个发卡！它有两个叉，但属于一个发卡！两个叉，但属于一个！我把它掰直，它就是一块东西！我把它弯过来，就变成两个，它不再是一个！这就是说：两个是一个！但是我如果把它折断——像这样！就成了两个东西！（折断发卡后扔掉）

军　官　所有这一切您都看到了！……但是在把它折断之前，要先把叉分开！合起来就结实了！

律　师　它们是平行的——永远不会交叉——既不结实，也不能折断。

军　官　发卡是所有物品当中最完美的东西！一条直线等于两条平行线！

律　师　开的时候像一把锁着的锁！

军　官　锁着的时候，散开的头发成了发辫……

律　师　就如同这扇门！当我关上门的时候，我就为你——阿格尼丝，打开了一条出路！（出去。关上门）

女　儿　结果会怎么样呢?

〔换布景:有幔的床变成了一顶帐篷;铁皮炉子还在;后幕拉起来;人们在前景的右侧看到一片火灾后的森林山地,红色的荆棘,大火烧过的黑白树墩;红色的猪圈和配房。下边是一个露天理疗运动场,人们在刑具似的器械上锻炼身体。

〔前景左侧是检疫站敞棚的一部分,那里有火炉,汽锅和水管。

〔中景是一个海峡,后幕是一线美丽的森林海岸,有悬挂旗帜的码头,停靠着白色的船,有的有帆,有的没帆。海岸的林木间分布着意大利式小型别墅、亭台、商亭和大理石雕像。

〔检疫站站长打扮得像个黑人,走在海岸上。

军　官　(走过来,与其握手)啊,奥斯特罗姆先生!你在这儿?

检疫站站长　对,我是在这儿!

军　官　这个地方是美景湾吗?

检疫站站长　不!美景湾在对面;这里是耻辱峡!

军　官　这么说我们走错了地方!

检疫站站长　我们?——你不想给我介绍一下吗?

军　官　不,这不合适!(用不高的声音)这是因陀罗的亲生女儿!

检疫站站长　因陀罗的女儿?我以为是伐楼拿①本人!——

---

① 伐楼拿,印度神之一,掌管世界秩序。

这样的话,你对我把脸涂成黑色就不会吃惊啦!

军　官　小子,我已经五十岁啦,我对什么都不会再大惊小怪!——我立刻就猜到你下午要参加假面舞会!

检疫站站长　一点儿不错!我希望你们能参加?

军　官　一定!因为这里……似乎没什么引人入胜的地方!……什么人住在这里?

检疫站站长　这里住着病人,对面住着健康人!

军　官　这么说这里住的都是穷人啦!

检疫站站长　不,我的孩子,这里住的是富人!你看拷问台上的那个人!他因吃了太多的香菇鹅肝饼,喝了太多的布尔戈尼葡萄酒,脚上都长了疔疤!

军　官　疔疤?

检疫站站长　他的脚已经长了疔疤!——你看躺在断头台上的那个人吧;他因为喝了太多的法国白兰地,不得不把脊椎骨截去!

军　官　喝得太多没好处!

检疫站站长　除此之外,住在旁边的每个人都有难言之隐!看,走过来的那个人,我们拿他作例子!

〔一个老不正经的男人坐着轮椅而来,由一位六十岁的又瘦又丑的卖俏女人陪伴着,她装扮时髦,已经被她的"朋友"追求了四十年。

军　官　是少校!我们的校友!

检疫站站长　一个唐璜式的人物!看到了吗,他仍然着迷一般爱着他身边的那位妖婆。他仍然看不到她已经人老珠黄了,看不到她丑陋、不忠和残酷!

军　官　这就是爱情!我真没想到这位见异思迁的人物会爱

得这么深,这么执着!

检疫站站长　你的看法多么绝妙!

军　官　我自己曾经爱过维多利亚——啊,我至今还经常在走廊里等她——

检疫站站长　在走廊里走来走去的就是你?

军　官　是我!

检疫站站长　噢,你们已经把门打开了吧?

军　官　没有,我们在继续起诉——广告员带着渔网外出,证人的证词拖了一段时间……在这期间玻璃工把又长了半层高的宫殿装好了玻璃……今年是一个不寻常的好年头……温暖、湿润!

检疫站站长　你们这点高温无法跟我们那里相比!

军　官　你们的炉子里的温度有多高?

检疫站站长　我们给怀疑染上霍乱的人消毒时是六十度。

军　官　又发生霍乱啦?

检疫站站长　你不知道?

军　官　啊,我知道,不过我经常忘掉我知道的事情!

检疫站站长　我巴不得把什么都忘掉,特别是我自己;因此我经常去参加假面舞会,化装去消遣和聚会。

军　官　你过得怎么样?

检疫站站长　我说吧,人家说我吹牛,不说吧,人家叫我伪君子!

军　官　因为这个原因你才把脸涂成黑色?

检疫站站长　不错!比我的真面孔稍微黑了一点儿!

军　官　走过来的那个人是谁?

检疫站站长　噢,是一位诗人!是来洗泥浴的!

〔诗人上,眼望天空,手里提着一桶泥。

军　官　天啊,他最好进行日光浴和空气浴!

检疫站站长　不,他一直高居宇宙之中,所以渴望能到泥土里……能在泥土里打滚,能使他的皮肤像猪皮一样硬。以后牛虻叮他他也无感觉!

军　官　这真是一个充满矛盾的奇异世界!

诗　人　(得意忘形地)埃及的普塔神①用泥土在陶轮上创造了人类,——(疑惑地)或者用其他什么鬼东西!——(得意忘形地)雕塑家用泥土创造了自己或多或少不朽的作品,(疑惑地)经常只是一堆破烂货!(得意忘形地)人们用泥土制作了食品储藏柜里各种必不可少的容器,它们有一个共同的名字叫罐或者盘——(疑惑地)不过叫什么跟我有多少关系!(得意忘形地)这就是泥土!土加水变稀以后被称作泥——这是我的拿手好戏!②(喊)丽娜!

〔丽娜提着桶上。

诗　人　丽娜,快来见阿格尼丝小姐!——她十年前就认识你啦,你当时还是一个年轻、快乐,可以说是位美丽的小姑娘……看吧,她现在成了什么样子!五个孩子,疲劳、喊叫、忍饥、挨打!看,在尽义务的过程中,红颜怎么样褪去,欢乐怎么样消失,这些义务本来应该使她内心感到满

---

① 普塔神,埃及的创世之神,也是艺术家和手工艺者的保护神。
② 原文为法语。

足,在脸上和谐的线条和眼神中表现出来……
检疫站站长　(用手捂住他的嘴)闭上嘴,闭上嘴!
诗　人　大家都这样说!你如果沉默,他们就说:讲话!反复无常的人类!

女　儿　(走到丽娜跟前)把你的怨言都说出来吧!
丽　娜　不,我不敢,因为说出来我的生活会变得更坏!
女　儿　谁这么残酷?
丽　娜　我不敢讲出来,因为讲出来我要挨打!
诗　人　可能会是这样!不过我一定要讲出来,尽管"黑人"会打掉我的牙齿!——我要讲,生活有时候是不公正的——阿格尼丝,神的女儿!你听见山上的音乐和舞曲了吗?——好!——这是为从城里回来的丽娜的妹妹在举行欢迎会,她在城里误入歧途,你知道吧……现在人们杀了肥嫩的小牛①,但是呆在家里的丽娜还得提着泔水桶去喂猪!
女　儿　这样家里就有欢乐啦,不仅仅是她回到家里,而是因为她迷途知返!记住这一点!
诗　人　那就请为从未走入歧途的洁白无瑕的女工每天晚上都举行歌舞晚宴吧,举行吧!——他们却不这样做,相反,只要丽娜一有空闲,她就不得不到教堂去接受指责,说她的工作还不完美!这公正吗?
女　儿　您提的这些问题很难回答,因为……存在很多难以预料的情况……

---

① 见《新约·路加福音》第15章。

诗　　人　连哈里发哈伦·赖世德①都看到了这一点！——他高高在上，从来不过问生活在下层的百姓的疾苦！最后各种抱怨传到了他的耳朵里。有一天他走下宝座，微服私访，看看民众中公正的情况。

女　　儿　您大概不会相信我就是哈伦·赖世德吧？

军　　官　让我们换个话题吧！……有陌生人来啦！

〔一条龙形的白色船从左边驰入海湾，桅杆顶上张着浅蓝色的绸布风帆，金黄色的桅杆上飘着玫瑰色三角旗。舵旁坐着一男一女，互相搂着腰。

军　　官　看啊，多么幸福，完美无缺，青春爱情的赞歌！

〔舞台亮起来。

男　　的　（从船上站起来唱）

你好，美丽的海湾，

在这里我的青春看到自己的春天，

在这里我做着最初的玫瑰梦，

如今你又看到了我，

但已经不是当年孤身一人！

丛林和港湾，

大海和蓝天，

一齐欢迎她吧！

我的爱情，我的侣伴！

我的太阳，我的生命！

〔美景湾各码头上的旗帜在问候，白色的手绢从别

---

① 《一千零一夜》中巴格达的教王。

447

墅里和海滩上挥动,竖琴和小提琴演奏的乐曲在海峡上空回荡。

诗　　人　看,他们多么兴奋!听,海上的音乐多么悠扬!——厄洛斯①!

军　　官　那是维多利亚!

检疫站站长　是她又怎么样?

军　　官　那是他的维多利亚,我有我的维多利亚!而我的,没有人能看见!——现在升起检疫站旗子,我放下网!

〔检疫站站长挥动一面黄色的旗子。

军　　官　(拉一根绳索,让船驶进耻辱峡)停下!

〔船上的一男一女看到可怕的景象后露出惧怕的神色。

检疫站站长　好啦,好啦!要有代价!所有从传染病区来的人都要进入这里!

诗　　人　想想吧,怎么能用这种方式讲话,看见两个人在恋爱中的时候怎么能这样做!别打扰他们!别打扰爱情;这是大逆不道!——我们太可怜了!一切美好的东西都要下沉,下沉到泥土里!

〔一男一女上岸,显出忧伤而耻辱的样子。

男　　的　可怜可怜我们吧!我们做了什么错事?

检疫站站长　不做什么错事也会在生活中遇到小小的不愉快!

女　　的　快乐和幸福是多么短暂!

男　　的　我们在这里要呆多久?

---

① 厄洛斯,希腊神话中的爱情之神。

检疫站站长　四十个日夜!

女　的　那我们宁愿投海自杀!

男　的　生活在这里,在失过火的山和猪圈里?

诗　人　爱情能战胜一切,甚至硫黄烟和石碳酸!

检疫站站长　(点上炉子,冒出蓝色的硫黄火苗)我现在点燃了硫黄!请进去吧!

女　的　啊!我的连衣裙肯定要褪色!

检疫站站长　变成白色!你的红玫瑰也会变成白色!

男　的　还有你的面颊!四十天啊!

女　的　(对军官)你可以幸灾乐祸啦!

军官　不,不会!——不错,你的幸福是我受煎熬的源泉,但是——这算什么——我已经取得学位,在那边找到了教书的工作……不错,不错;今年秋天我就可以在学校里谋个职位……和男孩子们一块儿念书,做跟我童年和青年时代上学时完全相同的作业,现在必须读书,做相同的作业,在我整个中年,最后还有我的整个暮年都要做相同的作业:二乘二等于多少?四被二除等于多少?……直到我退休,那时就无所事事啦——等着吃饭和看报纸——直到送进火葬场烧掉……你们这里没有退休制度吧?除了二乘二等于四之外,就是这点最糟糕;得了学位以后还要重新上学;问相同的问题,直到死……

〔一位年迈的绅士背手而过。

军官　请看,他是一位退休等死的人;他肯定是一位没有被提拔为少校的上尉,或者是一个没有当上法院陪审推事的法院办事员——因为被召的人多,选上的人少①……他正等着吃早饭……

退休的人　不对,在等报纸!《晨报》!

军　官　他只有五十四岁;他至少还要活二十五年,等着吃饭和看报纸……这难道不可怕?

退休的人　有不可怕的事情吗?说呀,说呀,说呀?

军　官　对,谁知道谁说!——我现在要和男孩子们读书去啦,二乘二等于四,四除二等于多少?(他茫然地抱着头)我爱过维多利亚,因此我祝愿她是地球上最幸福的人……现在她有了幸福,她知道是最大的幸福,而我呢只能受折磨……折磨,折磨!

女　的　你以为,当我看到你受折磨时我会幸福吗?我在这里坐四十个日夜的牢大概会减轻你的痛苦吧?告诉我,是不是可以减轻你的痛苦?

军　官　也是,也不是!你受折磨,我并不能享受什么!啊!

男　的　你以为,我的幸福能建立在你的痛苦之上?

军　官　我们真可怜——大家都可怜!啊!

众　人　(对着天空伸出手臂,发出痛苦的叫喊声,就像不协调的和声)啊!

女　儿　上帝啊,听听他们的声音吧!生活是痛苦的!人真可怜!

众　人　(如前)啊!

----

① 见《新约·马太福音》第22章第14节。

〔顷刻间舞台上漆黑一片,在此期间,台上的人都要离开和换场景。舞台上重新亮起来时,背景上可以看到耻辱峡的一边海岸,但笼罩着阴影。耻辱峡在中间位置,美景湾在前边,两处都很明亮。

〔右边:名流俱乐部一角,开着窗子;里面有一对一对舞伴跳舞;外面有一个空箱子,三名女仆互相搂着腰站在上面往里看跳舞。俱乐部的台阶上,"丑陋的艾迪特"坐在一张靠背椅上,头上没戴任何东西,表情忧伤,厚厚的头发很蓬松。在她前面摆着一架钢琴,开着盖。

〔左边:一座黄色的木头房子。

〔两个身着夏装的孩子在外面扔球玩。

〔前台的背景是一个码头,停靠着白色的船,旗杆上悬挂着旗子。在海峡的外边停靠着一艘白色兵舰,双桅杆,配有火炮射击孔。

〔整个景色是一幅冬季的景象,光秃的树和覆盖着积雪的大地。

〔女儿和军官上场。

女　　儿　这里的休闲期宁静、幸福！不用工作;每天有聚会;人们穿着节日盛装;上午就开始唱歌、跳舞。(对女仆们)你们为什么不进去跳舞？

一位女仆　我们？

军　　官　她们是仆人！

女　　儿　说得对！——但是艾迪特为什么坐在这里不去跳舞？

〔艾迪特用双手捂着脸。

军　官　不要问她！她已经在这儿坐了三个小时都没人邀请她……（走进左边黄色的房子）

女　儿　娱乐也这么残酷！

母　亲　（上场，袒胸露颈，走到艾迪特前）为什么不照我说的进去跳舞？

艾迪特　因为……我无法使男人邀请我。我知道我长得太丑了，因此没人想跟我跳舞，但是我不再多想这种事！（在钢琴上弹：谢巴斯提安·巴赫的托卡塔曲和赋格曲之十）

〔大厅里传出的华尔兹舞曲，最初声音很弱，但是后来越来越大，好像故意向巴赫的托卡塔曲挑战。然而艾迪特的琴声把它压了下去，直到听不见。酒吧里的客人出现在大门口，听她演奏；舞台上所有的人都聚精会神地听。

一位海军军官　（搂着阿丽丝———一位酒吧客人———的腰，把她引向码头）过来，快一点儿！

〔艾迪特停止演奏，站起来，痛苦地看着他们。呆呆地站在那里。

〔这时黄木房子的墙被搬起。人们看到男孩子们坐在三排课桌旁;其中有军官,他显得焦躁不安。一位戴着眼镜、拿着粉笔和教鞭的老师站在他们面前。

老　师　（对军官）喂,我的小伙子,你能告诉我,二乘二等于多少?

〔军官坐着不动,绞尽脑汁也想不出答案。

老　师　你被提问的时候一定要站起来。

军　官　（痛苦地站起来）二——乘二……让我想想!——是两个二!

老　师　是这样!你肯定没有做作业!

军　官　（羞愧地）做了,我做了,不过……我知道是多少;可是我说不出来……

老　师　你还想狡辩!你知道是多少,但是说不出来。大概要我帮助帮助你!（揪军官的头发）

军　官　哎呀,真残酷,真残酷!

老　师　对,像你这么大的一个小伙子,没一点志气,是够残酷的……

军　官　（痛苦地）一个大小伙子,对,我是一个大小伙子,比他们都大;我是成年人,我已从学校毕业……（像是突然觉醒）——我已经通过博士答辩……我为什么还要坐在这里?难道我没有通过答辩?

老　师　当然通过了,但是你一定要坐在这里等待成熟,你看,你一定要等待成熟……可能不公正吧?

军　官　（摸着前额）啊,公正,我一定要成熟……二乘二……是二,我一定能用类比法证明,它是所有证明中最高级的!听着!……一乘一等于一,那么二乘二该等于二! 因为完全可以以此类推!

老　师　证明完全符合逻辑,但是答案不对!

军　官　符合逻辑的东西不可能不对!让我们试一试!一被一除等于一,那么二被二除当然等于二!

老　师　按照类比法完全正确。但是一乘三等于多少呢?

军　官　等于三!

老　师　以此类推,二乘三就等于三!

军　官　(思考状)不对,这不可能正确……不可能……或者也(困惑地坐下)……不对,我还没有成熟!

老　师　没有,你还远远没有成熟……

军　官　那么在这种情况下,我还要坐在这里多久?

老　师　在这里呆多久?你相信时空存在吗?……假如时间存在,那你一定能说出时间是什么!什么是时间?

军　官　时间?……(思考)我说不出来,但是我知道时间是什么!就像我知道二乘二等于几说不出来一样!——老师能说出时间是什么吗?

老　师　我当然能说出!

所有的男孩　那就说吧!

老　师　时间?——让我想一想!(手指放在鼻子上一动不动地站着)在我们讲话的时候时间就流逝了。就是说,在我讲话的时候,时间是一种流动的东西!

一位男孩　(站起来)现在老师在讲话,当老师讲话时,我走了,那我就是时间啦!(走出去)

老　师　按照逻辑是完全正确的!

军　官　但是这样的话,逻辑也是荒唐的东西,因为走掉的尼尔斯不可能是时间!

老　　师　逻辑还是非常正确的,尽管有些荒唐。

军　　官　那逻辑就是荒唐!

老　　师　看来确实是这样!但是当逻辑荒唐的时候,那整个世界也就荒唐了……在这种情况下鄙人他妈的坐在这里教你们荒唐!——有谁请我喝杯酒,然后我们去洗澡!

军　　官　这真是一个本末倒置①,或者说是非颠倒的世界,因为一般都是先洗澡后喝酒!老不死的!

老　　师　博士不要太傲气!

军　　官　我请求你叫我军官!我是军官,我不理解我为什么要坐在这里,像小学生一样受责怪……

老　　师　(伸出一个指头)我们要等待成熟!

检疫站站长　(上)隔离期开始了!

军　　官　哎呀,是你呀!你能想到吗,他还让我坐在教室里上课,尽管我已经通过博士答辩!

检疫站站长　噢,那你为什么不一走了之?

军　　官　你这么说!——走?哪里有这种好事!

老　　师　是没有,我能想象!——试试吧!

军　　官　(走向检疫站站长)救救我吧!把我从他的目光中解救出来吧!

检疫站站长　先过来!——过来帮我们跳舞……在传染病蔓延开来之前我们必须跳舞!我们必须跳!

军　　官　那双桅船会开走吗?

检疫站站长　双桅船首先开走!——这当然要引起一场

---

① 原文为拉丁文。

大哭!

军　官　总会哭的:它来的时候,它走的时候!——我们走吧!(他们走下场;老师继续默默地授课)

〔站在舞厅窗子旁边的女仆忧伤地走向码头;呆呆地站在钢琴旁边的艾迪特跟随其后。

女　儿　(对军官)在这个天堂里有幸福的人吗?
军　官　有,那是两位新婚男女!听他们讲吧!

〔新婚男女上场。

丈　夫　(对妻子)我无限幸福,真想去死……
妻　子　为什么要死?
丈　夫　在我最幸福的时刻,不幸的种子已经萌芽;幸福会像火焰一样吞掉自己——它不会永久燃烧,总是要熄灭的;这种对末日的预感会在幸福的顶端将其毁灭。
妻　子　让我们一起死吧,就在此刻!
丈　夫　死?不错!因为我害怕幸福!幸福是个骗局!(他们朝大海走去)

女　儿　(对军官)生活是痛苦的!人真可怜!
军　官　请看过来的那个人!他是这个地区最受人嫉妒的人!(瞎子被人推上场)他拥有这里的几百座意大利别墅,他拥有这里的所有山脉、海湾、海滩、树林、水里的鱼、空中的飞鸟和林中的野兽。这里成千上万的人都是他的房客,太阳从他的海上升起,在他的土地上落下……
女　儿　噢呀,他也抱怨吗?

军　　官　　对,事出有因,因为他什么也看不见!

检疫站站长　　他是瞎子!——

女　　儿　　受到所有人嫉妒的人!

军　　官　　现在他想看双桅船开走,他的儿子在上面。

瞎　　子　　我看不见,但是我能听!我听见船锚在海底抓泥的声音,就像人们用鱼钩把鱼拉出水面一样,心也随后从嗓子里被拉出!——我的儿子,我惟一的儿子,将漂洋过海,到异国他乡去旅行;只有我的思想能陪伴他——我现在听到了锚链的哗哗声——好像晒衣服杆子上的衣服被风吹得啪啪响……可能是湿的手绢——我听到了人们痛苦时的抽噎声……好像细浪拍打船帮,或许是岸边的姑娘——被抛弃,无人安慰——有一次我问一个孩子,海水为什么是咸的,这个父亲在外远航的孩子马上回答:因为海员经常哭,所以海水是咸的。"那海员为什么经常哭?""啊,"他回答说,"因为他总是漂流在外。——因此他们总是在桅杆上晒手绢!"——"人伤心的时候为什么哭?"我继续问。"啊,"他说,"因为眼球要经常清洗,以便看得更清楚!"

〔双桅船扬帆起航;岸上的姑娘挥动手绢,不时地擦眼泪。这时候,前桅信号处升起"是"的信号——白底红球!阿丽丝兴奋地挥手作答。

女　　儿　　(对军官)那面信号旗是什么意思?

军　　官　　它的意思是"是"。是中尉红色的"是"字,就像流过心田红色的血,画在蓝天似的布上!

女　　儿　　那"不"是什么样子呢?

军　官　"不"是蓝色的,就像蓝色血管里的腐臭的血……不过请看,阿丽丝为什么那么高兴?

女　儿　而艾迪特哭得多么伤心!

瞎　子　相逢和离散!离散和相逢!——这就是生活!——我与他母亲相逢!而她走了!我留下了儿子;现在他也走了!

女　儿　他可能还会回来!

瞎　子　谁在跟我讲话?我过去听过这个声音,在我的梦中,在我青年时代暑假开始的时候,在我的新婚期,在我的孩子降生时;每当生活对我微笑的时候,我都会听到这个声音,像南风絮语,像来自天上的仙乐,像我想象中圣诞之夜天使的问候……

〔律师上场;走到瞎子身旁耳语。

瞎　子　是这样!

律　师　对,是这样!(走到女儿身旁)——现在你已经看到绝大部分情况,但是你还没有体尝过最坏的情况。

女　儿　那会是什么样子?

律　师　重复!①——重复!!——倒退!你要补课!——过来!

女　儿　到哪儿去?

律　师　去尽你的义务!

女　儿　什么义务?

---

① 原文为丹麦语,是丹麦作家绥伦·凯尔克郭德(1813—1855)创作的一部作品的名字。

律　师　你害怕的一切！你不愿意做的一切,但又必须做的！就是你拒绝、摈弃、无能为力、回避……一切令人厌恶、被歪曲、受折磨的……

女　儿　难道没有令人快乐的义务吗？

律　师　当义务都尽到了的时候,义务就令人愉快了……

女　儿　当不再有义务的时候——这就是说只要有义务就会令人不愉快！什么是令人愉快的呢？

律　师　令人愉快的,是罪恶。

女　儿　罪恶？

律　师　那是要被惩罚的！对吧！——如果我过了一个愉快的白天或晚上,第二天我就会感到难受和内疚。

女　儿　真是不可思议！

律　师　对,我早晨起来头痛的时候；那个被歪曲的重复过程就开始了。这样,昨天晚上一切美好、愉快和光明的东西在今天早晨的记忆中变成了丑陋、扭曲和愚蠢的东西。欢乐好像腐烂了,快乐破碎了。那些被人称为成功的东西永远是下一次挫折的原因。我生活中已经取得的成功变成了我的失败。人们对别人的美事总怀有一种本能的恐惧。他们认为命运照顾一个人是不公正的,因此他们通过在路上设置障碍来恢复平衡。有天赋是致命的危险,因为这种人很容易陷入饿死的困境！——不过,回到你的义务上来吧,或者由我决定你的事,我们通过所有三道离婚程序①,第一、第二、第三！

---

① 第一个程序是接受牧师的警告；第二个程序是接受区教会的警告；第三个程序是到地方法院办离婚手续。

女　儿　回去?回到做菜的锅台,孩子衣服……

律　师　好!我们今天要大洗特洗,我们一定洗完所有的手绢……

女　儿　噢呀,要我重操旧业吗?

律　师　整个一生都是重复……比如教室里的老师……他昨天通过了博士答辩,被献上月桂花环,人们为他鸣礼炮,他挤进了学者的行列,国王拥抱了他……而今天他又回到学校教课,问学生二乘二等于多少,直到死都是个教书的……所以,还是回来吧,回到你的家!

女　儿　那我宁愿去死!

律　师　死?你不能死!首先名声不好,甚至尸体都会遭受污辱,其次——你会无法升入天堂!——这种死是罪恶!

女　儿　做人真不容易!

众　人　说得好!

女　儿　我不会同你们一起回到屈辱和污秽中去!——我想重新回到天上去,但是——首先要把门打开,我想知道秘密……我希望把门打开!

律　师　那你必须沿着你的足迹返回,原路返回,经受这个过程的全部痛苦、重复、轮回、反复……

女　儿　好吧,不过首先让我进入孤独和荒野,以便恢复自我!再见!(对诗人说)跟我来!

　　　　〔从后幕的远方传来痛苦的喊叫声:哎哟!哎哟!——啊,可怜可怜我们吧!

女　儿　怎么回事?

律　师　是耻辱峡不幸的人们在呻吟！
女　儿　为什么他们今天抱怨得这么厉害？
律　师　因为太阳出来了，因为这里有音乐，这里有舞蹈，这里有青春！在这种情况下他们感到自己的痛苦更深重！
女　儿　我们一定要解救他们！
律　师　试试看吧！过去来过一位救主，但是他被吊死在十字架上！
女　儿　被谁？
律　师　被所有思想正常的人！
女　儿　他们是谁？
律　师　如果你不认识这些思想正常的人，那你会有机会认识他们！
女　儿　是拒绝给你学位的那些人吗？
律　师　正是！
女　儿　那我已经认识他们了！

〔地中海海滨。近景的左边可以看到一堵白色围墙，果实累累的橙树枝出墙而来。背景是别墅和带平台的游乐场。右边是一大堆煤和两辆手推车；背景右边是一片蓝色的大海。
〔两个背煤的人上身裸露，脸、手和裸露的身体都是黑的，沮丧地坐在自己的车上。
〔女儿和律师在背景里。

女　儿　这就是天堂！
背煤人甲　这就是地狱！

背煤人乙　树荫下都高达四十八度!

背煤人甲　我们到海里去游泳吧?

背煤人乙　警察会来的!这里不能洗澡!

背煤人甲　可以从树上摘一个果子解渴吗?

背煤人乙　不行,警察会来。

背煤人甲　但是高温下我无法工作;我不干了。

背煤人乙　警察会来抓你!(停顿)此外你不工作就会没饭吃……

背煤人甲　没饭吃?——我们这些人,活儿干得最多,吃到的却最少,无所事事的富人得到的最多!——我们能不能——实事求是地说——这不公正吧?——那边那位神的女儿,你说呢?

女　儿　我不回答!——不过告诉我,你做了什么事,才使得脸这么黑,命这么苦?

背煤人甲　我们能做什么?这都是由于生我们的父母贫穷——很可能要受几次惩罚!

女　儿　受惩罚?

背煤人甲　对;没受惩罚的人坐在游乐场,吃八道菜,外加美酒。

女　儿　(对律师)是真的吗?

律　师　大体上是真的!……

女　儿　你的意思是说,每个人都做过该判坐牢的事?

律　师　对!

女　儿　你也如此?

律　师　对!

女　　儿　那些可怜的人不能下海洗澡是真的吗？

律　　师　是真的；穿衣服也不行！只有那些想投水自尽的人免除付钱①。但是他们被救上岸后在警察局要挨打！

女　　儿　他们不是可以走出村庄到野外去洗澡吗？

律　　师　没有野外，一切都被围起来了！

女　　儿　我的意思是到自然水域！

律　　师　没有任何自然水域，一切都被占有！

女　　儿　大海本身，那无边的大海……

律　　师　一切！你不登记付款，就不能乘船航海，就不能靠岸登陆。多么美妙！

女　　儿　这里不是天堂！

律　　师　不是，这我说过！

女　　儿　人们为什么不采取行动改变自己的处境——

律　　师　他们当然尝试过，但是所有的改革者最终不是坐牢就是被关进疯人院……

女　　儿　是谁把他们投入监狱？

律　　师　一切思想正常的人，一切体面的人……

女　　儿　是谁把他们关进疯人院？

律　　师　是他们自己的绝望情绪！

女　　儿　就没有一个人想到，这种情况是由于秘密的原因造成的？

律　　师　有，生活好的人一直这样想！

女　　儿　他们认为这样好吗？

~~~~~~~~~~~~~~~~~~~

① 按照瑞典古老的说法，自杀者将在地狱受折磨；1864年以前企图自杀者将受到法律制裁；在1894年的《埋葬法》诞生之前，埋葬自杀者时不得奏哀乐，碑文不得过长等规定。

463

背煤人甲　不管怎么说,我们是社会的基础;如果你们得不到煤,厨房做饭的炉子和卧室取暖的壁炉就会熄灭,工厂的机器就会停转;街道、商店和家里的灯就会熄灭;黑暗和寒冷就会降临到你们头上……所以我们像在地狱里一样为了背煤累得大汗淋漓……你们给了我们什么回报?

律　师　(对女儿)帮帮他们吧!——(停顿)不可能使所有的人都变富,这一点我理解;但是应该有这么大的差别吗??

〔一位绅士和太太走上舞台。

太　太　你想打一把牌吗?

绅　士　不,我只想走一走,为了能吃下晚饭!

背煤人甲　为了能吃下晚饭……

背煤人乙　为了能……?

〔一群孩子上场,看见黑脸的工人吓得惊叫起来。

背煤人甲　他们看见我们吓得惊叫!他们惊叫……

背煤人乙　他妈的!——我们大概应该赶快抬出断头台,给这个腐烂的躯体动手术……

背煤人甲　他妈的!我也赞成!呸!

律　师　(对女儿)肯定是疯了!人本来不特别坏……而是……

女　儿　而是……?

律　师　而是政府……
女　儿　（捂着脸下）这不是天堂！
背煤工人　不是天堂,是地狱,是地狱！

〔芬加尔洞。长长的碧波慢慢涌进洞内;前景有一个涂成红色的能发声的航标①,随波漂动,然而只有到规定的位置才响。

〔风的音乐和浪的音乐。

〔女儿和诗人。

诗　人　你把我带到什么地方来了?

女　儿　远离人类之子的叹息和抱怨,在天涯海角附近,到这个被我们称作因陀罗耳朵的岩洞来,据说天王之女在这里倾听凡人的抱怨!

诗　人　怎么听?在这里?

女　儿　你没有看到,这个岩洞的形状像个贝壳吗?当然,你能看到!你不知道,你的耳朵的形状也像个贝壳吗?你知道,但是没仔细想过!(她从海滩上拾起一个贝壳)小时候,你没有把贝壳放在耳朵上听过吗……听血液循环声,听你的思想在头脑里哗哗响,听躯体神经网上千万条细小神经断裂的声音……在小贝壳里你能听到这些,你可以想见,你在这个大的贝壳里能听到什么!

---

①　一种借助海浪的力量或煤气发声的航海安全标志。

诗　人　（听）除了风声,我没有听到别的……
女　儿　那我就当它们的翻译！请听！风在哀怨！（随着轻轻的音乐朗诵）

　　　　生在蓝天白云下,
　　　　我们被因陀罗的闪电
　　　　驱逐到尘世间……
　　　　田地上枯枝败叶弄脏了我们的脚,
　　　　大路上的尘埃,
　　　　城市的煤烟,
　　　　恶臭的呼吸,
　　　　油烟和酒气,
　　　　我们都不得不忍受……
　　　　到宽阔的大海舒展身腰,
　　　　让我们的肺吸收新鲜空气,
　　　　抖动我们的翅膀,
　　　　洗净我们的双脚！
　　　　因陀罗,天之主宰,
　　　　听我们诉说！
　　　　听我们叹息！
　　　　人间并不洁净！
　　　　生活并不美好！
　　　　人类不恶,
　　　　也不善良！
　　　　他们勉强生活,
　　　　岁月蹉跎！
　　　　泥土的儿子在泥土中流浪,

出于泥土,
归于泥土!
他们用脚走路,
但没有飞翔的翅膀!
他们脸上粘满泥土,
是他们的罪过,
还是你的?

诗　人　有一次我听到……
女　儿　别说话!风还在歌唱!(随着轻轻的音乐朗诵)
我们是大气的孩子,风
传送人类的抱怨!
听我们诉说,
在秋季夜晚的烟囱口,
在壁炉的炉盖旁,
在窗子的缝隙,
当雨在屋顶哭泣时,
或者在冬季夜晚,
在积雪覆盖的松林里,
在风高浪急的大海上,
你能听到哭泣和哀叹,
在风帆和缆绳……
是我们风,
大气的孩子,
像出自人类的胸膛,
我们穿过它们,

　　　　　学会这些悲怆的音调……
　　　　　在病房里,在战场上,
　　　　　更多的是在产房里,
　　　　　新生的婴儿哭泣,
　　　　　由于疼痛而
　　　　　抱怨,喊叫。
　　　　　是我们,我们,风,
　　　　　在呼啸和怒吼,
　　　　　灾难!灾难!灾难!

诗　人　好像我过去……
女　儿　别说话!波涛在歌唱!(随着轻轻的音乐朗诵)
　　　　　是我们,我们波涛,
　　　　　像推着摇篮,
　　　　　催着风入睡!
　　　　　我们波涛,绿色的摇篮,
　　　　　我们是潮湿的,是咸的;
　　　　　就像火焰一样;
　　　　　我们是湿的火焰,
　　　　　是熄灭的火焰,
　　　　　洗涤,沐浴,
　　　　　繁衍,生息,
　　　　　我们,我们,波涛,
　　　　　推着摇篮,
　　　　　催着风入睡!

女　儿　虚伪和不忠的波涛;地球上一切不能燃烧的东西,都被淹没在波涛里——看啊!(指着一堆船的残骸)看大海是如何掠夺和破坏——沉入大海的船只留下这些船头吉祥头像和船的名字:正义、友谊、金色的和平、希望——这是"希望"留下的一切——骗人的"希望"留下的一切! ——桅杆、桨架、犀斗!请看:有声航标——它自己得救了,而遇难者却丧生了!

诗　人　(在残骸里寻找)这是"正义"船的牌匾吧?它是载着瞎子的儿子驶离美景湾的那艘船!这就是说它已经沉没了!船上还有阿丽丝的未婚夫,即艾迪特无望的爱情!

女　儿　瞎子?美景湾?我肯定梦见过!阿丽丝的未婚夫,丑陋的艾迪特,耻辱峡和检疫站,硫黄和石碳酸,在教堂里授学位,律师事务所,走廊和维多利亚,能生长的宫殿和军官……我都梦见过……

诗　人　我曾经为此写过诗!

女　儿　那你应该知道什么是诗……

诗　人　我知道什么是梦……什么是诗?

女　儿　诗不是现实,但高于现实……不是梦,但是清醒时的梦……

诗　人　而人类之子认为我们诗人在做游戏……在胡编乱造!

女　儿　是这样,我的朋友,因为不这样,世界可能因为无人喝彩而变成荒漠。大家就会躺着看蓝天;没有人再动犁和锹,锄和铲!

诗　人　你怎么这么说,因陀罗的女儿,你有一半属于苍天——

女　儿　你有权谴责我;我在人间漫游的时间太长了,像你一样洗了很多泥浴……我的思想不能再飞翔;翅膀上粘满了污泥……脚上粘满了尘土……而我自己……(伸出双手)我下沉,下沉……帮帮我,父亲,天之主宰!(停顿)我再也听不到他的回音!以太不能把他双唇发出的声音传进我的耳朵——银线已断……哎呀,我已沉陷人间!

诗　人　你想很快返回……苍天?

女　儿　一旦我把尘埃烧尽……因为大洋的水无法洗净我!你为什么这样刨根问底?

诗　人　因为……我有一个请愿……一个请愿书……

女　儿　什么样的请愿书……

诗　人　一个幻想家替人类向世界的主宰提出的一份请愿书!

女　儿　由谁递交?……

诗　人　由因陀罗的女儿……

女　儿　你可以把它念一念吗?

诗　人　可以。

女　儿　请你念吧!

诗　人　最好是你念!

女　儿　我在哪里念?

诗　人　在我的思想里,或者在这里!(递给她一个纸卷儿)

女　儿　(接过纸卷儿,但背诵)好,那我来念!

"你为什么带着阵痛出生,

人类之子,当你带给她,

做母亲的快乐——
无上的快乐时,
为什么还要折磨她?
为什么你带着不善的喊叫和阵痛
降生人世,
问候光明?
为什么面对生活你不露出微笑,
人类之子,生命的礼品
不是快乐本身吗?
我们是神的同族、人类的后代,
为什么像畜生一样降生?
虽然灵魂要求另外的装束,
而它却由血和污秽组成!
上帝难道一定要露真容……"
——住嘴!太过分了……作品不苛求大师!生命之谜还没有人解开!——
"漫游的旅程就这样开始了,
越过荆棘、蒺藜和石头;
一旦走上坦途,
马上就有人禁止通行;
如果你采了一朵花,
马上你就会知道花属于另外一个人;
路被一块田地堵住,
而你必须要前行,
如果你踏坏了别人的庄稼,
随后别人也会踏坏你的,

以便得失相当!
你享受的每一次快乐,
都会给别人带来痛苦,
而你的痛苦并不能变成快乐,
因此只能是痛苦之上加痛苦!
通向你死亡的行程,
遗憾地变成别人生存的面包!"

——

是这样吗,泥土的儿子,①
你执意要去见最高主宰?

诗　人　泥土的儿子一定要找到
　　　　明亮、纯洁、轻快的词语,
　　　　以便能从大地升起……
　　　　上帝的孩子,
　　　　你愿意把我们的抱怨
　　　　译成诸神最容易懂的话语吗?
女　儿　我愿意!
诗　人　(指有声航标)那漂浮的是什么东西? 一个有声航标?
女　儿　对!
诗　人　它好像是一个有喉头的肺!
女　儿　它是海上的救护者;遇到危险,它会发出声音。

---

① 参见《旧约·创世记》第 2 章第 7 节。

诗　人　我觉得大海似乎在升高,海水在上涨……

女　儿　没有什么不同!

诗　人　天啊!我看到的是什么?——一艘船……在外海!

女　儿　是一艘什么船?

诗　人　我认为是一艘鬼船。

女　儿　什么是鬼船?

诗　人　飞翔的荷兰人。①

女　儿　是它?他受到如此重的惩罚,为什么不上岸呢?

诗　人　因为他有七个不忠贞的妻子!

女　儿　为此他一定要受惩罚吗?

诗　人　对!一切思想正常的人都谴责他……

女　儿　奇怪的世界!——他怎么才能摆脱这种诅咒呢?

诗　人　摆脱?你要小心,别去解救……

女　儿　为什么?

诗　人　因为,……不,不是那个荷兰人!是一艘普通的遇难船!——为什么有声航标不发声音?——看大海在升高,海水在上涨;我们很快就会被堵在岩洞里!——船上的警铃响了!——我们很快就会看到一个新的船头吉祥像……快发出声响,有声航标,尽你救护者的义务吧——(有声航标唱起了五度、六度和弦四重唱,很像报雾警铃)——船上的人向我们招手……不过我们自己要完蛋了!

女　儿　你不想让别人解救吗?

---

① 源于欧洲神话故事,讲一位荷兰船长因违犯教规而被罚在海上漂流不得回家,直至世界末日。

诗　人　当然,我当然愿意,但不是现在……不是在水里!

船上的人　(唱四重唱)主啊,怜悯我们吧!

诗　人　现在他们在喊;大海在喊!但是没有人听得见!
船上的人　(像刚才一样)主啊,怜悯我们吧!
女　儿　那边谁来啦?
诗　人　走在水上的?只有一个人能在水上走①。彼得·磐石②,不会是他,因为他会像石头一样沉下去……
　　　　〔海上出现一道白光。
船上的人　主啊,怜悯我们吧!
女　儿　难道是他吗?
诗　人　是他,那个被钉在十字架上的人……
女　儿　为什么——请告诉我,他为什么被钉在十字架上?
诗　人　因为他想解救……
女　儿　哪些人——我已经忘记了!——哪些人把他钉在十字架上?
诗　人　一切思想正常的人!
女　儿　多么奇怪的世界!

---

① 指耶稣。参见《新约·马太福音》第14章第25节。
② 参见《新约·马太福音》第16章第18节。

诗　人　大海在升高！黑暗向我们袭来……风暴越来越厉害……

　　　　〔船上的人发出一声尖叫。

诗　人　当他们看见有人来救他们时会吓得惊叫起来……而现在……他们被解救者吓得在船上到处跑……

　　　　〔船上的人又发出尖叫声。

诗　人　他们在喊叫,不久他们将死去！他们在出生和死去的时候,都会喊叫！

　　　　〔海浪不断升高,他们面临淹死在岩洞里的危险。

女　儿　如果我能肯定那是一条船……

诗　人　说实话……我不相信那是一条船……那是一栋二层楼,外边有树……和……电话塔……一个直入云端的塔①……那是一个能把电线引入苍天的现代巴别塔——向最高主宰诉说……

女　儿　孩子,人类的思想不需要任何金属线传送;——虔诚的祈祷可以穿过世界……那肯定不是巴别塔,因为如果你想和上苍通话,你完全可以用祈祷！

诗　人　不,不是房子——不是电话塔——看到了吗？

女　儿　你看到了什么？

诗　人　我看到了白雪皑皑的荒地,一块军事操练场——冬天的太阳从山冈上的教堂背后照射下来,钟楼在雪地上投下自己的阴影——此时训练场上来了一队步伐整齐的士兵;他们向钟楼前进,爬向钟楼的尖顶;这时候他们到了十字架,但是我似乎意识到第一个踏上鸡形风向标的

---

① 指当时斯德哥尔摩城中最高的建筑物,通用电话公司总部。

一定会死……现在他们接近了……走在前面的下士……哈哈！一块乌云飘到这块荒地上空,当然遮住了太阳……现在一切都消失了……乌云里的水熄灭了太阳的火焰！——阳光创造了钟楼的阴影,但是乌云的阴影压住了钟楼的阴影……

〔在上面的话语声中,舞台变成了剧场走廊。

女　儿　（对女看门人说）大法官来了吗？

女看门人　没有！

女　儿　那几位系主任呢？

女看门人　没有！

女　儿　那就叫他们一下,快,因为一定要把门打开……

女看门人　有这么急吗？

女　儿　对,很急！有人怀疑世界之谜的答案就保存在门里！——快去叫大法官和四个系的系主任！

〔女看门人吹哨子。

女　儿　别忘了让玻璃工带上他的玻璃刀,不然一切都做不成！

〔众演员像开头那样,从左边上。

军　官　（身着大礼服,头戴礼帽,手持玫瑰花,神采奕奕地从后面上）维多利亚！

女看门人　小姐很快就来！

军　官　很好！马车已经备好,餐桌已经摆齐,香槟酒已经冰上……让我拥抱您吧,夫人。（拥抱女看门人）维多利亚！

477

一个女子的声音 （从上面传来,唱）我在这里！

军　官　（开始徘徊）好！我等着！

诗　人　我以前好像经历过……

女　儿　我也是！

诗　人　可能是在梦里吧？

女　儿　可能在作诗的时候,对吗？

诗　人　可能是作诗的时候！

女　儿　那你知道什么是诗啦！

诗　人　那我也知道什么是梦啦！

女　儿　我觉得我们过去好像站在某个地方讲过这些话！

诗　人　那你很快就能推算出什么是现实啦！

女　儿　或者是梦！

诗　人　或者是诗！

〔大法官和神学、哲学、医学、法律系主任上。

大法官　看来这是个门的问题！——神学系主任,你有什么想法？

神学系主任　我没有什么想法,我只是相信……相信……

哲学系主任　我认为……

医学系主任　我知道……

法律系主任　在我得到证据和证人之前,我怀疑！

大法官　你们又吵起来了！——神学家先说,你觉得怎么样？

神学系主任　我觉得这扇门不能打开,因为里面藏着危险的真理……

哲学系主任　真理永远不会危险！

医学系主任　何谓真理?

法律系主任　能有两个证人证明的就是真理!

神学系主任　对于一个滥用法律的人来说,什么事情都可以用两个假证人来证明!

哲学系主任　真理是智慧,而智慧、认识是哲学本身……是科学的科学、认识的认识,一切其他的科学都是哲学的仆人!

医学系主任　惟一的科学是自然科学;哲学不是什么科学!它只是空洞的蛊惑!

神学系主任　好极了!

哲学系主任　(对神学系主任)你说好极了!你是什么东西?你是一切认识的敌人,你是科学的反面,你是无知和黑暗……

医学系主任　好极了!

神学系主任　(对医学系主任)你说好极了,你在放大镜里才能看见自己鼻子底下的东西,你只相信你的那些骗人的感觉器官,比如你的眼睛,它可能远视、近视、瞎、灰蒙、斜视、独眼、色盲、红盲、绿盲……

医学系主任　笨蛋!

神学系主任　蠢驴!

〔他们扭打起来。

大法官　安静!你们不要针尖对麦芒!

哲学系主任　如果让我在这两者——神学和医学之间做选择的话,我谁也不选!

法律系主任　如果让我当法官审判你们三个,我会判——你们都有罪!——你们不可能在任何一点上取得一致,过去也从来没取得过一致！——好吧，言归正传！大法官对这扇门和开门的问题有何看法？

大法官　看法？我没有什么看法！我是受政府指派，负责不让你们在教务会上打断胳膊和大腿——同时你们还教育青年！看法？不，我不能随便表态。我曾经有过一些看法，但是很快遭到驳斥；观点很快就被驳斥——当然是被反对派！——或许我们现在可以把门打开，尽管有可能里面藏着危险的真理？

法律系主任　什么是真理？哪里有真理？

神学系主任　我就是真理和生命……

哲学系主任　我是认识的认识……

医学系主任　我是准确的认识……

法律系主任　我怀疑！

〔他们扭打起来。

女　儿　这些青年的导师，真不知道害羞！

法律系主任　大法官、政府的代表、教师的首领，请对这个女人的不正当行为进行判罪！她说您不知道害羞，这是污辱，她还用嘲弄和讽刺的口吻叫您青年的导师，这是诽谤！

女　儿　可怜的青年人！

法律系主任　她可怜青年人，这是谴责我们！大法官，请您制裁她吧！

女　儿　不错，我是在谴责你们，谴责你们大家，因为你们在青年人的心灵里播下了怀疑和不和的种子。

法律系主任　听啊，她自己对我们在青年中的权威提出怀疑，她反而谴责我们引起怀疑！我想问问一切思想正常的人,难道这不是一种犯罪的行为？

一切思想正常的人　对,这是犯罪！
法律系主任　一切思想正常的人都谴责你！——带着你的收获乖乖地走开吧！不然……
女　儿　我的收获？——不然？不然什么？
法律系主任　不然你要挨石头！
诗　人　或者被钉上十字架！
女　儿　(对诗人)我走！请跟着我,你一定会知道谜底！
诗　人　那个谜？
女　儿　他说"我的收获"是什么意思？
诗　人　可能什么也不是！我们称这类东西为空话！他在讲空话！
女　儿　但是,他这句话对我伤害最深！
诗　人　所以他才这样说！——这就是人类！

一切思想正常的人　万岁！门打开啦！

大法官　门里边,藏了什么？
玻璃工　我什么也没有看到！
大法官　他什么也没有看到,啊,我相信这一点！——各位系主任！门里边藏着什么？
神学系主任　什么也没有！这就是世界之谜的答案！——起初上帝也是凭空创造了天和地。
哲学系主任　凭空创造了凭空！

481

医学系主任　废话！什么也没有！

法律系主任　我怀疑！……这是一场骗局。我向所有思想正常的人呼吁！

女　　儿　（对诗人）谁是思想正常的人？

诗　　人　啊，你这样问，谁能回答呢！所有思想正常的人通常只有一个人。今天是我以及与我看法相同的人，明天是你以及与你看法相同的人！——都是人封的，更确切地说，是自封的！

所有思想正常的人　我们受骗了！

大法官　谁欺骗了你们？

所有思想正常的人　是那个女儿！

大法官　请女儿告诉我们！你对开门有什么想法？

女　　儿　不，好朋友们！我说出来你们也不会相信！

医学系主任　里面什么也没有。

女　　儿　你也这么说！——不过你没有明白！

医学系主任　她说的是废话！

大家　废话！

女　　儿　（对诗人）他们真可怜！

诗　　人　你是认真的？

女　　儿　一向认真！

诗　　人　你认为思想正常的人也可怜？

女　　儿　他们可能更可怜！

诗　　人　四位系主任也可怜吗？

女　　儿　也可怜，他们有过之而无不及！在一个躯体上，有四个头脑,四个灵魂!谁创造了这样的怪物?

众　　人　她不肯回答!

大法官　那就打她!

女　　儿　我已经回答啦!

大法官　听她回答!

众　　人　打她!要她回答!

女　　儿　不管她回答还是不回答,你们都要打她!——(对诗人)过来,预言家,我一定要远离这里!——我要告诉你谜底——但是要在没有别人能听到我们说话和没有人能看到我们的荒野之外!因为——

律　　师　(走过来,抓住女儿的胳膊)你忘记了你的义务吧?

女　　儿　啊,上帝,没有!不过我还有更高的义务!

律　　师　你的孩子?

女　　儿　我的孩子!怎么啦?

律　　师　你的孩子在叫你!

女　　儿　我的孩子!天啊,我已经身陷人间!——我内心的这种痛苦,这种惆怅……这是为什么?

律　　师　你不知道?

女　　儿　不知道!

律　　师　这是良心的责备!

女　　儿　这就是良心的责备?

律　　师　对,每一次忽略了自己的义务之后,每一次娱乐之后,即使是无辜的娱乐也是如此,到底有没有娱乐,人们还有不同的看法;每一次给别人造成痛苦之后,都会出现这种良心的责备!

女　　儿　对此没有医治的办法吗?

律　　师　有,不过仅有一种!那就是马上尽自己的义务——

女　　儿　当你谈到"义务"这个词的时候,你的样子像个魔鬼!——但是当有人像我一样有两个义务要尽的时候该怎么办呢?

律　　师　那就要先尽这个,然后再尽另一个!

女　　儿　先尽最高的义务……因此,照顾好我的孩子,你的意思是,以便我尽我的义务……

律　　师　你的孩子会遭受想念你的痛苦——你是否知道一个人为你而受折磨?

女　　儿　现在我的灵魂不得安宁……它已一分为二,被拉向两个方向!

律　　师　你看,只是生活中很小的不协调!

女　　儿　啊,多么折磨人!

诗　　人　如果你能意识到,我是通过完成我的使命,那种最高义务的特别使命来传播痛苦和灾难的话,你就不愿意拉我的手了!

女　　儿　怎么回事?

诗　　人　我有一个父亲,我是他惟一的儿子,他把希望寄托在我身上,希望我继续他的商业……我从商学院逃走了……我父亲伤心而死。我母亲希望我信教……我没能信教……她不认我这个儿子……我有一个朋友,在艰难的时期资助过我……但这位朋友在我崇拜的人面前的行为像个暴君。为了拯救我的灵魂,我不得不把我的朋友和恩人打翻在地!尔后我再没安宁过;人们说我恬不知耻、忘恩负义；我的良心说：你做得对。但这也无济于事，因为过一会儿良心又说：你做得不对！这就是生活！

女　儿　跟我到荒野上去！

律　师　你的孩子怎么办？

女　儿　（指着所有在场的人）这里的人都是我的孩子！每个人都很老实听话，但是只要他们碰到一起就吵架，就变成恶魔！——再见啦！

〔皇宫外面；布景与第一幕相同。但是皇宫城根下草地上这时候布满了蓝乌头。在皇宫屋顶的前檐上，可以看到含苞欲放的菊花蓓蕾，皇宫的窗子闪着明亮的烛光。

〔女儿和诗人。

女　儿　过不了多久，我就借助火重新升入以太……你们管这叫死，并觉得非常可怕。

诗　人　这是一种对陌生事情的恐惧！

女　儿　你们是了解的！

诗　人　谁了解？

女　儿　大家都了解！你们为什么不相信你们的先知？

诗　人　先知们一向受怀疑；怎么造成的呢？——"如果上帝说过了，为什么人类还不相信？"[1]他的话说服力应该

---

[1] 《新约·约翰福音》第8章第46节有这样的话："我既然将真理告诉了你们，你们为什么还不相信我呢？"

是巨大无比的!

女　儿　你也一向怀疑?

诗　人　不!我有很多次坚信不疑;但是过一段时间,就消失了!就像梦一样,醒了,就没了!

女　儿　做人真不容易!

诗　人　你认识并承认这一点啦?

女　儿　对!

诗　人　你听我说!因陀罗是否曾经派他的儿子下凡,倾听人类的抱怨?

女　儿　对,有这么回事!你们是怎么样接待他的?

诗　人　先回答一个问题:他的使命完成得怎么样?

女　儿　还是先回答另一个问题……在访问人间以后,人类的处境难道没有改善吗?如实回答!

诗　人　改善?——啊,有一点儿!不是很多!——但是,我想问一下:你愿意先告诉我谜底吗?

女　儿　可以!但是有什么用呢?你根本不相信我!

诗　人　我相信你,因为我知道你是谁!

女　儿　好吧,我一定说!
在太阳发光之前的时代早晨,梵天,即神的原始力量,受尘世之母玛娅的引诱而进行生殖。神的原始成分与泥土成分的结合便形成了原罪。世界、生活和人类只是一种幻影、一种虚无、一种梦幻……

诗　人　我的梦!

女　儿　一种现实的梦!——但是,为了摆脱泥土的成分,梵天的后代一直在寻求艰难和痛苦……就像你在梦中把痛苦当作解救者一样……但是这种对痛苦的追求与要求享乐或爱情会发生冲突……你现在明白了爱情是什么,在最痛苦时的最高享受,在最艰难时的最大快乐!你现在知道什么是女人吗?女人是罪恶和死亡进入生活的媒介。

诗　人　我知道!——而结果……?

女　儿　这一点你知道……享受的痛苦和痛苦的享受之间的斗争……赎罪的折磨与情欲的享乐……

诗　人　也是斗争?

女　儿　对立物之间的斗争会产生力量,就像火与水会产生蒸汽一样……

诗　人　但是安宁呢?休息呢?

女　儿　别说话,你不要问得太多,我也不能回答!——祭坛已经布置好供品——鲜花已经摆好;蜡烛已经点燃……窗子已遮好白布,甬道撒上了杉树枝①……

诗　人　看你说得多么轻巧,好像你内心没有任何痛苦一样!

女　儿　没有?……我遭遇过你们大家所有的痛苦,并且百倍于你们,因为我的感觉灵敏得多……

诗　人　说一说你的悲伤吧!

女　儿　诗人,你能一字不漏地说出你的悲伤吗?你不是每一次都闪烁其词吗?

诗　人　你说得对,没有一次!对自己来说,我就像个哑巴,当别人怀着羡慕听我朗读我的诗歌时,我觉得它纯粹是嚎叫——因此,你看到了,当你赞扬我的时候,我总是很羞愧!

---

① 均为瑞典办丧事的习俗。

女　儿　那么你想让我做什么？看着我的眼睛！
诗　人　我承受不了你的目光……
女　儿　如果我用我的语言讲话,你怎么承受得了呢！
诗　人　在你离开之前还是说了吧:在人间,最使你痛苦的是什么？
女　儿　是生存;我感到一只眼睛视力削弱了,一只耳朵听力迟钝了,我的思想,我的清新、明快的思想被束缚在生满脂肪的迷宫中。你一定见过脑子……多少条曲折的路,多少条迂回的路……
诗　人　对,所以一切思想正常的人都会拐弯抹角！
女　儿　奸诈,一向奸诈,不过你们都是一丘之貉！
诗　人　怎么会有其他结果呢？
女　儿　现在我要把脚上的尘土抖掉……土地,泥土……
　　　　（她脱掉鞋,扔进火堆里）

女看门人　（上,把披肩扔进火堆里）我好像也应该把披肩一起烧掉？（下）
军　官　（上）我的玫瑰花只剩下刺了,烧掉吧！（下）
广告员　（上）招贴画可以烧掉,但是渔网永远不能烧！（下）
玻璃工　（上）玻璃刀？用它开了门！再见吧！（下）
律　师　（上）关于教皇的胡子和恒河水源是否减少的巨大诉讼过程的纪要烧掉吧。（下）
检疫站站长　（上）加上一点儿,把违背我的意愿、使我变成黑人的黑色面具烧了吧！（下）
维多利亚　（上）把我的美貌,我的忧伤,烧了吧！（下）
艾迪特　（上）把我的丑陋,我的悲伤,烧掉吧！（下）

瞎　子　（上，把一只手伸到火堆里）把我当眼睛用的一只手烧掉吧！（下）

　　　　〔唐璜坐轮椅上。由卖俏女人和朋友陪伴。

唐　璜　快，快，生命是短暂的！（与其他人一起下）

诗　人　我曾经在书上看见过，当生命快要结束的时候，其他一切都会转瞬即逝……这是终结吗？

女　儿　对，这是我的终结！再见吧！

诗　人　说一句告别的话吧！

女　儿　不，我已经不能说了！你以为你们的话能说出我们的思想！

神学家　（上，愤怒地）上帝抛弃了我，人类迫害我，政府解雇了我，我的同僚嘲笑我！当别人没有信仰的时候，我怎么能够会有信仰——我怎么能够维护一个不保护自己子民的上帝呢？真荒唐！（把一本书投入火堆，下）

诗　人　（从火堆里抢出那本书）你知道这是什么书吗？——一本殉教者列传，一本每天记录一个殉教者的年历。

女　儿　殉教者？

诗　人　一个因为自己的信仰被折磨和被处死的人！告诉我为什么！

女　儿　你相信所有遭受迫害和所有被处死的人都能感到痛吗？——受折磨是赎罪，死是解脱。

克里斯婷　（拿着纸条）我糊,我要糊到没有任何东西可糊
　　　　为止……
诗　　人　如果天本身裂开了,你也一定要把它糊上吗……
　　　　出去!
克里斯婷　皇宫里没有内层窗子吗?
诗　　人　没有,告诉你,那里没有!
克里斯婷　（下）那样的话我就走了,走了!

女　　儿　我们分别的时刻来临,一切即将结束;
　　　　再见吧,你,人类之子,你,梦幻者,
　　　　你,诗人,最理解生活;
　　　　展开双翼,在太空飞翔,
　　　　你有时也掉进污泥之中,
　　　　但只是触摸,不会深陷!

　　　　现在我要走了……在分别的时刻,
　　　　当我要与一位朋友分手、与一个地方告别
　　　　　的时候,
　　　　怎么能对我所爱不生依恋之情,
　　　　对被破坏的东西不感懊悔……
　　　　噢,此时我感到生存的痛苦,
　　　　那就是做人——
　　　　我对我不喜欢的东西也怀念,
　　　　我对我没有破坏的东西也懊悔……
　　　　我要走,我又想留……
　　　　心被扯到不同的方向,

感情像群马分尸,
被对立、犹豫与不和谐拉扯……
——
再见啦! 告诉你的兄弟姐妹,我记住他们!
我要到那里去,我将以你的名义
把他们的抱怨带到宝座前。
因为人太可怜!
再见吧!
〔她走进皇宫。音乐起! 背景被燃烧的皇宫映红,这时候出现人脸组成的一堵墙,疑问、忧伤、绝望……当皇宫燃烧的时候,屋顶上的花蕾开出一朵巨大的菊花。

鬼魂奏鸣曲

室内剧

(1907)

Stockholms universitet

Stockholm 1991

Formgivning av Karl-Erik Forsberg

Printed in Sweden by Almqvist & Wiksell Tryckeri, Uppsala 1991

人　物

老人——何梅尔经理

大学生——阿肯霍兹

送奶姑娘——幻影

看门人的妻子

看门人

死者——领事

黑衣妇人——死者与看门人的妻子生的女儿

上校

木乃伊——上校的妻子

上校的女儿——实际是老人的女儿

贵族——人称斯康斯科里男爵，与看门人的女儿订了婚

约翰松——何梅尔的仆人

本特松——上校的仆人

未婚妻——何梅尔的前未婚妻，白发老太太

〔一栋现代化楼房正面的一层和二层,但是只能看见楼房的一角,一层有一个圆形客厅,二层有一阳台和一旗杆。

〔窗帘拉开时,从圆形客厅开着的窗子可以看见一尊妙龄女郎的白色大理石像,周围是棕榈树,沐浴在明亮的阳光里。左边窗子的花盆里长着风信子花(蓝、白、粉色)。

〔二层拐角处的阳台围栏上挂着蓝色缎子被和两个白色枕头,左边的窗子上挂着白床单①。这是一个晴朗的礼拜日早晨。

〔在舞台前半部分的楼前有一个绿色靠背椅。靠右是一个临街喷水池②;靠左边是一个广告牌。

〔舞台后半部分靠左是大门,可以看见楼梯、白色大理石楼梯台阶、镶有黄铜的桃花木扶手;门两边的人行道上摆着盆栽月桂树。

〔带有圆形客厅的楼角也对着一条横街,通向后台。

---

① 用白床单把窗子挡住,表示这里有人死了。
② 临街喷水池,指二十世纪初斯德哥尔摩街头设立的圆形喷水池,旁边有用锁链拴着的供行人饮水用的杯子。

一层正门左边的窗子上有一个反光镜①。

〔幕拉开时,从远方的几个教堂传来钟声。

〔楼正面的门都开着,一个穿黑色衣服的女人一动不动地站在楼梯上。

〔看门人的妻子打扫前廊;然后擦门的铜把手;随后浇月桂树。

〔一位老人坐在广告牌旁边的轮椅里读报;他的头发、胡子和眼镜都是白色的。

〔送牛奶的姑娘从台角上,钢丝编的篮子里装着瓶子;她身着夏装,棕色的鞋,黑色长袜,白色帽子;摘下帽子,挂在喷水池上;擦额头上的汗水;喝杯子里的水;洗手;整理头发,倒影在水中。

〔一只蒸汽船的钟②响着,附近教堂传来的管风琴低音不时地打破沉静。

〔几分钟沉静以后,姑娘梳理完毕,这时候大学生从左边上,困倦,满脸胡须。他径直朝喷水池走去。

〔静场。

大学生　我能借用一下水杯吗?

〔姑娘紧紧拿着水杯。

大学生　你快喝完了吧?

〔姑娘惊恐地看着他。

老　人　(自言自语地说)他在跟谁讲话呢?——我怎么看不见!——他大概疯了。(老人继续迷惑不解地看着

---

① 安在窗子外边的一种反光镜,从镜子上可以看到两个方向的过往行人。
② 汽船上用的计时钟。

他们)

大学生　你在看什么?我的样子可怕吗?——啊,我夜里没有睡觉,你自然会认为我在外边酗酒作乐……

〔姑娘仍然跟刚才一样。

大学生　难道我喝了潘趣酒吗?我有酒味?

〔姑娘仍然跟刚才一样。

大学生　我没刮胡子,这我知道……给我一杯水喝,姑娘,因为你值得给我一杯水喝!(静场)那好吧!我只好讲一讲,我一整夜都在给伤员包扎和照看病人,昨天晚上房子倒塌时,我正好在场……你现在明白了吧。

〔姑娘涮涮杯子,递给他一杯水。

大学生　谢谢!

〔姑娘无动于衷。

大学生　(慢慢地)能劳你的大驾吗?(静场)事情是这样,你看,我的眼睛发炎了,我的手摸过伤员、动过死尸;因此我碰我的眼睛有危险……请你拿我的干净手绢,沾点儿清水,洗一洗我的不幸的眼睛!——你愿意吗?你不愿意当个乐善好施的撒马利亚人①吗?

〔姑娘犹豫了一下,但还是照他的要求办了。

大学生　谢谢,我的朋友!(他拿出自己的钱包)

〔姑娘做拒绝的动作。

大学生　请原谅我的轻率,我头脑发晕了……

老　人　(对大学生)对不起,想跟您说句话,我听说您昨天

---

① 撒马利亚人,《圣经》中一位乐善好施的人。参见《新约·路加福音》第10章第30节。

晚上经历了一场事故……我坐在这里正读报上的这条消息……

大学生　报上已经登出来了？

老　　人　对,全部情况都有;还有您的照片,不过人们觉得很疑惑,不知道那位能干的大学生的名字……

大学生　(看着报纸)真的？就是我！喏！

老　　人　您刚才跟谁谈话？

大学生　您没有看见？

〔静场。

老　　人　恕我冒昧,能否知道您的尊姓大名？

大学生　知道有什么用处？我不喜欢出头露面——行高于众,人必诽之,——贬低别人已成时尚——再说我也无所求……

老　　人　您大概很富有？

大学生　一点儿也不……正好相反！我一贫如洗。

老　　人　喂……我觉得,我听见过这种口音……我有一位青年时代的朋友,把窗子总说成"双子"——我就遇见一个这样发音的人,就是他;第二个人就是您——有可能您是批发商阿肯霍兹的亲戚。

大学生　那是我父亲。

老　　人　真是无巧不成书……您小的时候,我看见过您,当时的条件特别艰苦……

大学生　对,别人告诉我,我们家破产时我来到人世……

老　　人　确实如此！

大学生　您怎么称呼？

老　　人　何梅尔经理……

大学生　您是……？我想起来了……

老　　人　您在家里经常听到我的名字吧？

大学生　对！

老　　人　可能一提起来就有点儿不痛快吧？

〔大学生沉默不语。

老　　人　啊,我想象得出！——大概会说,是我毁了您的父亲吧？——所有因为搞愚蠢投机而倾家荡产的人都会这样说,是不受他们欺骗的人毁了他们。(静场)实际情况是,您的父亲骗走了我一万七千克朗,那是我当时的全部积蓄。

大学生　真是奇怪,事情怎么会有两种截然相反的说法。

老　　人　您大概不相信我说的是真话？

大学生　我信什么好呢？我的父亲不会说谎！

老　　人　很对,一位父亲永远不会说谎……不过我也是父亲,因此……

大学生　您这是什么意思！

老　　人　我帮助您父亲摆脱困境,而他却以怨报德,教家里人讲我坏话。

大学生　可能是因为您用不必要的有损人格的手段毒化了这种帮助,他才变得忘恩负义。

老　　人　一切施舍都是有损人格的,先生。

大学生　您想叫我做什么？

老　　人　我不要求还钱；如果您愿意帮我做几件小事,我就算得到了偿还。您看我是个瘫子,有人说我罪有应得,也有人责怪我的父母,我自己认为是生活本身的罪过,因为生活到处是陷阱,你躲过了这个,躲不过那个。我不能爬楼梯,也不能按门铃,因此我请您帮帮我!

大学生　我能做什么呢?

老　人　首先,请把我的轮椅推到广告牌前,我要看一看今天晚上演什么节目……

大学生　(推轮椅)您没带仆人?

老　人　带了,不过他干别的事情去了,很快就回来……先生是学医的吗?

大学生　不是,我学习语言,不过我不知道将来干什么……

老　人　噢,噢!——您会数学吗?

大学生　会一点儿。

老　人　很好!——您大概想找个工作吧?

大学生　对,为什么不呢?

老　人　好,(读广告)他们日场演《英魂传唤使》①……上校带他的女儿去看,他总是坐在第六排的第一个座位上,所以我让您坐他旁边……请您去电话亭打电话订票,要六排八十二号。

大学生　我大白天去看歌剧?

老　人　对!您听我的,会走运!我要使您幸福、富有和荣耀;您昨天舍己救人的勇敢举动明天就会使您名扬四海,身价倍增。

大学生　(走向电话亭)这真是一次奇特的历险……

老　人　您是位运动员?

大学生　对,这正是我的不幸……

---

① 《英魂传唤使》,德国作曲家瓦格纳(1813—1883)的三幕歌剧,又译《女武神》,是其代表作《尼伯龙根的指环》四部曲之一。

老　人　您的好运来了——现在打电话！

　　　　〔他读报纸。

　　　　〔黑衣妇人走到人行道上,和看门人的妻子谈话;老人听着,但是观众什么也听不见。大学生回来。

老　人　订好了？

大学生　订好了。

老　人　看见那栋楼房了吗？

大学生　我过去肯定看见过……我昨天经过那里时,阳光照耀着窗子上的玻璃,当时我对我的同伴说:谁如果在五层楼有一套住房,一位年轻美貌的妻子,两个漂亮的小孩儿,两万克朗的利息,该有多幸福……

老　人　真是这样说的？真是这样说的？好哇！我也喜欢那栋房子……

大学生　您做房产投机买卖吗？

老　人　可以这么说！不过不是用您想象的办法……

大学生　您认识住在那里的人吗？

老　人　全都认识。到了我这把年纪,人们就会认识所有的人,他们的父辈和祖先,人们总会与他们有某种亲戚关系——我刚满八十——但是没有人真正认识我——我对人的命运感兴趣……

　　　　〔圆形客厅的窗帘拉开:上校身着便服,看了看温度计以后,走进房间,停在大理石像前。

老　人　看,那就是中午要和您坐在一起的上校……

大学生　那就是——上校？我被这件事搞得糊涂了,这简直像童话……

老　人　我的整个一生就是一部童话,先生;尽管童话的内容千差万别,但是有一条线把它们联在一起,就像有规律重复的主旋律。

大学生　屋里的大理石像是谁?

老　人　那自然是他妻子的……

大学生　当时她真的这么可爱吗?

老　人　一点儿不假!就是这样!

大学生　请您讲一讲!

老　人　我们无法判断一个人,亲爱的孩子!——如果我对您讲,她走了,因为他打她;她又回来了,和他又结了婚,她现在像木乃伊一样坐在屋里,朝拜自己的偶像,您肯定认为我疯了。

大学生　我真不明白!

老　人　我能想象到!——我们看到了摆风信子花的窗子。他的女儿住在里面……她正在外边骑马,不过很快就会回家……

大学生　和看门人的妻子谈话的黑衣妇人是谁?

老　人　啊,说起来有点儿复杂,不过跟死者有关系,看楼上那白床单……

大学生　死者是谁?

老　人　他是一个人,像我们一样,不过最引人注目的是他的虚荣。如果您是礼拜天生的孩子,您很快就会看到他从门里走出来,看领事馆下半旗没有——他生前是领事,喜欢皇冠、狮子、饰有羽毛的帽子和彩色绶带。

大学生　您刚才说到礼拜天生的孩子——人家说我确实生在一个礼拜天……

老　人　真的!您是……?我相信……从您眼睛的颜色我看

出来了……不过您能看到的,其他人看不到,您注意过吗?

大学生　我不知道其他人看见什么了,不过有时候……好啦,还是不说这个!

老　人　我大体上知道!您可以跟我讲……我理解这类事……

大学生　比如昨天……我被吸引到那条不引人注目的大街,随后那里的房子塌了……我走过去,站在那座我过去从来没有见过的建筑物前边……这时候我发现墙上有一道裂缝,听见楼板正在断裂;我跑过去,一把拉过来一个走在墙根底下的孩子……转瞬间房子倒塌了……我没有受伤,但是我觉得应该在我手上的孩子却不见了……

老　人　真是奇怪……我完全相信……告诉我一件事:您刚才为什么在喷水池旁边指手画脚?为什么要自言自语?

大学生　您没有看见我跟送牛奶的姑娘谈话?

老　人　(惊恐)送牛奶的姑娘?

大学生　对,她给了我一杯水。

老　人　真的,是这么回事?……好吧,我看不见,不过我有其他特长……

〔人们看到一位白发苍苍的女人坐在安着反光镜的窗子旁边。

老　人　看窗子里的女人!看见了吗?——太好了!六十年前,她曾经是我的未婚妻……我那时二十岁。——不用害怕,她已经认不出我!我们每天见面,但是她对我一点印象也没有留下,尽管我们当年海誓山盟,互诉衷肠!

大学生　那时候的人真让人不能理解!我们别跟现在的姑娘

讲这些。

老　人　请原谅我们,年轻人,我们知道的并不比你们多!——您能看出,这个女人年轻时漂亮、迷人吗?

大学生　现在看不出。啊,对,她的外表很漂亮,眼睛我没看见!

〔看门人的妻子挎一个篮子上,撒杉树枝①。

老　人　啊,看门人的妻子!——那位黑衣妇人是她与死者生的孩子,这样她的丈夫才得到了看门的工作……不过黑衣妇人有一个情人,是贵族,有希望发财;他正在与妻子办离婚手续,为了与他脱离关系,她送给他一栋石头房子。这位出身贵族的情人是死者的女婿,您看阳台上的床具就是他的……我觉得这关系真复杂!

大学生　复杂得让人害怕!

老　人　对!确实是这样,盘根错节,尽管看起来很简单。

大学生　那么,死者到底是谁呢?

老　人　您刚才问过我了,我也回答了;您看那边墙角,有一个仆人进出厨房走的楼梯,您会看到,他心血来潮时,会帮助那些穷人……

大学生　这么说,他是一个心地善良的人了?

老　人　啊……有时候是。

大学生　不总是?

老　人　不!人就是这样!喂,先生,推一推我的车,停到太阳底下,我冷得要死;人要是不运动,血液就会凝固——我很快就会死去,这一点我知道,但是在此之前,我要做

---

① 按瑞典习俗,人们在棺材经过的路上撒杉树枝。

点事情——拉拉我的手您就会摸出,我身上多么凉。

大学生　太凉了!(后退)

老　人　别离开我,我又疲倦,又孤单,你知道,我不总是这样,我有着漫长的生活经历——漫长极了——我曾经使别人不幸,别人也曾经使我不幸,两者可以相互抵消——但是我死之前,我想看到您获得幸福……我们的命运是通过您父亲连接在一起的——还有别的因素……

大学生　不过请您放开我的手,您抽走了我的力气,使我浑身发凉,您想干什么?

老　人　耐心点儿,您慢慢就会明白……小姐来了……

大学生　上校的女儿?

老　人　对!女儿!看看她吧!您看到过这样的美人吗?

大学生　她和屋里的大理石像一样……

老　人　那是她的母亲!

大学生　您说得对——我从来没有见过这样的绝代佳人。——谁要是得到她,死也值得!

老　人　您真有眼力!——大家都没发现她的美貌……好啊,这是《圣经》上说的!

〔小姐身着时髦的英国女骑士服装从左边上,她走得很慢,目不斜视地走向大门,她停下来,跟看门人的妻子说一两句话;然后走进屋里。大学生用手捂住眼睛。

老　人　您哭了?

大学生　可望而不可即,真令人心灰意冷!

老　人　只要您帮我一把,从而实现我的意志,我就可以打开门和姑娘的心扉……为我效力吧,您会占有……
大学生　是签字画押?要我出卖灵魂①?
老　人　什么也不出卖!——您看,我的整个一生都是索取;如今我渴望奉献!奉献!可是没有人愿意接收……我富有,很富有,但是没有后代,啊,还是有一个,他是一个恶棍,要把我折磨死……您做我的儿子吧,我活着的时候,您就可以继承我的财产,我好亲眼看看您享受生活的乐趣,至少可以从远处看。
大学生　我做什么呢?
老　人　先去听《英魂传唤使》!
大学生　这件事已经决定了——还有别的事吗?
老　人　晚上您要坐在圆形大厅里!
大学生　我怎么进去呢?
老　人　通过看《英魂传唤使》!
大学生　您为什么一定要选我当媒介?您过去认识我吗?
老　人　认识,当然认识!我已经注意您好久了……快往阳台上看,女用人为领事升半旗……她在翻床具……您看见那条蓝色被子了吗?——那是条双人被,不过现在是一个人盖……

〔小姐换装以后给窗子上的风信子浇水。

老　人　那是我的宝贝女儿,您快看她!——她跟花讲话,她本身不就是蓝色风信子花吗?……她给它们水喝,都是清洁的水,它们把水变成五颜六色的花朵和芳香……上

---

① 根据欧洲中世纪民间传说,一个人通过契约把灵魂卖给魔鬼可以得到好处,但灵魂将被判在地狱永受折磨。

校拿着报纸来了!——他给她看塌房的消息……他正在指您的照片!她很激动……她正读您的事迹……我觉得好像阴天了,啊,如果下了雨,我还大模大样地坐在这里,约翰松又不能很快回来,那该怎么办……

〔天阴得黑沉沉的;反光镜旁边的老女人关上了自己的窗子。

老　　人　我的未婚妻关窗子了……她七十九岁了……这面反光镜是她用的惟一的镜子,因为在反光镜里她看不见自己,只是外部世界,从两个方向,但是世界可以看见她,这一点她没有想到……多漂亮的老太太……

〔这时,裹着尸布的死者从门里走出。

大学生　天啊,这是什么东西?

老　　人　您看见什么了?

大学生　您没看见门那边,死人?

老　　人　我什么也没看见,不过我早预料到了?快讲吧……

大学生　他走到街上去了。(停顿)他回过头来看旗呢。

老　　人　我说什么来着?他肯定会出来数花圈,读来访者名片……看看缺谁的!

大学生　他转到墙角那边去了……

老　　人　他要数一数仆人走的楼梯旁边有多少穷人……穷人有很好的点缀作用:"万人为之祈祷",但是我不会为他祈祷!——他是个大恶棍,这话只能在您我之间说……

大学生　不过他是善良的……

老　　人　总想着有一种隆重葬礼的善良恶棍……当他感到末日来临时,他还骗了国家五万克朗……他的女儿插足别人的婚姻,现在还不知道能不能继承财产,这个恶棍,我们说什么他都能听见,活该!——约翰松回来了!

〔约翰松从左边上。

老　人　快报告!

〔约翰松讲的话听不清楚。

老　人　什么,不在家?你这个坏蛋!电报呢?——没有!继续说!……晚上六点钟?那好吧!——号外呢?——要全名!大学生阿肯霍兹,出生……父母……好极了……我看要下雨了……他说什么?……是这样,是这样!——他不愿意吗?——他必须这样做!——那个贵族来了!——把我推到墙角去,约翰松,我要听听那些穷人说什么……阿肯霍兹在这里等我……他知道!——快,快!

〔约翰松把轮椅推到墙角。
〔大学生站在那里看着小姐给花盆松土。

贵　族　(身着孝服,和走在人行横道上的黑衣妇人谈话)啊,这有什么办法呢?——我们只好等一等再说!

黑衣妇人　我等不了啦!

贵　族　真是这样?那就到乡下去吧!

黑衣妇人　我不愿意。

贵　族　走远一点儿吧,不然他们会听见我们的谈话。

〔他们朝广告牌走去,继续谈话,但是听不见了。

约翰松　(从右边上;对大学生)主人请先生别忘了第二件事!

大学生　(慢慢地)喂——先告诉我:主人是谁?

约翰松　啊！他太复杂了,他是个千奇百怪的人物。

大学生　他的头脑没毛病吧?

约翰松　啊,您指什么?——他说他一生都在找一个礼拜天出生的孩子,不过不一定是真话……

大学生　他想干什么?他很吝啬吗?

约翰松　他想占有一切……他像雷神托尔一样,整天坐着战车转悠……他看到房子,就推倒它们,开辟街道,建筑广场;但是也闯入民宅,从窗子爬进去,左右人的命运,打死自己的敌人,从不饶恕。——先生,您能想象这个小干瘦的瘸老头曾经是个唐璜式的人物①,尽管他在情场总是失意?

大学生　这是怎么回事?

约翰松　是这样,他玩腻了,就能巧妙地把她们打发走……如今他像盗马贼一样不择手段地在人市上盗人……从字面上讲,我是他用公正手段盗来的。我做过一件错事,嘿;只有他知道;为了不坐牢,我成了他的奴隶;就是为了混几口残羹剩饭而受奴役……

大学生　那他对这户人家打什么主意呢?

约翰松　啊,我不愿意讲!太复杂了。

大学生　我觉得我应该永久离开这里了……

约翰松　看啊,小姐的手镯从窗子掉下来了……

〔小姐的手镯从开着的窗子掉下来。大学生慢慢走过去,拾起手镯递给小姐,小姐拘谨地感谢;大学生走回约翰松身旁。

---

① 即好色之徒。

约翰松　啊呀,您打算走掉……他一旦把网套在谁的头上,就不像人们想象的那样容易了……他是天不怕地不怕……啊,只怕一件事,更确切地说是怕一个人……

大学生　等一等,可能我知道!

约翰松　您怎么能知道呢?

大学生　我猜的!——是不是……他怕一个送牛奶的小姑娘?

约翰松　他看到送奶车的时候,总是转身就走……有一次他说梦话,他说他曾经在汉堡……

大学生　这号人可信吗?

约翰松　可信,这类事都可信!

大学生　现在他在墙角那里干什么?

约翰松　听叫花子讲什么……搬弄是非,拆墙脚,旁敲侧击……您看得出吗,我是个受过教育的人,我开过书店……您一定要走?

大学生　我不能忘恩负义……这个人曾经救过我的父亲,他现在只请求帮他一件小事作为回报……

约翰松　什么事?

大学生　让我去看歌剧《英魂传唤使》。

约翰松　我不明白……不过这个人诡计多端……您看,他现在正跟警察谈话……他总是跟警察混在一起,利用他们,用金钱拉拢他们,用谎言笼络他们,同时从他们那里搜集情况——您等着瞧吧,天黑以前,他会被请到圆形客厅里去。

大学生　他到那里做什么?他跟上校有什么关系?

约翰松　这个……我只有某种感觉,但是不知道底细!您去

　　　　那里的时候,您自己看吧!……

大学生　我永远也去不了那地方……

约翰松　那要看您自己了!——快去看《英魂传唤使》……

大学生　只能走这条路?

约翰松　对,他已经说过了!——看,快看,他坐着战车,由一群叫花子簇拥着凯旋而来,他们没有分文的报酬,他只是暗示一下,在他出殡时,他们可以得到点什么东西!

老　人　(站在轮椅上进,一个叫花子推着,其他人簇拥在后)快向这位高尚的年轻人欢呼,在昨天的事故中他舍生忘死,救出了很多人!您好,阿肯霍兹!

　　　　〔乞丐摘下帽子,没有欢呼。

　　　　〔小姐在窗子里挥动手绢。

　　　　〔上校眼睛盯着窗外。

　　　　〔老太太在窗子旁边站起来。

　　　　〔女仆在阳台上把旗升到旗杆顶。

老　人　鼓掌吧,公民们,虽然今天是礼拜天,不过拉上来掉进水井中的驴和拾丢落在田野里的麦穗①可以饶恕我们,尽管我不是礼拜天出生的孩子,我仍然具有未卜先知和使人起死回生的医术,我曾经使一个溺水而死的人复生……啊,那是在汉堡,像现在一样……也是个礼拜天……

　　　　〔送牛奶的姑娘上,只有大学生和老头可以看到;她

---

① 教徒在安息日不得工作和娱乐,但是遇到这两种情况例外。参见《圣经·路加福音》第14章第5节。

伸开双臂,做溺死的动作,双眼紧盯着老人。

老　　人　（坐下,随后吓得缩成一团）约翰松,把我推走!快!——阿肯霍兹,别忘了去看歌剧!

大学生　这是怎么一回事!

约翰松　我们等着瞧吧!我们等着瞧吧!

〔圆形客厅内:背景中有白瓷砖壁炉,上边摆着钟和枝形台灯;右边是更衣室,对着一间绿色的房子,里边陈设桃花心木的家具;左边是雕像,掩映在棕榈树中,也可以用门帘盖起来;背景左侧是通向风信子花房的门,小姐坐在那里读书;人们可以看见上校的后背,他正坐在绿色的房间里写字。

〔本特松着仆人制服,与身穿燕尾服、戴白色领圈的约翰松从更衣室走来。

本特松　约翰松,你招待客人,我为客人存放衣服。您过去干过这类事情吧?

约翰松　如您所知,我白天推战车,但是晚上请客时,我也招待客人,我一直梦想能到这所房子里来看看……这里的人都很怪,对不对?

本特松　是的,可以说有点儿与众不同。

约翰松　今天是家庭音乐晚会,还是别的什么东西?

本特松　我们称作普通的鬼魂宴。他们喝茶,不说一句话,或者上校一个人讲;大家嚼面包,嚼起来同时用力,听起来就像储藏室里的老鼠咬东西。

约翰松　为什么叫鬼魂宴?

本特松　他们看起来就像一群鬼魂……这种鬼魂宴他们已经

搞了二十年,老是这些人,说同样的话,或者因为不好意思而一言不发。

约翰松　家里不是还有一位夫人吗?

本特松　不错,但是这个人神经兮兮;她坐在柜橱里,因为她的眼睛怕见光……她现在就坐在里面……(用手指糊着墙纸的门①)

约翰松　在那里面?

本特松　对对,我已经说了,他们有点与众不同……

约翰松　她长得什么样儿?

本特松　像个木乃伊……您想看看她?(开糊着墙纸的门)她就坐在那里!

约翰松　啊,我的耶稣……

木乃伊　(像婴儿学语的声音)您为什么要把门打开?我不是说过,门一定要关着……

本特松　(像婴儿学语的声音)哒,哒,哒,哒!小傻瓜听话,待一会儿给您糖吃!——乖八哥儿!

木乃伊　(声音像八哥儿一样)乖八哥儿!那是亚可布吗?柯列……列!

本特松　她认为自己是一只八哥儿,而八哥儿可能就是这样……(对木乃伊)波丽,为我们吹吹口哨吧!

　　　　〔木乃伊吹口哨。

约翰松　我走南闯北,见过各种事情,可从没见过这种怪事!

本特松　您看,房子年代久了,就要腐朽,人如果总是呆在一

---

① 一种糊着与墙一样的墙纸的门,关上以后与墙一样,看起来比较美观。

个地方互相折磨,也会发疯。这家的夫人——别说话,波丽!——这个木乃伊在这里呆了四十年——相同的丈夫,相同的家具,相同的亲戚和相同的朋友……(关上木乃伊的门)这家里发生过什么事情——我不大知道……看看这尊雕像,那就是夫人年轻时的样子!

约翰松　啊,上帝!——这就是那位木乃伊?

本特松　对!真让人伤心!——通过魔力或者其他力量,这位夫人有了某些爱讲话的鸟的特征——她经不起看见瘫子和病人……她经不起看见自己的亲生女儿,因为女儿有病……

约翰松　小姐有病吗?

本特松　您不知道吗?

约翰松　不知道!……上校,他是什么人?

本特松　您慢慢就会明白!

约翰松　(打量着雕像)想起来让人害怕……夫人现在多大了?

本特松　没人知道……不过听说,她三十五岁的时候,看起来就像十九岁,她使上校相信,她是——这所房子呀……您知道躺椅式沙发旁边那扇黑色的日本屏风是干什么用的吗?……那叫遮尸屏风,有人死了就摆上,跟医院里一样……

约翰松　这是一所可怕的房子……而大学生还渴望到这里来,就像渴望进天堂一样……

本特松　哪个大学生?啊,是他!今天晚上要来……上校和小姐在歌剧院认识的,父女俩都很喜欢他……您看!……现在该我问您了:您主人是谁呀!是坐在轮椅里的经理……?

约翰松　对!对!——他也到这儿来?

本特松　他没被邀请。

约翰松　必要时,他会不请自来!

〔老人身着大衣,头戴礼帽,手持拐杖来到衣帽间,探着身子偷听。

本特松　是一个十足的偷听老手,对吗?

约翰松　地地道道!

本特松　他的样子跟魔鬼一样!

约翰松　他还是一位精灵!——能从关闭的门走进去……

老　人　(走上前,拧约翰松的耳朵)混蛋!——你小心点儿!(对本特松)请你禀报一声,我要拜访上校!

本特松　好!不过今天有客人来访……

老　人　这我知道!不过我的拜访也差不多是预料之中的,如果说不是久盼的话……

本特松　是这样!怎么称呼?称何梅尔经理?

老　人　正是,一点儿不错!

〔本特松通过衣帽间走到关着门的绿色房间。

老　人　(对约翰松)滚开!

〔约翰松犹豫。

老　人　滚开!

〔约翰松走进衣帽间不见了。

老　人　(环视房间;在雕像前停下来,异常惊奇)阿马丽娅!……这就是她!……是她!(在房间里踱来踱去,用手摸摸各种东西;在镜子前边整理自己的假发;重新走

到雕像前)

木乃伊 （从柜橱里出来）美——丽的八哥儿!

老　人 （惊恐万状）什么？屋里有一只八哥儿？可是我什么也看不见!

木乃伊 那是亚可布吗？

老　人 这里闹鬼了!

木乃伊 亚可布!

老　人 我怕死了……他们在家里藏着的原来就是这类秘密！（看着一张画，背对衣柜）他在那边！……他!

木乃伊 （走出来，到老人的后边揪他的假发）柯——列！是柯列吗？

老　人 （跳起来）我的天啊！这是谁呀？

木乃伊 （用人的声音）是亚可布吗？

老　人 我叫亚可布，确实……

木乃伊 （激动地）我叫阿马丽娅!

老　人 不，不，不……啊，我的耶稣……

木乃伊 我现在就是这个样子！没错！——从前是那个样子！生活真有意思——我大部分时间生活在柜橱里，既可以不看别人，也不让别人看见我……不过亚可布，你来这里找什么？

老　人 找我的孩子！我们的孩子……

木乃伊 她坐在那边。

老　人 哪儿？

木乃伊 那边，在风信子花房!

老　人 （看着小姐）对，是她！（静场）他父亲说什么啦，我指的是上校？你的丈夫？

木乃伊 我有一次跟他赌气,就把一切全说了……

老　人 后来呢?

木乃伊 他不相信我的话,反而回答说:"一切想谋杀自己丈夫的妻子都这样说。"——不过这毕竟是大逆不道。他的整个一生都是虚伪的,连他的家谱也是如此;我有时候读贵族衔名录,我当时想:他像女仆一样搞了一张假的出生证,这种举动要坐大牢的。

老　人 很多人都这样做;我记得你的出生年份也不对……

木乃伊 这是我母亲教我的……这不能怪我!但是你在我们的罪过中应该承担主要责任……

老　人 不对,是你的丈夫一手造成的,因为他从我身边夺走了我的未婚妻!——我生来就是这样的人,不报仇雪恨决不善罢甘休——我把这一点视作上帝赋予我的使命……我还要继续这样干下去!

木乃伊 你到这房子里找什么?你想干什么?你是怎么进来的?——是打我女儿的主意?你如果动她,就不得好死!

老　人 我想使她幸福!

木乃伊 不过你也应该宽容她的父亲!

老　人 不行!

木乃伊 那你就得死;死在这个房子里;死在这个屏风后边……

老　人 可能……不过我一旦咬住,就决不会松嘴……

木乃伊 你想把她嫁给大学生,为什么?他一文不名。

老　人 他会发财,靠我!

木乃伊 你今天晚上是应邀到此?

老　人 不是,但是我想让他们请我参加这里的鬼魂宴!

木乃伊　你知道都谁来吗？

老　人　知道,不确切。

木乃伊　男爵,他就住在楼上,他的岳父今天中午才安葬……

老　人　他正在办离婚手续,准备与看门人的女儿结婚。他曾经是你的——情夫！

木乃伊　那你的前未婚妻也会来,我的丈夫勾引过她……

老　人　多么不寻常的一群人……

木乃伊　上帝,让我们死去吧！我们能死去该多好啊！

老　人　那你们为什么还相聚呢？

木乃伊　罪恶、隐私和负罪把我们大家联在一起！——我们挣脱、走散了不知多少次,但是我们最终又被吸引在一起……

老　人　我好像听见上校来了……

木乃伊　我该到阿黛①那儿去了。(静场)亚可布,三思而后行吧！请你放过他……(静场。下)

上　校　(上,神情冷漠,态度含蓄)请坐！

〔老人慢慢坐下。

〔静场。

上　校　(用眼睛盯着老人)这封信是先生写的吧？

老　人　正是！

上　校　先生叫何梅尔？

老　人　对！

〔静场。

上　校　现在我明白了,您买进了我所有未偿还的期票,这样

---

① 小姐的法文名字。

我就落入了您的手掌。现在您想要什么？

老　人　我要求偿还,不过用别的办法。

上　校　什么办法？

老　人　很简单——让我们不要提钱的事——允许我作为客人呆在您的房子里！

上　校　如果您提出的要求就这么一点点的话……

老　人　谢谢！

上　校　还有呢？

老　人　辞掉本特松！

上　校　我为什么要这样做呢？他是我忠实的仆人,跟了我一辈子啦——他因忠于职守而获得祖国勋章——我为什么要辞掉他呢？

老　人　他的这些美德都是您想象出来的——他不像他表面上那么好！

上　校　那么,谁能表里如一呢？

老　人　（转过身去）说得对！不过本特松必须滚蛋！

上　校　您想在我家里发号施令？

老　人　对！因为这里能看到的东西都属于我——家具、窗帘、餐具、柜橱……等等。

上　校　等等是指什么？

老　人　一切东西！能看到的一切东西都属于我,都是我的！

上　校　好啊,都是您的！但是我的高贵地位和名门的声誉永远是我的！

老　人　不,完全不是！（静场）您不是贵族！

上　校　真不知道害羞！

老　人　（拿出一张纸）如果您读一读这份族徽摘抄,就会知道,您的姓所代表的家族已经绝后几百年了!

上　校　（读摘抄）不错,我是听过此类谣言,但是我沿用我父亲的姓……（继续读）对,您是对的……我不是贵族!——完全不是!——那我就取下印章戒指。——说得对,这也属于您……请吧!

老　人　（戴上戒指）我们继续说下去!——您也不是上校!

上　校　我不是?

老　人　不是!您曾经是在美国志愿军里服役的代理上校,但是古巴战争①以后,军队改编,过去所有的军衔都取消了……

上　校　真的?

老　人　（掏口袋）想读读吗?

上　校　不,不用了!您是谁?怎么有这样大的权力,坐着就把我的一切全剥夺了?

老　人　等着瞧!不过说到剥夺,您知道您是谁吗?

上　校　您还知道害羞吗?

老　人　拿掉您的假发,到镜子前面照一照,同时摘掉假牙,刮去胡须,让本特松解开你的束腰带,让我们看一看,仆人还认识不认识自己了;您曾经是一家厨房里的食客……

〔上校伸手欲按桌子上的铃。

老　人　（拦住）别动铃,不准叫本特松,不然我就让人逮捕您……现在客人来了——您要保持镇静,我们照常扮演各自的角色!

---

① 指1898年美西战争。

上　校　您是谁？目光和语调我都很熟……

老　人　不用琢磨了,沉默和听话就行了!

大学生　(上,给上校鞠躬)上校先生!

上　校　欢迎到我家来做客,年轻人!您在那场巨大事故中的高尚行为已经使您的名字变得家喻户晓,人人皆知。我把在家接待您看成是一种荣誉……

大学生　上校先生,我低贱的身世……您显赫的名门和高贵的血统……

上　校　让我介绍一下,阿肯霍兹学士,何梅尔经理……学士先生,您愿意进屋见见女士们吗？我要和经理把话说完……

〔大学生被引进风信子花房,人们始终可以看见他站在那里,与小姐腼腆地谈着话。

上　校　一位完美的青年,懂音乐,会唱歌,能写诗……如果他是贵族,与我门当户对,我不会反对……不过……

老　人　不过什么？

上　校　我的女儿……

老　人　您的女儿？——我顺便问一句,她为什么总是坐在那房子里面？

上　校　她不在室外时,一定要坐在风信子花房里！这是她的怪毛病……贝雅特·冯·霍尔施泰因克鲁纳小姐来了……多迷人的女性……一位未婚的女贵族成员①,她有着与其社会等级和条件相应的收入……

---

① 指瑞典瓦德斯坦纳未婚女贵族协会成员,她们可以领取少量养老金。

老　　人　（自言自语地）我的未婚妻！

〔未婚妻上，满头白发，疯疯癫癫的样子。
上　　校　这是霍尔施泰因克鲁纳小姐，这是何梅尔经理……
〔未婚妻行屈膝礼，坐下。

〔贵族上，鬼鬼祟祟，身着孝服，坐下。
上　　校　这是斯康斯科里男爵……
老　　人　（欠欠身，未站起来）我觉得，他是珠宝大盗……（对上校）请把木乃伊放进来，这样大家就都到齐了……
上　　校　（走到风信子花房门口）波丽！

木乃伊　（上）柯——列！
上　　校　让年轻人也来吗？
老　　人　不，不要年轻人！年轻人是无辜的！
〔大家坐一圈，沉默不语。
上　　校　我们喝点儿茶吧？
老　　人　用不着！没有人喜欢喝茶，因此我们不必故作风雅。
〔静场。
上　　校　那我们就谈话吧？
老　　人　（慢条斯理地，时断时续地）谈天气吗？我们都了解；问问健康情况吗？我们都知道；所以我宁愿沉默，因为沉默的时候，人们可以听见思想，看到往事；沉默掩盖不住什么……说话就有这种弊病；前几天我读过一本书，书上说，语言的差异出现在野蛮人群之间，目的是为了对其他人群保守本群的秘密；语言就是某种暗号，掌握了要领,就能一通百通;但是,这并不能阻止没有掌握要领也可以揭穿秘密,特别是在证明谁是父亲的时候,但是,法庭的证明有些不同;两个假证人只要口径一致,就构成一件充足的证据。但是,我这里说的这类交易,我们不愿意带证人,天性本身赋予人类一种羞耻之心,人们千方百计要把应该掩盖的东西都掩盖起来;然而我们已经陷入一种无法掩盖事实的处境,机会到的时候,秘密的事情也将被暴露,骗子的假面具被戳穿,恶棍的嘴脸被揭露……

〔静场;大家面面相觑。

真安静啊!

〔长时间沉默。

这里就是一个例子,在这栋高贵的房子里,在这个美满的家庭中,集美丽、教养和荣华富贵于一体。

〔长时间沉默。

坐在这里的每一个人,大家都知根知底……对不对?……这一点我无须说明,你们也了解我,尽管你们装作不知道……在对面房子里坐着我的女儿,我的,这一点你们也知道……她已经失去了生活的乐趣,但是不知道为什么……她在散发着犯罪、欺骗和各种各样虚伪的空气中枯萎了……因此,我想方设法为她找一位朋友,在他身边她会感受到一种高尚行为发出的光和热……

〔长时间沉默。

我来这栋房子的目的是:清除毒草,揭穿假相,讨还债务,以便让这对年轻人在这栋房子里开始我赠予他们的新生活!

〔长时间沉默。

现在我要放你们走,按顺序出去;谁如果不走,我就叫人把他逮捕!

〔长时间沉默。

你们听钟走的声音,就像墙上的甲虫①一样!你们听它在说什么?"时间——到了!时间——到了……"过一会儿,钟就该打点了,那时候你们的死期就到了,你们就可以走了,但是不能提前,不过,它在打点之前,会先发出警告!——听!现在它该发出警告:"钟要打点"——我也要打点……(他用拐杖敲桌子)你们听到了吗?

〔沉默。

木乃伊　(走到座钟前面,停住钟摆;随后严厉地)但是我可以使时间停住——我可以使往事回归,死灰复燃,但不是靠贿赂,靠威胁——而是通过受难和悔过——(走到老人跟前)我们都是可怜的人,这一点我们都知道,像其他人一样,我们犯过罪,做过错事;我们与人们看到我们的不一样,因为事实上我们比我们自身好得多,我们并不喜欢我们自己的过失;但是你——亚可布,用何梅尔经理这个假名当审判员,这证明你还不如我们这些可怜人!你也不是真实的你!你是一个偷人的贼,你用虚伪的诺言把我骗到手;你谋杀了今天才埋葬的领事,你是用债券把他勒死的;你通过谎称大学生的父亲欠你债务的手法把他拉拢过来,实际上他的父亲一分钱也不欠你的……

〔老人试图站起来答话,但是倒在椅子上,缩成一团,最后越缩越紧。

---

① 甲虫在交配期会发出一种声音,民间传说这是一种死亡预兆。

木乃伊　你的生命中有一个污点,我不是很清楚,然而有所感觉……我相信,本特松早就了解。(按桌上的铃)

老　人　别叫,别叫本特松!别叫他!

木乃伊　是这样,他知道这件事!(再次按铃)

〔送牛奶的小姑娘出现在更衣室,其他人看不见,只有老人能看见,他颤抖着;本特松进来,送奶的姑娘消失。

木乃伊　本特松,你认识这位先生吗?

本特松　当然认识,我认识他,他也认识我。如我们所知,生活是变换的,我给他当过仆人,他也给我当过仆人。有整整两年,他在我的厨房里当食客——他三点钟一定要走,所以我们两点钟就要把饭做好,家里人在这头牛走了以后,不得不热一热饭再吃——他还把汤喝掉,所以我们还得往里再加水——他在我们家里像吸血鬼一样,吸尽我们的血肉,我们变成了一把骨头——当我们把厨娘叫贼的时候,他就要把我们投进监狱。

后来,我在汉堡碰见这个人,他改了姓名。当时他是个高利贷者或称吸血鬼;他还被控把一位姑娘骗到冰上,并把她淹死,因为她证实了他担心被发现的一桩罪恶……

木乃伊　(用手指着老人的脸)这就是你!快把期票和遗嘱拿出来吧!

〔约翰松出现在更衣室,以很大兴趣看着他们吵架,这时他已经摆脱奴隶身份。

〔老人掏出一沓纸,扔在桌子上。

木乃伊　(用手捋老人的脊背)八哥儿!那是亚可布吗?

老　人　(像八哥儿一样)亚可布在那里!——嘎嘎嘟啦!

嘟啦!

木乃伊　钟可以打点吗?

老　人　(满意地咯咯叫)钟可以打点!(模仿布谷鸟叫的钟声)谷—谷,谷—谷,谷—谷!

木乃伊　(打开柜橱的门)现在钟敲响了!——站起来,走进柜橱,我在那里已经坐了二十年,为我们的过失哭泣。——里边挂着一根绳子,你可以把它当作你勒死领事用的那根,你还打算用它勒死你的恩人……进去!

〔老人走进柜橱。

〔木乃伊关上门。

木乃伊　本特松!拉好屏风!死亡的屏风!

〔本特松在门上拉好屏风。

木乃伊　大功告成!——上帝保佑他的灵魂!

众　人　阿门!

〔长时间沉默。

〔在风信子花房里,小姐用竖琴伴奏,大学生唱。
带序曲的歌:
> 我看到了太阳,
> 我似乎
> 看到了上帝;
> 自食其果,
> 善行必有好报应。
> 愤怒之举,
> 不能医治罪恶之心;
> 让被你伤害过的人愉快,

用你的良心助人。

无劣迹者无所惧；

善良没有内疚情。

〔一间形式奇特、具有东方格调的房间。到处是五颜六色的风信子花。壁炉上有一座巨大佛像,其膝盖上放着花根,从花基上生出圆葱的花茎,圆形的花柄长满星状的花朵。

〔后幕的右边,是通向圆形大厅的门;人们看到上校和木乃伊闲坐在那里,沉默不语,还可以看到一部分死亡屏风;左边是通向餐厅和厨房的门。

〔大学生和小姐(即阿黛)在桌子旁边;她坐在竖琴旁边;他站着。

小　　姐　该为我的花歌唱了！

大学生　这是您心灵的花吗？

小　　姐　它是我惟一喜欢的花！您爱风信子花吗？

大学生　我爱它们胜过其他一切花,我爱它们少女般的身姿,亭亭玉立在水上,把洁白的根扎进透明的水中;我爱它们的容颜;爱它们洁白无瑕,爱它们馥郁芳香,爱它们初放时的淡淡紫色,爱它们盛开时红红艳艳,但是我更爱它们的蓝色,爱它们露珠般的蓝色,爱它们深邃的眼睛和忠贞……我爱它们的一切,远远胜过金银和珠宝,我从小就爱它们,崇尚它们,它们所具有的一切美德都是我缺少的……然而……

小　　姐　然而什么？

大学生　我的爱情无人接受,那些美丽的花都仇恨我……

小　　姐　这是怎么回事？

大学生　强劲、清新的春风把花香吹过融化的积雪,它使我感觉混乱,耳不聪,目不明,它把我挤出房子,用毒箭射我,使我心神不定,头脑发热! 您听过风信子花的故事吗?

小　姐　请说给我听!

大学生　首先说它的含意。根象征大地,它漂浮在水上或卧在泥土里;花茎笔直生长,就像世界的轴心,在花茎的顶部长着六瓣的花,像一颗颗的星星。

小　姐　大地上空的星星! 啊,多么美妙的比喻! 您从哪里获得这种灵感? 您怎么会看得见呢?

大学生　让我想一想! ——从您的眼睛里! ——可以说是宇宙的翻版……因此如来佛坐着,手中拿着根——大地,若有所思地凝视着大地生长,变化成苍天。——可怜的大地变成了天! 如来佛盼望着这一天!

小　姐　现在我看到了——雪花不也和百合—风信子花一样,有六个瓣吗?

大学生　您说得对! ——雪花就是坠落的星星……

小　姐　每个雪片就是一朵雪花……雪中长出来的。

大学生　天狼星是天空中黄红色群星中最大、最美丽的星星,水仙花长着黄红两色的花萼和六片白色的花瓣……

小　姐　您看过葱吗?

大学生　我当然看过! ——它的花长在一个球上,圆得像苍穹,周围布满白色的星……

小　姐　啊,上帝,多奇妙的比喻! 这是谁的思想?

大学生　你的!

小　姐　你的!

大学生　我们的! ——我们共同想出来的,我们该结婚了……

小　　姐　还不行……

大学生　还要做什么？

小　　姐　等待,考验,耐心！

大学生　好吧！请考验我！

〔静场。

告诉我！为什么您的父母坐在屋子里连一句话也不说？

小　　姐　因为他们彼此没有什么可说的,因为一方说的话,另一方根本不相信。我父亲曾经这样说过:我们都知道对方的底细,谁也骗不了谁,说话又有什么意义呢！

大学生　听起来真让人感到可怕……

小　　姐　厨娘来了……看她脑满肠肥……

大学生　她来干什么？

小　　姐　她来问我晚饭做什么,我母亲病了以后,我管家务……

大学生　我们跟厨房有什么关系？

小　　姐　我们得吃饭……瞧那位厨娘,我真不敢看她……

大学生　这个女巨人是个什么人？

小　　姐　她属于何梅尔吸血鬼家族;她吃掉我们……

大学生　为什么不辞退她？

小　　姐　她不走！我们对她无能为力,她是我们罪孽的报应。您没有看见我们变得骨瘦如柴、浑身无力吗？

大学生　你们不会多吃一点儿饭吗？

小　　姐　吃了,我们吃了很多菜,但是营养全没了……她煮肉,给我们筋和水吃,她喝肉汤;烤肉的时候,她把营养全都先煮掉,她喝肉汁和肉汤;多好的东西一经她手就失去

530

营养,就好像她用眼睛吸吮一样;她喝咖啡,我们喝渣子,她喝完酒以后,往瓶子里加水……

大学生　赶走她!

小　姐　我们做不到!

大学生　为什么?

小　姐　我们不知道!她不走!谁也奈何不了她——她把我们的力气全吸走了!

大学生　我能够赶走她吗?

小　姐　不行!命中注定是这样!——她来了!!她会问我晚饭做什么,我回答做这个,做那个;她一点儿也不会听,最后还是她想做什么就做什么。

大学生　那就让她自行其是吧!

小　姐　她又不愿意。

大学生　这真是一户奇怪的人家!一定中了邪!

小　姐　对!——不过,她看见您,又转身回去了!

厨　娘　(站在门口)不,不是因为这个!(露出狰狞面目)

大学生　滚开,什么人!

厨　娘　那要看我乐意不乐意!

〔静场。

现在我想走啦!(下)

小　姐　您不要激动!——您要锻炼得有耐心;她属于我们在这个家里要经受的考验之列!我们还有一个女仆!我们也得跟在她后边收拾!

大学生　我现在支撑不住了!心跳得厉害[1]!唱个歌吧!

---

[1] 原文为法文。

小　　姐　等一等！

大学生　唱吧！

小　　姐　耐心一点儿！——这间房子叫考验室——表面富丽堂皇，但到处是毛病……

大学生　真让人不敢相信；不过可以对付着住！它很漂亮，就是有点儿冷。为什么你们不生火？

小　　姐　因为往屋里倒烟。

大学生　可以捅一捅烟囱吗？

小　　姐　不管用！……您看见那张写字台了吗？

大学生　漂亮极了！

小　　姐　不过它是瘸腿；我每天都要在一个腿下垫一块软木片，但是女仆打扫房间时，就把它拿走了，我不得不再削一块新的。每天早晨笔杆和其他文具都弄上了墨水；太阳出来的时候，我不得不在她走后洗掉。

〔静场。

您知道，最糟糕的是什么事吗？

大学生　统计送洗衣店衣服的件数！

小　　姐　这正是我得做的！噢！

大学生　还有呢？

小　　姐　夜里被吵醒，我不得不起来，插好窗子上的挂钩，女仆白天忘了。

大学生　还有呢？

小　　姐　她弄断了炉子风门上的绳子，我还得爬梯子去修。

大学生　还有呢？

小　　姐　跟在她屁股后头扫地擦桌子，还得生壁炉，她只管加劈柴！调好烟囱的风门，擦干净玻璃杯，摆好餐桌，打开瓶盖,开窗子换新鲜空气,铺我自己的床,冲洗长了绿霉的凉杯,买火柴和肥皂,这些东西家里总是没有,擦灯罩,剪灯芯,免得灯冒黑烟,灯灭了,有客人的时候,我自己要给灯添油……

大学生　唱支歌吧!

小　　姐　等一等!——只有操劳、操劳,才能使生活摆脱污秽。

大学生　不过你们很有钱,可以雇两个男仆!

小　　姐　没有用!就是雇三个也无济于事!生活就是一件麻烦事,我有时候很厌烦……您想想看,如果再有个儿童卧室会怎么样呢!

大学生　有孩子那是人生最大乐趣……

小　　姐　代价也最大……生活值得这样麻烦吗?

大学生　这取决于您对操劳希望得到什么报偿……为了得到您,我无所畏惧。

小　　姐　不要这样说!——您永远也无法得到我!

大学生　为什么?

小　　姐　您不要问。

〔静场。

大学生　您的手镯从窗子掉下去了……

小　　姐　因为我的手太瘦了……

〔静场。

〔厨娘手里拿着一个日本瓶子上。

小　　姐　她要吞掉我和我们大家。

大学生　厨娘手里拿的是什么?

小　　姐　是颜料瓶,上面有蝎子状的东方文字!这是调料,它能把水变成肉汁,代替酱汁,用它煮白菜,就变成了甲鱼汤。

大学生　滚!

厨　娘　你们吸干了我们的生命力,我们也要吸干你们的;我们吸了你们的血,你们可以得到水——加上颜料。这是颜料!——现在我走了,不过只要我愿意,我还是可以留下!(下)

大学生　本特松因为什么获奖章?

小　姐　因为他有巨大功绩。

大学生　他没有错误吗?

小　姐　有,有很大错误,但是他得奖章不是因为他有错误。

(俩人笑)

大学生　你们家有很多秘密……

小　姐　别的人家也一样……让我们各自保住自己的秘密吧!

〔静场。

大学生　您喜欢真诚吗?

小　姐　喜欢,非常喜欢!

大学生　有时候,我真想把心里话和盘托出;但是我知道,如果人们真讲实话,这个世界马上就会毁掉。

〔静场。

前几天我在教堂参加了一个葬礼——隆重、体面!

小　姐　是何梅尔经理家的吧?

大学生　对,是我虚假的恩人家的!——站在棺材前边的是死者的老朋友,他举着灵幡;牧师庄重的举止和感人的话语使我十分感动。——我哭了,我们大家都哭了。——

后来我们去一家饭馆……我在那里得知,打幡的人曾经爱过死者的儿子①……

〔小姐看着大学生,苦苦思索这句话的意思。

大学生　死者曾经借过他儿子的男恋人的钱……

〔静场。

第二天牧师被捕了,因为他贪污了教堂的钱!——真是妙极了!

小　姐　啊!

〔静场。

大学生　您知道,我在打您的什么主意吗?

小　姐　不要说出来,因为说出来我就死了!

大学生　我一定要说,不说我就死了!……

小　姐　在疯人院里人们才把心里话全都说出来……

大学生　十分正确!——我父亲就死在一家疯人院……

小　姐　他有病?

大学生　没病,很健康,但是他疯了!是这样,他有一次犯病,当时的情况是……他跟我们大家一样,周围有一个交际圈,权且称他们为朋友;当然是一群乌合之众,像大多数人一样。不过他总得和别人接触,因为他不能一个人孤零零地坐着。一般地说,人们不会把对某个人的看法告诉他本人,通常我父亲也不会这样做。他很清楚这些人是怎么样的虚伪,他很了解这些人无忠实可言……不过他是一个聪明而又有教养的人,一向彬彬有礼。有一天,他举行一次大型聚会——是在晚上,他白天工作完了以

---

① 意指同性恋。

后很累，所以他尽量不说话，也不和客人讲那些废话。

〔小姐显出惊恐的神色。

大学生　突然他在桌子旁边打破了沉默，拿起酒杯讲话……话匣子打开了就不可收拾，他把在座的人一个挨一个地数落了一遍，揭穿他们的伪善。他疲倦地坐在桌子中间，让他的客人都滚蛋！

小　姐　噢！

大学生　我当时在场，以后发生的事情我永远忘不了！……父亲和母亲扭打在一起，客人们冲向门口……父亲被送进疯人院，最后死在那里！

〔静场。

俗话说，死水易腐。这栋房子也一样！长期没人说话，有的东西就腐烂了！我第一次看见您的时候，我认为这里是天堂……我在礼拜日的早晨，站在下面往上看；我看见一位上校，他实际上不是什么上校，我有一个品德高尚的恩人，他原来是一个强盗，最后自缢身亡，我看见一个木乃伊，实际不是木乃伊，我看见一个处女……世上到底有没有童贞女？到底有没有绝代佳人？只有在自然界中，或当我穿上节日的盛装做礼拜时，在我的灵魂中才存在！哪里有什么荣誉和忠诚？只有在童话和儿童想象中！哪里有言必信的人？只有在我的想象中！——您的花使我中了毒，我也对您以毒相报——我请求您做我的妻子，我们一起写诗、唱歌、做游戏，厨娘闯了进来……别忘记，老天爷！再弹一次那金色的竖琴吧，让它发出充满感情的优美曲调，再弹一次吧，我求求您，我跪下命令您……好，那我自己弹吧！（拿过竖琴，但是弦不出声）竖琴变成了聋子、哑巴！想想看，最美丽的花是有毒的，是毒性最强的，被创造的整个世界和生活都应该受到上帝的惩罚……为什么您不愿意做我的妻子？因为您生命的源泉有病①……现在我已经感觉到厨房的吸血鬼在吸我的血，我相信小孩的妈妈是吸血的牛身女妖，家里的孩子被拧屁股，如果不是发生在儿童卧室，就总是发生在厨房里……有的毒使人失去视力，有的毒使人眼光明亮——我肯定属于第二种，因为我无法把丑看成美，把恶称作善，我做不到！耶稣基督下到地狱，这是他在地球上旅行，人们反而把他送到疯人院，再送到教养院和停尸房，最后埋入地下；当他想解放疯人的时候，他们却打死了他，但是强盗被释放了，强盗总是受人同情！上帝保佑！保佑！保佑我们大家吧。救世主，快救救我们吧，我们快死了！

〔小姐瘫倒，显出快死的样子，按铃，本特松上。

小　　姐　拿屏风来！快——我要死了！

〔本特松回来，手里拿着屏风，打开，遮住小姐。

大学生　解放者来了！欢迎，你这苍白、温柔的解放者！——睡吧，你这美丽、不幸、无辜的姑娘，你无罪而受难，睡吧，不要做梦，当你醒来的时候，一个不燃烧的太阳会迎接你，在没有灰尘的房间里迎接你……你，圣明、慈善的如来佛，你坐在那里等待苍天从大地里生出，你延长对我的耐心，使我纯洁的意志经受考验，不要使我们失望！

---

① 意为性病，她有可能传染给自己的孩子，因此小姐也是有罪的；大学生把实情告诉她，使她无法活下去，这是大学生的罪。

〔竖琴的弦响起来,屋里充满白光。

大学生　（唱）我看到了太阳,

　　　　我似乎

　　　　看到了上帝;

　　　　自食其果,

　　　　善行必有好报应。

　　　　愤怒之举,

　　　　不能医治罪恶之心;

　　　　让被你伤害过的人愉快,

　　　　用你的良心助人;

　　　　无劣迹者无所惧,

　　　　善良没有内疚情。

　　　　〔屏风后面传来呻吟声。

大学生　你,可怜的孩子,这个迷惘、罪恶、苦难和死亡世界的孩子;这个不断生长、误解和痛苦的世界！苍天之主保佑你顺利升入仙界……

　　　　〔房子消失;勃克林的画《死亡之岛》变成了后幕;岛上传来轻轻的音乐,恬静,悲凉。

剧　终

"外国文学名著丛书"书目

第 一 辑

书 名	作 者	译 者
伊索寓言	〔古希腊〕伊索	周作人
源氏物语	〔日〕紫式部	丰子恺
堂吉诃德	〔西班牙〕塞万提斯	杨绛
泰戈尔诗选	〔印度〕泰戈尔	冰心 石真
坎特伯雷故事	〔英〕杰弗雷·乔叟	方重
失乐园	〔英〕约翰·弥尔顿	朱维之
格列佛游记	〔英〕斯威夫特	张健
傲慢与偏见	〔英〕简·奥斯丁	王科一
雪莱抒情诗选	〔英〕雪莱	查良铮
瓦尔登湖	〔美〕亨利·戴维·梭罗	徐迟
欧·亨利短篇小说选	〔美〕欧·亨利	王永年
特利斯当与伊瑟	〔法〕贝迪耶	罗新璋
巨人传	〔法〕拉伯雷	鲍文蔚
忏悔录	〔法〕卢梭	范希衡 等
欧也妮·葛朗台 高老头	〔法〕巴尔扎克	傅雷
雨果诗选	〔法〕雨果	程曾厚
巴黎圣母院	〔法〕雨果	陈敬容
包法利夫人	〔法〕福楼拜	李健吾
叶甫盖尼·奥涅金	〔俄〕普希金	智量
死魂灵	〔俄〕果戈理	满涛 许庆道

书 名	作 者	译 者
当代英雄	〔俄〕莱蒙托夫	草 婴
猎人笔记	〔俄〕屠格涅夫	丰子恺
白痴	〔俄〕陀思妥耶夫斯基	南 江
列夫·托尔斯泰中短篇小说选	〔俄〕列夫·托尔斯泰	草 婴
怎么办？	〔俄〕车尔尼雪夫斯基	蒋 路
高尔基短篇小说选	〔苏联〕高尔基	巴 金 等
浮士德	〔德〕歌德	绿 原
易卜生戏剧四种	〔挪〕易卜生	潘家洵
鲵鱼之乱	〔捷〕卡·恰佩克	贝 京
金人	〔匈〕约卡伊·莫尔	柯 青

第 二 辑

荷马史诗·伊利亚特	〔古希腊〕荷马	罗念生 王焕生
荷马史诗·奥德赛	〔古希腊〕荷马	王焕生
十日谈	〔意大利〕薄伽丘	王永年
莎士比亚悲剧五种	〔英〕威廉·莎士比亚	朱生豪
多情客游记	〔英〕劳伦斯·斯特恩	石永礼
唐璜	〔英〕拜伦	查良铮
大卫·科波菲尔	〔英〕查尔斯·狄更斯	庄绎传
简·爱	〔英〕夏洛蒂·勃朗特	吴钧燮
呼啸山庄	〔英〕爱米丽·勃朗特	张玲 张扬
德伯家的苔丝	〔英〕托马斯·哈代	张谷若
海浪 达洛维太太	〔英〕弗吉尼亚·吴尔夫	吴钧燮 谷启楠
哈克贝利·费恩历险记	〔美〕马克·吐温	张友松
一位女士的画像	〔美〕亨利·詹姆斯	项星耀
喧哗与骚动	〔美〕威廉·福克纳	李文俊
永别了武器	〔美〕欧内斯特·海明威	于晓红

书　名	作　者	译　者
波斯人信札	〔法〕孟德斯鸠	罗大冈
伏尔泰小说选	〔法〕伏尔泰	傅　雷
红与黑	〔法〕司汤达	张冠尧
幻灭	〔法〕巴尔扎克	傅　雷
莫泊桑中短篇小说选	〔法〕莫泊桑	张英伦
文字生涯	〔法〕让-保尔·萨特	沈志明
局外人　鼠疫	〔法〕加缪	徐和瑾
契诃夫小说选	〔俄〕契诃夫	汝　龙
布宁中短篇小说选	〔俄〕布宁	陈　馥
一个人的遭遇	〔苏联〕肖洛霍夫	草　婴
少年维特的烦恼	〔德〕歌德	杨武能
德国，一个冬天的童话	〔德〕海涅	冯　至
绿衣亨利	〔瑞士〕戈特弗里德·凯勒	田德望
斯特林堡小说戏剧选	〔瑞典〕斯特林堡	李之义
城堡	〔奥地利〕卡夫卡	高年生

第 三 辑

埃斯库罗斯悲剧二种	〔古希腊〕埃斯库罗斯	罗念生
索福克勒斯悲剧二种	〔古希腊〕索福克勒斯	罗念生
欧里庇得斯悲剧二种	〔古希腊〕欧里庇得斯	罗念生
神曲	〔意大利〕但丁	田德望
西班牙流浪汉小说选	〔西班牙〕克维多　等	杨绛　等
阿拉伯古代诗选	〔阿拉伯〕乌姆鲁勒·盖斯　等	仲跻昆
列王纪选	〔波斯〕菲尔多西	张鸿年
蕾莉与马杰农	〔波斯〕内扎米	卢　永
莎士比亚喜剧五种	〔英〕威廉·莎士比亚	方　平
鲁滨孙飘流记	〔英〕笛福	徐霞村

书　名	作　者	译　者
彭斯诗选	〔英〕彭斯	王佐良
艾凡赫	〔英〕沃尔特·司各特	项星耀
名利场	〔英〕萨克雷	杨　必
人性的枷锁	〔英〕威廉·萨默塞特·毛姆	叶　尊
儿子与情人	〔英〕D. H. 劳伦斯	陈良廷　刘文澜
杰克·伦敦小说选	〔美〕杰克·伦敦	万　紫　等
了不起的盖茨比	〔美〕菲茨杰拉德	姚乃强
木工小史	〔法〕乔治·桑	齐　香
恶之花　巴黎的忧郁	〔法〕波德莱尔	钱春绮
萌芽	〔法〕左拉	黎　柯
前夜　父与子	〔俄〕屠格涅夫	丽　尼　巴　金
卡拉马佐夫兄弟	〔俄〕陀思妥耶夫斯基	耿济之
安娜·卡列宁娜	〔俄〕列夫·托尔斯泰	周　扬　谢素台
茨维塔耶娃诗选	〔俄〕茨维塔耶娃	刘文飞
德国诗选	〔德〕歌德　等	钱春绮
安徒生童话选	〔丹麦〕安徒生	叶君健
外祖母	〔捷〕鲍·聂姆佐娃	吴　琦
好兵帅克历险记	〔捷〕雅·哈谢克	星　灿
我是猫	〔日〕夏目漱石	阎小妹
罗生门	〔日〕芥川龙之介	文洁若

第　四　辑

一千零一夜		纳　训
培根随笔集	〔英〕培根	曹明伦
拜伦诗选	〔英〕拜伦	查良铮
黑暗的心　吉姆爷	〔英〕约瑟夫·康拉德	黄雨石　熊　蕾
福尔赛世家	〔英〕高尔斯华绥	周煦良

书 名	作 者	译 者
月亮与六便士	〔英〕威廉·萨默塞特·毛姆	谷启楠
萧伯纳戏剧三种	〔爱尔兰〕萧伯纳	潘家洵 等
红字 七个尖角顶的宅第	〔美〕纳撒尼尔·霍桑	胡允桓
汤姆叔叔的小屋	〔美〕斯陀夫人	王家湘
白鲸	〔美〕赫尔曼·梅尔维尔	成 时
马克·吐温中短篇小说选	〔美〕马克·吐温	叶冬心
老人与海	〔美〕欧内斯特·海明威	陈良廷 等
愤怒的葡萄	〔美〕斯坦贝克	胡仲持
蒙田随笔集	〔法〕蒙田	梁宗岱 黄建华
悲惨世界	〔法〕雨果	李 丹 方 于
九三年	〔法〕雨果	郑永慧
梅里美中短篇小说选	〔法〕梅里美	张冠尧
情感教育	〔法〕福楼拜	王文融
茶花女	〔法〕小仲马	王振孙
都德小说选	〔法〕都德	刘 方 陆秉慧
一生	〔法〕莫泊桑	盛澄华
普希金诗选	〔俄〕普希金	高 莽 等
莱蒙托夫诗选	〔俄〕莱蒙托夫	余 振 顾蕴璞
罗亭 贵族之家	〔俄〕屠格涅夫	陆 蠡 丽 尼
日瓦戈医生	〔苏联〕帕斯捷尔纳克	张秉衡
大师和玛格丽特	〔苏联〕布尔加科夫	钱 诚
茨威格中短篇小说选	〔奥地利〕斯·茨威格	张玉书 等
玩偶	〔波兰〕普鲁斯	张振辉
万叶集精选	〔日〕大伴家持	钱稻孙
人间失格	〔日〕太宰治	魏大海

第 五 辑

书 名	作 者	译 者
泪与笑　先知	〔黎巴嫩〕纪伯伦	冰　心　等
华兹华斯　柯尔律治诗选	〔英〕华兹华斯　柯尔律治	杨德豫
济慈诗选	〔英〕约翰·济慈	屠　岸
汤姆·索亚历险记	〔美〕马克·吐温	张友松
大街	〔美〕辛克莱·路易斯	潘庆舲
田园三部曲	〔法〕乔治·桑	罗　旭　等
金钱	〔法〕左拉	金满成
果戈理小说戏剧选	〔俄〕果戈理	满　涛
奥勃洛莫夫	〔俄〕冈察洛夫	陈　馥
谁在俄罗斯能过好日子	〔俄〕涅克拉索夫	飞　白
亚·奥斯特洛夫斯基戏剧六种	〔俄〕亚·奥斯特洛夫斯基	姜椿芳　等
复活	〔俄〕列夫·托尔斯泰	草　婴
静静的顿河	〔苏联〕肖洛霍夫	金　人
谢甫琴科诗选	〔乌克兰〕谢甫琴科	戈宝权　任溶溶
维廉·麦斯特的学习时代	〔德〕歌德	冯　至　姚可崑
叔本华随笔集	〔德〕叔本华	绿　原
艾菲·布里斯特	〔德〕台奥多尔·冯塔纳	韩世钟
豪普特曼戏剧三种	〔德〕豪普特曼	章鹏高　等
铁皮鼓	〔德〕君特·格拉斯	胡其鼎
加西亚·洛尔卡诗选	〔西班牙〕加西亚·洛尔卡	赵振江
你往何处去	〔波兰〕亨利克·显克维奇	张振辉
显克维奇中短篇小说选	〔波兰〕亨利克·显克维奇	林洪亮
裴多菲诗选	〔匈〕裴多菲	孙　用
轭下	〔保〕伐佐夫	施蛰存

6

书 名	作 者	译 者
卡勒瓦拉(上下)	〔芬兰〕埃利亚斯·隆洛德	孙　用
破戒	〔日〕岛崎藤村	陈德文
戈拉	〔印度〕泰戈尔	刘寿康